佐々木 雅發

獨歩と漱石

——汎神論の地平

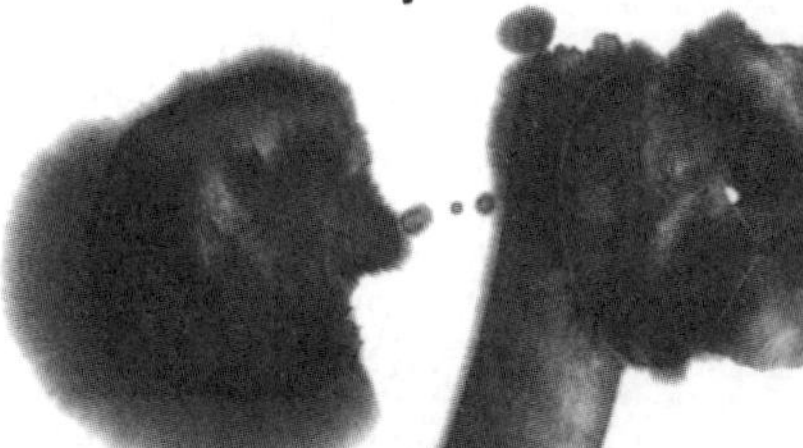

翰林書房

獨歩と漱石—汎神論の地平—　目次

國木田獨歩

田山花袋

正宗白鳥

夏目漱石

梶井基次郎

國木田獨歩

「武蔵野」を読む——まず二、三章をめぐって——

まず「武蔵野」第二章を全文引用してみる。

《そこで自分は材料不足の処から自分の日記を種にして見たい。自分は二十九年の秋の初から春の初まで、渋谷村の小さな茅屋に住で居た。自分が彼望を起したのも其時の事、又た秋から冬の事のみを今書くといふのも其わけである。

九月七日——「昨日も今日も南風強く吹き雲を送りつ雲を払ひつ、雨降りみ降らずみ、日光雲間をもるゝとき林影一時に煌めく、——」

これが今の武蔵野の秋の初である。林はまだ夏の緑の其ままであり乍ら空模様が夏と全く変つてきて雨雲の南風につれて武蔵野の空低く頻りに雨を送る其晴間には日の光水気《すゐき》を帯びて彼方の林に落ち此方《こなた》の杜にかゞやく。自分は屢〻思つた、こんな日に武蔵野を大観することが出来たら如何に美しい事だらうかと。二日置て九日の日記にも「風強く秋声野《や》にみつ、浮雲変幻たり」とある。恰度此頃はこんな天気が続て大空と野との景色が間断なく変化して日の光は夏らしく雲の色風の音は秋らしく極めて趣味深く自分は感じた。

先づこれを今の武蔵野の秋の発端として、自分は冬の終はるころまでの日記を左に並べて、変化の大略と光景の要素とを示して置かんと思ふ。

九月十九日――「朝、空曇り風死す、冷霧寒露、虫声しげし、天地の心なほ目さめぬが如し。」

同二十一日――「秋天拭ふが如し、木葉火の如くかゞやく。」

十月十九日――「月明かに林影黒し。」

同二十五日――「朝は霧深く、午後は晴る、夜に入りて雲の絶間の月さゆ。朝まだき霧の晴れぬ間に家を出で野を歩み林を訪ふ。」

同二十六日――「午後林を訪ふ。林の奥に座して四顧し、傾聴し、睇視し、黙想す。」

十一月四日――「天高く気澄む、夕暮に独り風吹く野に立てば、天外の富士近く、国境をめぐる連山地平線上に黒し。星光一点、暮色漸く到り、林影漸く遠し。」

同十八日――「月を踏で散歩す、青煙地を這ひ月光林に砕く。」

同十九日――「天晴れ、風清く、露冷やかなり。満目黄葉の中緑樹を雑ゆ。小鳥梢に囀ず。一路人影なし。独り歩み黙思口吟し、足にまかせて近郊をめぐる。」

同二十二日――「夜更けぬ、戸外は林をわたる風声ものすごし。滴声頻なれども雨は已に止みたりとおぼし。」

同二十三日――「昨夜の風雨にて木葉殆ど揺落せり。稲田も殆ど刈り取らる。冬枯の淋しき様となりぬ。」

同二十四日――「木葉未だ全く落ちず。遠山を望めば、心も消え入らんばかり懐《なつか》し。」

同二十六日――夜十時記す「屋外は風雨の声ものすごし。滴声相応ず。今日は終日霧たちこめて野や林や永久《とこしへ》の夢に入りたらんごとく。午後犬を伴ふて散歩す。林に入り黙坐す。犬眠る。水流林より出でゝ林に入る、落葉を浮べて流る。をり〳〵時雨しめやかに林を過ぎて落葉の上をわたりゆく音静かなり。」

同二十七日――「昨夜の風雨は今朝なごりなく晴れ、日うらゝかに昇りぬ。屋後の丘に立て望めば富士山真白ろに連山の上に聳ゆ。風清く気澄めり。

げに初冬の朝なるかな。

田面《たおも》に水あふれ、林影倒《さかしま》に映れり。」

十二月二日――「今朝霜、雪の如く朝日にきらめきて美事なり。暫くして薄雲かゝり日光寒し。」

同二十二日――「雪初て降る。」

三十年一月十三日――「夜更けぬ。風死し林黙す。雪頻りに降る。燈をかゝげて戸外をうかゞふ、降雪火影にきらめきて舞ふ。あゝ武蔵野沈黙す。而も耳を澄せば遠き彼方の林をわたる風の音す、果して風声か。」

同十四日――「今朝大雪、葡萄棚堕ちぬ。

夜更けぬ。梢をわたる風の音遠く聞ゆ、あゝこれ武蔵野の林より林をわたる冬の夜寒《よさむ》の凩なるかな。雪どけの滴声軒をめぐる。」

同二十日――「美しき朝。空は片雲なく、地は霜柱白銀の如くきらめく。小鳥梢に囀ず。梢頭針の如し。」

二月八日――「梅咲きぬ。月漸く美なり。」
三月十三日――「夜十二時、月傾き風急に、雲わき、林鳴る。」
同二十一日――「夜十一時。屋外の風声をきく、忽ち遠く忽ち近し。春や襲ひし、冬や遁れし。」》
（圏点等獨歩）

獨歩は第一章で、〈自分は今の武蔵野に趣味を感じて居る〉といい、〈武蔵野の美〉、〈美といはんより寧ろ詩趣〉、をめぐり、〈秋から冬へかけての自分の見て感じた処を書〉いてみたいといっている。そしてその〈望〉はすでにこの第二章で過半果されているといってよい。夏の名残の南風、浮雲、雨、しかし次第に日の光は薄らぎ、林や野の緑は色褪せて、逆に月は冴え、霧は深まり、黄葉、落葉、やがて冬枯れの野や林を時雨が渡り、霜となり、ついに雪となり凩となる。つまり夏から秋、秋から冬へと〈間断なく変化〉する〈武蔵野〉の佇まいが、漢詩、漢文脈の簡潔な文体に写し出されて、もうこれだけでも「武蔵野」の〈詩趣〉は、十分彷彿するといえよう。

獨歩自身もいうように、これらの記述が〈自分の日記〉、つまり「欺かざるの記」明治二十九年九月から翌三月までの記述からの、いわば抜粋であることは断るまでもない。そして「欺かざるの記」を見れば一目瞭然だが、〈武蔵野〉に関する記事は、ここに引用されたものに尽きるといっても過言ではない。それに対し、日記の紙面を占めるものは、〈ほとんどすべて信子への未練と怨言、将来への不安、不信の苦しみ等〉[1]である。

獨歩は二十九年四月十二日、妻信子に去られて七転八倒、癒しえぬ傷心を抱えたまま、〈秋の初から春の初まで、渋谷村の小さな茅屋に住〉む。その時の日記の紙面が、激しい過去への呪詛や、将来への不安に揺れているのはいうまでもない。

たとえば九月十九日の記述を引こう。

《朝。

空曇りて風死し、冷霧寒露、秋気身に沁む。

虫の声庭にしげし。朝ながら天地の心なほ目さめぬが如し。陰湿暗憺たり。

心重く悲哀憂愁に堪へず。昨夜水上氏との談話にて女性の品性の下劣野陋なる、人心の険悪なる、常に年若き者の悲劇をなすを知る。夢に彼の女を見たり。彼の女曰く君に帰る程に雑誌を起し給へといへり。

「薄弱よ、爾の名は女なり」女性の品性に誠実を欠くは薄弱なるが故なり。

吾未だ高尚なる女を見ず。

女子は下劣なる者なり。》

あるいは十月十九日。

《月曜日。

明月皎々、秋気身に沁む。

思ふまじと思へど尚ほも思ふは昨年の此の頃の事なり。嗚呼恋てふものは夢の夢たるに過ぎざるか。

悲惨なりし吾が命運。されどこれ益なき繰言のみ。

彼の母子の運命は誠実なき虚栄の果実ならんかし。われは如何。神知り給ふ。

一生を神の真理の為めに捧げ得ば如何に幸福ぞ。

将にヒロイックなれ。

天地茫々たり。人生茫々たり。無限より無限に不思議より不思議に入る。将に神の真理を信仰せよ。》

それにしても、先に引いた「武蔵野」第二章が日記における信子へのこのような未練、怨嗟の単なる削除、払拭だけでおのずから成立したととるのは、いささか早合点にすぎるといえる。――では、日記と第二章との間には、いかなる差異、変質が隠されているのだろうか。

たとえば十月二十六日の日記を引く。

《午後、独り野に出でゝ林を訪ひぬ。》

《林中にて黙想し、回顧し、睇視し、俯仰せり。「武蔵野」の想益〻成る。》

《われは自己の道を歩むべし。われは詩人として運命づけられしことを確信す。

全力を此の天職に注ぐべし。げに吾は詩人たるべし。われには此の事の外に何の長所もあらず。

われは政治家たるべき修養なし。われは牧師たるべき修業なし。われは唯詩人たるべくのみ今日まで発達し来れり。吾は此の運命を満足す。「武蔵野」はわが詩の一なり。

われは益〻神の確信を求めん。益〻不思議を見んことを力めん。われは牧師にあらず、されどわれは神を知らんとねがふの人なり。

牧師的詩人、これ余の満足する所なり。

余は誰をも憚からざるべし。

嗚呼、たれか、何者か、何事か、吾が詩人たるべき前程をさまたぐるものあらんや。信子は吾を捨て去れり、よし。去れ。われは此の事に依りて人情を知るを得たり。わが心は大なる試みを経たり。われは詩を得たり。》

《武蔵野に春、夏、秋、冬の別あり。野、林、畑の別あり。雨、霧、雪の別あり、日光と雲影との別あり。生活と自然との別あり。昼と夜と朝と夕との別あり。月と星との別あり。

平野の美は武蔵野にあり。草花と穀物と、林木との別あり。

茲に黙想あり、散歩あり、談話あり、自由あり、健康あり。

秋の晴れし日の午後二時半頃の林の中の黙想と回顧と傾聴と睇視とを記せよ。

あゝ「武蔵野」。これ余が数年間の観察を試むべき詩題なり。余は東京府民に大なる公園を供せん。

音響に鳥声あり、風声あり、葉声あり、虫声あり、車声あり、蹄声あり、歌声あり、談話の声あり、砲声あり、足音あり、羽音あり、滴声あり、雨声あり。これ武蔵野の林中にて傾聴し得るの音声なり。突然、物の落つるが如き音す。》

「日記」において初めて「武蔵野」の構想が告げられる記念的一文だが、しかしその構想が〈げに吾は詩人たるべし〉という決意の中で育まれていることは注目されるべきだとしても、ただそれだけではいまだ決意たるにとどまって、〈「武蔵野」はわが詩の一なり〉とするには程遠いといわざるをえない。現に〈吾が詩人たるべき前程をさまたぐるものあらんや〉という確言のそばから、混乱や葛藤が巻き起こる。たとえば十一月二十二日の日記に、

《早や、夜の十二時も過ぎぬ。

戸外には木枯の音いや物すごし。滴声頻りに聞ゆれど雨は已に止みたらんごとし。

今二葉亭の訳したるツルゲネフの片恋を読み終りぬ。

此の両三日は夜も昼も限りなき空想、妄想、煩悶、憂愁、此の心をかき乱しぬ。

今此の筆を把りて此くの如く書けど、ほとんど何より何と書き立つれば此の心満足するやを知らず。

彼の女信子に対する空想を書き立つべきか。これほとんど終極なきの業なるべし。

吾が心は狂はんとするほど悶きつゝあり。

小説を読み乍らも、何時しか心を書より奪ふものは終極なき空想なり。煩悶なり。

あゝ人生、不思議なる人の運命、生涯、終極、夢想よ。

一昨夜は信子を殺したるを夢み、夢中、夢にてあれかし、然りこれ夢なり夢なりと悶えぬ。》

つまりなにをするにつけ思うにつけ、獨歩の七転八倒は続いているのだ。その前で〈武蔵野〉は結局無力であり、なんの慰藉にもなっていない。


だが、だからこそ獨歩はその現実を打開してゆかなければならない。では、どのようにして？　そしてこの時、日記における次のような一連の記述は重要なものであるといえるだろう。

まず前引十月二十六日に続く二十八日、

《過去を見る勿れ。これ愚者の事なり。自然は前途を有するのみ。宇宙は進歩あるのみ。》

十一月二日、

《嗚呼前進せよ。これ宇宙の法なり。回顧する勿れ。われ尚ほ若し。》

すでに前半を引いたが、同二十二日の後半、

《過去、過去。自分は過去を顧みて居るべき時に非ず。されどまた、過去を顧みるの外に、前途てふ前途を有せざるの時もまたゝく間に来るべし。

信子は余を捨てたり。

余を欺きたり。

余を殺さんとせり。

嗚呼、恋！　美はしき夢！　恋は美にして真なり。されど女は醜にして偽に非ざるか。愚痴よ〳〵去れ！》

要するに獨歩は、〈過去〉を抹殺しようとする。いや追憶や悔恨としてしか存在しない〈過去〉を抹殺しようとする。〈愚痴よ去れ〉。もとより、そうは言っても〈過去〉は群がるようによみがえる。もはや引かずもがなだが、明けて三十年一月十八日の日記に、

《時間の力の恐ろしくもあるかな。

小金井堤上の約束、林中の誓語の時の心情は如何なりしぞ。

芝公園のベンチに相擁してゆくすゑの難を語りて泣きし時の心情は如何なりしぞ。

塩原のことを忘れしや。

逗子の夜を忘れしや。

嗚呼想起し来ればわが情は燃え上りわが心はさけんとす。嗚呼われ今更ら誰れを恋ふべき。

信子、信子。御身願はくは其のいやしき心に今一たび恋愛の火を点ぜよ。》

たしかに、なにも変わってはいない。しかし、獨歩はそれに続けて次のように記す。

《あゝ此の生の夢の如きかな。
期する所なにごとぞや。植村師の昨日説教壇上より言ひし如く吾人の過去は希望の墳墓なるかな。
「将来」にあざむかれて「現実」に苦しみ、「過去」を追懐また後悔して「現在」に泣く。
あゝ、これ生の不思議なるかな。》

人はおおむね、〈過去〉を想起し〈将来〉を予期しながら生きる。しかしそれはつねに〈過去〉を悔い〈将来〉に欺かれながら、とはつまり、一方的、不可逆的に流れ来たり流れ去る（という）〈時間〉に翻弄されながら、まるで〈夢の如〉く今日一日を送るということではないか[2]。

そしてこの時、獨歩は〈過去〉に固執すること[3]ばかりか、やがて〈前途〉に希望を託すことをも自らに禁ずる。いや〈将来〉から〈過去〉へ、いわば往きて還らぬ（という）〈時間〉の流れを、〈現在〉の一点で塞ぎ止めねばならない。

獨歩は三十年三月五日の日記に記す。

《此の一日を大胆に男らしく正義に高尚に勤勉に暮らせ。此の一日を楽み、此の一日をつとめ、此の一日に永久の生命と希望とを見出すべし。前途を夢むる勿れ。繰り返へして云ふ、前途を夢むる勿れ。》

《人生、人生、思へば思ふほど不思議なるかな。限りなき時間、限りなき空間、而して滔々として流れゆく人の世の潮流！
たゞわれをして堅く立たしめよ。》

そして三月十三日の日記。

《不思議なる人生。げに不思議なる人生。

願はくはわれをして一日を勤勉に真面目に送らしめよ。

あゝ、理想も実行も、将来も過去も、希望も後悔も、悉く今日に在り。今日、これほど意味深きものはあらず。朝、昼、晩、夜。われをして此の一日を高尚に勇敢に熱心に、愉快に送らしめよ。

人間の一生は凡て「今日」の中に在り。前途の夢よ、さめよ。年少の夢よ、さめよ。愚かなる影よ、消えよ。今日の中に明日あり、昨日あり。われはたゞ今日のわれなり。今日のわれ、これわが一生の実価のみ。空想を以てわれを欺く勿れ。

今日をして最も高尚に、連続せしめよ。今日また今日。これ則ち永遠にあらずや。》

ただし、獨歩はこのことに、この時はじめて思い及んだわけではない。たとえばすでに早く、明治二十六年九月十七日の記に、

《吾今日迄で時間の空過なることに付き屢ゝ悶がきぬ。嗚呼吾、時を空過せり、如何にす可きと。かくの如き反省の苦は今日迄で絶へざりし也。されば己れの行為にあまたの制限を置きぬ。知らず〳〵置きぬ。如何にして時を有益に用ひんとの焦慮は絶ゆる間もあらざりき。》

《人間の望む可きは前途に非ずして頭上なり。人生は「今」なり。日月何をか運ばん。明日ありと思ふ心の仇桜。只だ前途と称する一種の迷魔に欺かれて希望の中に放逸をまじへ、安心の中に焦慮を加ふ。抑も迷ひ抑も愚なり。吾とは今の事なり。今をはなれて吾あらず。吾茲に立つ、今立つ、人間の存在とは今なり。

無窮の時間に過去あらん、将来あらん。只だ今あるのみ。神は過去にましますに非ず、将来にましますに非ず「今」厳然として頭上に在しますなり。望む可きは只だ頭上のみ。》
《過去愛す可き過去、将来美なる将来！　之を清く思ひ、高く考へ、真に味ひ、実に望むも亦た「今」の呼吸に非ずや。》

たしかに獨歩は、すでに窮極のことを言っていたのだ。しかし実も蓋もないが、言っていたにすぎない。なるほど〈神〉は〈厳然として頭上に在します〉という。しかし獨歩はまだ、神を現に見ていないといわざるをえない。まただからこそ獨歩はつねに〈神〉を〈思はざる〉をえない。〈爾、時の空過を嘆く勿れ、神を思はざることを嘆げゝよ[4]〉。

そしてまただからこそ、獨歩にとって〈時の空過〉は痛切であったといえよう。日記に一貫して綴られる〈人生茫々〉の思い。ふたたび〈二十九年の秋の初から春の初まで〉の日記に戻れば、十月十八日、

《人生茫々遂に如何。
嗚呼遂に如何。
不思議なる人生なる哉。》

次いですでに引いた十九日の記述。

《天地茫々たり。人生茫々たり。無限より無限に不思議より不思議に入る。》
《茫々として限りなきの天地に於ける紛々たる此の人世。此の天地と此の人世とに処する此の生命、此の肉体、此の感情。

思へば思ふほど不思議ならずや。》(二十一日)

そしてこれもすでに引いた、あの〈「武蔵野」の想益〻成る〉とある二十六日の日記、

《不思議の人生、幽玄の人情よ。われは此の中に驚異嘆美して生活せんのみ。嗚呼人生これ遂に如何。林よ、森よ、大空よ。答へよ、答へよ。》

《人生てふことの意味深きを感ぜざらんと欲するも得ず。

嗚呼、わが心のさめんことを。自然と人生とにつきて益〻驚異せんことを。》(二十九日)

《わが目的は唯一なり。驚異せんこと及び驚異せしめんことなり。》(三十一日)

十一月二十二日、

《人類! 恐ろしき事実なるかな。凡そ人に取りては此の宇宙に於ける人類生滅、連続の事実ほど不思議にもまた恐ろしき事実はあらじとぞ思はる。

あゝ願はくはわが心さめて更らに深痛切実に此の事実を見て、戦々と此の心を驚かしめたし。》

枚挙にいとまもないが、言われていることは一つのことである。無限のかなたより無限のかなた、〈茫々として〉生滅する人の生、その混沌として一切の人間の容喙を拒絶する〈不思議にもまた恐ろしき事実〉、その〈事実〉に圧倒され、震撼として〈驚異〉するいま〈現在〉、あるいはいま〈此所〉の〈事実〉——。しかもその一点に〈われをして堅く立たしめよ〉。

そしておそらく、このいま〈現在〉眼前の〈事実〉にまるで不意打ちを食らうように驚くことをおいて詩人はいず、詩はない。〈人生に驚異すること益〻深くして、われは愈〻詩人たらんことを願ふ也〉(十二月二十三日)。〈間断なく変化〉しつつ、いま〈現在〉の一瞬一時に、まさに彼の正面に直接

見え聞こえる〈武蔵野〉。一切の過去（未練や悔恨）、一切の将来（期待や不安）、つまり一切の〈空想〉（とは〈言葉〉、そして〈物語〉）をそぎおとし、いわばだしぬけに、むきだしに立ちあらわれる〈武蔵野〉そのものを感受して〈深痛切実〉、〈戦々〉としてその場に凝立せよ――。

そしてこの時、この一時一瞬に限られた「武蔵野」第二章の日記の記述は、いわば原日記よりもはるかに日記的な風貌を具えはじめたといってよい。なぜならば日記とは、もとよりその日その日の記録ではあるが、究極的にはその場その場の、とはまさしくいまここの見聞、直接所与としての知覚経験、その〈驚異〉（感動）へのこだわりに発しているといえるからである。(5)

その意味で、第二章の日記の記述が徹頭徹尾、現在形に終始しているのは偶然ではない。(6) いわゆる漢詩、漢文脈の簡潔な体言止めとマッチしつつ、すべてはいまここに、驚きながら立ちつくすことが求められているのだ。(7)

そしてまた、おそらくこの時〈吾は詩人たるべし〉、〈「武蔵野」はわが詩の一なり〉という獨歩の予感は、次第にたしかなものへとなっていったといえよう。

だが無論、〈此の心を驚かしめたし〉という彼の願いは、願いにとどまっていたといわざるをえない。たしかにいまここに見、聞く知覚経験、しかしそれが記録され〈詩〉となるには、たとえいくばくかでも時間の経過がなければならない。つまりいくばくかの事後、詩人はそれを過去のこととして〈想起〉する、とは〈言葉〉において、だからまた〈物語〉によって、要するにその都度、未練や悔恨として語らなければならないのだ。(8)

とすれば獨歩はいまだ〈詩〉、〈詩人〉への途上にあったといわざるをえない。いや〈言葉〉が、つねに事後的に過去を〈想起〉するものとすれば、いまここの感動に屹立すべき〈詩〉、〈詩人〉はついに不可能なのかもしれない。

＊

第三章もまず全文を引用する。

《昔の武蔵野は萱原のはてなき光景を以て絶類の美を鳴らして居たやうに言ひ伝へてあるが、今の武蔵野は林である。林は実に今の武蔵野の特色といつても宜い。則ち木は重に楢の類で冬は悉く落葉し、春は滴る計りの深緑萌え出づる其変化が秩父嶺以東十数里の野一斉に行はれて、春夏秋冬を通じ霞に雨に月に風に霧に時雨に雪に、緑陰に紅葉に、様々の光景を呈する其妙は一寸西国地方又た東北の者には解し兼ねるのである。元来日本人はこれまで楢の類の落葉林の美を余り知らなかつた様である。林といへば重に松林のみが日本の文学美術の上に認められて居て、歌にも楢林の奥で時雨を聞くといふ様なことは見当らない。自分も西国に人となつて少年の時学生として初て東京に上つてから十年になるが、かゝる落葉林の美を解するに至たのは近来の事で、それも左の文章が大に自分を教えたのである。

「秋九月中旬といふころ、一日自分がさる樺の林の中に座してゐたことが有ツた。今朝から小雨が降りそゝぎ、その晴れ間にはをり〳〵生ま暖かな日かげも射してまことに気まぐれな空合ひ。あわ〳〵しい白ら雲が空ら一面に棚引くかと思ふと、フトまたあちこち瞬く間雲切れがして、無理に押し分けたやうな雲間から澄みて怜悧《さか》し気《げ》に見える人の眼の如くに朗かに晴れた蒼空がのぞかれた。

自分は座して、四顧して、そして耳を傾けてゐた。木の葉が頭上で幽かに戦《そよ》いだが、その音を聞たばかりでも季節は知られた。それは春先する、面白さうな、笑ふやうなさゞめきでもなく、夏のゆるやかなそよぎでもなく、永たらしい話し声でもなく、また末の秋のおど〳〵した、うそさぶさうなお饒舌りでもなかつたが、只漸く聞取れるか聞取れぬ程のしめやかな私語《さゝやき》の声で有つた。そよ吹く風は忍ぶやうに木末を伝ツた、照ると曇るとで雨にじめつく林の中のやうすが間断なく移り変ツた、或はそこに在りとある物総て一時に微笑したやうに、隈なくあかみわたツて、さのみ繁くもない樺のほそ〴〵とした幹は思ひがけずも白絹めく、やさしい光澤を帯び、地上に散り布いた、細かな落ち葉は俄に日に映じてまばゆきまでに金色を放ち、頭をかきむしツたやうな『パアポロトニク』(蕨の類ゐ)のみごとな茎、加之《しか》も熟《つ》え過ぎた葡萄めく色を帯びたのが、際限もなくもつれつからみつして目前に透かして見られた。

或はまた四辺《あたり》一面俄かに薄暗くなりだして、瞬く間に物のあいろも見えなくなり、樺の木立ちも、降り積ツた儘でまた日の眼に逢はぬ雪のやうに、白くおぼろに霞む――と小雨が忍びやかに、怪し気に、私語するやうにバラ〳〵と降ツて通ツた。樺の木の葉は著しく光澤が褪めても流石に尚ほ青かツた。が只そちこちに立つ稚木のみは総て赤くも黄ろくも色づいて、をり〳〵日の光りが今ま雨に濡れた計りの細枝の繁みを漏れて滑りながらに脱けて来るのをあびては、キラ〳〵ときらめいた。」

則ちこれはツルゲーネフの書たるものを二葉亭が訳して『あひびき』と題した短編の冒頭にある一節であつて、自分がかゝる落葉林の趣きを解するに至つたのは此微妙な叙景の筆の力が多い。これは露西亜の景で而も林は樺の木で、武蔵野の林は楢の木、植物帯からいふと甚だ異て居るが落葉林の趣は同じ事である。自分は屢々思ふた、若し武蔵野の林が楢の類でなく、松か何かであつたら極めて平凡な変化に乏しい色彩一様なものとなつて左まで珍重するに足らないだらうと。

楢の類だから黄葉する。黄葉するから落葉する。時雨が私語く。凩が叫ぶ。一陣の風小高い丘を襲へば、幾千万の木の葉高く大空に舞ふて、小鳥の群かの如く遠く飛び去る。木の葉落ち尽せば、数十里の方域に亘る林が一時に裸体《はだか》になつて、蒼ずんだ冬の空が高く此上に垂れ、武蔵野一面が一種の沈静に入る。空気が一段澄みわたる。遠い物音が鮮かに聞へる。自分は十月二十六日の記に、林の奥に座して四顧し、傾聴し、睇視し、黙想すと書た。『あひびき』にも、自分は座して、四顧して、そして耳を傾けたとある。此耳を傾けて聞くといふことがどんなに秋の末から冬へかけての、今の武蔵野の心に適《かな》つてゐるだらう。秋ならば林のうちより起る音、冬ならば林の彼方遠く響く音。

鳥の羽音、囀る声。風のそよぐ、鳴る、うそぶく、叫ぶ声。叢の蔭、林の奥にすだく虫の音。空車荷車の林を廻り、坂を下り、野路を横ぎる響。蹄で落葉を蹶散らす音、これは騎兵演習の斥候か、さなくば夫婦連れで遠乗に出かけた外国人である。何事をか声高に話しながらゆく村の者のだみ声、それも何時しか、遠かりゆく。独り淋しさうに道をいそぐ女の足音。遠く響く砲声。隣の林でだしぬけに起る銃声《つゝおと》。自分が一度犬をつれ、近処の林を訪ひ、切株に腰をかけて書《ほん》を読んで居ると、突然林の奥で物の落ちたやうな音がした。足もとに臥《ね》て居た犬が耳を立てゝきつと其方を見詰めた。それぎりで有つた。多分栗が落ちたのであらう、武蔵野には栗樹《くりのき》も随分多いから。

若し夫れ時雨の音に至てはこれほど幽寂のものはない。山家の時雨は我国でも和歌の題にまでなつて居るが、広ひ、広ひ、野末から野末へと林を越へ、杜を越へ、田を横ぎり、又た林を越へて、しのびやかに通り過《ゆ》く時雨の音の如何にも幽《しづ》かで、又た鷹揚な趣きがあつて、優しく懐《ゆか》しいのは、実に武蔵野の時雨の特色であらう。自分が嘗て北海道の深林で時雨に逢た事がある、これは又た人跡絶無の大森林であるから其趣は更に深いが、其代り、武蔵野の時雨の更に人なつかしく、私語《さゝや》くが如き趣はない。

秋の中ごろから冬の初、試みに中野あたり、或は渋谷、世田ケ谷、又は小金井の奥の林を訪ふて、暫く座て散歩の疲を休めて見よ。此等の物音、忽ち起り、忽ち止み、次第に近づき、次第に遠ざかり、頭上の木の葉風なきに落ちて微かな音をし、其も止んだ時、自然の静粛を感じ、永遠《エタルニテー》の呼吸身に迫るを覚ゆるであらう。武蔵野の冬の夜更て星斗闌干たる時、星をも吹き落しさうな野分がすさまじく林をわたる音を、自分は屢々日記に書た。風の音は人の思を遠くに誘ふ。自分は此物凄い風の音の忽ち近く忽ち遠きを聞ては、遠い昔からの武蔵野の生活を思ひつゞけた事もある。

熊谷直好の和歌に、

よもすから木葉かたよる音きけは
しのひに風のかよふなりけり

といふがあれど、自分は山家の生活を知て居ながら、此歌の心をげにもと感じたのは、実に武蔵野の冬の村居の時であつた。

林に座つて居て日の光の尤も美しさを感ずるのは、春の末より夏の初であるが、それは今こゝには書くべきでない。其次は黄葉の季節である。半ば黄ろく半ば緑な林の中に歩て居ると、澄みわたつた大空が梢々の隙間からのぞかれて日の光は風に動く葉末〳〵に砕け、其美さ言ひつくされず。日光とか碓氷《うすひ》とか、天下の名所は兎も角、武蔵野の様な広い平原の林が限なく染まつて、日の西に傾くと共に一面の火花を放つといふも特異の美観ではあるまいか。若し高きに登て一目に此大観を占めることが出来るなら此上もないこと、よし其れが出来難いにせよ、平原の景の単調なる丈けに、人をして其一部を見て全部の広ひ、殆ど限りない光景を想像さする者である。其想像に動かされつゝ夕照に向て黄葉の中を歩ける丈け歩くことがどんなに面白からう。林が尽きると野に出る。》

さて獨歩はここで、〈武蔵野〉の〈詩趣〉、中にも〈秋から冬へかけての自分の見て感じた処〉をめぐって、まず〈林〉、〈楢林〉、〈落葉林〉に着目する。いうまでもなく、それこそが〈武蔵野〉を〈間断なく変化〉させる中心のものだからである。

ただ直後、〈松林〉との比較から、〈元来日本人はこれまで楢の類の落葉林の美を余り知らなかつた様である〉とか、〈歌にも楢林の奥で時雨を聞くといふ様なことは見当らない〉というのは、後述の「あひゞき」(「国民之友」明治二十一年七月〜八月)からの影響を語るべく、〈いささか為にする〉(9)筆法といわざるをえない。

もとより獨歩が〈落葉林の美を解するに至た〉について、「あひゞき」の〈文章〉に大いに教えられたという事実は無視できない。しかし「あひゞき」がツルゲーネフ『猟人日記』の単なる翻訳とはいえないように、「武蔵野」も「あひゞき」の単なる模倣とはいえない。つまり単なる一方向的な受容関係を考えるよりも、むしろそれを受け取る側にどのような用意や選択があったのかを考えるべきである、ということである。

たとえば新谷敬三郎氏は「二葉亭訳『あひゞき』の問題」[10]の中で、ニコライ・コンラッド氏の「諸文学の関係についての問題」の所説を紹介している。すなわち〈「あひゞき」という作品は二つの部分にわかれている、第一は白樺林の描写、第二は作者が立聞きする地主の召使と百姓娘との会話。二葉亭の訳を見ると、第一の部分はまことにきめ細かに行届いた訳しようで、訳者が非常な苦心を払ったことが察せられる。そこから国木田独歩の「武蔵野」が生れ、ロシアの白樺林は東京郊外の野に移しかえられた。が移しかえられたのは実は白樺林ではなくて、林間の美を描く手法なのであった。当時の日本の作家はツルゲーネフが林を描いたようには、言葉で描けなかったが、それは東洋画に特有な、いわば線のパースペクチヴとでもいうべき外界の捉え方が伝統となっていたからである。日本の作家たちは言葉で風景を描くとき、この線のパースペクチヴに慣れていて、自然それに倣っていたのだ。彼らはツルゲーネフの風景に光と影に彩られた空間のパースペクチヴを感じた。二葉亭はこの当時の人々に目新しい手法を伝えることのできる言語手段の発見に苦労しなければならなかった。そしてそれを立派に果したたし、日本人の眼を開いた。リアリズムに一歩踏みだした日本文学にとって必要だったのは、この空間のパースペクチヴ、光と影であったが、その場合「あひゞき」翻訳にとって大切なのは召使と百姓娘のシーンではなかった。それはまだ当時の作家たちの力に余る対象であって、それ故にその部分の訳はいわゆる普通の出来なのだ。〉

しかし新谷氏が続けていうように、これと同じようなこと、ことに〈第一の部分〉、〈光と影に彩られた空間のパースペクチヴ〉への開眼ということについては、すでに吉田精一氏も「二葉亭の影響」[11]

で論じている。すなわち「あひゞき」はまず〈林間の美を描いた〉ということ、それも〈時々刻々にうつる自然〉の〈光と空気の微動〉、つまり〈空の明暗、日光の強弱、音の振動〉を〈感覚的〉、〈印象的〉にとらえた、と。

もとより吉田氏もこのことこそが、〈日本の伝統的な自然観を一変〉させたといい、加えて〈伝統的な日本文学の場合には、人間の中に自然を包みこんで、感情化された自然を眺めるか、自然の中に我を没入せしめて、我も亦自然の一部もしくは点景となつてゐたか、どちらかの気配が濃い。ところが「あひびき」の啓示したのは、自然を自己に対立する存在として、有機的な肉体と生命をもつものとしてつかむ方法であつた〉というのである。

が新谷氏は、吉田氏が〈伝統的な日本文学〉に対し、むしろ否定的に評した言葉、つまり〈人間の中に自然を包みこんで、感情化された自然を眺めるか、自然の中に我を没入せしめて、我も亦自然の一部もしくは点景となつてゐたか、どちらか〉という言葉をめぐって、〈それはそっくり「猟人日記」について語っているかのように思われる〉という。そして吉田氏も引くアルフォンス・ドオデエの言葉に徴しつつ、〈ロシアの地主作家の自然描写がフランスのブルジョワ作家を驚かせたのは、おそらく人間のなかに自然を包みこむことによって、自然のなかに我を没入させ、自然を感情化するその表現にあった。ここにツルゲーネフ、ばかりでなくロシア詩人たち、ことに彼と同世代のチュッチェフやフェートに基本的な自然観照の態度があった〉といい、さらに〈それは「猟人日記」をパリで書いていた作者の言葉によれば、「汎神論的な気分」、むしろ東洋の詩境に近い観照なのである。それは日本人にもなじみのある「自然」だった。ツルゲーネフの「詩想」にたいする二葉亭の俳諧的理解が生れたゆえんである。明治開化期の日本人がロシアの自然詩人に学んだものは、自分たちとは異質な自然観照ではなくて、むしろ同質の観照のうえに立った（それが同質であったが故に、その表現が比較的移調しやすかったのである）その言語表現の手法〉であったというのである。

おそらく、この新谷氏の指摘は依然として重要なものといわざるをえない。曰く〈人間のなかに自然を包みこ〉み、〈自然のなかに我を没入させ〉る〈「汎神論的な気分」〉——。しかもこのことはツルゲーネフと二葉亭の関係にとどまらず、獨歩との関係においても重要なものといわなければならない[12]。

再び「欺かざるの記」に徴するまでもなく、この〈汎神論的な気分〉、獨歩のいわゆる〈天地一体の感〉は、終始一貫してその思想的主題であった。要するに自然と人間の〈冥合〉、〈一致〉、〈融化〉[13]。しかもそのことは、世界＝外界が眼前に直接立ちあらわれる、まさにそのことに純粋に〈驚異〉する、とはなんらの媒介もなく、直に見、聞く、その都度のいまここの直接所与の知覚経験をおいてない（ということはすでに述べた）。

そしてだからこそ、〈楢の類だから黄葉する〉以下、その刻々の視覚（形や色彩）、いやそれよりも、むしろ圧倒的な聴覚（音）的風景が繰り広げられるのである[14]。〈此耳を傾けて聞くといふことがどんなに秋の末から冬へかけての、今の武蔵野の心に適《かな》つてゐるだらう〉。

しかしここで注意しなければならないことは、この視覚にしろ聴覚にしろ、決していまここの直接所与としての知覚経験そのものではない、ということである。〈自分は十月二十六日の記に、林の奥に座して四顧し、傾聴し、睇視し、黙想すと書た。『あひびき』にも、自分は座して、四顧して、そして耳を傾けたとある。此耳を傾けて聞くといふことがどんなに秋の末から冬へかけての、今の武蔵野の心に適《かな》つてゐるだらう。秋ならば林のうちより起る音、冬ならば林の彼方遠く響く音〉。つまりここには、いくえにも重なる媒介――「あひゞき」の、日記の、そしてなによりもそれらを踏まえながら、一切の事後において、こうして作者が記述する〈言語表現〉が介在している、ということである。

そしてだからというか、ここには、いまここの知覚経験の個別性、具体性が欠けている。〈秋ならば林のうちより起る音、冬ならば林の彼方遠く響く音〉。つまりここには、それが一体どんな〈音〉なのか、その個々の感覚的形質はない。あるのは秋、冬の〈林の音〉一般、とはいわば、その普遍性、抽象性なのであるといえよう。

もとより〈鳥の羽音、囀る声。風のそよぐ、鳴る、うそぶく、叫ぶ声〉以下、〈音〉は種々、微細にわたる。しかしここでも、あるのはその時その場での一回きりの知覚経験ではない。まさに〈そよぐ、鳴る、うそぶく、叫ぶ〉等々の〈言葉〉であり、つまりは〈概念〉、あるいは〈言語覚〉[15]とでもいうべきものなのである。

そしてだからこそ、その種々の〈音〉は、武蔵野の〈時雨の音〉といういわば全域的なものへと広がり、しかも〈音〉そのものから〈幽寂〉さなるものに転ずるのだ[16]。

あるいは〈此等の物音、忽ち起り、忽ち止み、次第に近づき、次第に遠ざかり、頭上の木の葉風なきに落ちて微かな音をし、其も止んだ時、自然の静粛を感じ、永遠《エタルニテー》の呼吸身に迫るを覚ゆるであらう〉とあるごとく、〈音〉一般と化し、いや無音の〈音〉(つまり耳に聞こえぬ音、〈静粛〉)と化して、やがて〈永遠《エタルニテー》の呼吸身に迫る〉思いへと化すのである。

たしかに〈風の音は人の思を遠くに誘ふ〉。が、そうした空間的無限ばかりか、〈遠い昔からの武蔵野の生活〉という、時間的無限へと〈人の思〉を運ぶだろう。そしておそらくそこには、あの〈天地一体の感〉、森羅万象と人間の交感の記憶が、あざやかに裏打ちされているのではないか。

だが繰り返すまでもなく、その記憶がいかにあざやかに紡がれたとしても、それはその時その場の直接経験から少しづつ遅れ、だから後から〈想起〉されたもの、つまり事後的に〈言葉〉へと整序された〈物語〉といえよう。(17)

そしてそれかあらぬか、以後「武蔵野」は直面すべき〈不思議にもまた恐ろしき事実〉、その直接経験の〈驚異〉(感動)から微妙にずれて、すでに〈久しく経験して知て居る〉(第四章)風景、〈迷つた処が今の武蔵野に過ぎない〉(第五章)という既知のものへと向かうのである。

いやそればかりか、最後には〈田舎の人にも都会の人にも感興を起こさしむるやうな物語、小さな物語、而も哀れの深い物語、或は抱腹するやうな物語が二つ三つ其処らの軒先に隠れて居さうに思はれる〉(第九章)と、まさに〈物語〉の渉猟へと還るのである。(18)

ただしかし、獨歩はこの自らの矛盾に気づいていない。前後脈絡して続く〈物語〉、それは過去から未来へと流れる(という)〈時間〉に即応しながら、いやその往きて還らぬ(という)〈時間〉に翻弄され、とは過去を悔い未来を夢みて、またしても〈茫々たる人生〉を〈空過〉することではなかったか。(19)が、まただからこそ、獨歩にとって天地自然に直接対々面々する、〈時間〉を絶したあの一瞬一時の〈驚異〉(感動)こそが、ますます絶対的なものとして要請されていたといえよう。(20)

注

(1) 滝藤満義「『武蔵野』と『源おぢ』」(『国木田独歩論』塙書房、昭和六十一年五月所収)

(2) 〈嗚呼一生若し此の如くにして経過せんか、余はたしかに夢よりもはかなかるべし〉(「欺かざるの記」明治二十九年十二月二十二日)。

(3) 獨歩は「欺かざるの記」第七を、〈回想記を書し、苦悩記を書し、日記を書し、独語して慰藉せんよりも、凡ての過去を過去となして、一心不乱、前程に進むの生涯たらざる可からず〉、〈故に筆をこれに措き、此の記はこゝに閉ぢ了はることゝなしたり〉として、ひとまず中止している。〈過去よ、去れ〉、〈追想と低徊と独語と、去れ〉(明治二十九年五月九日)。

(4) 獨歩の場合、かならずしも〈神〉をキリスト教的な〈神〉と直結して考える必要はないといえよう。

(5) 「欺かざるの記」には何年何月何日、何曜日、午前午後、あるいは朝午夜にはじまり、何時何分(比喩的には何秒)まで克明に記入されている。

(6) 完了の助動詞〈つ〉〈ぬ〉〈たり〉〈り〉が使用されているが、これは英語のいわゆる現在完了と同じ性格のものと考えてよいだろう。

(7) 「武蔵野」ははじめ「今の武蔵野」と題し、「国民之友」(明治三十一年一月〜二月)に二回に分けて掲載された。その名の示す通り、第一章には〈今も矢張其通りであらうか〉、〈それほどの武蔵野が今は果していかゞであるか〉、〈今の武蔵野に趣味を感じて居る〉、〈武蔵野の美今も昔に劣らず〉、〈今見る武蔵野の美しさ〉とあるように、まず〈今〉という言葉が頻出している。

(8) 獨歩はいまここに見、聞く〈武蔵野〉そのものを語ろうとして、「欺かざるの記」における信子への未練、怨嗟を一つ一つ消してゆく。しかしいわばそうした整理自体、十分、未練、悔恨の仕業といわざるをえない。

(9) 野山嘉正「国木田独歩『武蔵野』」(『近代小説の成立—明治の青春—』岩波書店、平成九年十一月所収)。野山氏は『俳諧歳時記』に触れているが、『国歌大観』を見ても、〈落葉林の美〉が古来日本人の熟知し吟詠するところであったことは断るまでもない。

(10)「比較文学年誌」第四号(昭和四十二年七月)

(11)『二葉亭案内』(二葉亭四迷全集別巻、岩波書店、昭和二十九年六月)

(12) おそらく「あひゞき」をめぐり、先にコンラッド氏のいう〈光と影に彩られた空間のパースペクチヴ〉、吉田氏のいう〈自然を自己に対立する存在として〉つかむ方法の発見として、しかもそれをヨーロッパ近代文学におけるリアリズムの影響としてとらえることを過度に信ずべきでない。そしてこのことは獨歩の場合もかわらない。野山氏も先の論でいうように、「武蔵野」における漢詩や和歌や俳句、それは後に引かれる熊谷直好の歌や与謝蕪村の句も含め、日本的、伝統的〈詩想〉の影響ということを、むしろ考慮しなければならない。

(13) たとえば「欺かざるの記」明治二十六年五月十四日、同九月十二日の記。無論これ等の語彙や思惟は獨歩の生涯にわたっている。なおこのことに関し、中島礼子「『欺かざるの記』(『国木田独歩―初期作品の世界―』明治書院、昭和六十三年八月所収)参照。

(14) 多分この聴覚的記述が「あひゞき」からのもっとも大きな影響といえようが、しかし「武蔵野」の文体はよく言われるほど「あひゞき」と似ていない。「あひゞき」に多用される視覚的比喩も少く、またオノマトペは皆無に近い。つまり「武蔵野」の語彙は視覚の具体性、個別性よりも、聴覚の普遍性、一般性を志向している。平岡敏夫氏も〈文体は二葉亭の周密訳ともいうべきものとは異なり、文は短く、漢語脈を残して、簡潔で動的である〉(『短篇作家　国木田独歩』新典社、昭和五十八年五月)といっているが、この間の印象を語っているのではないか。

(15)〈ある対象に面して知覚するのはその色と形である。それに対応的に、ある対象を思うとき、言語でそれを思うのである。だから知覚における色覚に対応して思いにおいては言語覚がある、と言っていいはずである。あのバラは四季咲きだ、野イバラ系だと思うのがその赤色を知覚するのに相当する。思いが言語覚によることをまざまざと教えるのが過去想起の経験である〉。〈言語覚による思いが知覚に密着しているのは現在知覚の経験である。この現在知覚経験に対して過去想起経験では知覚的要素である色や形は欠落して思いの言語覚だけが独存していることに気づく。実際、過去を想起するとき、想起されるのはああであった、ああしたという言語命題であって、そこには視覚的な色も形もほとんどないことが反省されるだろう。そこにはんの僅かの色や形が見えかくれしているように思われるが、注意深く反省してみればそれは一般概念の包摂事例が痕跡的に浮遊しているだけである。〈こうして想起される過去は知覚的要素を欠いて純粋に言語的命題の集積である。そしてその言語的命題は固有名や接続詞等以外には一般名辞から成っていることを考えれば、過去は「普遍の相の下」、あるいは「イデアの相の下」にある。西洋哲学史、特にその経験論的系譜の伝統に誘引されて、われわれはともすれば知覚的個別者の把捉は問題なく容易なのに対して、普遍者の把握に困難があるように思いがちだが、実は少なくとも過去想起においては普遍者である一般概念を自由自在に操作しているのである。当然プラトンのイデアの把捉もまた易々たる日常茶飯のものであるということになる。それに対して個別者の世界である知覚経験は過去に対する「今現在」の経験であって、ここでは個別的知覚と言語的思いが密着して共在している。過去が「普遍の相の下」にあるのに対して、今現在は主として「個別の相の下」なのである。この個別的知覚に密着して言語的思いがあるわけである〉（大森荘蔵「風情と感情」『時間と自我』青土社、平成四年三月）。

(16)　この章の最後に武蔵野全域が〈黄葉〉に染まる光景への言及があるが、しかしその〈殆ど限りない光景〉は〈想像〉の中でのものであり、〈其想像に動かされつゝ夕照に向て黄葉の中を歩〉くのであってみれば、これは視覚的光景を直接写したものではなく、あくまでも〈想像〉＝〈言語的命題〉を記したものなのである。

(17)　序にいえば、既存の観念や規範、あるいは文体や語彙をとりはらえば、純粋無垢な感覚与件が露表すると考えるのは、近代実証主義の浅薄な誤解にすぎない。

(18)　獨歩は「今の武蔵野」の後に、「わかれ」（「文芸倶楽部」明治三十一年十月）、「郊外」（「太陽」明治三十三年十月、ともに『武蔵野』に所収）等々、文字通り〈郊外〉における〈小さな物語、而も哀れの深い物語〉を書き継いでゆく。ちなみにそれらの文体が、ふたたび〈文語体〉に還っているのは興味深い。

(19) 先に引用した通り「欺かざるの記」明治二十九年十一月二十二日の記に、〈二葉亭の訳したるツルゲネフの片恋を読み終り〉、〈限りなき空想、妄想、煩悶、憂愁、此の心をかき乱しぬ〉とある。要するに獨歩は、一つの脈絡によって過去から未来へ続く〈物語〉の呪縛に耐ええないのである。まただからこそ「あひゞき」の引用も〈召使と百姓娘のシーン〉(前出コンラッド論文)を忌避したのであって、そのシーンが〈まだ当時の作家たちの力に余る対象であっ〉(同上)たわけではない。因みに、おそらく本質的には〈召使と百姓娘〉の悲恋物語であろう『猟人日記』が、「あひゞき」において(〈物語〉の必然に沿って)終始〈過去形〉で訳されているのは、引用の部分にも明らかである。

(20)「武蔵野」において、単に武蔵野の自然と対蹠的なものとして触れられていたにすぎない〈北海道の深林〉、〈人跡絶無の大森林〉の体験が、やがて獨歩の思想的主題の中心(〈驚異〉の哲学)となってゆくことは、「牛肉と馬鈴薯」(『小天地』明治三十四年十一月)や「岡本の手帳」(『中央公論』明治三十九年六月)に徴するまでもないが、ここではとりあえず「空知川の岸辺」(『青年界』明治三十五年十一月〜十二月、のち第三文集『運命』左久良書房、明治三十九年三月に所収)の数節を引用しておこう。〈余は時雨の音の淋しさを知つて居る、然し未だ曾て、原始の大森林を忍びやかに過ぎゆく時雨ほど淋びしさを感じたことはない。これ実に自然の幽寂なる私語である。深林の底に居て、此音を聞く者、何人か生物を冷笑する自然の無限の威力を感ぜざらん。怒濤、暴風、疾雷、閃雷は自然の虚喝である。彼の威力の最も人に迫るのは、彼の最も静かなる時である。高遠なる蒼天の、何の声もなく唯だ黙して下界を視下す時、曾て人跡を許さゞりし深林の奥深き処、一片の木の葉の朽ちて風なきに落つる時、自然は欠伸して曰く「あゝ我一日も暮れんとす」と、而して人間の一千年は此刹那に飛びゆくのである〉。〈露国の詩人は曾て森林の中に坐して、死の影の我に迫まるを覚えたと言つたが、実にさうである。又た曰く「人類の最後の一人が此地球上より消滅する時、木の葉の一片も其為にそよがざるなり」と〉。〈余は今も尚ほ空知川の沿岸を思ふと、あの冷厳なる自然が、余を引つけるやうに感ずるのである〉。〈何故だらう〉。

「武蔵野」を読む——六章をめぐって——

小論は前稿「『武蔵野』を読む——まず二、三章をめぐって——」（「繡」第十三号、平成十三年三月、本書所収）に次ぐものである。初めにその論旨を若干繰り返しておきたい。

——獨歩は明治二十九年四月、妻信子に去られて七転八倒、その〈秋の初から春の初まで、渋谷村の小さな茅屋に住〉む。その頃の日記（「欺かざるの記」）が、烈しい過去への呪詛や将来への不安に揺れているのは言うまでもない。しかしやがてそこに次のようないわゆる心境の変化が記されて行くのは興味深い。

まず十月二十八日、〈過去を見る勿れ。これ愚者の事なり。自然は前途を有するのみ。宇宙は進歩あるのみ〉。〈回顧する勿れ。われ尚ほ若し〉（十一月二日）。獨歩は〈過去〉を、追憶と悔恨としてしか存在しない〈過去〉を抹殺しようとする。だが翌三十年一月十八日、〈あゝ此の生の夢の如きかな〉、〈「将来」にあざむかれて「現実」に苦しみ、「過去」を追懐また後悔して「現在」に泣く〉、〈あゝ、これ生の不思議なるかな〉。獨歩は〈過去〉に固執することばかりか、〈前途〉に希望を託すことをも自らに禁ずる。いや〈将来〉から〈過去〉へ、いわば線状的に流れる（という）時間に翻弄されて、

〈夢の如〉く今日一日を送ることを自ら断ち切らなければならない。三月五日、〈此の一日を大胆に男らしく正義に高尚に勤勉に暮らせ。此の一日を楽み、此の一日をつとめ、此の一日に永久の生命と希望とを見出すべし。前途を夢むる勿れ〉。そして同十三日、〈不思議なる人生。げに不思議なる人生〉、〈あゝ、理想も実行も、将来も過去も、希望も後悔も、悉く今日に在り〉、〈人間の一生は凡て「今日」の中に在り。前途の夢よ、さめよ。年少の夢よ、さめよ。愚かなる影よ、消えよ。今日の中に明日あり、昨日あり〉、〈われはたゞ今日のわれなり。今日のわれ、これわが一生の実価のみ。空想を以てわれを欺く勿れ〉。

そしてこの間〈不思議なる人生〉の思いは、まさにその〈今日〉、〈現在〉眼前の事実に〈驚異嘆美して生活せんのみ〉(二十九年十月二十六日)という決意に向かってゆく。〈嗚呼、わが心のさめんことを。自然と人生とにつきて益々驚異せんことを〉(同二十九日)。しかもこの今〈現在〉眼前の事実にまるで不意打ちを食らうように〈驚く〉ことをおいて〈詩人〉はいず〈詩〉はない。〈人生に驚異すること益々深くして、われは愈々詩人たらんことを願ふ也〉(同十二月二十三日)。そしてこの今の一瞬一時に彼の正面に見え聞こえる〈武蔵野〉、一切の〈過去〉や〈将来〉、とは一切の未練や期待、一切の〈空想〉をそぎおとし、いわばだしぬけに、むきだしに立ちあらわれる〈武蔵野〉そのものを感受し、震撼として凝立せよ――。だが大急ぎで付け加えなければならないことは、「武蔵野」に描かるべきことが、決して彼の正面に見え聞こえるいわゆる〈知覚〉経験としての〈印象〉や〈感覚〉そのものではない、ということである。あくまでもそこから発する〈驚異〉であり、〈美〉さらには〈詩趣〉であることを忘れてはならない。――

さて第六章には〈武蔵野の夏〉が語られる。まず全文を引用しよう。

《今より三年前の夏のことであつた。自分は或友と市中の寓居を出でゝ三崎町の停車場から境まで乗り、其処で下りて北へ真直に四五丁ゆくと桜橋といふ小さな橋がある、それを渡ると一軒の掛茶屋がある、此茶屋の婆さんが自分に向て、「今時分、何にしに来たゞア」と問ふた事があつた。

自分は友と顔見合せて笑て、「散歩に来たのよ、たゞ遊びに来たのだ」と答へると、婆さんも笑て、それも馬鹿にした様な笑ひかたで、「桜は春咲くこと知《しら》ねえだね」と言つた。其処で自分は夏の郊外の散歩のどんなに面白いかを婆さんの耳にも解るやうに話して見たが無駄であつた。東京の人は呑気だといふ一語で消されて仕了つた。自分等は汗をふき〳〵、婆さんが剝て呉れる甜瓜《まくはうり》を喰ひ、茶屋の横を流れる幅一尺計りの小さな溝で顔を洗ひなどして、其処を立出でた。此溝の水は多分、小金井の水道から引たものらしく、能く澄で居て、青草の間を、さも心地よさゝうに流れて、をり〳〵こぼ〳〵と鳴ては小鳥が来て翼をひたし、喉を湿ほすのを待て居るらしい。しかし婆さんは何とも思はないで此水で朝夕、鍋釜を洗うやうであつた。

茶屋を出て、自分等は、そろ〳〵小金井の堤を、水上の方へとのぼり初めた。あゝ其日の散歩がどんなに楽しかつたらう。成程小金井は桜の名所、それで夏の盛に其堤をのこ〳〵歩くも余所目には愚かに見へるだろう、しかし其れは未だ今の武蔵野の夏の日の光を知らぬ人の話である。

空は蒸暑い雲が湧きいでゝ、雲の奥に雲が隠れ、雲と雲との間の底に蒼空が現はれ、雲の蒼空に接する処は白銀の色とも雪の色とも譬へ難き純白な透明な、それで何となく穏かな淡々しい色を帯びて居る、其処で蒼空が一段と奥深く青々と見える。たゞ此ぎりなら夏らしくもないが、さて一種の濁た色の霞のやうなものが、雲と雲との間をかき乱して、凡べての空の模様を動揺、参差、任放、錯雑の有様と為し、雲を劈《つんざ》く光線と雲より放つ陰翳とが彼方此方に交叉して、不羈奔逸の気が何処ともなく空中に微動して居る。林といふ林、梢といふ梢、草葉の末に至るまでが、光と熱とに溶けて、まどろんで、怠けて、うつら〳〵として酔て居る。林の一角、直線に断たれて其間から広い野が見える、野良一面、糸遊上騰して永くは見つめて居られない。

自分等は汗をふき乍ら、大空を仰いだり、林の奥をのぞいたり、天際の空、林に接するあたりを眺めたりして堤の上を喘ぎ〳〵辿てゆく。苦しいか?、どうして！ 身うちには健康がみちあふれて居る。

長堤三里の間、ほとんど人影を見ない。農家の庭先、或は藪の間から突然、犬が現はれて、自分等を怪しさうに見て、そしてあくびをして隠て仕了ふ。林の彼方では高く羽ばたきをして雄鶏が時をつくる、それが米倉の壁や杉の森や林や藪に籠つて、ほがらかに聞える。堤の上にも家鶏の群が幾組となく桜の陰などに遊で居る。水上を遠く眺めると、一直線に流れてくる水道の末は銀粉を撒たやうな一種の陰影のうちに消え、間近くなるにつれてぎら〳〵輝て矢の如く走てくる。自分達は或橋の上に立て、流れの上と流れのすそと見比べて居た。光線の具合で流の趣が絶えず変化して居る。水上が突然薄暗くなるかと見ると、雲の影が流と共に、瞬く間に走て来て自分達の上まで来て、ふと止まつて、急に横にそれて仕了ふことがある。暫くすると水上がまばゆく煌て来て、両側の林、堤上の桜、あたかも雨後の春草のやうに鮮かに緑の光を放つて来る。橋の下では何とも言ひやうのない優しい水音がする。これは水が両岸に激して発するのでもなく、又浅瀬のやうな音でもない。たつぷりと水量《みづかさ》があつて、それで粘土質の殆ど壁を塗つた様な深い溝を流れるので、水と水とがもつれてからまつて、揉み合て、自から音を発するのである。何たる人なつかしい音だらう！

"——Let us match
This water's pleasant tune
With some old Border song, or catch,
That suits a summer's noon."

の句も思ひ出されて、七十二歳の翁と少年とが、そこら桜の木蔭にでも坐つて居ないだらうかと見廻はしたくなる。自分は此流の両側に散点する農家の者を幸福《しやはせ》の人々と思つた。無論、此堤の上を麦藁帽子とステツキ一本で散歩する自分達をも。》（傍点等獨歩）

周知のように、この部分の直接の素材は「欺かざるの記」の次の記述であろう(1)。


《橋畔に茶屋あり。老媼老翁二人すむ。之に休息して後、境停車場の道に向ひぬ。

橋を渡り数十歩。家あり、右に折るゝ路あり。此の路は林を貫て通ずる也。

直ちに吾等此の路に入る。

林を貫て、相擁して歩む。恋の夢路！　余が心に哀感みちぬ。嬢に向て曰く。吾等も何時か彼の老夫婦の如かるべし。若き恋の夢もしばしならんのみと。

更らにこみちに入りぬ。計らず淋ひしき墓地に達す。古墳十数基。幽草のうちに没するを見る。

吾れ曰く。吾等亦た然るべし。と、

更らに林間に入り、新聞紙を布て坐し、腕をくみて語る、若き恋の夢！嬢は乙女の恋の香に醒（酔ヵ）ひ殆んど小児の如くになりぬ。吾に其の優しき顔を重げにもたせかけ、吾れ何を語るも只だ然り〳〵と答ふるのみ。日光、緑葉にくだけ、涼風林樹の間より吹き来る。回顧。寂又た寂。吾曰く、林は人間の祖先の家なりき。今は人、都会をつくりぬ。吾等は今ま自然児として此のうちに自由なるべしと。黙、又た黙。嬢は其の顔を吾か肩にのせ、吾が顔は嬢の額に磨す。嬢の右腕、力なげに吾が左腕をいだく。黙又た黙。嬢の霊、吾に入り、吾か霊、嬢に入るの感あり。吾れ、頭を挙げて葉のすき間より蒼天を望みぬ。言ふ可からざる哀感起る。吾れ曰く、吾が心何となく悲し。されど悲しきは思ふに両心相いだく、其の極に起る自然の情なるべし。此の悲哀の感は、吾か愛恋の情をして更らに深く更らに真面目ならしむと。嬢はたゞうなづくのみ。

林を去るに望み、木葉数枚をちぎり、記念となして携へ帰りぬ。境停車場にて乗車す。中等室、吾等二人のみ。不思議に数停車場遂に一人の吾等の室に来るものなし。吾等は坐を並て坐し、窓外の白雲、林樹、遠望を賞しつ、寧ろ汽車遅かれと願ひぬ。余か帰宅したるは五時半なり。》

ところで小森陽一氏はこの二文を比較し、まず「欺かざるの記」について、〈たしかに、信子と独歩は、武蔵野という空間に身を置いているのだが、この文章からはそうした実感は一切伝わってこない。それはなぜかと言えば、外界の世界が、漢語的な熟語表現によって、非常に概括的にくくられ、断片的に配置され、しかも外界の描写がある連続性をもって提示されるのではなく、外界を認識しようとする読者の意識を断ち切るように、信子との恋に有頂天になっている「余」の主観が割って入ってくるからである〉と言い、さらに〈「林間」「日光」「緑葉」「涼風林樹」「林」といったボキャブラリーは、紋切り型という以上に、一般化され概念化された対象しか読者には伝えず、武蔵野の個別的自然の像を伝達することはできないのである〉と評している。[2]

必ずしも同意するものではないが（第一この一文は、もともと〈武蔵野の個別的自然の像を伝達する〉ものではない）[3]、それはともかく、〈それに対して、『武蔵野』における同じ場所の描写は、まったく異質なものになっている〉と続けながら、小森氏は、あるいは小森氏も、そこに二葉亭四迷訳「あひゞき」の強い影響を指摘している。

そして〈『武蔵野』における同じ描写〉が〈まったく異質なものになっている〉理由について、小森氏は例の第三章における「あひゞき」の引用に続く、〈自分は十月二十六日の記に、林の奥に座して四顧し、傾聴し、睇視し、黙想すと書た。『あひびき』にも、自分は座して、四顧して、そして耳を傾けたとある〉という箇所を取り上げ、〈なぜ、林の中に座って、四方を見わたし、周囲の物音に耳をすます、という部分が重要なのだろうか〉と問い、〈それは、一言で言えば、言葉で表現しようとする世界の中に、自らの身体を内在させ、その身体の知覚・感覚的印象をとおして世界を把握し、言語表現を紡ぎ出していくことにほかならないからだ〉と言っている。

《もう少し厳密な言い方をすれば、小説に書かれている世界、物語内部の世界の情報を、そこに身体を内在させている表現主体の、身体的知覚・感覚を媒介にして読者に伝達する方法、ということになるだろう。従来の文学的批評用語を使えば、場面内部に内在する登場人物の視点描写を、『あひゞき』が実現しえていたということを、独歩は高く評価していたということになる。しかし「視点描写」という概念は、あまりにも視覚的情報を優位に置きすぎている。独歩は、明らかに「傾聴」すること、すなわち「耳を傾けた」ことにも注目している。つまり、視覚だけではなく聴覚的な機能も、同時に重視していることがわかるのだ。そうであるなら、そこに触覚や嗅覚や味覚があらわれても同様な効果を発揮することはまちがいない。》

そして小森氏は〈事実、ツルゲーネフの『猟人日記』の、表現上の最大の特質は、一人称の語り手である「自分」、一人の貴族の男が、自分の領地に赴き、ロシアの農村の自然の中にその身を置き、微細にかつ克明に、自分の知覚や感覚がとらえた外界の姿を、言葉に置き直していく、というところにある〉として、しかしこうした〈表現上の特質〉は必ずしもツルゲーネフの〈独創〉ではなく、彼が散文＝小説を書きはじめた〈フランス滞在中〉、まずフランス語で草稿を書き、それをロシア語に〈翻訳〉していたというエピソードに触れ、さらにその当時、フランス文学における散文＝小説が、〈すでにフローベールの洗礼、つまりは、あの『ボヴァリー夫人』の文体、登場人物の意識や知覚・感覚に即した描写の文体の洗礼を受けていた〉という事情に触れて、そうした〈文学的先進国フランスの新しい表現〉が、まさに〈翻訳を仲立ち〉としてロシアに及び、また二葉亭を通して日本の散文＝小説に影響を与えていった経緯を説くのである。

だが、このロシア、そして日本の既存の〈文体〉を変えたという新しい〈文体〉、〈登場人物の意識や知覚・感覚に即した描写の文体〉とは、〈もう少し厳密〉に言って、一体どういうものを意味しているのか？　小森氏は繰り返し、〈身体の知覚・感覚的印象をとおして世界を把握し、言語表現を紡ぎ出していく〉とか、〈微細にかつ克明に、自分の知覚や感覚がとらえた外界の姿を、言葉に置き直していく〉といっている。要するに〈知覚・感覚〉が直接とらえた外界の印象、とは直接所与としての〈知覚〉（〈感覚〉）そのものを、そのまま言葉に写しとってゆく、つまりは近代実証主義、あるいは写実主義の方法が想定されているといえるだろう。（そしてだからこそ、〈外界の「自然」を、その場面内部に身を置く、表現主体の身体的な知覚・感覚に即してとらえようとする表現は、微分的にならざるをえない〉とか、〈あたかも、《そのとき・そこだけ》の個別的光景であるかのような印象を読者に与えることになる〉とか、〈刻一刻と変化する個別場面内的時間の流れ、つまりその場面内部に身を置く、表現主体の身体的な知覚・感覚に即した時間の推移が表象されることにな〉る等々の、種々の言い方がされてゆくわけだろう。）

だがこれらのこと一切、つまり視覚なり聴覚なり、〈いまここ〉の直接所与としての〈知覚〉（〈五感〉）経験をそのまま言葉に写しとってゆくなどということは、実際に可能なことなのか。さらに言えば、〈いまここ〉の〈知覚〉（〈五感〉）与件をそのまま言葉に置き直そうとして（しかも現に言葉に置き直したとしても）、それが〈あたかも、《そのとき・そこだけ》の個別的光景であるかのような印象を読者に与えることになる〉などというのは、実は近代実証主義、写実主義の〈大いなる錯誤〉なのではあるまいか。(4)

たしかに獨歩は〈今の武蔵野の夏〉をめぐって、〈空は蒸暑い雲が湧きいでゝ、雲の奥に雲が隠れ、雲と雲との間の底に蒼空が現はれ、雲の蒼空に接する処は白銀の色とも雪の色とも譬へ難き純白な透明な、それで何となく穏かな淡々しい色を帯びて居る、其処で蒼空が一段と奥深く青々と見える〉と記す。一読、なるほど〈微細にかつ克明に、自分の知覚や感覚がとらえた外界の姿〉が、言葉に捉えられているように思える。（そして小森氏もいうように、〈ツルゲーネフの『猟人日記』が、二葉亭四迷によって翻訳されなければ、誰も「雲の蒼空に接する処」の美しさなどに注目しなかっただろうし、それを言葉で表現することすら思いつかなかった〉ともいってよい。）だが、独歩がさらに、〈たゞ此ぎりなら夏らしくもないが〉と続けていることの意味は重要である。つまり独歩が言葉にしようとするものは、単に〈自分の知覚や感覚がとらえた外界の姿〉、あるいは〈《そのとき・そこだけ》の個別的光景〉に留まらず、いわばそれを超えた〈夏らしさ〉全体なのである。

しかも独歩は、〈一種の濁た色の霞のやうなものが、雲と雲との間をかき乱して、凡べての空の模様を動揺、参差、任放、錯雑の有様と為し、雲を劈く光線と雲より放つ陰翳とが彼方此方に交叉して、不羈奔逸の気が何処ともなく空中に微動して居る〉と言葉を継ぐが、ここまで来ると、記述は〈知覚〉（〈五感〉）的要素、その個別性や具体性を離れ、〈動揺、参差、任放、錯雑の有様〉なり〈不羈奔逸の気〉なり、〈言葉〉つまり〈概念〉の普遍性や抽象性、とはまさに言語的命題そのものへと収斂していることが分かるのである。[5]

さらに〈林といふ林、梢といふ梢、草葉の末に至るまでが、光と熱とに溶けて、まどろんで、怠けて、うつら〳〵として酔て居る〉といい、〈林の一角、直線に断たれて其間から広い野が見える、野良一面、糸遊上騰して永くは見つめて居られない〉という。一見視覚（知覚）的光景が写し出されているようにみえるが、すべては〈光と熱とに溶けて、まどろんで〉、要するに〈永くは見つめて居られない〉。だからすべては漠然として、視覚（知覚）的細部を失っているとさえ言えるのだ。(6)

次いで、〈自分等は汗をふき乍ら、大空を仰いだり、林の奥をのぞいたり、天際の空、林に接するあたりを眺めたりして堤の上を喘ぎ〳〵辿てゆく。苦しいか？、どうして！　身うちには健康がみちあふれて居る〉と記述は続く。すでに〈武蔵野の夏〉、その圧倒的な世界全体の躍動――〈動揺、参差、任放、錯雑〉が身体を貫き、いわば自然と身体とが〈光と熱とに溶けて〉一体と化すのである。(7)

さて〈長堤三里の間〉以下、もはや細説する必要はあるまい。〈農家の庭先〉、〈犬〉、〈鶏〉、〈米倉の壁や杉の森や林や藪〉、そして〈水道〉。その次々に繰り広げられる光景はたしかに写生的、写実的である。しかしいわゆる〈挿絵〉の域を出るものではない。〈水上を遠く眺めると、一直線に流れてくる水道の末は銀粉を撒たやうな一種の陰影のうちに消え、間近くなるにつれてぎら〳〵輝て矢の如く走てくる。自分達は或橋の上に立て、流れの上と流れのすそと見比べて居た。光線の具合で流の趣が絶えず変化して居る〉。つまり要は、その光景の間断ない〈変化〉、さらには〈変化〉の〈趣〉であり、まさに自らを取り巻く外界＝自然全体の〈不羈奔逸の気〉なのである。(8)

そして〈水音〉。――〈橋の下では何とも言ひやうのない優しい水音がする〉。〈水と水とがもつれてからまつて、揉み合て、自から音を発するのである。何たる人なつかしい音だらう！〉。ところで「武蔵野」の語彙が、視覚の具体性、個別性よりも、むしろ聴覚の普遍性、一般性を志向していることは明かだが、ここに来てやはり作品世界は、〈音〉によって満たされてくる。しかもここでも〈音〉＝〈水音〉は、いわば個別的、具体的質量を超えて〈人なつかしい音〉という、きわめて抽象的なものとして聞こえてくるのである。

さらに第三章の〈風の音は人の思を遠くに誘ふ。自分は此物凄い風の音の忽ち近く忽ち遠きを聞ては、遠い昔からの武蔵野の生活を思ひつゞけた事もある〉という箇所をめぐってすでに前稿でも述べたが、いわば〈音〉は〈そのとき・そこだけ〉の〈知覚〉（〈五感〉）を超えて、空間的無限、のみならず時間的無限――〈遠い昔〉、〈遠い過去〉へと〈人の思〉を誘うだろう。いや〈音〉は往々、そうした〈なつかし〉さを伴って聞こえてくるものなのではないか。(9)

またたからこそ、〈Let us match ――〉以下、ワーズワスの詩「泉」の第二聯が引用され、〈七十二歳の翁と少年とが、そこら桜の木蔭にでも坐つて居ないだらうかと見廻はしたくなる〉と続く。要するに〈心よい水の調べ〉から、遠い歳月の隔たりの間に流れ過ぎた、遥かな〈時〉への哀惜が湧き上がってくるのだ。(10)

さて、「武蔵野」第二章から第五章が〈二十九年の秋の初から春の初まで〉の日記をもとに書かれているのに対し、第六章が〈今より三年前の夏〉の記憶をもとに書かれていることは、それぞれ冒頭の記述にある通りだが、そうだとすれば、これらすべてが〈過去〉の〈思ひ出〉、その〈想起〉であったことは断るまでもない。従ってすべては本来〈過去形〉の叙述となるはずのものだが、しかし実際は、出だしこそ〈過去形〉が多用されてはいるものの、ほとんど〈現在形〉の叙述に終始しているのは注意されてよい。そしておそらくここにはあの獨歩固有の、今この〈眼前〉の事実にまるで不意打ちを食らうように〈驚きたい〉、またその〈驚異〉をおいて〈詩人〉はいず〈詩〉はないという信念が介在しているといえるだろう。そしてたしかにその感動、いわば今〈現在〉一時一瞬の〈知覚〉（〈五感〉）経験において、人はつねに生々とこの生を生きているといえよう[11]。

だが無論、その信念は願望（〈驚きたい〉！）に終わっているといわざるをえない。なるほど〈そのとき・そこだけ〉の知覚経験、しかしそれがいかにそのまま〈言葉に置き直〉されたとしても、それは〈過去〉の〈思ひ出〉、その〈想起〉であり、とはつまり〈言葉〉において語られるしかないのである。しかもそうである以上、〈知覚〉（〈五感〉）、つまり色や形や音や味としてではなく、〈過去〉の言語的な構成、制作であり、了解、確認なのだ。だから〈想起〉とは〈過去〉の〈経験〉を〈現在〉において〈思ひ出〉すことだとしても、その時その場の〈知覚〉がそのまま再生されることでも再現されることでも決してないのである。

〈今から三年前の夏〉の〈光〉や〈水音〉、つまりその〈身体的知覚・感覚〉は、いかに〈微細かつ克明に〉記述されたとしても、その色や音が実際に蘇ってくるわけではない。要するに、〈そういうことがあった〉〈そういうことであった〉という〈言葉〉＝〈概念〉として、さらにいえば〈思ひ〉として、つまりその〈意味〉において語られたということなのである。

まただから、それはすべからくその時その場の直接経験からずれて、いわば後から事後的に〈物語〉られたものといえる。「牛肉と馬鈴薯」（「小天地」明治三十四年十一月）の岡本誠夫は〈「喫驚《びっくり》したいといふのが僕の願」〉という。〈「宇宙の不思議を知りたいといふ願ではない、不思議なる宇宙を驚きたいといふ願」〉、〈「死の秘密を知りたいといふ願ではない、死てふ事実に驚きたいといふ願」〉。つまり〈不思議なる宇宙〉、〈死てふ事実〉、まさにその空間的、時間的無限に圧倒され、震撼としていまここに〈驚きたいといふ願〉――。

しかし岡本は〈「無益《だめ》です、無益《だめ》です、いくら言つても無益《だめ》です」〉と言わざるをえない。なぜなら〈「喫驚《びつくり》したいと言ふけれど、矢張り単にさう言ふだけ」〉にすぎないからだ。

《「唯だ言ふだけのことか、ヒ、、、」

「さうか！　唯だお願ひ申して見る位なんですねハツ、、、」

「矢張り道楽でさアハツハツ、、ツ」と岡本は一所に笑つたが、近藤は岡本の顔に言ふ可からざる苦痛の色を見て取つた。》

〈「喫驚《びつくり》したい」〉という〈いまここ〉の願いは、すべて〈いまここ〉からずれて、〈言葉〉として〈言ふだけ〉のものにすぎない。だからその願いは〈「無益」〉であり、岡本はその〈顔に言ふ可からざる苦痛の色〉を浮かべざるをえない。しかしにもかかわらず、またたからこそそれは永遠の憧憬となるのだ。

そして「武蔵野」に帰れば、そこには、おそらく単に眼前の武蔵野の〈自然〉、その〈知覚〉〈感覚〉的風景が描かれているのではない。むしろその場に、その一瞬一時の感動に留まり、それと一体と化したいという永遠の憧憬こそが語られているのではないか。[12]

注

（1）「欺かざるの記」明治二十八年八月十一日の記述。
（2）『〈ゆらぎ〉の日本文学』「第一章〈ゆらぎ〉としての近代散文」（ＮＨＫブックス、平成十年九月）。なお以下小森氏からの引用はすべてこれによる。

(3) 〈恋〉の〈有頂天〉を生命の至福として、永遠なるものに止めおこうとする熱い思いを伝えて、むしろ名文といえるのではないか。

(4) 差し当たりヘーゲル『精神現象学』(樫山欽四郎訳)の一節を引用しておく。すなわち〈自分達の思いこんでいる一枚の紙を現に言い表わそうとしても、しかも現に言い表わそうとしたのであるが、それはできないことである。というのも思いこまれる感覚的なこのものは、意識に、つまりそれ自体で一般的なものに帰属する言葉にとっては、到達できないものであるからである〉(『世界の思想』第一期第十二巻、河出書房新社、昭和四十三年九月)。

(5) しかもそれらが終始、いわゆる〈漢文的語彙〉、〈熟語〉のもつ抽象性、概念性において的確に表現されていることは注目される。

(6) たとえばこの〈夏雲〉に関し、前田愛氏が〈しかし、このほとんど幻想的と呼んでもいい夏雲の描写〉(『幻景の街—文学の都市を歩く—』小学館、昭和六十一年十一月)と評しているのは面白い。

(7) そしてこれこそ獨歩の一貫した思想的主題——〈天地一体の感〉、自然と人間の〈冥合〉、〈一致〉、〈融化〉を表現するものといえよう。

(8) もとより〈今より三年前の夏〉(「欺かざるの記」明治二十八年八月十日)の記憶は、信子との別離の苦痛を思い起こさせるものであったに違いない。しかし獨歩はここで、信子一個の記憶を超えて、その一日の武蔵野散策——その自然との〈冥合〉、〈一致〉、〈融化〉の記憶をこそ確かなものとして想起していたのではないか。が、そうだとすれば、たとえばそれより二年前(「欺かざるの記」明治二十六年七月三十日)の記憶もまた鮮やかに想起されていなかったか。すなわち〈十時過ぎより、今井忠治氏と共に「目黒」に遠遊す。盛夏、郊外を歩す、妙は已に此の七字の中に在り、涼き並木原、香しき夏草のにほい、林を隔てゝきく荷車の音、地平線上に堆き雲の峯、木立の薄闇き蔭を走る水流、土橋、遠林、青田、渇、餓、汗、笑〉。因みに第六章冒頭の〈或友〉には、この今井忠治が想定されているという。

(9) 第三章で武蔵野の〈林〉の中の種々の〈音〉に言及されているが、その種々の〈音〉はやがて〈時雨の音〉という全域的なものとなり、しかも〈音〉そのものから〈幽寂〉さなるものに転じ、さらに〈此等の物音、忽ち起り、忽ち止み、次第に近づき、次第に遠ざかり、頭上の木の葉風なきに落ちて微かな音をし、其も止んだ時、自然の静粛を感じ、永遠《エタルニテー》の呼吸身に迫るを覚ゆるであらう〉と続く。つまり〈音〉一般と化し、というより無音の〈音〉（耳に聞こえぬ音、〈静粛〉）と化して、最後〈永遠《エタルニテー》の呼吸身に迫る〉思いへと化すのである。

(10) 再び「欺かざるの記」明治二十八年八月十一日の記述に帰れば、〈古墳十数基。幽草のうちに没するを見る〉、〈吾れ曰く。吾等亦た然るべし。と〉といい、〈言ふ可からざる哀感起る〉というのも、たしかに第六章の文面に重なるものといえる。

(11) その意味で言えば、獨歩はこの時〈自分の知覚や感覚がとらえた外界の姿を、言葉に置き直〉そうとした、いや〈自分の知覚や感覚〉に基くその時その場の〈驚異〉＝〈感動〉を〈言葉に置き直〉そうとしていたといえる。しかし問題は、それがそのままでは不可能だということである。序に言えば、既存の文体や語彙を取り払えば、純粋無垢な〈知覚〉（〈感覚〉）与件がそのまま露表すると考えるのは、それこそ近代実証主義、写実主義の浅薄な誤解にすぎない。

(12) 終わりにこれも前稿で触れたことだが、以下補説として付記しておこう。すなわち、たとえばはやく吉田精一氏は「二葉亭の影響」（『二葉亭案内』岩波書店、昭和二十九年六月）で「あひゞき」が〈林間の美を描いた〉といい、それも〈時々刻々にうつる自然〉の〈光と空気の微動〉、とは〈空の明暗、日光の強弱、音の振動〉を〈感覚的〉、〈印象的〉にとらえたという。そして吉田氏はそのことが〈日本の伝統的な自然観を一変〉させたとし、加えて〈伝統的な日本文学の場合には、人間の中に自然を包みこんで、感情化された自然を眺めるか、自然の中に我を没入せしめて、我も亦自然の一部もしくは点景となつてゐたか、どちらかの気配が濃い。ところが「あひびき」の啓示したのは、自然を自己に対立する存在として、有機的な肉体と生命をもつものとしてつかむ方法であつた〉とする。つまり吉田氏は「あひゞき」に、いわゆる対象を客観的、写実的にとらえるヨーロッパ近代文学におけるリアリズムの強い影響を見ているといえよう。だが新谷敬三郎氏は「二葉亭訳『あひゞき』の問題」(「比較文学年誌」第四号、昭和四十二年七月)で、吉田氏が〈伝統的な日本文学〉に対し、むしろ否定的に評した言葉、つまり〈人間の中に自然を包みこんで、感情化された自然を眺めるか、自然の中に我を没入せしめて、我も亦自然の一部もしくは点景となつてゐたか、どちらか〉という言葉をめぐって、〈それはそっくり『猟人日記』について語っているかのように思われる〉という。そして吉田氏も引くアルフォンス・ドオデエ『巴里の三十年』の記述に徴しつつ、〈ロシアの地主作家の自然描写がフランスのブルジョワ作家を驚かせたのは、おそらく人間のなかに自然を包みこむことによって、自然のなかに我を没入させ、自然を感情化するその表現にあった。ここにツルゲーネフ、ばかりでなくロシアの詩人たち、ことに彼と同世代のチュッチェフやフェートに基本的な自然観照の態度があった〉といい、さらに〈それは『猟人日記』をパリで書いていた作者の言葉によれば、「汎神論的な気分」、むしろ東洋の詩境に近い観照なのである。それは日本人にもなじみのある「自然」だった。ツルゲーネフの「詩想」にたいする二葉亭の俳諧的理解が生れたゆえんである。明治開化期の日本人がロシアの自然詩人に学んだものは、自分たちとは異質な自然観照ではなくて、むしろ同質の観照のうえに立った(それが同質であったが故に、その表現が比較的移調しやすかったのである)その言語表現の手法〉であったというのである。おそらくこの新谷氏の指摘は依然として注目すべきものといわざるをえない。曰く〈人間のなかに自然を包みこみ、〈自然のなかに我を没入させ〉る〈「汎神論的な気分」〉――。しかもこのことはツルゲーネフと二葉亭の関係にとどまらず、独歩との関係においても重要なものといわなければならない。要するに「あひゞき」が『猟人日記』の単なる翻訳とはいえないように、「武蔵野」も「あひゞき」の単なる模倣ではない。つまり単なる一方向的な影響関係を考えるよりも、むしろそれを受け取る側にどのような用意や背景があったか、しかもそれが個々の意識や意図を超えて、いわば自ずから現れ出ること等々を考えるべきではないか、ということであろう。なお、このいわゆる〈汎神論的な気分〉について、拙稿「『野の花』論争―〈大自然の主観〉をめぐって―」(「玉藻」第三十六号、平成十二年五月、本書所収)を御覧いただければ幸いである。

「忘れえぬ人々」――〈天地悠々の感、人間存在の不思議の念〉――

「忘れえぬ人々」は「国民之友」三六八号（明治三十一年四月）に発表され、第一短編集『武蔵野』（民友社、明治三十四年三月）に収録された。〈作品全体の要諦をその出発に於て示したもの[1]〉、あるいは〈彼の作品のすべてをコンデンスして、その意義を語つてゐる[2]〉ものといわれている。要するに獨歩生涯の代表作の一つである。

《多摩川の二子の渡をわたつて少しばかり行くと溝口といふ宿場がある。其中程に亀屋といふ旅人宿《はたごや》がある。恰度三月の初めの頃であつた、此日は大空かき曇り北風強く吹いて、さなきだに淋しい此町が一段と物淋しい陰鬱な寒むさうな光景を呈して居た。昨日《きのふ》降つた雪が未だ残つて居て高低定らぬ茅《わら》屋根《やね》の南の軒先からは雨滴《あまだれ》が風に吹かれて舞うて落ちて居る。草鞋の足痕に溜つた泥水にすら寒むさうな漣が立て居る。日が暮れると間もなく大概の店は戸を閉めて了つた。闇い一筋町が寂然《ひつそり》として了つた。旅人宿だけに亀屋の店の障子には燈火《あかり》が明く射して居たが、今宵は客も余りないと見えて内もひつそりとして、をり〳〵雁頸の太さうな煙管で火鉢の縁を敲く音がするばかりである。》

そこへ年の頃二十七、八、洋服、脚絆、草鞋、鳥打帽、蝙蝠傘、革包《かばん》という格好の男が宿を求めた。

東京の者で川崎から来て八王子へ向かうという。亀屋の主人は無愛嬌な六十あまりの肥満体だが、〈正直なお爺《やぢ》さんだなと客は直ぐ思つた〉。(3)

七番に通されたこの客は先客の六番の客と親しくなり、遅くまで話をする。先客は無名の画家秋山松之助、七番の客はこれも無名の文学者大津弁二郎。(4)美術論にはじまり文学論から宗教論、さらには〈現今《いま》の文学者や画家の大家を手ひどく批評して十一時が打つたのに気が付かなかつた〉――。

話はその後、大津が秋山に請われて、半紙十枚ばかりの〈「忘れ得ぬ人々」〉と題する自作の原稿を読む場面に続く。

《「忘れ得ぬ人は必ずしも忘れて叶ふまじき人にあらず、見玉へ僕の此原稿の劈頭第一に書いてあるのは此句である。」》

《「親とか子とか又は朋友知己其ほか自分の世話になつた教師先輩の如きは、つまり単に忘れ得ぬ人とのみはいへない。忘れて叶ふまじき人といはなければならない、そこで此処に恩愛の契もなければ義理もない、ほんの赤の他人であつて、本来をいふと忘れて了つたところで人情をも義理をも欠かないで、而も終に忘れて了ふことの出来ない人がある。」》

そして大津は自分の〈忘れ得ぬ人々〉について語りはじめる。――

初めは〈十九の歳の春の半頃〉、〈少し体躯《からだ》の具合が悪いので暫時らく保養する気で東京の学校を退《ひ》いて国へ帰へる、其帰途《かへりみち》〉、大阪から汽船で瀬戸内海を渡っていた時の出来事である。〈殆んど一昔も前の事であるから、僕の其時の乗合の客がどんな人であつたやら、船長がどんな男であつたやら、茶菓を運ぶ船奴《ボオイ》の顔がどんなであつたやら、そんなことは少しも憶へて居ない。

《「たゞ其時は健康が思はしくないから余り浮き〳〵しないで物思に沈むで居たに違いない。絶えず甲板の上に出で将来の夢を描ては此世に於ける人の身の上のことなどを思ひつゞけてゐたことだけは記憶してゐる。勿論若いものゝ癖で其れも不思議はないが。其処で僕は、春の日の閑かな光が油のやうな海面に融け殆んど漣も立たぬ中を船の船首《へさき》が心地よい音をさせて水を切て進行するにつれて、霞たなびく島々を迎へては送り、右舷左舷の景色を眺めてゐた。菜の花と麦の青葉とで錦を敷たやうな島々が丸で霞の奥に浮いてゐるやうに見える。そのうち船が或る小さな島を右舷に見て其磯から十町とは離れない処を通るので僕は欄《らん》に寄り何心なく其島を眺めてゐた。山の根がたの彼処此処に背の低い松が小杜を作つてゐるばかりで、見たところ畑もなく家らしいものも見えない。寂《しん》として淋びしい磯の退潮《ひきしほ》の痕が日に輝《ひか》つて、小さな波が水際《みぎは》を弄んでゐるらしく長い線《すぢ》が白刃のやうに光つては消えて居る。無人島《むにんたう》でない事はその山よりも高い空で雲雀が啼てゐるのが微かに聞えるのでわかる。田畑ある島と知れけりあげ雲雀、これは僕の老父《おやぢ》の句であるが、山の彼方《むかふ》には人家があるに相違ないと僕は思ふた。と見るうち退潮の痕の日に輝つてゐる処に一人の人がゐるのが目についた。たしかに男である、又た小供でもない。何か頻りに拾つては籠か桶かに入れてゐるらしい。二三歩《ふたあしみあし》あるいてはしやがみ、そして何か拾ろつてゐる。自分は此淋しい島かげの小さな磯を漁つてゐる此人をぢつと眺めてゐた。船が進むにつれて人影が黒い点のやうになつて了つた、そのうち磯も山も島全体が霞の彼方に消えて了つた。その後今日が日まで殆ど十年の間、僕は何度此島かげの顔も知らない此人を憶ひ起したらう。これが僕の『忘れ得ぬ人々』の一人である。》（傍点獨歩）

大津は次いで、弟と二人で阿蘇を旅した時、馬子唄を唄いながら空車の手綱を牽いて通り過ぎた二十四、五の〈屈強な壮漢《わかもの》〉、また四国の三津ヶ浜で汽船便を待った時、雑踏の中で琵琶を弾いていた四十五、六の〈一人の琵琶僧〉について語るのである。

大津はまだ他にも、〈北海道歌志内《うたしない》の鉱夫、大連湾頭の青年漁夫、番匠川の瘤ある舟子〉について触れるのだが、それ等についてはしばらく措いて、その後に大津は、〈僕がなぜ此等の人々を忘るゝことが出来ないかといふ、それは憶ひ起すからである。なぜ僕が憶ひ起すだらうか〉と問うて、次のように言う。

《「要するに僕は絶えず人生の問題に苦しむでゐながら又た自己将来の大望に圧せられて自分で苦しんでゐる不幸《ふしあはせ》な男である。

「そこで僕は今夜《こよひ》のやうな晩に独り夜更て燈《ともしび》に向つてゐると此生の孤立を感じて堪え難いほどの哀情を催ふして来る。その時僕の主我の角がぽきり折れて了つて、何んだか人懐かしくなつて来る。色々の古い事や友の上を考へだす。其時油然として僕の心に浮むで来るのは則ち此等の人々である。さうでない、此等の人々を見た時の周囲の光景の裡に立つ此等の人々である。我れと他と何の相違があるか、皆な是れ此生を天の一方地の一角に享けて悠々たる行路を辿り、相携へて無窮の天に帰る者ではないか、といふやうな感が心の底から起つて来て我知らず涙が頬をつたふことがある。其時は実に我もなければ他《ひと》もない、たゞ誰れも彼れも懐かしくつて、忍ばれて来る、

「僕は其時ほど心の平穏を感ずることはない、其時ほど自由を感ずることはない、其時ほど名利競

争の俗念消えて総ての物に対する同情の念の深い時はない。》

　さて大津はこうして、瀬戸内海の〈淋しい島かげの小さな磯を漁つてゐる〉男以下、次々に〈「忘れ得ぬ人々」〉のことを語る。が、〈なぜ此等の人々を忘るゝことが出来ないか〉？〈それは憶ひ起すからである〉。では、一体なにを、どう〈憶ひ起す〉というのか。

　大津は自分を〈自己将来の大望に圧せられて自分で苦しんでゐる不幸《ふしあはせ》な男〉という。おそらく彼は過去から現在、将来へと確実に連続するはずの時間を信じ、だからそこに自らの生の証を積み重ねることを期待して、それゆえの緊張と不安に苦しむ〈不幸な男〉なのだといえよう。[5] が彼は、時に〈今夜《こよひ》のやうな晩に独り夜更て燈に向つてゐると〉、その確実に持続するはずの時間が、悠久であるがゆえに実は初めも終わりもなく、ただ今の一瞬一瞬に生滅するものでしかないと知つて、それゆえに、いわば宏大なる宇宙に浮遊する芥子粒のごとき、〈此生の孤立を感じて堪え難いほどの哀情を催ふして来る〉というのだ。

　そしてその時、〈僕の主我の角がぼきり折れて了つて、何んだか人懐かしくなつて来る〉という。〈我もなければ他《ひと》もない、たゞ誰れも彼れも懐かしくつて、忍ばれて来る〉ともいう。あるいは〈名利競争の俗念〉、それへのこだわりから解き放たれて〈心の平穏〉、〈自由〉、すべてのものに対する深い〈同情の念〉に包まれて来るともいうのである。

　そして、そういう時だ。〈油然として僕の心に浮むで来るのは則ち此等の人々である。さうでない、此等の人々を見た時の周囲の光景の裡に立つ此等の人々である〉というのは――。

注意すべきは、彼が〈憶ひ起す〉のは〈此等の人々〉そのものでもなく、〈周囲の光景〉そのものでもない、ということである。〈周囲の光景の裡に立つ〉、とともに、やがて〈周囲の光景の裡〉に消える〈此等の人々〉というべきか。〈我れと他と何の相違があるか、皆な是れ此生を天の一方地の一角に享けて悠々たる行路を辿り、相携へて無窮の天に帰る者ではないか、といふやうな感が心の底から起つて来て我知らず涙が頬をつたふことがある〉。いわば一切が、やがて〈無窮の天に帰る〉ということのはかなさ、がむしろ一切が、やがて〈無窮の天に帰る〉ということの〈懐かし〉さ、まさにそのことをめぐる〈感動〉こそが、〈忘れえぬ人々〉の姿を招き寄せるのである。

〈自分は此淋しい島かげの小さな磯を漁つてゐる此人をぢつと眺めてゐた。船が進むにつれて人影が黒い点のやうになつて了つた、そのうち磯も山も島全体が霞の彼方に消えて了つた〉——。たしかにその人影は〈黒い点のやうになつて〉、やがて〈霞の彼方に消えて〉ゆくのである。

ところで、大森荘蔵氏は〈憶ひ起す〉＝〈想起〉ということについて以下のように言う[(6)]。すなわち——人の経験には二つの様式があり、その一つが〈知覚〉と〈行動〉の様式、〈今現在の経験〉の様式であり、もう一つが〈想起〉の様式、〈過去の経験〉の様式である。そして〈想起経験〉とは〈かつて〉の〈知覚〉、〈行動〉の再現や再生ではなく、〈そうであった〉、〈ああであった〉という過去形の経験なのである。つまり過去なるものとして今ただ今、言語的に〈想起〉する——だから過去とは〈過去物語〉以外のなにものでもないのである。

あるいは〈過去の記述は言語による記述であって、非映像的、非知覚的であり、高々その記述の挿絵として映像が働くに過ぎない〉。〈そうであった〉、〈ああであった〉という、あくまで〈言葉〉の〈意味〉が時をおいて語り出されるのである。そこに映像が浮かび上がるとしても、要はその映像を挿絵とするところの〈物語〉であるといわなければならない。換言すれば、挿絵の〈意味〉は、それを挿絵とする〈物語〉において与えられているのであって、その逆ではないのである。(7)

そして、瀬戸内海の小島の漁夫の話に戻れば、それはあたかも一幅の絵として描写されているかに見える。しかしそれは〈光景〉として知覚的、視覚的に描かれているのでもなく、客観的、対象的に写されているのでもない。人間とその背景としての自然が、あたかも一幅の絵のように言語的に記述された〈物語〉。――人が、〈此生を天の一方地の一角に享けて悠々たる行路を辿り、相携へて無窮の天に帰る〉ということの〈感動〉。まさにそのように天と地と人はもと一体という〈感動〉こそが、現在に〈想起〉されているのだといえよう。

獨歩は、おそらく大津が目撃したという、瀬戸内海の小島の漁夫をめぐる原体験を、「明治二四年日記」の五月三日の項に次のように記している。

《此の際余の感情を痛く刺撃したるは、寂寞たる小島の海浜にひとりの人間あり、定めて彼しこの山かげに見る茅屋の主人なるべし、黙々として何かあさり居たり。余が、眼裏、彼を映じたる一刹那、嗚呼かくしても一生涯は一生涯なりとの感、熱涙と共に突き起る。而も顧みて吾を思ひ、吾及び多くの人々も亦密に考究し来れば、或る無形の一小島に碌々生涯を送る者なる事を感じ、人間は小なる者哉と思ひたり。》

多分獨歩はこの経験を、直後（〈想起〉し、こうして〈言葉〉に）綴った。しかもここにこうして綴られたものは、言うまでもなく、単に視覚的、写実的な映像にとどまらない。〈余が、眼裏、彼を映じたる一刹那、嗚呼かくしても一生涯は一生涯なりとの感、熱涙と共に突き起〉り、ともに〈彼〉が〈無形の一小島に碌々生涯を送る者なる事を感じ、人間は小なる者哉〉という感慨が湧き起こったということ、むしろそのことこそが記されているのだといえよう。

さらに獨歩は明治二十六年九月十三日の中桐確太郎宛書簡に、〈小生嘗て中国の内海、水島灘を航す。甲板の上を瞑想して往来す、忽ち孤島の中一個の人影を認め、甚だ感激したることあり〉と書く。ここでも〈甚だ感激したること〉そのことが〈憶ひ起〉されているのだ。

こうして獨歩は繰り返しこの〈感激〉を反芻し、それが大津の〈「忘れ得ぬ人々」〉の〈忘れえぬ〉所以として、ここに構成され整理されたのだといえよう。――

なおこの二つの記述をめぐって山田博光氏は、〈この体験の注目すべきは、まだ、ワーズワスもカーライルも本格的に読んでいない時期のものだということである。すなわち、忘れえぬ人々の原体験は独歩自身のものであって、それがかえって、カーライルやワーズワスを招きよせたといえる〉と解説している。[8]

もとより〈原体験は独歩自身のもの〉であるとしても、その〈体験〉が〈体験〉となるには、あの〈感慨〉――〈人間は小なる者哉〉という、しかもすべてはやがて無限の時空に帰一するというそれにおいてであること、再説するまでもあるまい。

しかもそうであるとすれば、そのいわゆる〈天地人一体の感〉は、たしかにワーズワスやカーライル以前のものであり、いうなれば獨歩生来の、というより、まさにその少年期より涵養されてきた伝統的、東洋的思想であったとすることが出来るのではないか。

たとえばそれは、王陽明の〈天地万物[10]はもともと自己と一体《ひとつながり》〉、〈天地万物は人と本来一体のもの〉という思想[9]。いや、そう特定しなくとも、人間の存在は〈天地〉あるいは〈宇宙〉に深々とその身を包まれているという近世的、儒教的教養であったということが出来るといえよう[11]。

ところで柄谷行人氏は「忘れえぬ人々」を論じ、この〈瀬戸内海の小島の漁夫〉の一節を引きつつ、〈島かげにいた男は、「人」というよりは「風景」としてみられている〉と言い、〈忘れえぬ人々〉とは〈風景としての人間である〉と言う[12]。

また宇佐美圭司氏の論[13]に示唆されながら、〈西洋中世の絵画と「山水画」は、「風景画」に対して共通したところがある。それは、前者の場合、いずれも「場」が超越論的なものだという点である。山水画家が松林を描くとき、まさに松林という概念（意味されるもの）を描くのであって、実在の松林ではない。実在の松林が対象としてみえてくるためには、この超越論的な「場」が転倒されなければならない。遠近法がそこにあらわれる。厳密にいえば、遠近法とはすでに遠近法的転倒として出現したのである〉と言う。

そしてその〈転倒〉の端緒をレオナルド・ダ・ヴィンチの「モナリザ」に遡り、オランダの精神病理学者ファン・デン・ベルクの言を、――〈モナリザ〉の背景にある風景は〈まさにそれが風景であるがゆえに風景として描かれた、最初の風景〉、つまり〈純粋な風景〉であって、〈人間の行為のたんなる背景〉ではない、それは〈中世の人間たちが知らなかったような自然、それ自身のなかに自足してある外的自然であって、そこからは人間的な要素は原則的にとりのぞかれてしまっている〉と訳出しつつ、〈絵画に生じたことはまったく同様に哲学にも生じている。デカルトのコギトは、いわば遠近法の産物なのだ〉と言い、〈思惟される対象が均質で物理学的なものとして、つまり延長としてあらわれた〉と論じて、〈これは、「モナリザ」において、背景が非人間化された風景としての風景となったのと同じである〉と言っている。

そして柄谷氏は、この〈風景画の侵略〉（ポール・ヴァレリー）が世界的な規模で生じた結果、日本では明治二十年代、まず〈風景の発見〉の萌芽が見られ、次いで三十年代、その典型的な〈認識の布置〉、あるいは〈価値の転倒〉が現れる、そしてその決定的な例証こそが獨歩の「武蔵野」、とりわけ「忘れえぬ人々」だと言うのである。

しかしすでに見たように、「忘れえぬ人々」における〈風景〉（それをひとまず〈風景〉というとして）は、単に外に見える〈風景〉でもなく、〈人間から疎遠化された風景としての風景〉でもない。繰り返せば、それはその〈風景〉を挿絵とする〈物語〉、言語的な〈感動〉なのであって、それ以外ではない。人はその生を〈天の一方地の一角に享けて悠々たる行路を辿り、相携へて無窮の天に帰る者ではないか、といふやうな感〉――。その意味で、その〈風景〉とは依然として、きわめて〈人間的な要素〉、つまり〈宗教的・歴史的な主題〉や〈概念〉（あのいわゆる伝統的、近世的思想の流れ）を湛えていることを、見落としてはならない。[14]

さて、次なる〈忘れ得ぬ人〉は〈今から五年ばかり以前〉の正月、大津が弟と二人で阿蘇を旅したときのことである。まず〈噴火口まで登〉る。——

《「其時は日がもう余程傾いて肥後の平野を立籠めてゐる霧靄《もや》が焦げて赤くなつて恰度其処に見える旧噴火口の断崖と同じやうな色に染つた。円錐形に聳えて高く群峰を抜く九重嶺の裾野の高原数里の枯草が一面に夕陽《せきやう》を帯び、空気が水のやうに澄むでゐるので人馬の行くのも見えさうである。天地寥廓、而《しか》も足もとでは凄じい響をして白煙濛々と立騰り真直ぐに空を衝き急に折れて高嶽《たかたけ》を掠め天の一方に消えて了ふ。壮といはんか美といはんか惨といはん歟、僕等は黙然《だまつ》たまゝ一言も出さないで暫時《しばら》く石像のやうに立て居た。此時天地悠々の感、人間存在の不思議の念などが心の底から湧て来るのは自然のことだらうと思ふ。」》

二人は山を下りる。〈村に出た時は最早《もう》日が暮れて夕闇ほのぐらい頃であつた。村の夕暮のにぎはいは格別で、壮年男女は一日の仕事のしまいに忙がしく子供は薄暗い垣根の蔭や竈の火の見える軒先に集まつて笑つたり歌つたり泣いたりしてゐる〉。〈僕は荒涼たる阿蘇の草原から駈け下りて突然、この人寰に投じた時ほど、これらの光景に搏たれたことはない〉。二人は引き続き〈宮地を今宵の当に歩るいた〉。

《「一村離れて林や畑の間を暫らく行くと日はとつぷり暮れて二人の影が明白《はつきり》と地上に印《いん》するやうになつた。振向いて西の空を仰ぐと阿蘇の分派の一峰の右に新月が此窪地一帯の村落を我物顔に澄むで蒼味がゝつた水のやうな光を放てゐる。二人は気がついて直ぐ頭の上を仰ぐと、昼間は真白に立のぼる噴煙が月の光を受て灰色に染つて碧瑠璃の大空《おほぞら》を衝て居るさまが、いかにも凄じく又た美しかつた。

長さよりも幅の方が長い橋にさしかゝつたから、幸と其欄に倚つかゝつて疲れきつた足を休めながら二人は噴煙のさまの様々に変化するを眺めたり、聞くともなしに村落の人語の遠くに聞こゆるを聞いたりしてゐた。すると二人が今来た道の方から空車《からぐるま》らしい荷車の音が林などに反響して虚空に響き渡つて次第に近いて来るのが手に取るやうに聞こえだした。

「暫くすると朗々《ほがらか》な澄むだ声で流して歩るく馬子唄が空車の音につれて漸々と近づいて来た。僕は噴煙を眺めたまゝで耳を傾けて、此声の近づくのを待つともなしに待つてゐた。

「人影が見えたと思ふと『宮地やよいところじや阿蘇山ふもと』といふ俗謡《うた》を長く引いて丁度僕等が立てゐる橋の少し手前まで流して来た其俗謡の意《こゝろ》と悲壮な声とが甚麼《どんな》に僕の情《こゝろ》を動かしたらう。二十四五かと思はれる屈強な壮漢《わかもの》が手綱を牽いて僕等の方を見向きもしないで通つてゆくのを僕はぢつと睇視《みつ》めてゐた。夕月の光を背にしてゐたから其横顔も明毫《はつきり》とは知れなかつたが其逞しげな体躯《からだ》の黒い輪廓が今も僕の目の底に残つてゐる。》

この阿蘇山麓の馬子の話は、〈忘れ得ぬ人々〉の内でもっとも典型的な例といえるだろう。まず肥後の平野に立ち籠める〈霧靄《もや》〉、旧噴火口の〈断崖〉、高原数里一面の〈枯草〉、すべてが〈夕陽〉に赤く映え、しかも空気は水のように澄んで〈天地寥廓〉、さらに〈足もとでは凄じい響をして白煙濛々と立騰り真直ぐに空を衝き急に折れて高獄を掠め天の一方に消えて〉ゆく——このまさに神話的なまでに荘厳、雄大な景観、〈壮といいはんか美といいはんか惨といいはん歟〉、そしてすでにこの時、〈天地悠々の感、人間存在の不思議の念〉が湧いて来るのは〈自然のことだらう〉というのだ。

次いで、〈阿蘇の草原から駈け下りて突然〉、〈人寰に投じた時〉のこと、つまり自然と人間の交響、一体の〈感動〉が記されるのだが、このことは後述に譲ろう。

さらに、〈西の空を仰ぐと阿蘇の分派の一峰の右に新月が此窪地一帯の村落を我物顔に澄むで蒼味がゝつた水のやうな光を放〉ち、〈昼間は真白に立のぼる噴煙が月の光を受て灰色に染つて碧瑠璃の大空を衝て居る〉。つまり〈月の光〉の下、涯しない高みへと噴き上げる〈噴煙〉、そこにかもし出される無限なる空間という思い、その畏怖ともいうべき〈感動〉。

しかもその時、〈空車《からぐるま》らしい荷車の音が林などに反響して虚空に響き渡つて次第に近いて来〉、〈暫くすると朗々《ほがらか》な澄むだ声で流して歩るく馬子唄が空車の音につれて漸々と近づいて来〉る。――〈夕月の光〉の下、〈空車の音〉と〈馬子唄〉が〈虚空に響き渡〉り、まるで〈噴煙〉と同じように、天空に吸われてゆく。その〈噴煙〉や〈音〉や〈声〉、いや一切が、いわば世界の無限性に包摂され溶融し、そしてそこに兆す圧倒的な〈感動〉こそが、傍を行く〈〈周囲の光景の裡に立つ〉〉〈屈強な壮漢《わかもの》〉の姿をして〈忘れ得ぬ人々〉の一人へと結晶させたのだといえよう。

無論これはすでに、いわゆる一幅の絵という域を越え出ているといえる。場所そのものの移動、色彩の変化、立ち昇る〈噴煙〉の形状、そして〈屈強な壮漢《わかもの》〉の通過等、視覚的要素に加え、〈噴煙〉の〈凄じい響〉、〈村落の人語〉、〈荷車の音〉、そして〈壮漢《わかもの》〉の〈馬子唄〉等の聴覚的要素――。実にそれは動く映像と音響が合成した映画的世界だといえよう。(15)

しかし言うまでもなく、大津が〈憶ひ起〉こすのは、単に視覚（色や形）、聴覚（音や声）の個別的、具体的な知覚経験でもなければ、その合成でもない。それら直接的な知覚経験を超えた——たとえば色彩ならその神秘性、形状ならその力動感、ことに音や声が反響し拡散し、やがて天空へと消えてゆく、そうしたことの全体が誘う、いわば無窮なる世界への一体化という、一種崇高なる〈感動〉、まさに〈天地悠々の感、人間存在の不思議の念〉、そのような抽象的、普遍的な〈思ひ〉（〈概念〉あるいは〈物語〉）こそが、[16]時を隔てて大津の繰り返し〈想起〉するものだったのである。[17]

そして、そうだとすれば「忘れえぬ人々」における〈風景〉（ここでもそれを〈風景〉というとして）は、〈非人間化された風景としての風景〉などではない。つまりデカルトのコギトにとらえられた〈物理学的なもの〉、あるいは〈延長〉、換言すれば〈主観〉（〈意識〉〈内面〉）に映し出された〈客観〉世界、その幾何学的、運動学的にのみ描き出された、いわば〈死物世界〉（大森氏）などではない。いや、〈天地万物は人と本来一体のもの〉——、そのような主客分節以前、近代認識論以前において、人が世界に深々とその身を抱かれ、また生々とその身を生かされているという感銘、いわばその世界との共生（そしてその言語的意味）こそが、まさに〈忘れ得ぬ人々〉の意味として、時を越えて反復追憶されていたことは繰り返すまでもあるまい。[18]

さて、第三話目は〈四国の三津ケ浜に一泊して汽船便を待つた時のこと〉である。

《「夏の初めと記憶してゐるが僕は朝早く旅宿《やど》を出て汽船の来るのは午後と聞たので此港の浜や町を散歩した。奥に松山を控えてゐる丈け此港の繁盛は格別で、分けても朝は魚市が立つので魚市場の近傍の雑沓は非常なものであつた。大空は名残なく晴れて朝日麗らかに輝き、光る物には反射を与へ、

色あるものには光を添へて雑沓の光景を更らに殷々《にぎ〳〵》しくしてゐた。》
雑踏の光景。しかし〈僕は全くの旅客で此土地には縁もゆかりも無い〉。それで〈何となく此等の光景が異様な感を起させて、世の様を一段鮮かに眺めるやうな心地〉がする。〈僕は殆んど自己《おのれ》を忘れて此雑沓の中《うち》をぶら〳〵と歩るき、やゝ物静なる街《ちまた》の一端《はし》に出た〉。

《「すると直ぐ僕の耳に入つたのは琵琶の音であつた。其処の店先に一人の琵琶僧が立つてゐた。歳の頃四十を五ツ六ツも越たらしく、幅の広い四角な顔の丈の低い肥満た漢子《をとこ》であつた。其顔の色、其眼の光は恰度悲しげな琵琶の音に相応《ふさは》しく、あの咽ぶやうな糸の音につれて謡ふ声《こえ》が沈んで濁つて淀むでゐた。巷の人は一人も此僧を顧みない、家々の者は誰も此琵琶に耳を傾ける風も見せない。朝日は輝く浮世は忙はしい。

「しかし僕はぢつと此琵琶僧を眺めて、其琵琶の音に耳を傾けた。此道幅の狭い軒端の揃はない、而も忙《せは》しさうな巷の光景が此琵琶僧と此琵琶の音《ね》とに調和しない様で而も何処《どこか》に深い約束があるやうに感じられた。あの嗚咽する琵琶の音《ね》が巷の軒から軒へと漂ふて勇ましげな売声や、かしましい鉄砧《かなしき》の音に雑ざつて、別に一道の清泉が濁波の間を潜ぐつて流れるやうなのを聞いてゐると、嬉しさうな、浮き〳〵した、面白ろさうな、忙《いそが》しさうな顔つきをしてゐる巷の人々の心の底の糸が自然の調《しらべ》をかなでてゐるやうに思はれた、『忘れえぬ人々』の一人は則ち此琵琶僧である。」》

ところで、この四国三津ヶ浜の琵琶僧の話の背景は、前二話のように、かならずしも雄大、宏大なる〈自然〉というわけではない。しかもそれでもなお〈忘れ得ぬ人々〉の一話たりえるのはなぜか。

北野昭彦氏はそれを、いずれもが〈「旅」の途上〉で遭遇したものであるとして、「空知川の岸辺」（「青年界」明治三十五年十一月〜十二月）(19)の次の一節を引例しながら、論述している。(20)

《利害の念もなければ越方行末の想《おもひ》もなく、恩愛の情もなく憎悪の悩もなく、失望もなく希望もなく、たゞ空然として眼を開き耳を開いて居る。旅をして身心共に疲れ果てゝ猶ほ其身は車上に揺られ、縁もゆかりもない地方を行く時は往々にして此の如き心境に陥るものである。かゝる時、はからず目に入つた光景は深く脳底に彫《ゑ》り込まれて多年これを忘れないものである。》

たしかに〈「旅」の途上〉なればこそ、〈縁もゆかりもない地方を行〉き、〈利害の念〉も〈恩愛の情〉も〈失望〉も〈希望〉も脱落して、〈空然として眼を開き耳を開〉く。そしてそれと同じように大津は、〈縁もゆかりも無い〉三津ヶ浜の雑踏にいて、〈殆んど自己《おのれ》を忘れ〉、〈世の様を一段鮮かに眺めるやうな心地〉になるのだ。（序にいえばそれは、大津が旅の途次、あの溝口の宿の夜に、〈主我の角がぼきり折れ〉、〈名利競争の俗念消えて〉、〈其時は実に我もなければ他もない、たゞ誰れも彼れも懐かしくつて〉と偲んだ〈平穏〉にして〈自由〉な心の境位に通うものだといえよう。(21)）

するとその時、大津の耳に〈琵琶の音〉、そしてその〈咽ぶやうな糸の音につれて謡ふ声〉が、〈沈んで濁つて淀む〉ように聞えてくる。〈僕はぢつと此琵琶僧を眺めて、其琵琶の音に耳を傾け〉る――。

北野昭彦氏は同じ論で、前話における馬子唄のそれ（〈其俗謡《うた》の意《こゝろ》と悲壮な声〉）と同じく、この琵琶の音や琵琶僧の声が、〈音楽的感動とともに人間の生命感を大津に感じさせ、ひいては、独歩のいう

「人間胸臆《ママ》の深底に於て発する幽音悲調」（「欺かざるの記」明治二十六年三月三十一日）を感じさせたのだ〉と指摘している。(22)

〈音楽的感動〉。だがそれにしてもなぜそれが、〈人間の生命感を大津に感じさせ〉たのか。おそらく馬子唄が虚空に響きわたり、そして吸われていったように、〈嗚咽する琵琶の音が巷の軒から軒へと漂〉い、さらに雑踏の音に雑ざりながら、〈別に一道の清泉が濁波の間を潜ぐつて流れるやう〉に、いずくともなく消えてゆく。その上昇し下降し、そして旋回しながら、これまた涯しないもの、無限なるもの（空間的無限）へと向かってたゆたい、流れ行く音や声。そしてそれに聞き入ることを〈音楽的感動〉と呼ぶなら、そのとき人はなにがなし、永遠への〈生命感〉の解放とでもいうべき〈感動〉に捕われるのだ。

　しかもこの時、〈嬉れしさうな、浮き〳〵した、面白ろさうな、忙しさうな顔つきをしてゐる巷の人々の心の底の糸が自然の調《しらべ》をかなでてゐるやうに思はれ〉てくる。つまり〈忙しさうな巷の光景〉が、琵琶僧の声や琵琶の音に〈調和しない様で而も何処《どこか》に深い約束があるやうに〉、そしてまた〈自然の調《しらべ》をかなでてゐるやうに〉、すべての人々が生々と生きてあるという〈感動〉に充たされるのである。

　その一切が生々と生きてあるという〈感動〉こそが、〈忘れ得ぬ人々〉の一人として、琵琶僧の姿に焦点化していることは、もはや言うまでもあるまい。

　大津はこの後、〈北海道歌志内《うたしな》の鉱夫、大連湾頭の青年漁夫、番匠川の瘤ある舟子〉に触れ、さらに〈忘れ得ぬ人々〉を追想する所以、つまり〈此生の孤立を感じて堪え難いほどの哀情を催ふして来る。その時僕の主我の角がぼきり折れて了つて〉以下のことはすでに繰り返し述べた。

そして作品は最後、

《其後二年経過《た》つた。

大津は故あつて東北の或地方に住つてゐた。溝口の旅宿《やど》で初めて遇つた秋山との交際は全く絶えた。恰度、大津が溝口に泊つた時の時候であつたが、雨の降る晩のこと。大津は独り机に向つて瞑想に沈むでゐた。机の上には二年前秋山に示した原稿と同じの「忘れ得ぬ人々」が置いてあつて、其最後に書き加へてあつたのは「亀屋《かめや》の主人《あるじ》」であつた。

「秋山」では無かつた。》

で終わる。もはや言わずもがなのことだが、種々論議のあるところなので一言記しておこう。

まず〈忘れ得ぬ人々〉の最後が、秋山でなかったのはなぜか？　あの夜美術論にはじまり文学論から宗教論まで、〈二人は可なり勝手に饒舌《しゃべ》つて、現今《いま》の文学者や画家の大家を手ひどく批評し〉たという。〈「随分悪口《あくこう》も言ひつくしたやうだ」〉。おそらくお互い無名同士、二人はその時、〈自己将来の大望に圧せられ〉、また〈名利競争の俗念〉に燃えて、〈十一時が打つたのに気が付かなかつた〉ということではなかったか。

とすれば、大津は秋山に、〈主我の角〉をつきたてて苦しむ自己の姿を、合わせ鏡を見るごとく見ていたろう。とすれば、それはまた、あの〈心の平穏〉、〈自由〉をもたらす〈忘れ得ぬ人々〉の〈想起〉とはほど遠い、苦い記憶でしかなかったといえよう。

それに引きかえ、〈「亀屋の主人《あるじ》」〉はどうか。大津は寒風吹き冷雨降る武蔵野の自然を抜けて、ようやく〈溝口といふ宿場〉、〈亀屋といふ旅人宿《はたごや》〉に辿り着く。いわば自然に囲繞された人間の生活する場所――。そしてその時大津は、あの〈阿蘇の草原から駈け下りて突然〉、〈人寰に投じた時〉のように、すなわち、〈村の夕暮のにぎはいは格別で、壮年男女は一日の仕事のしまいに忙がしく子供は薄暗い垣根の蔭や竈《かまど》の火の見える軒先に集まつて笑つたり歌つたり泣いたりしてゐる〉(傍点獨歩)という〈光景に搏《う》たれた〉時と同じく、〈懐かしいやうな心持〉に包まれ、さればこそ〈無愛嬌〉で〈何処かに気懊《きむづか》しいところが見え〉る〈亀屋の主人〉にも、〈しかし正直なお爺《やぢ》さんだな〉と、旅装を解くばかりか、心をも解くのである。[23]

さて、その後の主人の様子は、実に生彩を放って描かれている。少し長いが、ことの序に引用しておこう。

《客が足を洗ツて了ツて、未だ拭きゝらぬうち、主人《あるじ》は、

「七番へ御案内申しな!」

と怒鳴ツた。それぎりで客へは何の挨拶もしない、其後姿を見送りもしなかつた。真黒な猫が厨房《くりや》の方から来て、そツと主人《あるじ》の高い膝の上に這ひ上がつて丸くなつた。主人《あるじ》はこれを知て居るのか居ないのか、ぢつと眼をふさいで居る。暫時《しばらく》すると、右の手が煙草箱《たばこいれ》の方へ動いて其太い指が煙草を丸めだした。

「六番さんのお浴湯《ゆ》がすんだら七番のお客さんを御案内申しな!」

膝の猫が喫驚《びつくり》して飛下りた。

「馬鹿！　貴様に言つたのぢやないわ。」

猫は驚惶《あわ》てゝ厨房《くりや》の方へ駈けて往つて了つた。柱時計がゆるやかに八時を打つた。

「お婆さん、吉蔵が眠むさうにして居るじやないか、早く被中爐《あんくわ》を入れてやつてお寝かしな、可愛さうに。」

主人の声の方が眠むさうである、厨房《くりや》の方で、

「吉蔵は此処で本を復習《さらつ》て居ますじやないかね。」

お婆さんの声らしかつた。

「さうかな。吉蔵最うお寝よ、朝早く起きてお復習《さら》いな。お婆さん早く被中爐《あんくわ》を入れておやんな。」

勝手の方で下婢とお婆さんと顔を見合はしてくす〳〵と笑つた。店の方で大きな欠伸の声がした。

「今すぐ入れてやりますよ。」

「自分が眠いのだよ。」

五十を五つ六つ越えたらしい小さな老母が煤《くす》ぶつた被中爐《あんくわ》に火を入れながら呟やいた。

店の障子が風に吹かれてがた〳〵すると思ふとパラ〳〵と雨を吹きつける音が微かにした。

「もう店の戸を引き寄せて置きな、」と主人《あるじ》は怒鳴つて、舌打をして、

「又た降て来やあがつた。」

と独言《ひとりごと》のやうにつぶやいた。成程風が大分強くなつて雨さへ降りだしたやうである。

春先とはいへ、寒い〳〵霙《みぞれ》まじりの風が広い武蔵野を荒れに荒れて終夜《よもすがら》、真闇な溝口の町の上を哮へ狂つた。》

風雨に荒れ狂う武蔵野の自然、しかしその下に身を任せるようにして、恐れもせず焦りもせず、一日一日に事足りて老いて来た人の姿。まさにそれは、〈此生を天の一方地の一角に享けて悠々たる行路を辿り、相携へて無窮の天に帰る者〉の姿ではないか。

〈溝口の宿の永遠に（！）変らない生活のリズム〉と小泉浩一郎氏もいう。[24] たしかに大津はいま、その人間の〈永遠〉の姿に思いを致している。言うまでもなく、そこに流れる、いわば〈時間的無限〉ということに思いを致しながら[25]――。

注

（1）吉江喬松「國木田獨歩研究」（新潮社『日本文学講座』十七巻～十八巻、昭和三年五月～七月）

（2）吉田精一『自然主義の研究』上巻（東京堂、昭和三十年十一月）

（3）この前後の要約は平岡敏夫『短篇作家　国木田独歩』（新典社、昭和五十八年五月）に倣っている。

（4）初出では田宮弁二郎。

（5）因みに獨歩は自らの少年期を回想し、〈全体自分は、功名心が猛烈な少年で在りまして、少年の時は賢相名将とも成り、名を千歳に残すといふのが一心で、ナポレオン、豊太閤の如き大人物が自分より以前の世にあつて、後世を圧倒し、我々を眼下に見て居るのが、残念でたまらないので、半夜密かに、如何にして我れは世界第一の大人と成るべきやと言ふ問題に触着《ぶつか》つてぼろ〳〵涙をこぼした事さへ有るのです〉（「我は如何にして小説家となりしか」――「新古文林」明治四十年一月）と言っている。

（6）「過去の制作」「言語的制作《ポイエーシス》としての過去と夢」『時間と自我』（青土社、平成四年三月）

（7）黒崎宏「晩年の大森哲学」（『大森荘蔵著作集』第二巻月報、岩波書店、平成十年十月）参照。

（8）『國木田獨歩集』（『日本近代文学大系』第十巻、角川書店、昭和四十五年六月）補注参照。なお小論はこの補注に多くの教示を得ている。

（9）荒木見悟編『朱子、王陽明』（『世界の名著』第十九巻、中央公論、昭和五十三年十二月）参照。

（10）ただし〈独歩における漢学の影響の中で最も顕著なものの一つは王陽明の影響であろう〉（芦谷信和『国木田独歩―比較文学的研究―』和泉書院、昭和五十七年十一月）。

（11）拙稿「『野の花』論争―〈大自然の主観〉をめぐって―」（「玉藻」第三十六号、平成十二年五月、本書所収）「花袋とモーパッサン、その他―明治三十四、五年―」（「比較文学年誌」第三十六号、平成十二年三月、本書所収）参照。

（12）『日本近代文学の起源』（講談社、昭和五十五年八月）

（13）「『山水画』に絶望を見る」（『現代思想』昭和五十二年五月）

（14）柄谷氏は前掲書において、獨歩や花袋と対比的に漱石や柳田國男を取り上げ、彼等が〈「明治の人間」〉、言い換えれば〈「風景」以前の世界に属していた〉というが、そういうふうに特定することは全くない。むしろ柄谷氏のいわゆる〈認識の布置の転倒〉は、大正教養派、そしてそれ以後、たとえば柄谷氏がことあるごとに引用する中村光夫あたり（つまりヨーロッパの近代を手本とし、それと日本の近代のズレを打つ近代主義的な批評言説）からのことであるように思われる。

（15）もっともこのことは、すでに〈瀬戸内海の小島の漁夫〉の話でも十分いえることである。

（16）たとえば獨歩は「小春」（『中学世界』明治三十三年十二月、のち『武蔵野』に収録）において次のように言っている。〈ヲーズヲルスは、決して写実的に自然を観て其詩中に湖国の地誌と山川草木を説いたのではなく、たゞ自然其物の表象変化を観て其真髄の美感を詠じたのである〉。

（17）しかもそれを〈懐しく〉思い起こすことは、そこに示された〈時間的無限〉に思いを致すということであろう。なおこのことに関し、拙稿「『武蔵野』を読む―六章をめぐって―」（「国文学研究」第百三十七集、平成十四年六月、本書所収）で論じた。

（18）山田博光氏は前掲の補注において、他にも〈天地悠々の感〉のよく示されているものとして「神の子」

(「太平洋」明治三十五年十二月十五日)の次のような箇所を引例している。〈或夜のことでした。真夜中にふと眼が覚めました。夜は更け万籟寂として居ました。私は眼を開いて床の上に身動きもしませんでした。其時です、私は卒然、我生命の此大いなる、此無限無窮なる宇宙に現存して居るのを感じたのです〉、あるいは〈又或時です、(中略)小供は群て遊び、飴売の太鼓は虚空に響き渡り、道普請の男は鶴嘴を振つて居ます。私は此間を何心なく歩いて居ましたが、思はず我を顧みて、我も又此生を此天地に享け、消てゆく此世の一片として此悠久にして不思議なる宇宙に生て居る魂ぞといふ感に打たれたのです〉。なお獨歩の作品にはこのような箇所は至る所に見うけられる。たとえば「悪魔」(「文芸界」明治三十六年五月)など。

(19) のち第三文集『運命』(左久良書房、明治三十九年三月)に収録。

(20)『国木田独歩「忘れえぬ人々」論他』(桜楓社、昭和五十六年一月)

(21) 北野氏は続けて、〈「忘れえぬ人々」の大津の旅は、漱石の「草枕」の画工の〈非人情〉の旅と通ずるものがある〉と言っている。

(22) なお山田博光氏は前出の補注で、この〈幽音悲調〉という語に関し、〈この語が出てきたら独歩の文章だといえるほどのことば〉と言っている。

(23) この「忘れ得ぬ人々」の最後に書き加えられたのが〈亀屋の主人《あるじ》〉であって〈秋山〉ではなかったことに関し、前掲書で柄谷氏は、大津が〈亀屋の主人〉を〈「人」というよりは「風景」として〉見ているのであり、〈独歩は風景としての人間を忘れえぬという主人公の奇怪さ〉を示しているとして次のように言っている。即ち〈この人物は、どうでもよいような他人に対して「我もなければ他もない」ような一体性を感じるが、逆にいえば、眼の前にいる他者に対しては冷淡そのものである〉。――もとより〈遠近法的倒錯〉によって生じた〈主体〉〈意識〉〈内面〉、つまり〈周囲の外的なものに無関心であるような「内的人間」inner man〉の起源を論じているのだが、少くとも獨歩、そして「忘れえぬ人々」の真実を取り逃していることは確かである。

(24)『テキストのなかの作家たち』(翰林書房、平成四年十一月)

(25) 最後に、やや唐突ながら付記的に言えば、以上のような獨歩の主意は、おそらく〈短歌上の写生〉を説いて〈実相に観入して自然自己一元の生を写す〉という齋藤茂吉「短歌に於ける写生の説」(「アララギ」大正九年四月〜十年一月)の論旨にそのまま連なるといえよう(なおそこで茂吉は、〈「生」は造化不窮の生気、天地万物生々の「生」で、「いのち」の義である〉と言っている)。因みに茂吉はその論で、まず〈東洋画論〉における〈写生〉の語義を辿り、〈一々生動して方めて之を写生と謂ふべし〉(以下、圏点等茂吉)といい〈生意〉といい〈神を伝ふ〉といい〈生動の趣〉という用語例を上げて、これを自らの〈写生〉概念の立脚地とする。そして〈画家の用語であつた「写生」を引移して、文芸上の用語となした有力者の一人に正岡子規がゐる〉として、その「明治二十九年の俳句界」という文章を〈その特色の一つは「印象明瞭」といふことである。そして、「印象明瞭とは其句を誦する者をして眼前に実物実景を観るが如く感ぜしむるを謂ふ。故に其人を感ぜしむる処恰も写生的絵画の小幅を見ると略同じ」である。さういふ印象明瞭なる句を作らうとするには、「高尚なる理想と茫漠たる大観」とを避けなければならない〉と抄記しながら、しかしその〈実物に即して忠実に写す〉という論点を、〈写神、写心、すなはち直ちに実相の核心に参入するやうな深い解釈とは少し違ふ〉として、その〈不備〉、〈不徹底〉を批判する。ただ子規が〈実物に即して忠実に写す〉に続けて〈然し多少の取捨選択はおのづから行はれて居る〉というのを捉え、子規がその〈気稟〉上、〈悟りくさつた理想、思はせぶりな余韻、空漠たる大観を否定して居る〉のであって、〈真の意味の「理想・余韻」を子規が否定しなかつたことは、彼が芭蕉、蕪村の句を称揚し、万葉集、金塊集の歌を讃へたのを見ても分かる〉といい、さらに〈子規の初期に用ゐた「写生」の意味は未だ狭くして且つ浅い。晩年には其が広く且つ深くなつて行つて、稍予等の考に近い〉としながら、〈併し未だ足らざるところがある〉と論定している。そして〈実際の有のままを写すを写生といふ〉という程度の子規的〈写生〉は、〈東洋画〉(〈山水画〉)ではもともと、セザンヌやロダン等の西洋絵画、造形美術でも〈最早〉、〈廃つてしまつて居る〉と言い、〈特に表現主義《エキスプレッショニズム》、神秘的立体派《キュビズム・オルフィック》あたりになると、視覚を以て形象の描写などゝいふことは遠の過去に超えてしまつてゐる〉と言っていることを付け加えておこう。

「牛肉と馬鈴薯」その他——〈要するに悉《みな》、逝けるなり!〉——

北村透谷は「一夕観」(「評論」明治二十六年十一月)において、次のように記した。

《ある宵われ窓にあたりて横はる。ところは海の郷、秋高く天朗らかにして、よろづの象、よろづの物、凛乎として我に迫る。恰も我が真率ならざるを笑ふに似たり。恰も我が局促たるを嘲るに似たり。恰も我が力なく能なく弁なく気なきを罵るに似たり。渠は斯の如く我に徹透す、而して我は地上の一微物、渠に悟達することの甚はだ難きは如何ぞや。

月は晩くして未だ上るに及ばず。仰いで蒼穹を観れば、無数の星宿紛糾して我が頭にあり。顧みて我が五尺を視、更に又内観して我が内なるものを察するに、彼と我との距離甚だ遠きに驚ろく。不死不朽、彼と与にあり、衰老病死、我と与にあり。鮮美透涼なる彼に対して、撓み易く折れ易き我れ如何に赧然たるべきぞ。爰に於て、我は一種の悲慨に撃たれたるが如き心地す。聖にして熱ある悲慨、我が心頭に入れり。罵者の声耳辺にあるが如し、我が為すなきと、我が言ふなきと、我が行くなきとを責む。われ起つて茅舎を出で、且つ仰ぎ且つ俯して罵者に答ふるところあらんと欲す。胸中の苦悶未だ全く解けず、行く行く秋草の深き所に到れば、忽ち聴く虫声縷《いと》の如く耳朶を穿つを。之を聴いて我心は一転せり、再び之を聴いて悶心更に明かなり。曩《さき》に苦悶と思ひしは苦悶にあらざりけり。看よ、喞々《しよくしよく》として秋を悲しむが如きもの、彼に於て何の悲しみかあらむ。彼を悲しむと看取せんか、我も亦た悲しめるなり。彼を吟哦すと思はんか、我も亦た吟哦してあるなり。心境一転すれば彼も無く、我も無し、邈焉《ばくえん》たる大空の百千の提燈を掲げ出せるあるのみ。》

《われは歩して水際に下れり。浪白ろく万古の響を伝へ、水蒼々として永遠の色を宿せり。手を拱《こま》ねきて蒼穹を察すれば、我れ「我」を遺《わす》れて、飄然として、艦褸の如き「時」を脱するに似たり。》

周知のように、島崎藤村は「春」において、自らの〈青春〉を回顧しつつ、この透谷＝青木駿一の「一夕観」を引用し、それを読んだ感動を、自らの〈青春〉の中心に位置づけている。〈邈焉たる大空〉との一体感、そしてその解放感――。〈岸本は友達の思想《かんがへ》が高潮に達して居ることを感じた。確かに、斯の友達は自分の先導者である〉。これに続く品川での一夜、再度の出奔、漂泊、入水未遂。その狂乱と妄動のすべては他でもない、この青木の〈思想《かんがへ》〉、その〈内部《なか》の生命《いのち》〉の圧倒的な促しに支えられていたのである。

しかし彼が現にその前に立ち極まった海は？　〈永遠偉大な自然の絵画でもなければ、深秘な力の籠つた音楽でもない。海はたゞ彼の墳墓《はか》で〉しかない。そしてこの時、岸本は翻然ともと来た道へ引き返す。つまり生へと帰るのである。

〈「此世の中には自分の知らないことが沢山ある――今こゝで死んでもツマラない」〉。そしてそのように、死を拒み、あるいは跨いで生き続けること、〈唯生きたい〉というほとんど頑是無い渇望をこそ生の本来の意志として生き続けることを選ぶのだ。

しかもその後、藤村は透谷＝青木を病者、敗残者としての相貌において描き出す。そしてその死を、さながら〈生命《いのち》の火〉の燃え尽きてゆくそれにおいて描き出すのである。〈白昼のやうに明るかつた月の光の静かさは、青木の魂を誘つたらしい〉。しかし要するに、妻操＝美那の言うように、〈「父さんは狂人《きちがひ》だつた」〉のだ。

が、生き残った岸本に、なにかが残されていたのか。〈唯生きたい〉という渇望。しかし〈今日まで、何を自分は知り得たらう。何を知る為に自分は帰つて来たらう〉。そしてこの時、友人菅時三郎＝戸川秋骨の、〈「君は彼の時分に死んだ方が可つたよ」〉という言葉の、なんと酷薄に響くことか。

だが、だからというか、にもかかわらずというか、あの青木＝透谷の〈思想《かんがへ》〉、〈邈焉たる大空〉との一体感、解放感、その〈瞬間の冥契〉（「内部生命論」――「文学界」明治二十六年五月）への誘いは、岸本＝藤村を衝迫して止まない。〈概然として死に赴いた青木の面影は、岸本の眼前にあつた〉。〈幾度か彼はあの友達の後を追つて〉、〈悶死しようとした〉。もとより岸本＝藤村は、ついに青木＝透谷を追うことは出来ないのだが、しかし〈生き残り〉ながら、まさにそのことによって永遠の憧憬を抱え続けたのであり、そのことを証し続けたのだといえよう(1)。

さて、この〈邈焉たる大空〉との一体感、解放感、その〈瞬間の冥契〉こそは、獨歩が生涯こだわり続けたものではなかったか。

すでに論じたごとく(2)、獨歩はこのことを「忘れえぬ人々」において記していた。〈僕は今夜《こよひ》のやうな晩に独り夜更て燈に向つてゐると此生の孤立を感じて堪え難いほどの哀情を催ふして来る。その時僕の主我の角がぽきり折れて了つて、何んだか人懐かしくなつて来る〉、〈皆な是れ此生を天の一方地の一角に享けて悠々たる行路を辿り、相携へて無窮の天に帰る者ではないか、といふやうな感が心の底から起つて来て我知らず涙が頬をつたふことがある〉――。

さらに、たとえば一種の夢幻劇ともいうべき「神の子」（「太平洋」明治三十五年十二月）[3]において、獨歩は次のように語っている。

《其夜は殊に月が冴て居たので、彼は家を出て野を歩いた。林の間の小路《こみち》を行くと、行く手遥に笛の音がするので、其音を当に林を分け入ると、小な湖水の滸《ほとり》へ出た。冬枯の林は鏡のやうな水面に其影を涵《ひた》し、湖水の奥は銀色の霧に包まれて朧に光つて居る。

彼は最初、笛の音の起る処は、湖の底深き神秘の宮居ならんと思ひ、耳を澄して水際に立て居ると其音の妙《たへ》なる、彼が魂を動かし、永遠の俤を見る心地し、今更我生存の厳然として動かすべからざる事実に感じ、無窮の天地に介立する此生の孤なるを感じて思はず岸に伏して声を放つて泣いた。》

そこへ翁と少女を乗せた一艘の小舟が近づく。そして翁の〈「何故泣いたのか」〉という問いに、〈「私は天地生存の感に堪へないので泣」〉いたと答え、それは〈「恰も電《いなづま》のやうに小子《わたくし》の心を射る」〉と続ける。さらにその〈「電の模様」〉を問われ、次のように答えるのだ。

《「刹那の感《かんじ》で御座いますから一口で申されます。或夜のことでした。真夜中にふと眼が覚めました。夜は更け万籟寂として居ました。私は眼を開いて床の上に身動きもしませんでした。其時です、私は卒然、我生命《いのち》の此大いなる、此無限無窮なる宇宙に現存して居るのを感じたのです。そして言ふべからざる畏懼の念に打たれたので御座います。

又或時です、小子《わたくし》は友の家から途を急いで町を行くと、秋の日は西に傾むいて斜に其鮮かな光を家並に投げ、町をゆく人々の影長く地に這て居ました。小供は群て遊び、飴売の太鼓は虚空に響き渡り、道普請の男は鶴嘴を振つて居ます。私は此間を何心なく歩いて居ましたが、思はず我を顧みて、我も又た此生を此天地に享け、消てゆく此世の一片として此悠久にして不思議なる宇宙に生て居る魂ぞといふ感に打れたのです。あの時の私の眼には目に見る世の様を直《すぐ》に過去に移し、此身をも過去の人として見たのであらうと思ひます。その外、或は高山の頂に立て落日の光を送る時或は多人数の席上に坐して衆人の喋々と共に喋々し、ふと窓外の白雲に目を転じた時、或は砂山を歩いて種々の空想に耽つた後、卒然我に復つた時私は此生を此天地の間に見出すのです。」》

するとは翁は問う。

《「それならば平常は如何だね？」

「紛々たる世の中に身を入れて、月が美だとか、敵とか味方とか、意志とか感情とか独立とか自由とか、英雄とか凡夫とか、恋とか夫婦とか申して、感じて、唱へて、酒に酔ひ、肉の味を嘆美《たい》へ、富とか貧とか、彼の人は堅いとか。彼の人は感心だとかいふことを話し合つて暮して居るのです。けれども要するに死は冷笑して総てを支配し、私共はそれを忘れて可い気になつて居るのです。」》

そして最後、翁は〈「泣け、泣け、社会生存の暗室から、天地生存の事実を直視する人は、人の中の最も進んだ人で、やがてそれは神の子だ」〉と言って去る――。

さらに獨歩は「悪魔」（「文芸界」明治三十六年五月）(4)の中にある主人公浅海謙輔の手記（「悪魔」と名づけられている）で次のように言う。

《我黙して山上に立つ時、忽然として我生存の不思議なるを感ず、此時に於て「歴史」なく「将来」なし、ただ見る、我が生命其者の此不思議なる宇宙に現存することを。あゝこれ天地生存の感にあらずや。かゝる時、口言ふ能はず、たゞ奇異にして恐ろしき感、わが霊を震動せしむ。》

「神の子」と同じ、まさに〈生存の不思議〉、〈天地生存の感〉に震撼として畏怖する一瞬。しかしそれは深甚なる〈「不安」〉の一瞬以外のなにものでもない。が、〈されど、されど我は「不安」を否まざるなり、我が「不安」はわが霊の生命なり、生命の根《もと》なり源なり、我は安くして犬の如く死んより悶きて天界《てんがい》を失落せる悪魔の子の如く生べし〉。

が、叙述は次のように続く。

《山を下れば社会あり。食物あり、衣服あり、住宅あり、父母あり、隣人《となり》あり、こゝに交際あり、名誉あり、恥辱あり、而して哀き人情あり。過去に歴史あり、幻の如く我等を追ひ、将来《ゆくすゑ》に希望《のぞみ》あり、蜃気楼の如く前程に浮ぶ。

こゝに文学あり、美術あり、政治あり、而して此処に宗教ありて神を説く。或は無常を説く。要するに紛々として我等を繞る者、我等が肉となり情となり、生命となり、而して首尾よく社会生存の実を挙ぐ。

社会生存とは何ぞや、余の術語なり。億万の人、其生存を自覚せりと云ふ、そは社会に於ける生存のみ。

山を下れば社会あり。天地生存を自覚せる余も、社会に入ること分秒、忽然として社会の一員となり了《れう》しぬ。而も遂に我霊を震動したる痛烈なる感想を忘るゝ能はざるが故に苦悩する余は悲惨なるか

な。》

〈天地生存の感〉は〈社会生存〉の前で〈分秒〉にして消え去る。その意味でまさに〈刹那の感〉でしかない。しかもそれを〈忘るゝ能はざるが故に〉、とは〈過去〉のこととして記憶の中にのみ残され、だから現に、今只今にないのだ。

手記にはまた次のようにもある。

《ところが、昨夜《ゆうべ》のことであつた、私はフト真夜中に眼が覚めた。夢も見ない熟睡の中《うち》から覚めた。一室《ひとしつ》は仄暗く、あたりは森として居る。此時、私の心に電《いなづま》のやうに閃いて来た一《ひとつ》の思想があつた、思想といはうか、感情といはうか、将《は》た現象と言《いは》うか、心理学者の分類するところの知情意の何れに属すべきものたるを私は知らない。

「ア、不思議！　此処は何処《どこ》だ、宇宙だ、自分は此大宇宙の一部分だ、生命よ、生命よ、此生命は此宇宙の呼吸である。」

たゞ斯う言へば言葉の連続に過ぎないが然し、私の感じたことは到底如何る言葉を以てしても現はすことが出来ない。此畏ろしき心の現象が閃いた時、其時実に私自身の存在を感じたのである。世間に於ける自己ではない、利害得喪、是非善悪の為めに心を悩す自己ではない、文学とか宗教とか政治とか、はた倫理とかいふ題目に思を焦す自己ではない、又た親子の愛、男女の恋に熱き涙を流す自己でもない。たゞ夫れ一個の生物たる我の存在、此宇宙に於ける存在を感じたのである。

然し忽ちにして此心の現象は消えて了つた、恰度闇に閃めく電光が忽然として又た闇に消えて了ふやうに、私は再びこれを呼び返さうと力めて見たがだめであつた。

しかしながら此時私は沁々と感じた「さて〳〵人間とは不思議なものである。生命とは不思議なものである、」と。》

ここでも〈天地生存の感〉、その痛酷なる感動は〈社会生存〉の前に〈忽然として又た闇に消えて了ふ〉。しかも〈再びこれを呼び返さうと力めて見たがだめであつた〉。とはたちまちにして、記憶の底に消え去ってしまうのである。

そしてその故にこそ、手記は自ら〈空しき言葉かな。斯く書しつゝ我心の焦だちを覚ゆるなり。嗚呼これ何の故ぞや〉と訴えなければならない。

さてこれより先、獨歩は〈獨歩的な思想小説として代表作に数えられ〉(5)る「牛肉と馬鈴薯」(「小天地」明治三十四年十一月)(6)において、この〈天地生存の感〉、〈生存の不思議〉、あるいはその痛切な〈驚き〉〈驚異心〉を集中的に語っている。

――〈お堀辺《ほりばた》〉の〈明治倶楽部〉の一室に数人が集まり、かつての北海道開拓の夢をめぐり、〈牛肉〉＝〈実際〉か〈馬鈴薯〉＝〈理想〉かについて議論をたたかわせる。ただしいまではその〈理想〉派も〈実際〉派に堕落しているのだが――。

そこへ訪ねて来た岡本誠夫が議論に加わる。彼は自分は〈「牛肉党に非ず、馬鈴薯党にあらず」〉と言い、どちらにも決められないのは〈「唯《た》つた一つ、不思議な願を持て居るから」〉と言って次のように語る。(7)

彼は以前ある少女と恋愛し、将来の二人の生活地を北海道と決め、その準備に一人渡道した折少女の母から電報が届き、急いで帰京したところ少女は死んでいて、すべては水泡に帰す（このあたり、信子との過去が投影しているのは言うまでもない）。

しかし、ではその〈「死んだ少女《むすめ》に遇ひたい」〉というのが〈「唯だ一の不思議なる願」〉なのかと問われ、岡本は強く〈「否《ノー》！」〉と叫ぶ。

岡本の願いは〈「鋼鉄のやうな政府を形《つく》り、思切つた政治をやつて見たい」〉というのではない。〈「聖人になりたい、君子になりたい、慈悲の本尊になりたい」〉というのでもない。〈「山林の生活」〉でもない。〈「宇宙は不思議だとか、人生は不思議だとか。天地創生の本源は何だとか、やかましい議論があります。科学と哲学と宗教とはこれを研究し闡明し、そして安心立命の地を其上に置かうと悶いて居る」〉。しかもそのような〈「大哲学者」〉、〈「大科学者」〉、〈「大宗教家」〉になりたいのでもない。ではなにが〈「願なのか」〉。岡本は〈「喫驚《びっくり》したいといふのが僕の願なんです」〉と答える。

《「宇宙の不思議を知りたいといふ願ではない、不思議なる宇宙を驚きたいといふ願です！」》

《「死の秘密を知りたいといふ願ではない、死てふ事実に驚きたいといふ願です！」》

《「必ずしも信仰そのものは僕の願ではない、信仰無くしては片時たりとも安ずる能はざるほどに此宇宙人生の秘義に悩まされんことが僕の願であります。」》

〈恋の奴隷《やっこ》〉であった彼――〈恋ほど人心を支配するものはない〉。しかし〈其恋よりも更に幾倍の力を人心の上に加ふるものがある〉。〈曰く習慣《カストム》の力〉。

《「僕等は生れて此天地の間に来る、無我無心の小児の時から種々な事に出遇ふ、毎日太陽を見る、毎夜星を仰ぐ、是に於てか此不可思議なる天地も一向不可思議でなくなる。生も死も、宇宙万般の現

象も尋常茶番となつて了ふ。哲学で候ふの科学で御座るのと言つて、自分は天地の外に立て居るかの態度を以て此宇宙を取扱ふ。》

そして岡本は次のように結論する。

《「即ち僕の願は如何《どう》にかして此霜を叩《はた》き落さんことであります。如何にかして此古び果てた習慣《カストム》の圧力から脱がれて、驚異の念を以て此宇宙に俯仰介立したいのです。その結果がビフテキ主義となろうが、馬鈴薯主義となろうが、将た厭世の徒となつて此生命を咀《のろ》ふが、決して頓着しない！》

だが、こう熱烈に語りながら岡本は、〈「無益《だめ》です、無益《だめ》です、いくら言つても無益《だめ》です」〉と叫ばなければならない。そして小説は次のように収束するのだ。

《「イヤ僕も喫驚《びつくり》したいと言ふけれど、矢張り単にさう言ふだけですよハ、、、」

「唯だ言ふだけかアハ、、、」

「唯だ言ふだけのことか、ヒ、、、」

「さうか！　唯だお願ひ申して見る位なんですねハツ、、、」

「矢張り道楽でさアハツハツ、、ツ」と岡本は一所に笑つたが、近藤は岡本の顔に言ふ可からざる苦痛の色を見て取つた。》

ところで、このいわゆる〈驚き〉〈驚異心〉をめぐり、北野昭彦氏(8)は「欺かざるの記」にその記述が〈目立ちはじめるのは、佐伯時代の当初から〉として、〈習慣の昏睡より人心を醒起し、吾人を囲む此世界の驚く可く愛す可きを知らしむこそ「詩」の目的なれ〉、あるいは〈自らを此驚く可き世界の中に見出さしめ神の真理の中に人生の意義を発明せしむるこそ余が詩人としての目的なれ〉という明治二十六年十月十三日の記述を例示している。(9)

さらに獨歩が逗子で信子と新婚生活を営んでいた明治二十九年二月中頃、すなわち十四日の「欺かざるの記」の記述——〈爾は何を望み、何を期し、何を希ふぞ〉、〈名か、利か、逸楽か、文学者の名誉か、政治家の大功業か、宗教家の大伝道か、農夫樵夫の自由なる生活か〉、〈嗚呼吾が願ふ所は凡て是等の者に非ず〉を引用し、このいわば第二義的な願望を次々に列挙しつつ最後にそれを否定してゆく〈叙述のパターン〉の現われを指摘している。

そして、これより六日後の二月二十日、「欺かざるの記」に〈「吾が願」を記しはじむ〉とある「我が願」(10)を取り上げ、ここでも以上の記述と同じように、いわゆる第二義的な願望を次々に列挙しながら最後にこれを否定してゆく〈叙述のパターン〉の繰り返されていることを指摘している。

因みに獨歩はそこで、〈吾が最初最後の願〉として、〈曰く宇宙人生の不可思議に向て我心霊の慄き醒めんこと、これ我願なり。慣熟と陳腐とより成立する盲膜を取去りて面と面と直に此天地に対せんこと之れ我願なり〉と記している。(11)

ただし、それに続いて獨歩が、〈書き終て頗る冷然たり、何故ぞや、夫れたゞ冷然なり。故に我に此切なる願あり。夫れ此願あるのみ、頗る冷然たり、あゝ之れ何故ぞや〉と書き加えているのは、後述するように、きわめて注目すべきことと言わなければならない。

さて最後に、「岡本の手帳」(「中央公論」明治三十九年六月)(12)にも触れておこう。これはもと獨歩が妻信子の失踪後、西京の旅にあった明治二十九年の夏、八月十七日の「欺かざるの記」に〈「わが願ふ所」を草しつゝあり〉とある一文の改題という。(13)

独歩はまず、〈左は「牛肉と馬鈴薯」の主人公、岡本誠夫の手帳より抜き書きせしものなり〉と記し、〈世のつねの願〉でない彼の〈願〉を語る(14)――〈わが恋は遂げ得て又破れたり。わが妻、これを捨てゝ走りぬ〉(断るまでもなく「牛肉と馬鈴薯」での虚構を排し事実に拠っている)。しかし妻の〈わが心に帰ることが〈「この願」〉なのではない。〈詩人〉たらんこと、偉大な政治家たらんこと、〈君子〉、〈聖人〉、〈偉丈夫〉たらんことでもない。〈山林の自由の生涯〉でもない。父母の〈壮健〉でもない。〈科学者〉、〈哲学者〉、〈宗教家〉たらんことでもない、と例によって列記し、〈然らば何ぞや、わがこの願とは〉と問うて次のように言う。

《わが切なるこの願とは、眠より醒めんことなり、夢を振ひをとさんことなり。

この不思議なる、美妙なる、無窮無辺なる宇宙と、此宇宙に於ける此人生とを直視せんことなり。われを此不思議なる宇宙の中に裸体のまゝ見出さんことなり。

不思議を知らんことに非ず、不思議を痛感せんことなり。死の秘密を悟らんことに非ず、死の事実を驚異せんことなり。

信仰を得んことに非ず、信仰なくんば片時たりとも安んずる能はざる程に此宇宙人生の有のまゝの恐ろしき事実を痛感せんことなり》(圏点独歩)

《この宇宙ほど不思議なるはあらず、はてしなきの時間と、はてしなきの空間、凡百の運動、凡百の法則、生死、而て小さき星の一なる此地球に於ける人類、其歴史、げに此われの生命ほど不思議なるはなかるべし。これ誰も知る処なり、而て千百億人中、殆んど一人たりとも此不思議を痛感する能はざるなり。友人の死したる時など、独り蒼天の星を仰ぎたる時など、時には驚異の念に打たるゝ事あるは人々の経験する処なり。されどこはしばしの感情にして永続せず。わが願は絶えず此強き深き感情のうちにあらんことなり。》

しかし、〈何故にわれは斯くも切にこの願を懐きつゝ、而も容易に此願を達する能はざるか。夢中にありと知りつゝ、何故に夢よりさむる能はざるか〉。

《英語に Worldly てふ語あり、訳して世間的とでもいふ可きか。人の一生は殆んど全く世間的なり。世間とは一人称なる吾、二人称なる爾、三人称なる彼、此三者を以て成立せる場所をいふ。人、生れて此場所に生育し、其感情全く此場処の支配を受くるに至る。何時しか爾なく彼なきの此天地に独り吾てふものゝ俯仰して立ちつゝあることを感ずる能はざるに至るなり。

蒼天も星宿も、太陽も、山河も悉く此世間を飾る装飾品とのみ感ぜらるゝに至るなり。

それ世間ありて天地あるに非ず、天地ありて世間あるなり。此吾は先づ天地の児ならざる可からず。世間に立つの前、先づ天地に立たざる可からず。

何故にわれは斯くも切に「この願」を懐きつゝ、なほ容易に達する能はざるか、曰く、吾は世間の児なれば也。吾が感情は凡て世間的なればなり。

心は熱くこの願を懐くと雖も、感情は絶へ間なく世間的に動き、世間的願望を追求し、「この願」を冷遇すればなり。》

以上、獨歩一連の〈思想小説〉(15)を辿ってみたが、獨歩は繰り返し〈天地生存の不思議に驚きたい〉と連呼していたといえよう。

《彼の「牛肉と馬鈴薯」に於いて、妻を姦せしめ、子を喰はしめてまでも、尚ほ求めんと欲したる願望、即ち一切の虚偽と夢魔とを振ひ落し、真実、衷心より宇宙人生の秘義に驚異せんと欲するの念は、余が一貫したる願望なり。》(『病牀録』(16))

だが、注意すべきは、そう連呼しながら獨歩が、むしろその不可能なことを、少くともそれが一瞬の経験でしかなく、だからつねに願い求むるしかないことを、しかもそう願い求むること自体ついに無意味でしかないことを、繰り返し訴えていることである。いわばそこには、獨歩の無念と悲哀が同時に揺曳しているのである。

まず獨歩は、〈驚異の念〉の湧き起こるべき状況を提示する。おおむね〈山林〉の間、〈月光〉の下。人はそれに電のごとく襲われるのである。その時、人は時空を超えて解き放たれ、あるいは広大なる天地と一体となり、それへと帰一する――。

だが、それはまさに〈刹那の感〉。〈山を下れば社会あり〉。人は〈分秒〉にして〈社会生存の実〉に囲繞される。〈利害得喪、是非善悪〉、〈文学〉、〈宗教〉、〈政治〉、〈倫理〉、〈親子の愛〉、〈男女の恋〉、要するに〈社会の一員〉として〈人情〉の中に逼塞しなければならない。

獨歩はまたそれらを〈世間〉ともいう。それは過去の〈歴史〉を通し、〈将来〉の希望に亘って、人を支え、同時に呪縛する〈習慣《カストム》の圧力〉、つまり〈慣熟と陳腐とより成立する盲膜〉なのだ。

そしてその時すでに、あの一瞬の眩暈は遠く去り、しかもふたたび〈呼び返さうと力めて見〉ても無駄でしかない。が、人はその〈我霊を震動したる痛烈なる感想を忘るゝ能はざるが故に〉、〈絶えず此強き深き感情のうちにあらん〉と願い求めるのである。

が、にもかかわらず獨歩は、〈何故にわれは斯くも切にこの願を懐きつゝ、而も容易に此願を達する能はざるか〉と嘆かなければならない。——

要するに〈此願あるのみ〉、しかも〈頗る冷然〉。さらに〈「いくら言つても無益《だめ》」〉、〈「喫驚《びつくり》したいと言ふけれど、矢張り単にさう言ふだけ」〉。つまり一切は〈空しき言葉〉なのである。〈嗚呼これ何の故ぞ〉。

だが翻っていえば、この間に獨歩が直面していたアポリアとは——すでに獨歩自身がいうように、まさに〈言ふ〉＝〈言葉〉の問題ではないか。一切は〈空しき言葉〉、と同時に、一切の〈言葉〉が空しいということではないか。

獨歩はあの一瞬の感動を追い求める。たしかにそれは現に経験したことなのだ。が、現に経験しながらすでになく、だからつねに追い求めつつまだないものなのだ。

そしてそれは、まさに一瞬の経験を言い表わそうとして、一瞬の事後それを追い続ける〈言葉〉＝〈言語化〉それ自体のアポリアではないか。

獨歩は〈社会生存〉といい〈世間〉といい〈習慣《カストム》の圧力〉という。しかしすべての背後には規矩、規範としての〈言葉〉＝〈言語化〉による〈認識〉の問題があるのだ。

「牛肉と馬鈴薯」の一節を再引する。

《僕等は生れて此天地の間に來《く》る、無我無心の小児《こども》の時から種々な事に出遇ふ、毎日太陽を見る、毎夜星を仰ぐ、是《こゝ》に於てか此不可思議なる天地も一向不可思議でなくなる。生も死も、宇宙万般の現象も尋常茶番となつて了ふ。哲学で候ふの科学で御座るのと言つて、自分は天地の外に立て居るかの態度を以て此宇宙を取扱ふ。》

〈宇宙は不思議だとか、人生は不思議だとか、天地創生の本源は何だとか、やかましい議論があります。科学と哲学と宗教とはこれを研究し闡明し、そして安心立命の地をその上に置かうと悶いて居る〉。要するに一切の〈不思議〉を〈言葉〉に言い表わそうとして、現に言い表わしたにもかかわらず、すべては〈尋常茶番〉の泡沫と化してしまうというアポリアなのである。

ところで、獨歩が〈言葉〉なるものにもっとも本質的に接近したのは、〈げに吾は詩人たるべし〉(「欺かざるの記」十月二十六日)と揚言した明治二十九年の秋から三十年の春にかけての、渋谷村における小さな茅屋での生活の時であったといってよい(もっとも〈詩人〉たらんとは、獨歩生涯を貫いた願いであったわけだが――)。

妻信子に去られて七転八倒、それこそ一切を喪った獨歩は、ただ武蔵野の自然に対峙する。ただ自然を見、聞き、触れる――。そしてそれはますます痛切に、獨歩に〈宇宙人生の秘義に驚異〉することを教え、その間獨歩は着々と〈『武蔵野』の想〉を得てゆくのだ。

無論その当初、「欺かざるの記」は信子への未練や呪詛、つまり過去への悔恨に激しく揺らいでいる。しかしやがて獨歩は〈過去を見る勿れ。これ愚者の事なり。自然は前途を有するのみ。宇宙は進歩あるのみ〉(十月二十八日)と記す。〈嗚呼前進せよ。これ宇宙の法なり。回顧する勿れ。われ尚ほ若し〉（十一月二日）。

だがさらに獨歩は、その希望を託すべき〈将来〉をも峻拒する。〈前途を夢むる勿れ。繰り返へして言ふ、前途を夢むる勿れ〉（三十年三月五日）――。

〈限りなき時間、限りなき空間、而して滔々として流れゆく人の世の潮流！〉（同）。だが思えば、その無限の時空、〈将来も過去も、希望も後悔も、悉く今日に在〉（三月十三日）るのではないか。

《人間の一生は凡て「今日」の中に在り。前途の夢よ、さめよ。年少の夢よ、さめよ。愚かなる影よ、消えよ。今日の中に明日あり、昨日あり。われはたゞ今日のわれなり。今日のわれ、これわが一生の実価のみ。空想を以てわれを欺く勿れ。》（同）

そしてここに〈今日のわれ〉とは、おそらく前後を両断した〈今、茲〉の一瞬、そのいま〈現在〉、〈眼前〉の事実に、まるで不意打ちを喰らうごとく直面し、〈驚異〉する〈われ〉であり、そのことをおいて〈詩人〉はいず〈詩〉はないということだろう。

〈人生に驚異すること益ゝ深くして、われは愈ゝ詩人たらんことを願ふ〉（二十九年十二月二十三日）。こうして獨歩は実際、「武蔵野」以下、〈詩人〉としての確かな歩みを歩み出すのである。[17]

だが、しかもなお獨歩は〈詩人〉たりえたか。とは〈詩〉は可能であったのか。

いいや、その答はすでにはっきりと出ている。前後を両断した〈今、茲〉の一瞬、だがそれは〈言葉〉や〈意味〉以前、だから〈言葉〉や〈意味〉を絶した、まさに〈不思議な驚き〉というしかない経験なのだ。

ただ獨歩はこのことを、すでに明確に言い当てている。前引したように「神の子」の〈私〉は、

〈刹那の感で御座いますから一口で申されます〉と、その一瞬の眩暈を語りつつ、しかし〈あの時の私の眼には目に見る世の様を直《すぐ》に過去に移し、此身をも過去の人として見たのであらうと思ひます〉と言っていた。蓋し、これはきわめて注目すべき発言であるといってよい(18)。たしかに〈私〉は〈あの時〉、〈目に見〉た、とは〈今、茲〉の〈事実〉を〈知覚〉した。しかし〈私〉はそれを〈直《すぐ》に過去に移し〉、〈過去〉のこととして〈想起〉した、つまり〈言葉〉＝〈言語化〉した。そしてその時、すでにあの〈不思議な驚き〉は消えているのである(19)。

ところで、おそらくこの獨歩の〈今、茲〉の〈驚異〉とは、あの西田幾多郎の〈純粋経験〉に重なるといえるのではないか。

西田は『善の研究』（弘道館、明治四十四年一月）冒頭で次のように言う。

《経験するといふのは事実其儘に知るの意である。全く自己の細工を棄てゝ、事実に従うて知るのである。純粋といふのは、普通に経験といつて居る者も其実は何等かの思想を交へて居るから、毫も思慮分別を加へない、真に経験其儘の状態をいふのである。例へば、色を見、音を聞く刹那、未だ之が外物の作用であるとか、我が之を感じて居るとかいふやうな考のないのみならず、此色、此音は何であるといふ判断すら加はらない前をいふのである。それで純粋経験は直接経験と同一である。自己の意識状態を直下に経験した時、未だ主もなく客もない、知識と其対象とが全く合一して居る。これが経験の最醇なる者である。》（「第一編　純粋経験」）

そして、

《純粋経験に於ては未だ知情意の分離なく、唯一の活動である様に、又未だ主観客観の対立もない。主観客観の対立は我々の思惟の要求より出でくるので、直接経験の事実ではない。直接経験の上に於ては唯独立自全の一事実あるのみである、見る主観もなければ見らるゝ客観もない。恰も我々が美妙なる音楽に心を奪はれ、物我相忘れ、天地唯嚠喨たる一楽声のみなるが如く、此刹那所謂真実在が現前して居る。之を空気の振動であるとか、自分が之を聴いて居るとかいふ考は、我々が此の実在の真景を離れて反省し思惟するに由つて起つてくるので、此時我々は已に真実在を離れて居るのである。》

（「第二編　実在」）

従って、〈物理学者のいふ如き世界は、幅なき線、厚さなき平面と同じく、実際に存在するものではない。此点より見て、学者よりも芸術家の方が実在の真相に達して居る〉（同上）。

あるいは、〈主客を没したる知情意合一の意識状態が真実在である。我々が独立自全の真実在を想起すれば自ら此の形に於て現はれてくる。此の如き実在の真景は唯我々が之を自得すべき者であつて、之を反省し分析し言語に表はしうべき者ではなからう〉（同上）。

このいわゆる〈主客合一〉の状態は、明らかに獨歩の、あの〈天地一体の感〉に連なる。が、この〈色を見、音を聞く刹那、未だ之が外物の作用であるとか、我が之を感じて居るとかいふやうな考のないのみならず、此色、此音は何であるといふ判断すら加はらない前〉の〈純粋経験〉、つまり今、ここで見、聞き、触れる〈知覚経験〉、従って〈思惟〉や〈反省〉以前、だから〈反省し分析し言語に表はしうべき者ではな〉い経験こそが、〈実在の真景〉をあらわす。そして、そうだとすれば、それには科学者や哲学者等の〈学者よりも芸術家の方〉が達しうる、いや〈達して居る〉というのである。

が、しかし、おそらく獨歩が『善の研究』を読んだとすれば、これに強く共感しつつ、激しく反駁したにちがいない。なぜなら、他の〈芸術家〉は知らず、少くとも〈詩人〉＝〈詩〉にとって、それがたとえ端的な経験の事実であると主張しても、〈言語に表はしうべき者ではな〉いとすれば、どうその〈実在〉を自証しうるのか、どう〈自得〉しているといえるのか？

もっとも、西田の思索はむしろここから熱く展開されてゆく。西田は〈意識現象であつても他人の意識は自己に経験できず、自己の意識であつても、過去に就いての想起、現前であつても、之を判断した時は已に純粋の経験ではない〉（「第一編」）という。つまり〈他者〉、とりわけこの場合〈過去〉の問題。〈之を判断した時は已に純粋の経験ではない〉というアポリア――。

しかも、そこから西田は一挙に、むしろその矛盾対立を一の端緒として、不断に、より一層の〈統一〉を意志し、実現せんとする〈生命の要求〉に着目するのである。

矛盾対立は〈直に一層大なる体系的発展の端緒〉（同上）であり、この〈大なる体系〉の〈大なる統一の発展〉において、〈所謂一般なる者が己自身を実現する〉。

そして、これを要するに、

《自然を深く理解せば、其根柢に於て精神的統一を認めねばならず、又完全なる真の精神とは自然と合一した精神でなければならぬ、即ち宇宙には唯一つの実在のみ存在するのである。而して此唯一実在は嘗ていつた様に、一方に於ては無限の対立衝突であると共に、一方に於ては無限の統一である、一言にて云へば独立自全なる無限の活動である。この無限なる活動の根本をば我々は之を神と名づけるのである。神とは決してこの実在の外に超越せる者ではない、実在の根柢が直に神である、主観客観の区別を没し、精神と自然とを合一した者が神である。》（「第二編」）

最終章（「第四編　宗教」）、西田は〈宗教的要求〉に言及する。

《我々の自己がその相対的にして有限なることを覚知すると共に、絶対無限の力に合一して之に関りて永遠の真生命を得んと欲するの要求である。》

あるいは、〈宇宙の本体と融合し神意と冥合する〉、〈真の自己を知り神と合する法は唯主客合一の力を自得するにあるのみ〉、〈自己の全力を尽しきり、殆ど自己の意識が無くなり、自己が自己を意識せざる所に、始めて真の人格の活動を見る〉等々――(20)。

だがそれにしても、自らの中に〈無限の対立衝突〉を含む〈純粋経験〉とはなにか。なるほど〈無限の対立衝突〉を端緒として一挙に〈無限の統一〉へ飛翔する、というとしても、あくまでその都度の〈対立衝突〉を抱え、だからその都度の〈対立衝突〉は無限に続くといわなければならない。が、にもかかわらず、たしかに〈無限の統一〉へ飛翔する、ということは出来る。しかしその時、すでに〈対立衝突〉は超えられたものとして、つまり過ぎ去ったものとして判断されているのだ。

従って、〈いま、ここ〉に見ること、聞くこと、触れること、要するに〈知覚経験〉としてはとらえられず、あくまで事後的に、とは過ぎ去ったこととして〈想起〉されるしかないといえよう。

あるいは、〈自得〉したと思った時、または言った時、すでにないもの、つまり空無なるものとして思い、言うしかないもの、とすればその都度の無の断絶にさらされながら、どうしてそれを、〈無限の統一〉へと結びつけることが出来ようか(21)。

再引すれば、〈自己の全力を尽しきり、殆ど自己の意識が無くなり、自己が自己を意識せざる所に、始めて真の人格の活動を見る〉。しかしそれは文字通り〈我を忘れ〉て、とは〈自己の意識〉の登場する余地もなく、だから端的に経験されたとしても、〈いま、ここ〉で直接確認することも了解することもできない非在なるものなのである。

要するに、〈「単にさう言ふだけ」〉、〈「唯だ言ふだけ」〉、〈「唯だお願ひ申して見る」〉だけのことなのだ。そしてこう辿って来れば、西田の胸裡にも、おそらく獨歩と同じ、〈「無益《だめ》です、無益《だめ》です」〉という無念と嗟嘆が谺していたといってもおかしくはあるまい(22)。

冒頭に戻れば、藤村は透谷に導かれて進んだ。〈宇宙の精神〉と〈内部の生命〉との〈感応〉の道を。しかし藤村がその〈瞬間の冥契〉の場として眼前に見た〈海〉は、〈たゞ彼の墳墓〉、〈冷い無意味な墳墓〉でしかない。しかも帰って来た岸本（藤村）に青木（透谷）は、〈「なんでも、一度破つて出たところを復た破つて出るんだね――畢竟、破り〳〵して進んで行くのが大切だよ」〉という、謎のような言葉を投げ、そしてついに自ら〈「破つて出」〉ていってしまったのである。

後に残された藤村は「北村透谷二十七回忌に」（「大観」大正十年七月）において、〈彼の生涯は結局失敗に終つた戦ひだつた〉と言う。

だが、これは藤村が、透谷と袂を分かったことを意味しない。たしかに藤村には透谷の後を追うことは出来なかった。しかし、にもかかわらずというか、それゆえにというか、〈瞬間の冥契〉は藤村にとって、永遠の渇望として残ったのではないか。

『飯倉だより』（アルス、大正十一年九月）に収められた時、「北村透谷二十七回忌に」のすぐ前に置かれた「芭蕉」（「新小説」大正八年一月）において、藤村は〈仏蘭西の旅〉に、やはり透谷も関心の深かった芭蕉の全集を携えたことに触れ、『猿蓑』巻六の「幻住庵の記」に論及しながら、〈無常迅速の境地に身を置きながら永遠といふものに対して居るやうな詩人をあの草庵の中に置いて想像したい〉と言っている。

長い孤独と悔恨の「新生」の旅、(23)さらにその後の歳月。たしかに一切は〈無常迅速〉に過ぎたろう。しかしその時の流れに身を晒しながら、藤村は芭蕉のように、〈永遠といふものに対〉す。いわばそれを垣間見つつ、それを偲び、それに繋がり、それに至ることを祈念しつづけていたといえよう。

獨歩は第四文集『濤声』（彩雲閣、明治四十年五月）の序「秋の入日」の絶唱に、次のようにいっている。

要するに悉《みな》、逝けるなり！
在らず、彼等は在らず。
秋の入日あか〳〵と田面にのこり
野分はげしく颯々と梢を払ふ
うらがなし、あゝうらがなし。

水とすむ大空かぎりなく

夢のごと淡き山々遠く
かくて日は、あゝ斯《か》くてこの日は
古も暮れゆきしか、今も又!
哀し、哀し、我こゝろ哀し。

要するに、すべては過ぎ去り消え去ってしまうのだ。〈うらがなし〉、〈哀し〉と獨歩は繰り返す。しかし獨歩はその〈哀感〉において、辛うじて〈永遠なるもの〉、あの〈天地一体の感〉を偲び続けていたのかもしれない。

「悪魔」の一節に言う。

《窮りなき大空を望むとき、人情と自然との幽《かすか》なれど絶ざる約束を感ぜざるを得ず、これを以て泣くなり。》

《あゝ余が存在の不思議にまどひつゝも猶ほ僅に堪へ忍び得るは全く此哀感の故のみなり。》

《時の羽風耳辺を掠めて飛び、此生の泡沫の如く、人類の運命の遂に果敢《はかなき》を感じて消魂する時も、僅に此哀感の力にて我が心は幽ながらも永遠の命の俤に触れ得るなり。》

すべてが失われたとしても、なお人には、それを偲び、哀しみに泣くことが残されている。哀しみに泣くことが出来るのであり、人はそれを止《と》めることは出来ない。(24)

注

(1) 拙稿「『春』―失われし時を求めて―」(『島崎藤村―「春」前後―』審美社、平成九年五月)参照。

（2）拙稿「『忘れえぬ人々』―〈天地悠々の感、人間存在の不思議の念〉―」（「繍」第十五号、平成十五年三月、本書に所収）

（3）のち第四文集『濤声』（彩雲閣、明治四十年五月）に収録。

（4）のち第三文集『運命』（左久良書房、明治三十九年三月）に収録。

（5）瀬沼茂樹「解題」（『国木田独歩全集』第二巻、学習研究社、昭和三十九年七月）

（6）のち第二文集『獨歩集』（近事画報社、明治三十八年七月）に収録。

（7）この前後の要約は平岡敏夫『短篇作家　国木田独歩』（新典社、昭和五十八年五月）に倣っている。

（8）『国木田独歩「忘れえぬ人々」論他』（桜楓社、昭和五十六年一月）

（9）〈原体験〉ということであれば、「明治二四年日記」にある〈瀬戸内海の小島の漁夫〉をめぐるそれに遡ることが出来よう。注（2）の拙論を参照。

（10）『獨歩遺文』（日高有倫堂、明治四十四年十月）に収録。

（11）滝藤満義氏は「喫驚《びっくり》したいということ―『牛肉と馬鈴薯』論―」（『国木田独歩論』塙書房、昭和六十一年五月所収）において、これら獨歩の記述に、植村正久「驚異、嘆美、及び崇敬の念」（『日本評論』明治二十三年六月）の〈吾人若し無邪気なる心胸を抱きて、此の奇絶不可思議なる天地に対し、熟ら之を観察せば、驚異の念禁ぜずして起り、時に無限の感情を生ずるに至る〉、〈紛々たる銅臭世界は吾が霊心を埋葬し、寤寐にも利名の間に狂奔するがため厘毛を争ふの欲情愈活潑にして俯仰天地に驚嘆するの心愈衰へ、政治に文芸に、功利の念日に熾んにして、其の精神は餓鬼のごとくならんとす〉、〈吾人の感情乾き果なんとするに当り、驚異嘆美の洪水を以て再び洗礼《バプテスマ》を施すべきものは、詩と宗教との責任なり。彼等は万物を其本色に復らしめ、慣熟と陳腐とより成立する盲膜を取り去り、之をして其固有の勢力を発せしむべし〉等の投影があるとし、またこうした植村の論に影響を与えていたカーライルやワーズワスが、やがて獨歩の〈驚異の哲学〉の端緒となってゆく経緯を論じている。

（12）のち第六文集『渚』（彩雲閣、明治四十一年十一月）に所収。

(13) 滝藤氏は右の論で、記述の類似等から、〈日記にいう「わが願ふ所」が「岡本の手帳」に後に改題されたものをさすのではないか〉と推察している（因みに、これが後に「牛肉と馬鈴薯」に〈飛躍〉してゆくともいっている）。そして〈「我が願」「岡本の手帳」に共通する構成が、「牛肉と馬鈴薯」にそのまま Sとり入れられている〉とし、〈「牛肉と馬鈴薯」の出現は、いわば三度目の正直であった〉と論じている。

(14) 北野氏は前出論文で、明治三十八年十月『病間録』（金尾文淵堂）を上梓した綱島梁川に宛てた獨歩の書簡、すなわち〈獨歩集中「牛肉と馬鈴薯」と題する一篇は貴下に一読の栄を賜はらんことを願ふものに候小生の作物につき諸友の批評紛々たりと雖も未だ彼の一篇につきては何人も小生の意を得たる批評を与へられしものなし蓋し心の経験の異なるが故かと存候〉等に触れ、「牛肉と馬鈴薯」が誰からも十分な理解を得られなかったという不満があったことから、その文名を急に高からしめた『運命』刊行の機に乗じ、直後「わが願ふ所」を「岡本の手帳」と改題して発表したのではないかと推察している。なおその時、「牛肉と馬鈴薯」ばかりか、「悪魔」等も踏まえて、整備が加えられていたように思われる。

(15) 山田博光氏は『國木田獨歩集』（『日本近代文学大系』第十巻、角川書店、昭和四十五年六月）の補注で、〈独歩が驚異心に触れているおもなもの〉として、「我が願」「天地の大事実」（遺稿、明治二十九年八月〜九月作）、「欺かざるの記」（特に明治二十九年八月以降）、詩「驚異」（明治三十年二月）、「牛肉と馬鈴薯」「神の子」「悪魔」「岡本の手帳」をあげている。なお氏はそこで、「欺かざるの記」（明治三十年一月十三日）の次のような記述も引例している。

《一昨夜弟の下宿せる宿屋に一泊せしが其の夜半、突然めざめし時、此の生命と存在と此の天地とを驚異するの恐ろしき力もて心を衝きたり。あゝ願ふ、常にかく驚異せんことを。

世の中を夢と見る〳〵はかなくも
なほ驚かぬわがこゝろかな

あゝわが願は驚異せんこと也。

あゝわが心のなやみはわが心の眠り居ることを自覚せる事なり。

吾が心の誇は此の自覚なり。されどわが心の悲はこの自覚なり。

此の自覚なくして驚異の念の少しだに起る理なし。驚異の念少しもなくして宗教的信仰ある道理なく詩的熱情ある道理なし。

あゝ夢裡の人々よ、夢裡にありて敢て宗教を語る人々よ、詩を語る人々よ、哀れむべきは此の種の人々にぞある。

げに人生は不思議なるかな。あゝわが心よ高くさめよ。深く感ぜよ。》

(16) 新潮社、明治四十一年七月。

(17) 「欺かざるの記」には〈今、茲〉への言及が繰り返されていて、枚挙にいとまない。少しく引例すれば、〈ア、吾茲に在り。確かに吾茲に生れたるなり〉（明治二十六年六月八日）、〈われ茲にあり。茲！　鳴呼、茲！　茲は事実なり〉（同八月六日）、〈人間の望む可きは前途に非ずして頭上なり。人生は「今」なり。日月何をか運ばん〉、〈吾とは今の事なり。今をはなれて吾あらず。吾茲に立つ、今立つ、人間の存在とは今なり〉、〈無窮の時間に過去あらん、将来あらん。只だ今あるのみ〉（以上、同九月十七日）、〈「吾、今、茲に、在り」凡ては此のうちより来る〉（二十七年七月七日）、〈凡てのもの此の永劫の海に浮沈生滅す。鳴呼幻なる哉、時！　昨日昨夜何処にある。凡ての過去何処にある〉（同八月十七日）。そしてこうした記述は、信子を失い、一切の過去と将来を失った時期、「欺かざるの記」明治二十九年の秋から三十年の春にかけて、もっとも痛切に、集中的に展開されているといえる。なおこのことに関し、拙稿「『武蔵野』を読む――まず二、三章をめぐって――」（「繍」十三号、平成十三年三月、本書所収）参照。

(18) 「悪魔」においても、その経験＝〈刹那の感〉は〈忽ちにして〉、〈消えて了〉う。〈再びそれを呼び返さうと力めて見たがだめであつた〉。しかも〈遂に我霊を震動したる感想を忘るゝ能はざるが故に苦悩する余〉だというのだ。また「岡本の手帳」においても、〈絶えず此強き深き感情のうちにあらん〉としつつ、しかしすべては過ぎ去り消え去ってしまう。しかもそれは〈忘るゝ能はざる〉ものであり、とは記憶として偲ぶもの、〈想起〉においてのみ辛うじて蘇るものだというのである。

(19)　やや遅きに失したが、ここで「牛肉と馬鈴薯」の近藤について一言述べておきたい。近藤は〈「僕なんか嗜きで牛肉を喰ふのだ」〉という。つまり近藤は上村達のように、主義や主張を喋々する前に、今、ここの〈知覚〉（〈味覚〉）に執する。が、それが所詮は一瞬のものでしかないことを知るがゆえに、〈岡本の顔に言ふ可からざる苦痛の色〉の浮かぶのを看取することが出来たのではないか。

(20)　渡辺和靖氏は『明治思想史―儒教的伝統と近代認識論―』（ぺりかん社、昭和五十三年十一月）において、西田哲学を〈明治思想の結実〉という。そして西田やその同世代について、〈人間主体（認識主観）を、それを越えた客観的なもののうちに位置づけようと試みる超越への感覚が彼らを捉えていた。それは、彼らにおいて、近代認識論の克服として自覚された。しかも、単なる超越ではなく、彼らを捉えていたのは、ある根源的なものへの復帰ということであった〉と論じ、〈西田にとって、「純粋経験」とは、単に主客の合一した状態というばかりではなく、回帰すべき源初的世界に他ならなかった〉、〈西田の、そうした源初的世界への執着は、彼が、最終的に、儒教を中核とする近世的伝統と無縁ではなかったことを示している〉、あるいは〈人間と自然（宇宙）との連続性に基礎づけられた伝統的世界を原型としていることは疑いない〉といっている。そして西田が深い共感を抱いていた同世代の田岡嶺雲や綱島梁川の次のような言説を引用、並記する。すなわち〈唯一を念じて、不変不動の瞑想三昧に入れば、吾人は忽焉として茲我を忘れ、茲宇宙を忘れ、寂然として無心無念想の境に入らむ〉。そこでは〈主観に対する客観もなく、客観に対する主観もなく、主客渾一、彼此融合して万境一如〉、〈神秘教者は之を指して神人融合の妙教に致るとも、見性成仏すとも、神光に接するとも、大自在天を観たりともいふ也〉。ただしこうした状態は、〈唯自ら悟得すべくして、言語文字によりて、之を記載伝習すべきものに非ず〉（以上、嶺雲「神秘教の接神を論ず」―「宗教」明治二十八年一月）。または〈是の刹那、我れは万有を一躰として静観すると同時に、万有自爾の内在の理想に分け入りて、その一ゝの発展の心を楽しみ、その一ゝの化育に、心のしらべを合はせんとす。あはれ、我儕果敢なき一塵の身を以てして、この宏大なる天地の経綸に与ることを得る。何等の解脱ぞ、何等の光耀ぞ〉。〈「自然」はもはや我れと駢び立つ独立の実在にはあらで、同じ意に聯なる一心霊の姿也。有情の友也、同胞《はらから》也〉。

しかもこの〈光耀の意識〉は決して〈主観的空想又は迷妄〉ではない。それは〈我が日常生活の経験と毫しも矛盾する所なきのみならず、寧ろ反りて之れを統一して、之れに一段深き意義を帯ばしむるものなることを見たり。其は吾が他のすべての心生活の要素の根柢となりて、倍々《ますく》之れを発展せしむるの力なることを見たり。其の深邃なる悦びは、世の常のうつろひ易き徒《あだ》なる悦びと異なるを見たり。此くて此の真理の他の真理に抹せられず傷けられずして、反りて之を活如たらしむる極めて真実のものなることを見たり。其が懐ひ出は実に吾が心霊の糧なり、生命也〉（以上、梁川「宗教上の光耀」―「太陽」明治三十八年二月、『病間録』所収）。ただし渡辺氏はこの〈主観と客観、人間と自然の対立を越えて、自然と人間が一体と化す瞬間。しかし、そうした一体感は、じつは、人間と自然の結合が失われてしまったという認識と不可分であった〉とつけ加えている。

(21)　西田の〈純粋経験〉にジェイムズの影響、さらにベルグソンの〈純粋持続〉が投影していることは明らかである。しかしベルグソンの〈純粋持続〉も、時間がこうして無の断続にさらされていることを等閑に付し、時間をいま、いま、いまの連続的継起、しかもその相互浸透による途切れることのない流れとして捉える（『時間と自由―意識に直接与えられているものについての試論―』―『ベルグソン全集』1、白水社、昭和四十年五月、平井啓之氏訳）。なるほど人間の命とは、途切れることのない連なり、さらにその生々たる躍動（〈生命の躍動《エラン・ヴィタール》〉）というもよし。しかしそれはまさしく、いま現在の無我夢中においてであり、いつまで経っても、いま現在の無我夢中においてでしかない。つまりそこに意識はなく時間は生じない。いわば時間以前。が、それに対し、いま、いま、いまの流れが途切れ、一瞬、無の断絶にさらされた時、はじめて人は、いままでのことが終わり、過ぎ去ったことに気づく。そして、いままでのことが終わり、過ぎ去ったことを振り返る時、つまり〈過去〉を偲び、〈想起〉する時、すでにはやく、時間は生じているのだ。

(22)　夏目漱石「行人」（「塵労」大正二年九月～十一月）の長野一郎は〈「僕は絶対だ」〉と叫ぶ。以下〈Hさんの手紙〉によれば、〈兄さんの絶対といふのは、哲学者の頭から割り出された空しい紙の上の数字ではなかつたのです。自分で其境地に入つて親しく経験する事の出来る判切《はつきり》した心理的のものだつたのです〉、〈兄さんは純粋に心の落ち付きを得た人は、求めないでも自然に此境地に入れるべきだと云ひます。一度《ひとたび》此境界に入れば天地も万有も、凡ての対象といふものが悉くなくなつて、唯自分丈が存在するのだと云ひます。さうして其時の自分は有とも無いとも片の付かないものだと云ひます。偉大なやうな又微細なやうなものだと云ひます。何とも名の付け様のないものだと云ひます。即ち絶対だと云ひます。さうして其絶対を経験してゐる人が、俄然として半鐘の音を聞くとすると、其半鐘の音は即ち自分だといふのです。言葉を換へて同じ意味を表はすと、絶対即相対になるのだといふのです、従つて自分以外に物を置き他を作つて、苦しむ必要がなくなるし、又苦しめられる掛念も起らないのだと云ふのです〉。まさしく一郎は昂然として、〈主客合一〉、〈天地一体の感〉の経験を語っている。しかし同じ一郎が、〈眼からぽろ〳〵涙を出し〉ながら、〈「僕は明かに絶対の境地を認めてゐる。然し僕の世界観が明かになればなる程、絶対は僕と離れて仕舞ふ。要するに僕は図を披いて地理を調査する人だつたのだ。それでゐて脚絆を着けて山河を跋渉する実地の人と、同じ経験をしやうと焦慮り抜いてゐるのだ。僕は迂闊なのだ。僕は矛盾なのだ。然し迂闊と知り矛盾と知りながら、依然として藻掻いてゐる。僕は馬鹿だ」〉と語らなければならない。いわば宇宙との冥合、獨歩と同じあの〈刹那の感〉を実感し、記憶しながら、しかしそれを確認しようとして見失う矛盾——。一郎はこうも言うという。〈兄さんは書物を読んでも、理窟を考へても、飯を食つても、散歩をしても、二六時中何をしても、其処に安住する事が出来ないのださうです。何をしても、こんな事をしてはゐられないといふ気分に追ひ掛けられるのださうです〉。〈兄さんは自分の心が如何《どん》な状態にあらうとも、一応それを振り返つて吟味した上でないと、決して前へ進めなくなつてゐます。だから兄さんの命の流れは、刹那々々にぽつ〳〵中断されるのです〉。要するにここには、いまここの〈知覚〉（〈行動〉）の経験、西田のいわゆる〈純粋経験〉の意味を振り返り（〈想起〉し）ながら、しかしすでに一切は過ぎ去り消え去って無と化している、そのことへの不安と恐怖が語られているといえよう。因みに「点頭録」（大正五年一月）では漱石自身、次のように述べている。〈また正月が来た。振り返ると過去が丸で夢のやうに見える。何時の間に斯う年齢《とし》を取つたものか不思議な位である〉。〈此感じをもう少し強めると、過去は夢としてさへ存在しなくなる。全くの無になつてしまふ。実際近頃の私は時々たゞの無として自分の過去を観ずる事がしば〳〵ある。いつぞや上野へ展覧会を見に行つた時、公園の森の下を歩きながら、自分は或目的をもつて先刻《さつき》から足を運ばせてゐるにも拘はらず、未だ曾て一寸も動いてゐないのだと考へたりした。是は耄碌の結果ではない。宅を出て、電車に乗つて、山下で降りて、それから靴で大地の上をしかと踏んだといふ記憶を慥かに有《も》つた上の感じなのである。自分は其時終日行いて未だ曾て行かずといふ句が何処かにあるやうな気がした。さうして其句の意味は斯ういふ心持を表現したものではなかろうかとさへ思つた〉。〈これをもつと六づかしい哲学的な言葉で云ふと、畢竟ずるに過去は一の仮象に過ぎないといふ事にもなる。金剛経にある過去心は不可得なりといふ意義にも通ずるかも知れない。さうして当来の念々は悉く刹那の現在からすぐ過去に流れ込むものであるから、又瞬刻の現在から何等の段落なしに未来を生み出すものであるから、過去に就て云ひ得べき事は現在に就ても言ひ得べき道理であり、また未来に就いても下し得べき理窟であるとすると、一生は終に夢よりも不確実なものになつてしまはなければならない〉。〈斯ういふ見地から我といふものを解釈したら、いくら正月が来ても、自分は決して年齢《とし》を取る筈がないのである。年齢を取るやうに見えるのは、全く暦と鏡の仕業で、其暦も鏡も実は無に等しいのである〉。なお窪川真紀子「『絶対の境地』を索めて―『行人』「塵労」四十四の読解を中心に―」（「繍」十四号、平成十四年三月）「夏目漱石『老子の哲学』に見られる理性と感情との乖離―『絶対の境地』の萌芽―」（「早稲田大学大学院文学研究科紀要」第四十九輯、平成十六年二月）その他参照。

（23）拙稿「藤村とフランス―『新生』前篇をめぐって―」（「解釈と鑑賞」平成十四年十月）「島崎藤村『新生』の旅―遠い旅から抱いて来た心―」（「国文学」平成十七年一月）参照。

（24）『病牀録』に言う。〈二十一日の夜半、夫人治子密かに起きて容態を窺ふに、流涕頰を伝うて嗚咽すること久し。夫人怪しみて問ふ。「急に何んだか悲しくなつて」とのみにて多く云はず、又秘かに泣く。蓋し死を距つること二日前なり〉。なお竹内整一『自己超越の思想―近代日本のニヒリズム―』（ぺりかん社、平成十三年七月）参照。

「窮死」前後――最後の獨歩――

「窮死」は明治四十年六月「文芸俱楽部」増刊「ふた昔」に掲載され、のち第五文集『獨歩集第二』（彩雲閣、明治四十一年七月）に収録された。

年譜によれば、[1] 明治三十九年十二月末の項に〈このころより咽喉痛み、結核の徴候あり〉とあり、四十年四月には〈獨歩社破産、「新古文林」は三月号を以て廃刊、他の諸雑誌を矢野に返還す〉とある。身心ともに疲弊し、四月二十三日、獨歩はまだ郊外の趣を残す〈府下西大久保三十三番地〉に静養のために転居する。「窮死」はその折遭遇した轢死事件から着想したものである。

この事件について吉江孤雁が、明治四十一年七月「新潮」の追悼号で次のように記している。

《恰度其頃、例の散歩帰りに悲惨な轢死者を見られた。其前の晩、雨が地を叩くやうにしつきりなしに降つて居たが、朝方になつて小降りになり、次第に止んで来た。それで、長男の虎男君を連れて戸山ケ原に散歩に出かけ、踏切の所に行くと轢死者があつた。死骸を線路から出して傍の草原の中に引き込み、菰を被せてあつた。見ると線路の上には、黒い血が流れて、レールの冷たい鉄には、赤い生々とした血が長く流れ伝つて居た。そして、線路工夫らしい者が二三人と、村役場員のやうな者が二人ばかり、死骸の番をして居た。其工夫等が集つて話し合つて居るのに、二三日前から此の辺にウロ〳〵ウロついて居たあの男だが、昨夜の雨で最うどうすることも出来ず、ずぶ濡れになつた上多少腹も空いて居たらうから、此の道に転げ込んで居た所を轢かれたのであらうと云ふ。その死骸を見、其話を聞いて獨歩氏は非常に感動して、書かれたのが「窮死」で、其哀れなる轢死者は「窮死」の主人公である。つまりそれを書かれた意味は、死なうと云ふ意識があつて死んだのではなくて、自然の境遇がどうしても只一人の人間を死なさずには置かなかつた。一方から云ふと自然の無情だと云ふこと、一方からは人間の社会組織の不完全だと云ふことを問題にして書かれたのである。》(「大久保時代の獨歩氏」、傍点孤雁)

おそらく獨歩から直接聞いたのだろう、具体的な記述となっている。

なお〈非常に感動し〉たとある獨歩自身もまた『病牀録』(新潮社、明治四十一年七月)[2]に、このことを書き残している。

《余は「窮死」の結末に於いて、「どうにも斯うにもやりきれなくて倒れた。」と言へり。自殺者の心事を説明するに、何程考ふるも他に適当なる言葉なく、空しく二日を費して漸く考へ得たるは即ち此一句なり。或日大久保へ帰る途中にて悲惨なる轢死者の最後を目撃して、帰途余は彼の心事を思ひて、ホロ〳〵と泣きながら家に帰れり。其時の感想を材料として、自殺者の余儀なき運命を描きたるが即ち「窮死」一篇なり。筆を執つても余は泣きつゝ書けり。「窮死」一篇は左迄世評に上らざりしも、余は最後の一句たる「どうにも斯うにもやりきれなくて倒れた。」云々の言を翫味して貰ひたしと思へり。》(「第一　死生観」以下同じ)

さて、作品は次のように始まる。

《九段坂の最寄にけちなめし屋がある。春の末の夕暮に一人の男が大義さうに敷居をまたげた。既に三人の客がある。まだ洋燈《らんぷ》を点けないので薄暗い土間に居並ぶ人影も朧である。》（傍点獨歩、以下同じ）

〈先客の三人も今来た一人も皆な土方か立《たち》んぼう位の極く下等な労働者である〉が、先客の一人である〈角張つた顔の性質《ひと》の良《よき》そうな四十を越した男〉が、新しく入って来た男に〈「文公、そうだ君の名は文さんとか言つたね。身体《からだ》は如何《どう》だね」〉と声をかける。この文公、〈年頃は三十前後〉、〈「難有う、どうせ長くはあるまい」〉と〈捨ばちに言つて、投げるやうに腰掛に身を下《おろ》して、両手で額を押へ、苦しい咳息《せき》〉をする。店の亭主は〈「そう気を落すものじやアない、しつかりなさい」〉という。しかし〈それぎりで誰も何とも言はない。心のうちでは「長くあるまい」と云ふのに同意をして居るのである〉。

〈「六銭しか無い、これで何でも可いから……」と言ひさして、咳息で食はして貰ひたいといふ言葉が出ない。文公は頭の髪《け》を両手で握かんで悶《もが》いて居る〉。おかみさんが〈「苦るしさうだ、水をあげやうか」〉とふりむく。〈「水よりか此方《このほう》が可い、これなら元気がつく」〉と三人の先客のうちの大男が、〈白馬《どぶろく》の杯〉を突き出して言う。〈「一本つけやう」〉、〈「代価《だい》は何時でも可いから」〉と亭主《あるじ》。すると先の〈角ばつた顔の男〉が、〈「何《なア》に文公が払へない時は自分《わし》が如何にでもする」〉、〈「飲《や》れ飲《や》れ、一本で足りなけやアもう一本飲《や》れ」〉と言う。

〈外はどしゃ降〉りの雨になり、二人の〈土方風〉の男が駆け込んで来てからは、店は〈急に賑うて来て〉、〈何時しか文公に気をつける者も無くなつた〉。——

食事を終えた文公は、小降りになった外へ出る。〈さて文公は何処へ行く?〉。〈彼《あ》の容態《ようだい》では遠らずまゐつて了ふだらうとは文公の去つた後での噂であつた〉。——〈「可憐《かはい》そうに。養育院へでも入れば可い」〉、〈「所が其養育院とかいふ奴は面倒臭くつてなか〳〵入られないといふ事だぜ」〉、〈「それじやア行倒だ!」〉、〈「誰か引取人が無いものかナ。全体野郎は何国《どこ》の者だ」〉。〈「自分でも知るまい」〉。

実際文公は生まれた場所も親兄弟も知らない。〈文公といふ称呼《な》も誰いふとなく自然《ひとりで》に出来た〉。十二歳頃、浮浪少年とのかどで監獄に入れられたこともある。〈それから三十幾歳《いくつ》になるまで種々な労働に身を任して、やはり以前の浮浪生活を続けて来た〉。〈此冬に肺を患《やん》でから薬一滴飲むことすら出来ず、土方にせよ、立坊にせよ、それを休めば直ぐ食ふことが出来な〉くなる。

《「最早《もう》だめだ」と十日位前から文公は思つてゐた。それでも稼げるだけは稼がなければならぬ。それで今日も朝五銭、午後に六銭だけ漸く稼いで、其六銭を今めし屋で費つて了つた。五銭は昼めしに成て居るから一文も残らない。

さて文公は何処へ行く?。茫然《ぼんやり》軒下に立て眼前の此世の様を熟と見て居る中に、「ア、寧《いつ》そ死《しん》で了ひたいなア」と思つた。此時、悪寒が全身《みうち》に行きわたつて、ぶるぶるツと慄へた、そして続けざまに苦るしい咳息をして嚏《むせび》入つた。》

ふと二月《ふたつき》前、土方をしていた時に知り合った弁公という若者が近所に住んでいることを思い出し、泊めてもらいに行く。弁公は寝る所もないと難色を示すが、弁公の親父の〈「泊めて遣れ、二人寝るのも三人寝るのも同じことだ」〉という一言で、文公は泊めてもらうことになる。

翌朝、親父にいわれ弁公が、〈「オイ一寸《ちよつ》と起ねえ、これから我等《おいら》は仕事に出るが、兄公《あにき》は一日休むが可い。飯も炊てあるからナア、イ、カ留守を頼んだよ」〉と親切に言い置いてゆく。ところがその日の午後三時頃、親父が溝を掘っていて、跳ね上げた土が折しも通りかかった人力車夫に当たった。〈此車夫《くるまひき》は車も衣装《みなり》も立派で乗せて居た客も紳士であつたが、突如《いきなり》人車《くるま》を止めて、「何をしやアがるんだ、」と言ひさま溝の中の親父に土の塊を投つけた〉。〈「気をつけろ、間抜め」〉と言われて〈親父は承知しない〉。〈「土方だつて人間だぞ、馬鹿にしやアがんな」〉と親父も車夫に土を投げつけ、つかみ合いとなり、溝に突き落とされた親父は後脳をひどく打ちそのまま悶絶した。

虫の息で家に運ばれたが、親父は程なくして死ぬ。弁公は文公に〈「これを与《や》るから木賃へ泊つて呉れ。今夜は仲間と通夜をするのだから」〉と、親方からもらった五十銭銀貨三、四枚のうちの一枚を渡す。文公は親父の顔を〈熟《じつ》と見〉て出て行った——。そして、

《飯田町の狭い路地から貧しい葬儀《とむらひ》が出た日の翌日の朝の事である。新宿赤羽間の鉄道線路に一人の轢死者が発見《みつか》つた。

轢死者は線路の傍に置かれたまゝ薦が被けて有るが頭の一部と足の先だけは出て居た。手が一本ないやうである。頭は血にまみれて居た。六人の人がこの周囲《まはり》をウロ〳〵して居る。高い堤《どて》の上に児守の小娘が二人と職人体の男が一人、無言で見物して居るばかり、四辺《あたり》には人影がない。前夜の雨がカラリと晴《あが》つて若草若葉の野は光り輝いて居る。

六人の一人は巡査、一人は医師《いしや》、三人は人夫、そして中折帽を冠つて二子の羽織を着た男は村役場

の者らしく線路に沿ふて二三間の所を往《ゆき》つ返《もど》りつして居る。始終談笑して居るのが巡査と人夫で、医《い》師《しや》はこめかみの辺を両手で押へて蹲居《しやが》んで居る。蓋し棺桶の来るのを皆が待つて居るのである。

「二時の貨物車で轢かれたのでしよう。」と人夫の一人が言つた。

「その時は未だ降つて居たかね？」と巡査が煙草に火を点けながら問ふた。

「降つて居ましたとも。雨の上つたのは三時過ぎでした。」

「どうも病人らしい。ねえ大島様《さん》。」と巡査は医師《いしや》の方を向いた、大島医者《いし》は巡査が煙草を吸つて居るのを見て、自身《じぶん》も煙草を出して巡査から火を借りながら、

「無論病人です。」と言つて轢死者の方を一寸と見た。すると人夫が、

「昨日《きのふ》其処の原を徘徊《うろつ》いて居たのが此野郎に違ひありません。たしかに此の外套を着た野郎ですひよろ〳〵歩いては木の蔭に休んで居ました。」

「そうすると何だナ、矢張死ぬ気で来たことは来たが昼間は死ねないで夜行《や》つたのだナ。」と巡査は言ひながら疲労《くたび》れて上り下り両線路の間に蹲《しやが》んだ。

「奴さん彼《あ》の雨にどし〳〵降られたので如何《どう》にもかうにも忍堪《やり》きれなくなつて其処の堤《どて》から転り落ちて線路の上へ打倒《ぶつたふ》れたのでせう。」と人夫は見たやうに話す。

「何しろ憐れむ可き奴サ。」と巡査が言つて何心なく堤を見ると見物人が増《ふ》へて学生らしいのも交つて居た。

此時赤羽行の汽車が朝暾《あさひ》を真ともに車窓に受けて威勢よく駛《はし》つて来た。そして火夫も運転手も乗客も皆な身を乗出して薦の被けてある一物を見た。

此一物は姓名も原籍も不明といふので例の通り仮埋葬の処置を受けた。これが文公の最後であつた。実に人夫が言つた通り文公は如何《どう》にも斯《か》うにもやりきれなくつて倒れたのである。》

作品はこうして終わる。要するに獨歩はこうして、〈自殺者の心事を説明する〉、つまり〈自殺者〉の〈死〉へ至る経緯、必然を〈言葉〉によって、とは理を尽くし筋を通して跡付けようとしたのだろう。だが、では獨歩は文公の〈死〉までの経緯、必然を、いわば余すところなく跡付けることができたのか。しかし、ことはそう単純ではなさそうである。

ところで、獨歩は早く、明治三十一年六月「国民之友」に「死」という作品を発表している(3)。〈自分〉(大野)は久し振りに親友富岡竹次郎を訪ねるが、富岡はその直前に短刀で〈動脈を切つて〉自殺していた。医師を呼ぶがすでにどうすることもできない。〈自分〉の知らせで数多くない富岡の友人達が集まるが、さて〈「何故だらう」と互に問ひ合〉うばかり。〈厭世〉か、〈失恋〉か、しかし原因は判からず、結局〈突然発狂した〉のではないかということで、納得するしかない。その後、富岡の母が上京し、富岡の骨壷を携えて帰郷する――。

〈自分〉もいう通り、〈物語は極めて単純〉、また〈殆ど何の意味もないもの〉といえる。しかし医師の来る間、富岡の〈死〉を前にした〈自分〉の次のような感慨は、きわめて深刻なものといわなければならない。

《死の影は此惨憺たる一室を覆ふてゐる、しかし自分と富岡の死との間には天地の隔離があつて却て自分の脳底暗黒の裡には生きてゐる富岡が分明に微笑してゐる、渠の平常《ふだん》の行為容貌性癖一口にいへば生命ある活動する平常《ふだん》の渠が極めて分明である、眼を開けると富岡の血にまみれた死体が横はつてゐる、眼を閉づると富岡は生きて現はれて来る、乃ち此時は自分の目前に在る「死」の事実よりも自分の脳底に深く刻まれてゐる「死体」の幻影の方が自分の感情に取つては更らに力ある事実であった。》

すなわち眼を開ければ、見えるのは富岡の〈死体〉であり、眼を閉じれば、生きている富岡が、そしてまたしても富岡の〈死体〉が想起されるばかりで、目前にある富岡の〈死〉に、〈自分〉はついに直面しえないという。つまり見ること（知覚）においても、さらには考えること（思考）においても（そしてそれは、〈言葉〉においてもということだろうが）、生きている富岡や富岡の〈死体〉という、いわば〈存在〉するもの（あるいはその〈幻影《イマージュ》〉）にのみまみえるだけで、しかもそれに阻まれて、ついに〈死〉そのものにまみえることはできない。とは彼の辿りつづける意識の世界の向こう側に、完全に彼を拒絶している闇の領域があるということなのだ。

〈其後《の》ち自分は暫時《しば》らく此事に思ひ悩やむで今は益々自分を苦めてゐる〉。〈人は容易に「死」其者を直視することが出来ない、従つて其測り知られざる大不思議に打たれることが出来ない〉。富岡の〈死〉を思いながら、〈遂に自分の脳底には富岡が微笑してゐる〉。〈つまり生命ある富岡の幻影の方が「死」其者より自分に取っては力があったのである〉。人はこうして、〈死〉に対して〈冷淡〉であるといわざるをえない。あの富岡の〈死体〉に向かった医師が〈冷淡〉であったように。しかも〈諸友とても五十歩百歩の相違に過ぎない〉。彼等は富岡の〈自殺の源因〉を穿鑿し、それが〈突然の発狂〉とされれば、それで満足する。つまり〈生から死に移る物質的手続を知ればもう「死」の不思議はないのである〉。しかし〈自分は固く信ずる、面《フエース》と《ツー》面《フエース》、直ちに事実と万有とに対する能はずんば「神」も「美」も「真」も遂に幻影を追ふ一種の遊戯たるに過ぎないと、しかしてたゞ斯く信ずる計りである〉[4]。

おそらくここに語られていることは、獨歩が生涯にわたってこだわり続けた〈一個《ひとつ》の意味深き事実〉といえる。たとえば獨歩の思索の根幹をなすであろうあの〈驚異の哲学〉――〈死の秘密を知りたいといふ願ではない、死てふ事実に驚きたいといふ願〉（「牛肉と馬鈴薯」[5]――「小天地」明治三十四年十一月）、〈死の秘密を悟らんことに非ず、死の事実を驚異せんことなり〉（「岡本の手帳」[6]――「中央公論」明治三十九年六月）というアポリアもこれに重なる。人は眼前に〈死〉が迫まり、しかもそこに赴かなければならないことを十分に承知しながら、驚くべきことに、決してそこに至りえず、だから無限にそこから隔てられていることを知らないのだ[7]――。

そしてこのことは、『病牀録』に及ぶまで問われつづける。

《死は遂に問題なり。正確なる事実として、痛切に吾人に触るること、恐らく無からん。少くとも余に於ては、この当然厳粛なるべき事実を単なる思索上の問題としての外に取扱ふ事を得ざるなり。一念死の問題に到達するごとに、常に吾が死の甚だ遠からざるを知る。余の病疾は悪性の肺結核なり。羸痩斯くの如く、衰弱斯くの如し。斯くの如き人の永く活きたるためし無し。余も亦近々この世をお暇乞すべき人の一人なるを知る。
知ると云ふ字を記せよ。》（傍点獨歩、以下同じ）

《要するに総ての物は逝くなり。嘗てありし総ての人に来りし如く、死の何人にも遂に免れ得ざる運命なる事は、壮健の人も半死病余の余も共に同じく知る所なり。知りかたも矢張り同じく知るなり。》

《知るなり、唯知るなり。》

《然かも、思ふに、知る事は単に知る事なり。触るゝ事にあらず。思ふ事にあらず。如何にしても免れぬ場合と知りながら、余は遂に死すとは到底自ら思ひ信ずる事を得ざるなり。

死とは何ぞや、四大空寂に帰し、細胞は解け、繊維は溶け、原子は原子に、元素は元素に還る事ならずや。窓外に見ゆるこの自然の中に空しく消散する事ならずや。かの砂、かの松の間に殆んど空間も時間も無き或る物質《サブスタンス》に復する事ならずや。これ信ずべき事なりや。将たまた是非とも信ぜざる可からざる事なりや。

然らば、茲に吾あるを什麼せん。國木田獨歩は儼として茲にあり。目に見よ、耳に聞け、心に知れ、吾が身体は立派に、噓で無く、明白に、この病牀の上にあり。この吾を什麼にせん。この人死して、かの自然の中に散失すると君は信じ得るや。知る事は得べし。然かもそを思ひ断ずる事を得るや。》

《余は何うしても死ぬやうな気がしない。

問題としての死は、或は神秘に、或は深遠に、或は厳粛に、或は態とシヤレて滑稽に論ずることを得べし。事実としての死は遂に死ぬまで吾人の胸に痛切真摯に触れ得ざるものゝ如く思はる。

一度死んで見なければ、真の死を事実として取扱ふを得ず。

要するに、古来幾多の死生観は単に問題に過ぎざる可し。人を後にし、事を先にし、総ゆる死に関する智識を綜合して、死とは何ぞやと論じたる閑事業に過ぎざる可し。

人の存する間、其人に死なし。》
獨歩はほとんど究極のことを言っている。〈死〉は不可避である。そして人はそのことを知っている。が、それだけのことである。知っているとどれほど〈言葉〉を費やそうと、現にそうして（生きて）いる以上、〈死〉に至り着いているわけではない。まさしく〈一度死んで見なければ〉、〈死〉をとらえたことにも、経験したことにもならないのだ。とすれば、〈死〉はついに不可能ではないか。

だが、そうであれば、「窮死」において獨歩は、文公の〈死〉とどう対面していたのであるか。

すでに記したように、獨歩は文公の最後をめぐって、二日余り前の宵に遡る。場所は九段坂近くの〈けちなめし屋〉、周りは亭主《あるじ》夫婦と〈土方か立《たち》んぼう位の極く下等な労働者〉。そしてここで顕著なのは、文公に対する彼等の無類の親切であり、評家の議論もここに集中する。曰く彼等の〈深い平等意識〉(8)、曰く彼等の〈連帯意識〉(9)——。だが言うまでもなく、彼等の善意や好意は、文公の窮境をなにも救うことにはならない。

もとよりこれは、〈そこに個人や仲間だけでは手のとどかぬ社会の問題がおのずからあらわれている〉(10)といった訳合いの事柄ではない。獨歩はその時の文公について、次のように記している。

《文公は続けざまに三四杯ひっかけて又たも頭を押へたが、人々の親切を思はぬでもなく、又た深く思ふでもない。まるで別の世界から言葉をかけられたやうな気持もするし、うれしいけれど、それが、それまでの事である事を知つて居るから「どうせ長くはない」との感を暫時《しばし》の間でも可いから忘れたくても忘れる事が出来ないのである。》

まるで文公その人のように、ふわふわと定まらぬ〈思はぬでもなく〉、〈思ふでもない〉が、しかし示唆に満ちた一節である。無論まだ文公は生きている。だが〈人々の親切〉、とはこの場合、自分に投げかけられたいわば人間的なるもの一切が、〈別の世界〉のもののように遠く隔たり、逆に〈暫時《しばし》の間でも可いから忘れたくても忘れる事が出来ない〉ほど近くに、〈死〉が文公をとり巻いている。(11)つまりすでに、ほとんど文公は死んでいるのだ。

《身体にも心にも呆然《ぼかん》としたやうな絶望的無我が霧のやうに重く、あらゆる光を遮つて立ちこめて居る。》

外形は保ってはいるが、中身はなにもない（〈絶望的無我〉）という形でしか、もはや文公は存在しえない。まるで石と化したごとき〈孤独〉(12)。だからここでは、あらゆる人間的なるものが〈通行禁断〉(13)なのである。

やがて〈「止でから行きな」〉という言葉を背に、文公は店を出る。しかし文公は〈何所《どこ》へ行く？〉。

《文公は路地口の軒下に身を寄せて往来の上下を見た。幌人車《ほろぐるま》が威勢よく駈て居る。店々の燈火が道路《みち》に映つて居る。一二丁先の大通を電車が通る。さて文公は何処へ行く？》

さらに獨歩は、もう一度〈文公は何処へ行く？〉を繰り返す。（以下、すでに引用した箇所だが）、

《さて文公は何処へ行く？。茫然《ぼんやり》軒下に立て眼前の此世の様を熟と見て居る中に、

「ア、寧《いつ》そ死で了ひたいなア」と思つた。》

平岡敏夫氏はこの〈此世の様を熟と見て居る〉という一文について、〈文公は実はすでに「彼世《あのよ》」の方に行きかけている(14)〉と言っている。鋭い指摘である。たしかに文公はすでに〈「彼世《あのよ》」の方に行

きかけている〉、というよりすでに〈「彼世《あのよ》」〉に行きつき、そこをさまよい歩いているのではないか。だから〈此世〉は文公とはまったく無縁に、なんの意味もなく、虚ろに眼前を通過する。文公は蹌踉とさまよう。〈何処へ行く?〉といわれても、文公にもう〈何処へ行く〉あてもない。いわば文公は、〈死〉の無際限の闇をさまよいつづけるといってよい。しかも文公は〈「寧《いっ》そ死で了ひたい」〉と思う。つまり文公は、その終わりの無い彷徨を、早く終わりにしたいと言っているのだ。(15)

しかし獨歩は文公の生命に、依然二日余りの猶予を残す。しかも〈「寧《いっ》そ死で了ひたい」〉と言った男に、すぐにもその夜の塒を思案させるのである。そしてすでに記したように、文公はその夜、弁公父子の親切で、その家に泊めてもらうことになる。

この弁公父子の親切は、冒頭のめし屋にいた人々の親切に優るとも劣らない。

《飯米《めし》が出来るや先づ弁公は其日の弁当、親父と自分との一度分を作《こしら》へる。終つて二人は朝飯を食ひながら親父は低い声で、

「此若者《わかいの》は余程《よつぽど》身体《からだ》を痛めて居るやうだ。今日は一日そつとして置いて仕事を休ます方が可からう。」

弁公は頰張て首を縦に二三度振る。

「そして出がけに、飯も煮《た》いてあるから勝手に食べて一日休めと言へ。」

弁公はうなづいた。親父は一段声を潜めて、

「他人事《ひとごと》と思ふな、乃公《おれ》なんぞ最早《もう》死なうと思つた時、仲間の者に助けられたなア一度や二度じや

アない。助けて呉れるのは何時も仲間中だ、汝《てめへ》も此若者《わかいの》は仲間だ助けて置け。」
弁公は口をもご〳〵しながら親父の耳に口を寄せて
「でも文公は長くないよ。」
親父は急に箸を立て、睨みつけて
「だから猶ほ助けるのだ。」》
まことに麗しき弁公の親父の〈人間愛〉。だがここでも、彼の善意や好意が、文公の窮地を救うことにはならない。土台その善意や好意は、文公には通じない。文公を気遣う彼等のヒソヒソ話を他所に、と言うよりそのお陰で、文公が死んだように眠っているのは皮肉というほかあるまい。
弁公親子が出ていった後、文公は〈直ぐ起きて居たいと思つたが転つて居るのが結極《つまり》楽なので十時頃まで眼だけ覚めて起き上らうとも為なかつた〉。しかし〈腹が空《へ》つたので苦しいながら起き直つた。飯を食つて又たごろりとして夢現《ゆめうつゝ》で正午近くなると又た腹が空《へ》る。それで又た食つてごろついた〉という。あの〈「寧《いつ》そ死で了ひたい」〉と言った男が、まだこうしてグズグズと〈夢現《ゆめうつゝ》で〉生きている。それも結句〈楽〉な方を選び、〈腹が空《へ》〉ればその都度〈飯を食〉い——。
要するに文公の中で、〈死にたい〉という気持は強いのだが、〈生きたい〉という気持はもっと強いのだ[16]。とすれば文公は今、〈生くることも能はず、死することも能はざる地獄に在る〉(「五月九日」[17])というしかない。
突然の弁公の親父の死に遭い[18]、文公は親父の死顔を〈熟《じつ》と見〉る。たしかに文公は今、こんなにも間近に〈死〉に見入る。〈死〉はついに目睫の間に迫った。とすれば、文公はこの後すぐにも、〈死〉

に至りえるのか。逡巡もなく、躊躇もなく(19)——？

以上、獨歩は〈自殺者の心事を説明〉してここまで来た。しかし次は——。

だが作品はここで一行空いて、翌々日の早朝、すでに文公が轢死体として発見されたことを告げる。人夫の言によれば、その男は〈「昨日《きのふ》其処の原を徘徊《うろつ》いて居た」〉という。〈「ひよろ〳〵歩いては木の蔭に休んで」〉。そこで、〈「矢張死ぬ気で来たことは来たが昼間は死ねないで夜行《や》つたのだナ」〉と巡査がいう。それに対し、〈「奴さん彼《あ》の雨にどし〳〵降られたので如何《どう》にもかうにも忍堪《やり》きれなくなつて其処の堤《どて》から転り落ちて線路の上へ打倒《ぶつたふ》れたのでせう。」と人夫は見たやうに話す〉とある。そして最後、〈実に人夫が言つた通り文公は如何《どう》にも斯《か》うにもやりきれなくつて倒れたのである〉という言葉で作品が結ばれるのは、前にも辿った通りである。

しかし、人夫の〈見たやう〉な話しを鸚鵡返しにして作品を結んだ獨歩の意図はしばらく措いて(20)、はたして文公は、〈「寧《いつ》そ死で了ひたい」〉という自らの思い通りに、死ぬことが出来たのだろうか。

山本昌一氏はこのことに関して、文公の〈死〉を、〈故意か偶然か主人公が轢死されてしまうという、なんとなく死が与えられているというかたち〉と評している(21)。

《その「死」は何かきっかけなり、原因なりがあってもたらされる死ではなく、はっきりといいあらわし難い何かによってもたらされるやや漠とした死である。それは思わぬところから発する出来事である。》

これまた鋭い指摘である(22)。早い話、文公は〈「其処の原を徘徊《うろつ》いて居た」〉。〈「何処へ行く」〉ともない足どりで、〈「ひよろ〳〵」〉と、惑乱し、錯迷し、そして〈「如何《どう》にもかうにも忍堪《やり》きれなくなつて其処の堤《どて》から転り落ちて線路の上へ打倒《ぶつたふ》れた」〉、つまり〈如何にも斯うにもやりきれなくつて倒れた〉のであり、ただそれだけだ。文公はそのままレールの上に横たわる。もしかして文公は、〈直ぐ起きて居たいと思つたが転つて居るのが結極《つまり》楽なので〉、〈眼だけ覚めて起き上らうとも為なかつた〉のかもしれない。〈ごろりとして夢現《ゆめうつゝ》で〉……。そこを〈「二時の貨物車で轢かれた」〉のだ。

とすれば、文公は〈「寧《いつ》そ死で了ひたい」〉という自らの思い、その自らの意志や力とは無関係に、いわばなんの意味もない受苦のうちに死んだのである。[23]

文公は〈自殺〉をのぞみながら、〈事故死〉といういわばもう一つの〈死〉を死ぬしかなかった。つまり文公は自らの手で〈死〉をとらえ得ず、だから現に〈死〉に赴きはせず、至り着いてはいないといわなければならない。

繰り返すまでもなく獨歩は、〈自殺者の余儀なき運命を描きたるが即ち「窮死」一篇なり〉といい、〈余は最後の一句たる「どうにも斯うにもやりきれなくて倒れた。」云々の言を翫味して貰ひたし〉といった。〈「やりきれなくて倒れた。」云々の言を翫味〉せよ――？　獨歩は〈自殺者の心事を説明す〉べく、その〈死〉へ至る経緯、必然を、多くの〈言葉〉を費やして跡付ける。が、費やせば費やすほど、もう一つの〈死〉、とは〈事故死〉、そのいわゆる〈物質的手続〉を跡付けるしかなかったのだ。[24]だから、そういう自らの〈死〉に至らんとして至りえぬ〈自殺者の余儀なき運命〉、いやそういう〈自殺者の余儀なき運命〉を書かんとして書きえない自らの〈言葉〉のありようを、獨歩は〈翫味して貰ひたし〉と言っていたのではないか。[25]

再び年譜によれば、獨歩は「窮死」と同じ月に「疲労」(「趣味」四十年六月)を、以下「竹の木戸」(「中央公論」四十一年一月)や「二老人」(「文章世界」同)等を発表、[26]衰えぬ創作力を見せる。しかし病状は悪化の一途を辿り、所々に転地療養するが、最後は明治四十一年二月、茅ヶ崎南湖院に入院、六月二十三日、四回目の喀血によって死去した。享年三十八歳。

最後の獨歩については、『病牀録』を読むにしくはない。が、今稿を閉じるに当たり、その中に誌されている例の植村正久との対談の場面に触れてみたい。獨歩は〈植村正久氏は始めて余の心を開ける人なり。余の心の合鍵は渠の手にあり〉という。その植村が五月十九日に来訪、〈唯祈れ〉、〈祈れば一切の事解決すべし〉といったのに対し、獨歩は〈然れども、余は祈ること能はず〉、〈誰か来りて、この祈り得ぬ心を救はずや〉といって、病床に泣いたという。[27]

おそらく獨歩は、現に生きながら、彼岸なり他界なりを信ずること、とは死後を断言し喋々することを肯んじえなかったにちがいない。〈人の存する間、其人に死なし〉。ここに獨歩の生きる覚悟があり、人間としての誠実があったといえようか。

注

(1) 『国木田独歩全集』第十巻(学習研究社、昭和四十二年九月)所載。
(2) 南湖院入院中における真山青果(一部中村武羅夫)による談話筆記。
(3) のち第四文集『濤声』(彩雲閣、明治四十年五月)に所収。

（4）『国木田独歩全集』第二巻（学習研究社、昭和三十九年七月）の「解題」（瀬沼茂樹）は、「欺かざるの記」明治二十八年七月二十五日の記事、〈昨日より「死」を作りはじめて已に四十余枚を書きぬ〉云々をめぐり、〈この「死」が三年後に発表された「死」とすれば、この年六月二十三日および七月六日に、相つゞいて二人の友人伴武雄（肺結核）、山口行一（脚気衝心）が急死したことをモティフとしてゐることは、この前後の記事によって明かである〉と記している。因みに「欺かざるの記」同年八月六日の記事に、〈何故にわれは自殺し能はざる乎〉、〈われに希望ある乎。曰く、なし〉、〈吾れに平和あるか。曰く、なし。苦悩のみあり〉、〈然らば何故に自殺し能はざる乎。死は万事休する最一の平和に非ずや〉、〈われに一個の英利《ママ》なるナイフあり。以て胸を刺すに足る〉、〈一挙手の事〉、〈十分にして或は五分にして足る。僅かに五分の苦痛〉、〈わが父母、わが弟、わが恋人、わが友、すべて後より吾を追ふ可し。彼等も遂にわれと等しかる可し〉、〈僅かに数年、若しくは数十年の遅速〉、〈遅かれ、速かれ、等しき運命。ナイフ用意せられたり。何故にためろうか〉、〈一挙手の労〉、〈眼をあげて見る。（略）かの麦藁帽。之れ山口行一のかたみなり。彼れ今何処にある。死の国には友多し。友多し、友多し。行一も在り。武雄もあり〉、〈一挙手の事〉、〈何故にためろうか〉、〈嗚呼、われたゞためろうのみ、其の理由を知らざる也〉云々とある。なおこれと同主旨の文が「悪魔」にも見られる。

（5）のち第三文集『獨歩集』（近事画報社、明治三十八年七月）に所収。

（6）のち第六文集『渚』（彩雲閣、明治四十一年十一月）に所収。

（7）「死」に〈未だ死を哭するといふことを以て「死」其者の秘義に打たれたとはいへない〉、〈自分はたゞ斯く脳の幻影を追ふてゐて遂に「死」其者を見ることが出来ないのである〉ともある。また「岡本の手帳」にも、〈人は悉く最大なる事実《ファクト》を見る能はずして幻影のみを見るなり。幻影を見るが故に事実を見る能はざるなり〉、〈吾等は最早天地を見ることなし、脳底の印象物を見るのみなり〉、〈吾等は遂に事実を全く離れて、たゞ幻影のみを見るなり。吾等は死を見る能はず、たゞ死体を見るのみ。生を見ることなし、たゞ生体を見るのみ。故に生死の不思議に打たれずして生体の死体となりしを見るのみ。否、生体を見而して死体を見るのみ〉、〈凡て人が事実を見ずして幻影を見るの尤も甚だしき例は死の場合なり〉とある。
（8）山田博光「独歩と自然主義」（『日本文学』昭和四十七年十二月）
（9）平岡敏夫「『窮死』」（『国文学』昭和四十四年六月）。なおこのことは、すでに前述の吉江孤雁の文面にもある（〈人間の社会組織の不完全だと云ふことを問題にして書かれたのである〉）。
（10）平岡敏夫『短篇作家　国木田独歩』（新典社、昭和五十八年五月）
（11）因みに『病牀録』にいう。〈同情は虚偽なり、虚偽に非ざるまでも誇張せる感情なり。余は他の同情を希はず〉、〈病床に輾転反側する余を看たる者は、必ずや同情の念あらんも、而も終に余の苦悶と実感を同うすること能はざるべし。同情すと云ふは、単に思ひ遣るに過ぎず、即ち余と同じ苦悶を味うて、自らの苦悶の如く同情するには非ざるなり。余と同じ肉の続かず、同じ血の通はざる二個の個体が、空間に隔てある限り、同情は所詮思やりに終らざるを得ず〉。
（12）『国木田独歩全集』第四巻（学習研究社、昭和四十一年二月）の「解題」（瀬沼茂樹）によれば、「窮死」にはもと「孤独」という題名が用意されていたという。
（13）前出の「新潮」追悼号で小杉未醒は〈田山氏も云はれた。獨歩君にはどこか、人に触れられるのを嫌ふ点が少なくも二三個所はあつた〉、〈どこかに通行禁断のところがあつた。城壁と云つて好いか〉と記している（「獨歩氏の一面」）。
（14）注（10）に同じ。
（15）こうして、〈自殺〉する人間は〈死すべき存在〉であるというだけではなく、〈死すべき存在〉にならねばならない。つまり〈死〉は単に与えられるものではなく、自ら作り出すものであらねばならず、さらに言えば、〈死〉を希望し、それが可能であることを自証せねばならない。
（16）〈人の生きんと欲する心程、世に恐しき力は非ず。如何にその深く強烈なるかは、到底吾人の智を以て測り知ること能はざるなり。死と云ふ大事実に相面したる人にして、始めて、人間の生を欲するの心如何に深く切なるかを感ずるを得ん。不治の病に悩みて、自殺せし人あるを観て、他に何等かの事実あるを認めざるは、未だ死の問題に逢着せざる人々の皮相の観察に過ぎざるのみ。人は生き得られざることを覚りながら、死其物に逢着するまでは尚ほ生きんと欲す。水に溺るゝ者の、一本の藁を摑むを見ても、生存を願ふの念、如何に強く吾等を支配するかを察し得べし。斯くまで深大なる生存力に迫られながら、死に相面したる人々の苦痛悲哀程、深く真面目なるものは非じ。未だ死と当面に相対せざる人は、厳粛なる人生の大事実たる死を語るの資格なき者なり〉（『病牀録』）。

(17) 『獨歩遺文』（日高有倫堂、明治四十四年十月）所収。——まさに〈死〉の無際限の闇をさまようということではないか。

(18) これほど気のいい弁公の親父が、まったくもって呆気なく横死する。先程の言葉を捩っていえば、ここには〈個人や仲間だけでは手のとどかぬ〉、とは人間では手のとどかぬ〈人間の問題〉があるといえる。居丈高になった車夫（本来、弁公の親父のいわゆる〈仲間中《なかまうち》〉だろう）が、〈車も衣装《みなり》も立派で乗せて居た客も紳士〉だったというのも、なにやら曰くありげである。

(19) 言うまでもなくこれは「死」において、富岡の死骸に見入る〈自分〉（大野）のおかれた状況である。いまだ依然〈一種の膜の中に閉ぢ込められてゐる〉。——だがそこから脱出し、直接〈死〉にまみえることは可能なのか？

(20) ただ後にも言う通り、ここで獨歩が文公の死出の道行を、最期まで追い切れなかったこと、つまり書こうとして書きなずんでいたことは明らかだろう。しかしそれにしても「源叔父」（「文芸倶楽部」明治三十年八月、のち『武蔵野』民友社、明治三十四年三月に所収）の池田源太郎以下、「酒中日記」（「文芸界」明治三十五年十一月、のち『運命』左久良書房、明治三十九年三月に所収）の大河今蔵、とりわけ「河霧」（「国民之友」明治三十一年八月、のち『武蔵野』に所収）の上田豊吉、等々、彼等の死出のなんと曖昧な次第であるか。なんのはっきりとした理由もなく、声もなく、謎のように——。

(21) 「『窮死』——「死」の発見——」（「解釈と鑑賞」平成三年二月）

(22) 同じ論で山本氏は、前出の孤雁の文（〈死なうと云ふ意識があつて死んだのではなく〉）をめぐり、〈「窮死」のテーマを孤雁のいうごとくに解釈すれば「窮死」の主人公は〉、〈「死なうと云ふ」意識など全くなかった〈弁公の親父であるともいえる〉といっている。しかし大事なことは、文公が〈「寧《いつ》そ死で了ひたい」〉と思ったことであり、それこそが一切のはじまりではないか。文公の人間としての自由と解放への願い――。が、それは可能なのか？

（23）北野昭彦氏は『国木田独歩―「忘れえぬ人々」論他―』（昭和五十六年一月、桜楓社刊）の中で、文公がめし屋から出て、ぼんやり軒下に立ちながら、こうして〈「ア、寧《いつ》そ死で了ひたいなア」〉といったことをめぐり、〈文公はこれより二日後の雨夜に轢死する際にも、やはりこの述懐を繰返したに相違ない〉といっている。たしかに文公はレールの上に〈ごろつ〉きながら、〈「死で了ひたい」〉と思ったに違いない。あるいはもっと楽になりたい、さらにはもうじき楽になれるとも思ったに違いない。しかし実際なったとしても自分の意志と力で楽になったわけではない。第一、〈「如何《どう》にもかうにも忍堪《やり》きれなくなつ」〉た男に、死にきるだけの意志と力が残っていたはずもない。要するに犬猫のごとく、轢かれてしまったのである。

（24）同じ論の中で北野氏は、文公の〈自殺の根本原因〉に対する従来の論議を整理する形で、〈病気、仲間の善意の限界、社会制度の欠落、雨に象徴される自然の無情〉（〈雨〉については前出の平岡氏の「『窮死』」における〈雨の果たす役割〉の指摘をふまえ、さらに〈「奴さん彼《あ》の雨にどし〳〵降られたので如何《どう》にもかうにも忍堪《やり》きれなくなつて」〉という言葉が、文公と同じ〈人夫〉から出されているという氏自身の指摘も加え）等々の〈相関、相乗の結果〉が文公を死へ導いたと論じている。しかしこれらの要因はすべて、〈生〉（こちら側）のカテゴリーに属しているので、それらをいくら〈相関、相乗〉させても、〈生〉とは絶対的に隔絶している〈死〉（向こう側）へと結びつけることは出来ない。むろん人間になしえることは〈生〉のこちら側で、理を尽くし筋を通して、とはさまざまに〈言葉〉を連ねることだが、しかしそれも、向こう側の〈死〉の無際限な闇を、対象とすることはついに不可能なのだ。

（25）芥川龍之介が「河童」（「改造」昭和二年三月）の中で、獨歩のことを〈轢死する人足の心もちをはつきり知つてゐた詩人〉といったのはあまりにも有名だが、ただこの時芥川は、獨歩が〈轢死する人足の心もちをはつきり知つてゐた〉と同時に、〈死〉を書かんとして書きえない〈詩人〉の〈心もち〉を、〈はつきり知つてゐた〉ともいったのではないか。

(26) すべて第五文集『獨歩集第二』に収録。

(27) 〈けれど何うしても同君は祈ることが出来ないと云つて泣かれた〉(植村正久「教会時代の獨歩」――「趣味」追悼号、明治四十一年八月)。

田山花袋

『野の花』論争——〈大自然の主観〉をめぐって——

田山花袋は明治三十四年六月上梓の『野の花』(新声社)に序文を付し、次のように記した。(1)

《此頃の私の考を言つて見やうなら、今の文壇は余りに色気沢山ではあるまいか。一方にはロオマンチシズムの幽霊の様なのがあれば、一方には不自然極る妖怪談のやうなのがある。一方には当込沢山の、色気たつぷりの作品があれば、他方には写実を旗幟にしてそして心理の描写をすら怠つて居る一派がある。》

これでは〈傑作〉も出ないし、〈大文学〉も起こるまい。

《現にその証拠には作者の些細な主観の為めに、自然が犠牲に供せられて居るのは、今の文壇の到る処の現象で、明治の文壇では大きい万能の自然が小さい仮山の様なものに盛られて、まことに哀れにいぢけたものに為つて居るではないか。これではいけぬ。》

《モーパツサンの「ベル、アミ」や、フローベルの「センチメンタル、エヂケイシヨン」などは自然派の悪弊を思ふ存分に現はした作で、何方かといへば不健全であるに相違ないが、それでも作者の些細な主観が雑つて居ない為めに、何処かに大自然の面影が見えて人生の帰趣が着々として指さゝれ

る。》

だから〈ぼんやりながらも自然の面影が明治の文壇に顕はるゝやうに〉したい――。

要するに花袋は〈明治の文壇〉への慊らぬ思いを述べ(2)、〈作者の些細な主観〉をこえた〈大自然の面影〉、〈人生の帰趣〉を彷彿すべき作品の出現を待望しているのである。

これに対し正宗白鳥が、七月一日の「読売新聞」(「月曜文学」欄)に「花袋作『野の花』」を寄せ、次のように言う。――『野の花』の序文には〈至極賛成〉だが、〈野の花がその序文にかよへるか否かは疑問である〉。

《一青年が二人の女に恋せられたゝめどちらの恋をも得る事が出来なかつた悲しい運命を描いたのであるが、此作もどうやら大きい万能の自然が作者の手細工で小さい仮山の様なものに盛られた一例ではあるまいか、所謂人生の帰趨があまり浅はかで見えすぎて神秘不可測といふ影はない、至る所「運命はあの雲のやうなもの」とか「運命ほど悲しい物があろうか」とか、よるとさわると運命をかつぎ出してゐる、「あゝ本当に悲しいのは運命である」と主人公が絶叫したあたりなど我等はむしろ可笑く感じた。》

そして登場人物もみな〈同一模型〉、〈作者は頻りに心理的解剖をつとめてゐるにかゝはらず未だ性格描写は巧であると許せない〉――。

これは作者の意図と作品の出来映えの落差をつく常套的批評というべく(3)、岡目八目と聞き流してもよいものだが、しかし花袋はこれに対し、ただちに猛然と反駁する。翌八月の「新声」に載った「作者の主観(野の花の批評につきて)」である。

花袋はまず白鳥の論点を〈客観的序文と作品の性質とは全く相反せり〉、〈作品は純乎たる主観的にして、作者が色気ありとおとしめたる小主観の面影全篇に満つ〉、〈作中の人物皆作者の面影あり〉という三点に概括し、そこから白鳥が、〈『野の花』の作者の遂に小主観作家たるに過ぎざる〉旨、裁断したとする。そして、〈評家は早稲田一流が得意とせる客観的記実の眼光を以て、苟も主観の面影を存するものは、その作者の小主観なると自然の大主観なるとを問はず、直ちにこれを小なる作家、小なる作品として、以て圏外に退けんと欲するが如し〉、あるいは〈坪内博士がシエクスピーヤを説くに、純客観の批評を以てし、詩を説くに、純記実の手法を以てせる事は、由来人の熟知せるところ、理想を没し、主観を没せんとしたるが為めに、盛なる論争を鷗外漁史と開きしも、これ又人の知る所なり〉と、もっぱら矛先を〈早稲田一流〉に向けて、その〈積弊〉を撃とうとするのである（後にも言うように、どうやらここに、花袋の真意があるといえる）。

議論はここから〈十九世紀の欧州文壇〉に及び、〈ゾラの如き、モーパッサンの如き〉、その〈写実主義と自然主義とは、全く客観的のものにして一点だも主観の面影を有せざるものなりしか〉といい、さらに〈早稲田派の余風として今日吾国に行はるゝところの柳浪氏天外氏、乃至はほとゝぎす一派の如き、所謂主観の情を全く没却したる純写実のものと相均しきか〉といい、〈欧州大陸に行はるゝ所の自然主義はしかく曖昧模糊たるものにあらず、又しかく狭隘小量なるものにあらず。主義を容れ、思潮を容れて余りあるものなり〉と続けるのである。

だがここに来て花袋は、〈已に主義を容れ、主観を容るといい〉った以上、〈われは芸術上主観の二字に就きて、今少し明瞭なる解釈を与へざるべからざるの地位に立てり〉として、〈主観に二種あり、一を作者の主観と為し、他を大自然の主観と為す〉、〈われはこの大自然の主観なるものなくば遂に芸術を為さずと思へり〉と述べ、次のように続けるのである。

《この大自然の主観なるものは八面玲瓏なるものなきこと恰もかの富嶽の白雪の如くなると共に又よく作者の個人性の深所に潜みて、無限の驚くべき発展を為し、作者をしてよく瞑想し、よく感動し、よく神来の境に入らしむ。作者の主観は概して抽象的なれど、大自然の主観は飽まで具象的に且冥捜的なり。作者の主観は多く類性のものを画くに止まれども、大自然の主観はさま〴〵なる傾向、主義、主張を容れて、しかもよくそれを具象的ならしむ。》

この〈大自然の主観〉こそ、今後花袋の文芸理論の根底をなしてゆくのだが、またこれこそが、その独特の分かりにくさをもたらしてゆく。おそらく〈主観〉を嫌い、〈客観的現実〉しか認めようとしない〈早稲田一流〉を撃つべく、〈主観〉を標榜したのはよいが、(4)〈西欧の自然主義〉、さらにその背後にある近代認識論上の対立概念――〈自然〉＝〈客観〉と〈主観〉を一つにしてしまう不用意さは、まずもって責められてしかるべきだろう。(5)

さてこそ白鳥は、九月二日の「読売新聞」(「月曜文学」欄)の「花袋氏に与ふ」をもって報いることとなった。白鳥はまず〈純客観〉とか〈純記実〉とかをめぐる花袋のいわゆる〈早稲田一派の余弊〉について〈吾人いまだ早稲田の講堂に斯くの如き粗漫の思想を鼓吹せられしことなし。はたまた吾人の批評を以て累《わずらひ》を逍遙先生に及ぼすを欲せざるなり〉と記し、先の〈八面玲瓏るものなき〉云々の言を引きながら、〈大自然の主観とは何ぞや〉と詰問する。そしてゾラを例にとり、〈若し作家が或る標準を立《りつ》して当代を批評せんか。君が厭へる小主観と何の差がある〉と述べ、〈大主観〉といい〈小主観〉といい、〈そも〳〵大小の名は何の必要ありて設けたるぞ〉、あるいは〈主観は客観を予想す、大自然の主観は何所に客観を有するや〉と問い、〈君の所謂大主観は純客観のみ。大小主観の如きは、畢意無用の論のみ〉と駁したのである。

これは（後にいう）近代認識論の正確な理解に立って、花袋の混乱を明晰に突いた論といえる。しかし花袋は重ねて「主観客観の弁」（「太平洋」九月九日）を書き、自説を補足する。

《私の所謂大自然の主観と云ふのは、この自然《ネチユーア》が自然に天地に発展せられて居る形を指すので、これから推して行くと、作者則ち一箇人の主観にも大自然の面影が宿つて居る訳になるので、従つて作者の進んだ主観は無論大自然の主観と一致する事が出来るのだ。》

《普通の意味での作者の主観と言ふ事は、作者の小主張、小感情、小理想、所謂自然《ネチユーア》の面影を比較的に有して居らぬ、偏狭な、抽象的な、まことの意味の乏いものを指すので、つまり作者の主観がまだ大自然の主観を遠く離れて居る場合を言ふのだと私は思ふ。》

《従つて私は作者の主観が大自然の主観と一致する境《さかひ》までに進歩して居らなければ、到底傑作は覚束ないと信ずるのである。》

ここまで来れば、（そして〈主観〉という言葉にこだわらなければ）、花袋の言わんとする〈大自然の主観〉ということは、かなり明瞭に説明されたといえる。それは『野の花』の序文以来の文脈でいえば、まさに〈大自然の面影〉、〈人生の帰趣〉そのもののことであり、さればこそ個々の〈主観〉が進んでそこへと〈一致〉すべく、帰一すべき世界の本源、究極の〈実在〉とでもいうべきものを指すのであろう。

白鳥はこれに対しもはや直接には何もいわなかったが、九月三十日の「読売新聞」（「月曜文学」欄）に書いた「瑣言」で次のようにいう。

《主観といひ客観と云ひ、理想主義と云ひ写実主義と云ひ、文学上の名称別《ターミノロジー》も随分殖えて来たが、造化の造つた宇宙万物を分類するのは学者の自由として造化に取つては分類が何の累《わずらひ》をもなさねば何の益をもなさぬ。》

たしかにこの論争の起こる契機に、〈名称別《ターミノロジー》〉ということがあったといえる。しかもまさしくこの時代――明治三十年代前半、〈文学上〉ばかりでなく、思想史全般において、ことに〈主観〉〈客観〉という〈ターミノロジー〉が、きわめて重要な問題性として浮上していたことを見落としてはならない。(6)

渡辺和靖氏は『明治思想史――儒教的伝統と近代認識論――』（ぺりかん社、昭和五十三年十一月）の中で、明治思想史を前期、中期、後期に分け、明治十年代後半から三十年代前半に至る明治中期の思想傾向を、それ以前のいわゆる〈啓蒙思想〉への反省として位置づけ、〈啓蒙思想〉において顧みられることのなかった〈伝統思想〉が、この時期ふたたび力を取り戻してくる経緯を闡明している。(7)

いまさら言うまでもなく、維新以降、ひとえに日本の近代化に向けて、西欧思想を実用的、実学的視点からのみアトランダムに受容して来た啓蒙思想は、しかしそれを担う当の啓蒙思想家達（たとえば加藤弘之、福沢諭吉ら明治の第一世代）が、知識の次元において広く西欧思想に精通しながら、その生活意識において深く伝統思想に根を下ろしていたという矛盾を抱えていた。その矛盾を一個の人間としてどう止揚し、統一的に生きるか。いわば西欧思想と伝統思想を一体としてとらえる統一的な生の原理の追究――明治中期の思想家達に求められたものは、そうした思想の体系化の追究であらねばならなかったのである。そしてそのもっとも代表的な思想家こそ井上哲次郎（他に井上円了、大西祝ら明治の第二世代）であり、彼は思想の体系化に取り組むことによって、啓蒙思想家達がやがて眼の前で、至極アッサリと、そして全面的に伝統的世界に回帰してゆく中で放棄したこの時期の思想的課題を自らに引き受け、新しい時代を生きる世代の自覚を逸早く代弁したのである。(8)

早く『倫理新説』（文盛堂他、明治十六年四月）に出発した井上の哲学は、やがて〈現象即実在論〉として整備され、明治三十年五月以降の「現象即実在論の要領」（「哲学雑誌」）等を経て、明治三十三年十一月の「認識と実在との関係」（『哲学叢書』第一巻第二集）に至って完成する。それは人々に本格的な哲学体系の出現を思わせた〈事件〉であり、その中心の問題性こそは、まさに〈主観〉と〈客観〉の関係に他ならない。以下、丁度『野の花』論争と時も同じ（さらに同じ問題性を含んで）、明治思想史の直中で起きていたその〈事件〉の内実を、いささか検討してみることにする。(9)

「認識と実在との関係」において井上は、まず〈凡そ認識の成立せんには、必ず二種の事情を予想せざるを得ず、何ぞや、認識する主観と認識せらるゝ客観是れなり〉という。ではこの両者の間に、いかにして〈認識〉が成立するか。〈主観客観の別は論理的抽象によりて始めて起るものにて、始めより此の如き区別ありて存するにあらず〉。それ以前には〈主観と客観とは合一して一体を成せり、即ち先天未画の一元的状態にあり、是れ実に常識の存する所にして、如何なる哲学的考察も此れを起発点〉とする。だから〈主観と客観とを以て根本的の区別あるものと仮定〉する〈二元論〉のごときは、〈是れ全く論理と事実を混同するの謬見に出づるもの〉なのである。[10]

ところで〈主観〉〈客観〉の分離に先立つものとして、井上は〈行動〉=〈活動〉に言及する。〈行動は主観客観を超越するものなり、蓋し世界は一大行動なり、大は無数の天体より小は無数の原子に至るまで、外は幾多の物理的現象より、内は幾多の心理的現象に至るまで、総べて行動にあらざるはなし、若し行動と云へる語が必ず空間を予想すとの嫌あらば余は之を活動と云はん〉。〈活動其れ自身の何たるかは認識の対象とならず、即ち認識を超絶するものにて、認識の由りて来たる本源なり〉。そして井上は、〈主観客観の差別を失了せるもの之れを実在となす、同一体を差別して対立するものとすれば主観客観となる、主観客観を融合して還元すれば実在となる〉とする。故に〈認識は徹頭徹尾相対的のもの〉であり、〈唯〻差別に就きてのみ之れあり、唯〻有限に就きてのみ之れあり、若し夫れ平等即ち無限に就きて何等の認識もあり得べからざるなり〉、あるいは〈現象に就きては積極的特質を把捉すべけれども、実在に就きては、何等特質の把捉し得べきものなし〉と、〈認識の限界〉が指摘される。

ところで井上は、だからというかしかしというか、〈吾人々類の特性〉として、〈世界を解釈せんとするに当り〉、〈単に差別として之れを考察するに止まること能はず、又之れを平等として考察せざるを得ず〉といいつつ、同時に〈又単に平等としてのみ世界を解釈すれば、是れ亦一方面より世界を見るもの〉といい、〈世界は必ず差別とし又平等として考察せざるべからず、否、考察せざるを得ざるものなり〉と続ける。

では、その〈平等として考察〉する、とはあの〈実在〉に人はどう至りうるか。もとより〈差別〉

の上に立つ〈認識〉によっては不可能である。それはただ〈直観〉において到りうる。ただし〈実在の直観に至りては、毫も之れを形容すること能はず、是れ実在は認識の限界を超越すればなり〉。そして井上は、〈人類の知識は、其認識し得べからざる、即ち言語を以て叙述し得べからざる境界あるを了知するに至りて始めて極域に達せるものとするものなり〉というのである。

しかし〈実在〉に関し、〈証明若くは徴験を要求するは無理〉だとしても、全く不可能というわけではない。〈間接の証明は出来得べからざるにあらず〉。〈固より此の如き証明は皆近似的たるに過ぎず、然れども近似的証明あるによりて吾人は客観的に論証するを得るなり〉、換言すれば、客観的実在をして、単に主観的観念たらしめずして、直に客観的価値を有せしめるを得るなり、是故に客観的実在の観念は吾人直に之れを内部に得べきも、又現象界に於ける経験によりて得らるべきなり〉。すなわち〈客観的実在〉とは、いわば、人間の長い〈経験〉、その試行錯誤の総体の中で自ずから〈立ちあらわれてくる〉[11]ものというべきなのだ。

一方、〈心的現象は個人をして個人たるの自覚を有せしむる所以のもの〉と井上は続ける。しかし一切の〈心的現象〉もまた先にいう〈活動の発現〉であり、あらゆる〈心的作用に先ちて活動することと〉言うをまたない。また〈活動〉は〈世界万物に共通〉であり、〈活動を指して直に世界の実在とは言はざるも、活動は最も世界の実在に近きもの〉といえる。少なくとも〈之れを仮り来たりて実在を語るを便とす〉とはいえる。なぜなら〈実在〉は（〈直観〉でのみとらえられるのであり）、〈之を論ずるを得ず、是故に近似的のものを指して実在の如何を領悟せしむるもの〉だからである。こうして〈主観的実在〉のごとき、〈活動として之れを了解せば当らずと雖も遠からず〉というべきである[12]。

さて最終章、井上は〈吾人が実在の観念を惹起するに、客観と主観的との両方面より歩を進めて、先づ客観的実在ありとし、次いで主観的実在ありとしたるは、吾人終局の観念にあらず、是れ唯〻終局の観念に到達するの途次に過ぎず、即ち一如的実在の観念を得んが為めの準備なるのみ〉といい、〈一如的実在の観念〉を提示する。そして、〈一如的実在は終局の実在なり、世界の本体なり、理想の極処なり、内外両界を包含して、何等の際限もあらざる世界の根本主義なり〉と結論する。

こうして、外界の観察により得られるとする〈客観的実在〉と、内界の省察により得られるとする〈主観的実在〉とが、窮極的に〈一如的実在〉において一致するという主張の根底には、おそらく次のような、外界と内界とが同一原理によって貫かれているという井上の確信があったといえる。すなわち、

《己れの本体は即ち世界の本体なり、果たして然らば個人も全く実在と関係なきものにあらざるなり、是故に世界の実在は己れの中に於て発見し得ざるべからず、又倒逆して之れを言へば、世界の実在は己れの中にあるものと全く相異なるものとするを得ず、己れ自ら世界の一部分たればなり。》

以上、「認識と実在との関係」において、井上が西欧近代思想の中心にある認識論的発想（そしてその誤謬）に焦点を当てて自らの論を展開していることは重要な意味を持つ。無論それ以前、日本に〈主観〉〈客観〉の区別がなかったわけではない。しかしそれは曖昧で、むしろ一体として調和していたというべきであろう。そこへ先鋭に〈主観〉〈客観〉を峻別する西欧近代認識論が移入されたのである。その時それに抗しつつ井上が、かえって〈主観〉〈客観〉をすでに包摂して一体たる〈一如的実在〉を主張したことの意味は、明治思想史においてばかりか、日本思想史においてきわめて注目す

べき事柄であるといわなければならない[13]。

しかもそれは決して井上固有の発想ではなく、主客分離の二元論が次第に尖鋭化していった時代にあって、西田幾多郎をはじめ、後続の多くの思想家たちに貫通していったものといえよう。

そして渡辺氏も続けて言うように[14]、そこにはやはり、彼等の精神の根底に、きわめて強力に、〈伝統思想〉、なかんずく〈儒教的伝統〉の影響が保持されていたことが関係している。先にいったいわゆる明治の第一世代はいうに及ばず、第二世代においても、いわゆる〈儒教的素養〉は少年時代の生活全般を通じ、直接体験として、深く彼らの精神に血肉化されていた。いやそればかりではない。それは井上達第二世代の後を襲った第三世代――明治中期以降、明治思想史、文学史を担う人々に至るまで、その思想形成に、儒教的伝統が依然大きな作用を及ぼしていたのである。

いま西田幾多郎（明治三年、一八七〇年生）の名を上げたが、他に田岡嶺雲（同）、國木田獨歩（同四年生）、高山樗牛（同）、田山花袋（同）、島村抱月（同）、島崎藤村（五年）、岩野泡鳴（六年）、綱島梁川（同）等々の同一世代。さらにこれら明治初年代に生まれた〈明治人〉と、明治二十年前後に生まれた〈大正人〉、たとえば安倍能成（十六年）、武者小路実篤（十八年）、和辻哲郎（二十二年）等々を比べれば、そのいわゆる〈人間〉的ニュアンスの差は明らかであり、そこに儒教的伝統との関わり（その有無）が与っていたのだと言わなければならない。

彼等もまた少年時代の生活全体を通じ、直接体験として、儒教的素養を深くその精神の内実に根付かせていた。彼等は、〈学制〉（明治五年）に基づいて設立された小学校において、西欧思想を学ぶ一方、そのほとんどが、近世以来の生き残りの老儒者達の膝下にあって、経書や史書の素読と講釈を直接授かっていたのである。

そしてたとえば田山花袋が、藩儒吉田陋軒の私塾休々草堂に通った故郷館林における少年時代[15]（明治十六年～十九年）の想い出は、まさに自らの人格の根基を形作ったものとして、その『ふる郷』（新声社、明治三十二年九月）などに語り尽くされている。

こうした明治の終期まで続く儒教の伝統、その体験の影響を、山路愛山（元治元年、一八六四年生）は「現代日本教会史論」（『基督教評論』東京警醒社書店、明治三十九年七月）で次のように述懐する。[16]

《余は儒教を捨てたり、されど、人道と天道とを結合し、道義感情の基礎を不易の位置に据ゑたる儒教の甘味に至つては遂に全く忘るゝ能はざる所なりき。》

おそらく先にいう井上哲次郎（安政二年、一八五五年生）の〈一如的実在〉――〈己れ自ら世界の一部分〉という確信も、〈人道〉と〈天道〉の一体たる世界に、深々とその身を包まれているという、この儒教的精神の〈甘味〉に発していたといって誤りではない。

そして付け加えれば、あの花袋の〈大自然の主観〉――〈一箇人の主観の進んで大自然の主観と一致する〉という主張も、（近代認識論的文脈からみればいかにもぎこちないが、しかし）人間の存在が〈天地〉ないし〈宇宙〉の〈活動〉（〈意志〉）に、深々と根を下しているという儒教的文脈からすれば、たちまちにその本来の生々とした意味を蘇らすことは明らかなのである。[17]

ところで少年時代、吉田陋軒の休々草堂で学んだ漢学の素養が花袋の人間形成に深く与って力あったとすれば、それを〈文学〉の方向に向けて決定的にしたのは、青年時代、松浦辰男の歌塾で学んだ桂園派の歌論であったといえる。周知のように花袋は『東京の三十年』の「卯の花の垣」の章で、〈私の歌の師匠は松浦辰男先生であつた。桂園の直系、香川景恒の門下で、景樹には師事しなかつたが、その晩年の高弟松波遊山（資之）とは殊に交際が深かつた〉。〈私はその師匠の人格と歌論とには、尠なからざる影響と感化とを受けた〉。〈私の芸術の Realistic tendency の大部分は、実に先生の歌論から得たと言つて差支ない。私は歌に由つて、芸術の深いところに入つて行つた〉。〈歌でも俳句でも、芸術としては同じである。第一歩は内容である。第二歩は表現である。第三歩は自然――この大自然との同化である。私はアルノオ・ホルツの徹底自然主義の教義などをも、先生の歌論の中に明かに見出すことが出来た〉と回顧している。

では花袋は松浦から何を学び、どんな話を聞かされたのか。松浦の歌集『芳宜乃古枝』（明治三十八年七月）に付された「詠歌十訓」はそのことを、かなり具体的に伝えていると思われる。

松浦はまず〈歌は作意の趣向と工夫の苦慮とを離るゝにあり〉（一）といい、以下〈歌は実地の感情より出づ、故に索むればしらべを失ひ、索めずして得れば天然のしらべをなす〉（二）、〈歌は見るものに非ず聞くものなり、説明するものに非ず吟詠するものなり、故に諸の巧言と諸の迷想を去るべし〉（三）、〈感情の口に禁ずること能はずしてすべりいづるもの即歌なり〉（四）、〈歌は情愛より出づ、故に理想を忌む〉（五）、〈歌は至誠より成る、故に偽飾を厭ふ〉（六）、〈歌は人の眼前にあり、近きを見ずして遠きを探るは本末を忘れたるなり〉（七）、〈歌は静なるものなり、故に精神の鎮定を主とす〉（九）、〈歌は虚言なきものなり、無邪気なるものなり、みづから欺くべからず〉（十）と続ける。要するに〈作意〉や〈工夫〉、そこに潜む虚偽や虚飾を否定し、あくまで実感や事実を尊重する。つまり想像や思弁、〈思慮の理り〉(七)を去り、〈現在の情〉(同)に就くこと、さらにそれと表裏して〈あながち詞の雅俗にはよらず〉(一)、身近な日常の生活を〈自然の語勢〉(二)で表現することを諭しているのである。[18]

以上のことから窺えるように、「詠歌十訓」において松浦は、香川景樹の歌論をほぼ忠実に祖述しているといえる。いまここで景樹の歌論にまで遡り詳述する余裕はないが、先にも名を上げた大西祝に「香川景樹翁の歌論」(『国民之友』明治二十五年八月二十三日、同九月十三日)がある。今日においても〈まだそのままで生命を持つ〉[19]という卓論であり、よって景樹の歌論の思想史的背景や、大西がその時景樹の歌論を論じたことの意味、さらに続く花袋等に桂園派の歌論がどう影を落としていたのか等々、検討を加えてみることにしよう。[20]

大西はまず賀茂真淵の〈万の物の父母なる天地は春夏秋冬をなしぬ、そが中に生るゝ者、こを別ち得るからに、うたひ出る歌の調もしかなり〉(『新学』)といい、〈おの〳〵それにつけつゝ宜しき調はあるなり〉(『同』)という言葉を、景樹歌論(たとえば『新学異見』)の先蹤として着目しながら、ついで景樹の例の有名な家言〈歌は調ぶるものなり、理るものにあらず〉という言葉に言及する。しかし景樹には一方、〈調と道理は又離れたるものにあらず〉という言葉もあり、その間の自家撞着を止揚するものが景樹のいわゆる〈その真心又天地の誠実と謂ふもの〉であると論を進める。そしてその〈真心〉と〈天地の誠実〉、〈歌の調〉の関係を次のように整理するのである。

《天地に具はれる誠実ありて、歌の調の整ふは、他の縁由あるにあらず、偏に此誠実を得るに由る、而して此誠実を得るが即ち真心なれば、真心より出でたる歌の調は、やがて天地の調にして、取りも直さず其誠実を発表せるものなり、其誠実を発表せるものなるが故に、又取りも直さず合理的のものなり、天地の誠実を外にして理てふものゝある可らざればなり、故に歌は理らんとせずして而かも理に合ふ、理らずも調ぶれば、その調のあるによりて、理はおのづから具り来るなり、》

しかし、こう景樹歌論を的確に整理しつつ、次いで大西は反論に出る。〈真心〉、〈天地の誠実〉、〈調〉の関係が如上のようなものであるとすれば、結局〈景樹の歌論の極意〉は、〈天地の誠実が吾人の真心に映ずるがまに〳〵そを歌に詠み出でよ、然らばおのづからそれ〴〵に宜しき調の具るべしと云ふに外ならざらん〉、これではいわゆる〈工夫〉の全否定であり、〈極端なる自然説〉といわれるべきではないか。〈景樹の論はアーテフイシヤルのものを破せんとするの極、遂にアートフルのものをも破し了るにあらずや〉。〈景樹の云ふ真心は、一点の私なくして常に事物の至情に感応するものをば指して云へるならん〉、〈如実に天地の真相もしは真意に感応するの心なりと云ひて不可なからん〉、〈然れば此天地の真相もしは真意に感応して、之を言語に云ひ表はせば、立所に歌の調を為すべき乎〉。が、〈真心〉が直ちに〈歌〉とはなりえないだろう。やはり〈真心〉、〈誠実〉、〈調〉の間にはなんらかの媒介が、〈第三者〉すなわち〈技倆〉が必要ではないか——。

だが、大西はこう鋭く景樹の〈短所〉を析出しながら、最後に来て、景樹の歌論が〈一代に超越せる卓論たるに恥ぢぬこと〉を論じて次のように言う。

《規則と形式に拘泥せし歌風を革新して、和歌をして一層自由なるものたらしめしは卓見なり。実情実景を外にして、只だ細工を事とし、只だ歌題の上に文字を拈りし歌風を排斥して、人をして新に目を拭うて天地造化の妙趣を見せしめ、和歌をして一層天然に近きものたらしめしは卓見なり、既に真淵等の云ひつるしらべてふ思想を猶ほ一層開発せしめ、猶ほ一層之に重きを置きて、大声疾呼、当世の弊風を救はんとしたりしは卓見なり、又真淵等の一流が古言に心砕せしを罵倒して、歌は今の言葉を以て千種万態の感想を千種万態の調に詠み出づべきものなりと云ひしは卓見なり、》

そして大西は、〈翁の歌論は我国歌に於ける一代新時期の開かるべきことを恰も要求するものに似たり〉とその論を結ぶのである。

が、それにしても大西はここで、景樹の歌論に対し、なにか批判を加えていたといえるのだろうか——。なるほど大西は景樹の歌論を〈極端なる自然説〉と評した。しかし、まさにその〈極端なる自然説〉こそが、〈和歌をして一層自由なるものたらしめ〉、〈一層天然に近きものたらしめ〉等々、総じて景樹の歌論を、〈一代に超越せる卓論〉たらしめたはずではなかったか。

さればこそ大西は、〈若し其歌論の到達する所に其実行を馳せしめしならば〉といい、その〈実行の狭隘なるの辺と相容れ〉ぬという一点に自らの批判を絞る。つまり大西はここに来て、景樹の実作への慊らぬ思いを漏らすのである。しかしそれは、景樹の歌論の〈弱点〉とはならない。むしろそれをいえば、その限界こそは、景樹がその限界をかけて〈歌〉の可能性を探求しつつ、試行錯誤の途上を彷徨する真の〈批評家〉(〈文学者〉)であったことの証だったともいえよう。(21)

だが、こうした景樹論に見られるいわば大西の〈自家撞着〉には、彼自身の精神の内実の矛盾が露表する。たしかに大西こそはカントの批判精神に学び、時代に抜きんでて、(たとえば井上哲次郎などよりははるかに着実に)、自らの立脚地を意識的主体におく近代認識論的発想を身に体していたはずである。しかし彼の哲学がその方向での十全な開花をなしえなかったのは、単に彼の早い死によるばかりではない。ふたたび渡辺和靖氏によれば、(22)その〈挫折の根源的理由〉は大西がその合理主義的な精神の根底に、〈天地大道への熱烈な確信〉を潜ませていたからに他ならない。自然を対象化する認識主体としての人間、その〈主観〉と〈客観〉を截然と分離する近代認識論的立場を、大西はついに容認できない。そこには人間の根源的な拠り所としての自然、その〈天地万物は人と本来一体〉の信念を、大西が最後まで棄て去れなかったということがあったのではないか。そしてまたそのことは、井上と同じく、大西（元治元年、一八六四年生）の少年時代に血肉化されていた儒教的伝統、その儒教的資性に原因が求められてしかるべきであるといえよう。

なおまた話を景樹に戻せば、彼が漢学を好み、とりわけ『論語』を好んだこと、さらに『論語』を〈宇宙第一の書〉とした伊藤仁斎を尊崇し、その〈一元気論〉に学んでいたことは、宇佐美喜三八氏によって明らかにされている。(23)〈天地は一大活物〉、その〈活物為《た》る所以の者は、其一元気有るを以てなり〉。そしていわばその自然の生命力とも意志ともいうべき〈一元気〉が、天地と人を貫き、また天地と人がそれについて生々発展すること、そのことこそが〈誠の道〉であるとする仁斎の思想。それは〈天地の誠実が吾人の真心に映ずるがまに〳〵そを歌に詠み出でよ、然らばおのづからそれ〴〵に宜しき調の具るべし〉という景樹の、〈天地の誠実〉と〈人の真心〉と〈歌の調〉を一つに結ぶ歌論を、そのまま支えていたことは明らかである。

そしてこうしたことが、まさしく日本の伝統思想の根幹として、歴史を貫通していたことは繰り返し言うまでもない。

さらに話を花袋に還せば、花袋のあの〈大自然の主観〉の強調――〈作者の進んだ主観が大自然の主観と一致する〉という主張は、この儒教的伝統とそこから来る近世文学的発想にぴたりと身を重ねながら出現してきていることは明らかである。いやそればかりではない。花袋後年の文学理論（そしてそれが日本の自然主義をリードする理論となるわけだが）、〈深く真面目に人生の奥底を極めて、正直に大胆に描いたならば、其が既に立派な作品であらう〉（「事実の人生」―「新潮」明治三十九年十月、以下同じ）という提言もそこに直結する。[24]〈技巧を捨て〉、〈大胆に、ありのまゝの事を飾らず偽らずに、其儘書いて見〉る。〈要するに事実を事実の儘自然に書く〉。その時そうした〈観察の修養〉を通し、人はそのまま〈活きた人生〉、〈真実の人生〉に推参しうるのではないか――[25]。

ただし花袋は以下もっぱら、こうした主張を、圧倒的に流入してくる、そして自らも進んで摂取した西欧近代の思想と文学、[26]その発想と語彙によって語らざるをえなかった。従ってその論脈はいかにも危うげだが、[27]逆にそのことは花袋が、まさしくその上に西欧近代の思想と文学が立脚する近代認識論の、いわば見えない誤謬と苦闘し、またそのことによって、それ以前の日本の思想と文学の伝統を自ずと繫いでいたことを物語ってもいるといえよう。

注

（1）因みにこの序文には〈明治三十四年五月二十七日〉の日付が付されているが、『東京の三十年』（博文館、大正六年六月）によれば、『野の花』そのものの執筆はそれよりも大分前、三十二年九月の博文館入社以前のようである。

（2）吉田精一『自然主義の研究』上巻（東京堂、昭和三十年十一月）に、〈文中「不自然極る妖怪談」は泉鏡花を、「当込沢山の色気たつぷり」や「写実を旗幟にして、心理の描写をすら怠る」のは、広津柳浪や小杉天外等の傾向をさしたかと思はれる〉とある。

（3）白鳥は「作品の健不健」（「読売新聞」明治三十四年九月二十三日）で小杉天外の『恋と恋』が〈不健全といふ批難を招きし所以〉に触れ、〈要するに如何なる作といへども、之れが健不健は材料の善悪にあらずして、ジヤスチフヰケーシヨンの偏すると否とにあるなり〉という。この〈ジヤスチフヰケーシヨン〉という辺りに、当時の白鳥の批評の標準があったと思われる。

（4）ここに森鷗外の語彙、ことに『審美新説』の影響を見る論（相馬庸郎「鷗外と自然主義」『日本自然主義再考』八木書店、昭和五十六年十二月）があるが、いまは問わない。

（5）以下この論で花袋は、〈一たび写実といふ事の唱へられてより、意味なく、主観なくして、徒に筆を弄する〉に至る〈自然派の弊〉を突き、〈是に於て所謂後の自然主義なるもの生ず。前の自然主義は客観に偏して枯淡に傾き、つとめて学問らしき処を以てその得意のところと為せしに、後の自然主義は全くこれと趣を異にし、漸く大自然の主観に進まんとす〉と続け、そこに自らの位置と方向を据えようとしているが、このことに関しては別稿に譲る。なお〈前（の）自然主義〉〈後（の）自然主義〉の語がやはり鷗外に発していることは、相馬論文（前出）に詳しい。

（6）『東京の三十年』（前出）で花袋は、〈それにしても面白いのは、曾て一度正宗君と私と主観客観について大に議論したことがある〉と回想している。まさに〈主観客観について〉という点で論争されていることの意味に注意すべきである。

（7）本論は渡辺氏の論に多くの教示を得ているが、結論を異にしているのは以下に述べる通りである。

（8）それはまた日本の近代化を推し進めて来た明治政府が、自ら身につけてきたイデオロギーを吟味する必要を感じ始めていたことと合致する。以降井上が、政府イデオローグとして思想界を先導する所以である。

（9）引用は『巽軒論文二集』（冨山房、明治三十四年四月）による。

（10）井上は他の所でも〈主観〉〈客観〉は〈現象界に於て相対立せる根本的差別〉であり、〈如何ほど論理的考察によりて主観と客観との融合調和を企図〉しても、〈能く其効を奏するの希望〉はない。〈何となれば論理的考察は、益〻論理的抽象によりて差別を厳密にする〉だけであるから。従って〈或は外延的に（例へばデカルト氏の如く）或は内包的に（例へばスピノザ氏の如き）説明し得べしとするも、全く必然的二元性を脱却すること能はず〉と言っている。

(11) 大森荘蔵氏は〈知覚〉であれ〈想起〉であれ〈想像〉であれ、すべての〈経験〉は〈世界〉〈外界〉がじかにわれわれに〈立ちあらわれる〉ことだという（たとえば『流れとよどみ—哲学断章—』産業図書、昭和五十六年五月）。この〈立ちあらわれ一元論〉ともいわれるべきものは、だから〈世界〉〈外界〉（客観）が仮象なりイメージとなって〈心〉〈意識〉（主観）に映ずるという近代認識論の二元論的対立構造を、根拠皆無の誤謬として退け、一切はまさに外部空間に〈あるがままにある〉、つまりそこに生々と〈存在〉するだけなのだという。たしかに近代認識論は〈世界〉をことごとく内在化する。しかしその時〈世界〉は物質化、いや死物化され、またそのコピーでしかない〈心〉は、豊かで瑞々しい生命と感動を奪われる。この物心分離の現代的梗塞に抗し、大森氏は、たかだか百年前（近代認識論以前）、〈心〉と〈自然〉とが共に生々たる〈活物〉として一体であった日本の思想的伝統に思いを致すことの要を説くのである（たとえば『知の構築とその呪縛』ちくま学芸文庫、平成六年七月）。

(12) 最終章に至る直前、次のような一節がある。〈真に個体と称すべきもの、世界に於て一つもあるなし、我が有する所の心理活動は、父母の我に遺伝せるものにて、我れ又之を子孫に伝へんとするものなり、即ち我れと父母と子孫は関連せる大我なり、父母は過去に於ける我れにして、子孫は我れを継続するものなり、我れと子孫とは父母の形骸を換へて存続するものなり、然るに此事たるや此に止まるべきにあらず、父母は祖先を継続せるものにて、其祖先の祖先の如きは、果たして其幾多なるやを知らず、之れを要するに、我が有する所の心的活動の如き殆んど思惟すること能はざる程の遥遠なる歴史を経て、遺伝し来たれるものなり、否、無限の経歴を成して此に至れるものならざるべからず、又之れを後昆し伝ふるに当りても、亦際限あるにあらざるなり、是故に拡充して之れを考察すれば、個体は比較的に之れを言ふに過ぎず、真の個体あるにあらず、唯〻無限の活動あるのみなり〉。そしてこの〈無限の経歴〉なり〈無限の活動〉、つまり〈歴史〉と〈経験〉の総体——試行錯誤やその時その場の〈信念〉（〈信憑〉）の蓄積こそが、自ずから人間の〈真実〉を形成してゆくというのではないか。

(13) 大森氏は坂本龍一氏との対談『音を視る、時を聴く—哲学講義—』（朝日出版社、昭和五十七年十月）で、井上哲次郎等のこうした〈物心一如〉的哲学に触れ、〈正しい結論に至っている〉といっている。

(14) 渡辺氏前掲書。

(15) 柳田泉『田山花袋の文学・一』（春秋社、昭和三十二年一月）参照。

(16) 引用は『史論集』（みすず書房、昭和三十三年九月）による。

(17) たとえば大森氏は『知の構築とその呪縛』（前出）で、近代認識論以前の日本の伝統思想の系譜を引用、解説しているが、いま便宜上より単簡で、ほぼ同じ趣旨の一節を「『自然』の活物化」（『大森荘蔵著作集』第六巻、岩波書店、平成十一年五月）に徴すれば、次のごとくである。〈江戸期のインテリを支配した宋学、あるいは朱子学は易学の「気」の思想を継承し、共に陰陽の気の循環として人間と自然を共通内類《ママ》のものとして把えていた。王陽明に至っては「我と天地万物は一体」であることを強調した（『伝習録』他）。伊藤仁斎にとっても「天地は一大活物」（『童子問』）で、「一元の気」が天地と人とを貫ぬき、枯草陳根、金石陶瓦、木石器物のように「一定にして増減なきもの」（同）は死物であるが、日月星辰や寒暑の気候のように旋転し相移る、すなわち動き変転する物はすべて「活物」であった。荻生徂徠もまた同じ。「天地も活物、人も活物に候」（岩波『近世文学論集』）、「天地日月、皆活物也」（『復水神童』）。本居宣長に至っては活物どころか神霊だったのである。「又生類のみにもあらず、山川海のたぐひにて神霊ある、又可畏をば直に其物を指してかみと云」（『鈴屋問答集』）〉。

(18) このことに関し、稲垣達郎「私小説の流れ」（『近代日本文学の風貌』未来社、昭和三十二年九月）、および柳田泉『田山花袋の文学・二』（春秋社、昭和三十三年九月）参照。

(19) 中村幸彦『近世文芸思潮攷』（岩波書店、昭和五十年二月）

(20) 滝藤満義「独歩と自然主義─田山花袋にふれて─」(『国木田独歩論』塙書房、昭和六十一年五月) は〈第九訓〉の〈歌は静なるものなり、故に精神の鎮定を主とす、(中略) 故に過去の激動も此鎮静を得て始めて歌となる〉云々とワーズワスの詩論との共通性に注目、明治二十年代のワーズワス受容の状況に言及、さらにそれは景樹の歌論がもともとワーズワスの詩論に近かったためとして、両者の類似を説いた大西の論考を分析している。なお以下小論における大西論文の要約は滝藤氏のそれに倣った。

(21) 中村幸彦氏は前掲書において、景樹の『歌論語』の〈音調は天地に根ざして、古今を貫き、四海にわたりて異類をすぶるもの也。言葉は世々に移り、年々にながれ、かつ貴賤とへだて都鄙とたがひて定則なし。さるを後人詞につきて調をいふは本末をとりたがへたるもの也。歌のしらへは天地の中に含孕《はらま》り運《うつ》りてしらずしらず其大御世〳〵の風躰をなすもの也。また人々の性のまゝに稟得《うけ》たる調あり、おの〳〵異にして其面のかはれるが如し、しか各異なりと難も、その大御世の風《すがた》をは出《のが》るべからず〉という一節を引きながら、〈景樹の調は、本能的であって普遍的であると共に個性的であり、文学の本質にわたるものを指摘して、これを「調」と名付けたのであって、今日にこれに相当する語を求めれば、文学性とでも換言するの外はない。かかる調を基に持つことにより、文学は文学として独立するものであり、独立したものとして人生に不可欠のものだと、彼は論ずるのであるが、これは日本の文学論の歴史の中では初めての主張である〉といっている。

(22) 渡辺氏前掲書。

(23)「景樹の歌論に関する一問題」(「国語と国文学」昭和三十二年十二月)

(24) 序にここに加えれば花袋は「『浦のしほ貝』に見出したる『自然』」(「文章世界」明治四十三年十一月)に、熊谷直好の歌集『浦のしほ貝』を〈私の若い心に深い印象を残した書〉として、〈それが私の胸に何んなに小やかな芸術的憧憬を齎したか知れなかつた〉と語り、〈「自然」は面白いと思へば面白いし、面白くないと思へば面白くないものである。「自然」はあるがまゝのものである。あるがまゝで何うにもならぬものである。芸術家の胸の鏡には、尠くとも此あるがまゝの自然があるがまゝに映つて来るやうにならなければならない〉と論じている。

(25) そしてこうしたこと全体を花袋は〈描写〉と呼んだのだと思われるが、それについては別稿に譲るしかない。

(26) 白鳥が「花袋氏に与ふ」で、〈君が真摯に海外の思潮に注目し、研究倦まざるの態度は今日の文壇に異数として望みを属すること切なり〉と言っているように、当時、西洋近代文学の読書量に関し、花袋の右に出るものはいなかったといえる。吉田精一氏も前出論文で、〈花袋の外国文学紹介〉が〈学者仲間にはともかくとして、相当に当時の文壇に重んぜられてゐた〉というが、如何せんその理解が、先駆者の手探り同然であったことは否定すべくもない。

(27) 柳父章『翻訳の思想―「自然」とNATURE―』(平凡社、昭和五十二年七月)もいうように、花袋は〈「自然主義」の「自然」ということばで、実は、基本的には伝来の日本語「自然」の意味を考えていた〉。要するに〈NATURE〉ではなく、あくまで〈自然〉である。無論〈自然〉を〈NATURE〉の意味で考えなければ駄目だという立場からすれば、花袋は駄目である。しかしそうだとすると、外国語を翻訳すること、そしてさらに、要するに母国語を使用することは不可能となる。母国語を使うということは、日本人なら日本人の、歴史と経験の総体において考えるということであり、その意味や価値そのものに関わるということである。それを駄目だといってもはじまらない。

「重右衛門の最後」へ──花袋とモーパッサン、その他──

田山花袋は『東京の三十年』において、明治三十四、五年の〈モーパッサン体験〉（いわゆる〈花袋の転換〉）をめぐり、次のように回想している(1)。

《ある日、私は丸善の二階に行つた。そしていつものやうに、そこに備へられた大きな目次の書を借りてそれを翻してゐた。ふと、モウパツサンの『短篇集』が十冊か十二冊、安いセリースで出版されてあるのを発見した。何とも言はれず嬉しかつた。私は金のことなどを考へずにすぐ注文した。》

《それの到着したのは、忘れもしない、三十六年の五月の十日頃であつた。》

《安いセリースで、汚い本であつたけれど、それが何んなに私を喜ばしたであらう。ことに、この十二冊の『短篇集』の日本での最初の読者であり得るといふことが、堪らなく私を得意がらせた。私は撫でたりさすつたりした。》

《私の思想と眼と体とは、この十二冊の『短篇集』に由つて、何んなに深い驚異に撲たれたであらうか。エミル、ゾラの"Therese Raquen"にもその前にかなりに深く動かされたが、この『短篇集』に対した驚異は、決してそんなものではなかつた。私はガンと棒か何かで頭を撲たれたやうな気がした。

思想が全く上下を顚倒させられたやうな気がした。ドオテエの短篇、コオツベニイの短篇、ツルゲネフの短篇、そんなものからは、もつとぐつと徹底して物が見てあるのを私は思つた。》

紅葉は〈「ライトタッチ」〉といい、鷗外は『審美新説』で〈「明快簡素なるあの調子」〉といい、上田敏は〈明るい芸術的の作家〉であるように言っていた。〈それが何うだらう？　私の胸に、体に、心に映つたモウパツサンは？〉。〈私はその本を一刻も傍を離さずに〉読み耽つた。〈何といふ傾倒！〉。《私にはモウパツサンとドオデエの相違などが考へられた。丁度その少し前に、私はピエル・ロチの『氷島の漁夫』を読んでゐた。それとモウパツサンの相違などが痛切に考へられた。事件を叙したものと心理を描いたものゝ区別、あるところまでしか入つて行くことの出来ない作者と出来る作者との区別、ロマンチツクな作者とリアリスチツクな作者との区別、さういふことがありありと私の頭に映つて見えた。私の心にひそんでゐた、開けずにゐた、しかも動揺し潑酵してゐた心が忽ちそれに触れたのであつた。「今までは私は天ばかりを見てあこがれてゐた。地のことを知らなかつた。全く知らなかつた。浅薄なるアイデアリストよ。今よりは己れ、地上の子たらん。獣のごとく地を這ふことを屑ぎよしとせん、徒らに天上の星を望むものたらんよりは――」こんなことを私はその時分の感想録に書いた。》

周知の一節であり、花袋の興奮を伝えて余すところないが、〈明治三十六年〉は〈三十四年〉、〈十冊か十二冊〉は〈十一冊〉等々、記憶の誤りもあり、当時の実際に即しているとは言いがたい(2)。以下に、精確な検証を必要とする所以である。

吉田精一氏(3)や小林一郎氏(4)によって、すでにつぶさに報告されているように、二葉亭四迷や森鷗外を通して外国文学に近づいた花袋は、ツルゲーネフ、トルストイ、ドーデ、ゾラ等々に親しみ、そのいくつかを翻訳、翻案等しているが、[5]明治三十三年一月、博文館より週刊新聞「太平洋」が創刊され、その編集に携わるに及び、ほとんど毎号その「西花余香」欄等に、西欧近代文学についての読書感想録とでもいうべき文章を掲載、もって多くの読書子を啓発した。[6]いまそれを読むと、花袋が実に多数の西欧近代文学を繙読し、自身も深い影響を受けていたことが分かる。中でもこの三十四年五月頃の〈モーパッサン体験〉は、もっとも激越な〈体験〉であったといわなければならない。

　モーパッサンの名が大きく取り上げられた最初は、明治三十四年六月三日の「西花余香」欄の次の一文である。

《モーパッサンが「ベル、アミイ」こそいみじき小説なれ。欲情を逞うすること尋常茶飯に均しき主人公を拉し来りて、姦通また姦通、不義又不義、しかもその間に起り来れる機微の情を利用して、巧みに淫乱を極めたる仏蘭西の上流社会に地歩を占むるの行路、殆ど人をして人間猶この事ありやと疑はしむるばかりなるを覚ゆ。就中主人公の落魄を巴里の街頭より救ひたる友人フオレスチールの妻を奪ひ、その垂死の病床に、公然其妻と戯るゝの一段の如きに至りてはいかに寛容なる読者と雖も眉を蹙せざる事能はざるべし。然るに、モーパッサンはこれを描くにかのゾラが執れる如き春秋的諷刺的筆法を用ゐず、純乎たる写実の筆を以て、人間にこの事ある怪しむに足らずといへるが如き体度《ママ》を以て平然としてこれを描けり。欧州大陸に於ける自然主義が人性の極端を暴露して少しも仮借するところなきの可否は審美学上の一大疑問に属するや論なしと雖も、われはこの所謂不健全なる作品の中に

も猶驚くべき人生の真趣の発展せられたるを認めて慄然として胆を寒うせざるを得ず。》

それまで比較的〈健全な短篇〉を集めた『オッド・ナムバァ』や「ピエルとジャン」を〈わから[7]ぬままに読んでいた花袋が、「ベラミ」を読むに至り、強い衝撃を受けたことが伝わって来る。〈姦通また姦通、不義又不義〉、〈殆ど人をして人間猶この事ありやと疑はしむ〉、しかもそこに〈驚くべき人生の真趣の発展せられたる〉を認めるのだ。

しかし次の六月十七日の「西花余香」には次のごとくある。[8]

《フローベル、ゾラ等の唱へし自然主義も今は大に趣を易へたるが如し。平凡主義は一変して空想神秘主義となり、更に作者の万有神説的主観を加味して、愈《いよく》革新の色を帯び来れり。戯曲家には仏のメテルリンク、ヒースマン、独のハウプトマン、フルダア、ハルベ、小説家には仏のパウルブルジエー、瑞西のエドワルトロッツド、独のズーダマン等いづれも一騎当千の勇将にして、その旗幟の鮮かなる、殆ど人をして目を聳たしむるの概あり。この革新の潮流にはさま〲の傾向ありて、一々それを検覈せば、複雑なる十九世紀の思想を知ることを得べけれど、今は之れを為すことをやめて、稍一貫の思潮に庶幾《ちか》きものをのみ挙げんとす。この派の写実はモーパツサン等が十年前極力つとめたるものとは異りて、人性の短所弱点をも描くと共に、その最奥にして最極なる人性の秘密を描くことを忘れず。モーパツサンは人間を明かに紙上に出して、それを飽まで客観的に描写したるに止まりたれど、今の革新派は具象的なる一箇の主観ありて、理路明かに幽玄界に大胆なる足跡を付けんとせり。彼には目的なけれども、此には標準あり、彼には理想を没したれど、此には主観を尊ぶの色あり。これが故に、今の諸家の作品を読むもの、十年前流行したる色彩なく脚色《しくみ》なき純写実の作品に比べて、驚くべき脚色《しくみ》と色彩とを備へたるを見るべし。されどこの派のかく脚色と色彩とを有しながら、しかもかの昔のロオマンチシズムと更に何の交渉するところなきは、実に著しき事実なりとす。而してこの派の最も極端なる作者を瑞典の人、アウグスト、ストリントベルヒと為す。戯曲「ユリー嬢」、小説「インフエルノー」のごとき、いかに人間の罪悪と醜性とを暴露したるぞ。渠は女性を人間と獣類との中間にあるものとなしそを悪むこと甚しく、人間の清浄なる能はざるは女性あるが為なりといふに至れり。面白き主観的傾向と言ふべし。》

ここではすでにハウプトマン、ズーダーマン等に花袋の読書傾向が移り、しかもその〈革新の潮流〉――〈人性の短所弱点をも描くと共に、その最奥にして最極なる人性の秘密を描くことを忘れぬ〈主観的傾向〉への共感が語られている。そしてそれに比して〈フローベル、ゾラ等の唱へし自然主義〉、ことにモーパッサンの名が上げられ、その〈理想を没し〉た〈純写実の作品〉が、〈人間を明かに紙上に出して、それを飽まで客観的に描写したるに止ま〉ったと否定されているのである。

ところが次の七月十五日の「西花余香」では、いましがたモーパッサンを〈否定的、批判的に見た舌の根の乾かぬうちに〉(吉田氏)、花袋は言う。

《モーパツサンが「ベル、アミ」の淫奔猥褻の書なる事は既に説きしが、その短篇集を繙くに及びて、いよ〳〵その描写の極端なるに驚かざる事能はざりき。篇中父の子を姦するあり、妹の姉の恋を奪ふあり、女優と戯るゝあり、父の妾と馴《な》るるあり、処女を姦するあり、相歓の場を窺ふあり、姉妹の以太利少女と契る観光の旅客あり、(中略) 冊を通して十一巻、短篇の数百五十余、悉く淫猥なる市井の情事にあらざるなし。》

《純乎たる客観の筆を用ゐて、微として描かざるなく、細として写さゞるなきは驚嘆するに堪へたり。世のモーパツサンを伝ふるもの、或はその文の軽快にして華麗なるを以てし、或はその着想の詩的にして幽麗なるを以てし、われも亦一度はその筆致に誘はれて、詩人的情致を懐けるなつかしき作者よと思ひたる事ありたりしが、今に至りて始めてその真相の如何を知り、転た慨嘆の情に堪へず。》《されどこの慨嘆の情は作物に対する失望にあらずして、寧ろ自己の知らざりしある新しき映象に触れたるが為めなり。あゝこれ何故ぞ、渠の取れる題材のしかく淫猥、卑陋なるに拘らず、読み去り読み来つて、一種限りなき情想と一種驚くべき勢力とに撲るゝは何が故ぞ。これかれが自然に忠実に、自然を描くに狭き作者の主観の情を以てせざりしに依るにはあらざるか。自然のまゝなり、赤裸々なり、大胆なり、これが為めに渠の作物はある一時代の道学先生に責めらるゝ事はあるべし。しかも渠はこれが為めに遂に克く不朽の名を保つ事を得るにあらずや。渠、その名作「ピエル、エ、ジエン」を公にするや、その首に題して、批評家の望む所多きを罵り、作者は只おのれのよしと見たるところを描けば足れりといへり。》《自然なれ、自然なれ、題材の卑陋、淫猥なるは、まことに芸術の上に於いて、豈謂ふに足らんや。》

あきらかにここからは、あの〈モウパッサンの『短篇集』〉読後の生々しい衝撃が伝わってくる。〈その短篇集を繙くに及びて、いよ〳〵その描写の極端なるに驚かざる事能はざりき〉。しかしそれは単に、〈題材のしかく淫猥、卑陋なる〉という点からだけではない。花袋は何よりも〈自然に忠実に、自然を描くに狭き作者の主観の情を以てせざりし〉点、そこから進んで〈自然のまゝなり、赤裸々なり、大胆なり〉という点にこそ、強い感銘を受けているのだ。

そしてまたそうだとすれば、まさにこの点――〈自然なれ、自然なれ〉という感銘において、花袋はすでに六月三日の「西花余香」の記述、すなわち『ベラミ』を読んで、〈驚くべき人生の真趣の発展せられたるを認めて慄然とし〉たという驚駭を、あらためて確認していたわけなのである。

ところで、ここで一つの〈事件〉が出来した。正宗白鳥と交わされた『野の花』論争である。花袋は明治三十四年六月上梓の『野の花』に〈五月二十七日〉の日付が付された序文を書き、〈明治の文壇〉に警鐘を鳴らして、その所以を〈作者の些細な主観の為めに、自然が犠牲に供せられて居る〉という。そして、

《モーパツサンの「ベル、アミ」や、フローベルの「センチメンタル、エヂケイシヨン」などは自然派の悪弊を思ふ存分に現はした作で、何方かといへば不健全であるに相違ないが、それでも作者の些細な主観が雑つて居ない為めに、何処かに大自然の面影が見えて人生の帰趣が着々として指さゝれる。》

と論じたのであるが、これに対し白鳥が七月一日の「読売新聞」に「花袋作『野の花』」で批判し、次いで花袋が八月の「新声」に、〈七月十三日夜記〉の付記のある「作者の主観（野の花の批評につきて）」で駁論する。（この論争全体の意味については前稿で詳述したのでそれに譲るが(9)、ここでは以下、花袋の主張に即して見てゆくことにしよう。）

『野の花』の序文が一読、六月三日の「西花余香」欄の記述と重なっていることは明らかである。ばかりか同欄の七月十五日の記述に繋がってゆくこと、繰り返すまでもない。また「作者の主観」が

それとほぼ同様のことを論じているのは、〈七月十三日夜記〉の日付を見ても明らかである。（ただ論争文ということで、いささかニュアンスの相違が生じているのは断るまでもない。）

そこで花袋はまず、白鳥もその一人である〈早稲田一流〉の〈純客観〉ないし〈純写実〉の〈積弊〉を突き、〈苟も主観の面影を存するものは、その作者の小主観なると自然の大主観なるとを問はず、直ちにこれを小なる作家、小なる作品として、以て圏外に退けんと欲するが如し〉と駁す。そして、

《ゾラの如き、モーパツサンの如き、口これを言ひ筆これを記するに忍びざる人性の醜悪を描き、冷然として更らに聞知せざるがごとき風を為せる等、そのいかに大胆なりしかは、殆ど想像するにだも堪へざらんとす。而してこの獰悪にして大胆なる写実主義と自然主義とは、全く客観的のものにして一点だも主観の面影を有せざるものなりしか。》

と続ける。つまりゾラやモーパッサンは、〈早稲田派の余風として今日吾国に行はるゝところの柳浪氏天外氏、乃至ほとゝぎす一派の如き、所謂主観の情を全く没却したる純写実のもの〉とは違うと言うのである。

《欧州大陸に行はるゝ所の自然主義はしかく曖昧模糊たるものにあらず、又しかく狭隘小量なるものにあらず。主義を容れ、思潮を容れ、主観を容れて余りあるものなり。》

そしてここに来て花袋は、〈われは芸術上主観の二字に就きて、今少し明瞭なる解釈を与へざるべからざるの地位に立てり〉として、〈主観に二種あり、一を作者の主観と為し、他を大自然の主観と為す〉、〈われはこの大自然の主観なるものなくば遂に芸術を為さずと思へり〉と記す。この〈大自然

の主観〉こそは、今後花袋の文芸理論の基底をなしてゆくものだが、そのことは後に見るとして、今は続く花袋の言を聞こう。

《この大自然の主観なるものは八面玲瓏なるものなきこと恰もかの富嶽の白雪の如くなると共に又よく作者の個人性の深所に潜みて、無限の驚くべき発展を為し、作者をしてよく瞑想し、よく感動し、よく神来の境に入らしむ。作者の主観は概して抽象的なれど、大自然の主観は飽まで具象的に且冥捜的なり。作者の主観は多く類性のものを画くに止まれども、大自然の主観はさま〴〵なる傾向、主義、主張を容れて、しかもよくそれを具象的ならしむ。》

《豈それのみならんや。我は猶一歩を進めて、この大自然の主観と各時代の精神との関係を説かざるべからず、論者時にイブセンの戯曲、ゾラの小説の主義あり、主張あるを以て、直ちに作者の主観と為し、ゾラ、イブセンを以て主観詩人の小なるものと為すものなり。されどイブセン、ゾラの主義主張は小さき作者の主観にあらずして、十九世紀の思潮を透して発展し来りたる大自然の主観なり。》

そして、さらにここから花袋は、十九世紀ヨーロッパの文学思潮を鳥瞰し、次のようにその方向をトするのである。(10)

《見よ、主観的(作者の主観にあらざるは勿論也)運動がいかに欧州の思想界を風靡しつゝあるかを。ニイチエ、トルストイは更にも言はず、ハウプトマン、イブセンの戯曲に於る、ズーダーマンの小説に於る、其他独のフルダア、ハルトレーベン、白耳義のメイテルリンク、仏のブルシエイ、ヒースマン、瑞西のロツド、瑞典のストリン、トベルヒ、伊太利のダンヌンチオ等、その運動の活潑なる、殆ど欧州大陸を席巻せんとするの勢あるにあらずや。而してその今日に至りたる文壇の趨勢を討ぬる、又われ等を啓発する所尠なからず。宗教と道徳とは虚偽と虚飾とに陥り、卑むべき情弊は憎むべき偽善と相交り、世人皆巧言令色をこれ事とし、唯一の慰藉たるべき文学また小刀細工に流れんとする時に当りて、俄然起つて天下を風靡したるは、かのゾラ、フローベル、ゴンクールを先鋒としたる極端なる写実主義なりき。而して其旗幟の特色は極力大自然の姿と大自然の形とを模すると共に、天下の罪悪と箇人の弱点とを大胆に無遠慮に描写して憚らざるにありき。》
《然りと雖も自然派の弊も又太だ尠少ならざりき。フローベル、ツルゲニーフ、ドオデエの大家数人のこれを執る、決して、中庸を失ふこと無かりしと雖も、一たび写実といふ事の唱へられてより、意味なく、主観なくして、徒に筆を弄するもの日に多きを加へ、遂にその弊の太甚しきに堪へざるに至れり。是に於て所謂後の自然主義なるもの生ず。前の自然主義は客観に偏して枯淡に傾き、つとめて学問らしき処を以てその得意のところと為せしに、後の自然主義は全くこれと趣を異にし、漸く大自然の主観に進まんとする如き傾向を生じ来れり。前自然主義は空想神秘の主観を却けて、単に自然外形の形似を得んとし、後自然主義は自然に渇し、自然に耽溺すること甚だ深きと共に直ちに、進みてその深秘なる人性の蘊奥を捉へんとせり。今日の所謂主観的運動の勇将烈士は皆この後自然主義の所生にして、一面より見れば楽天厭世両極観の一種の聯合とも言ふべく、一面より見れば自然主義と深秘主義の一致とも言ふべし。》
以上、長い引用を重ねたが、まずここで一番問題なのは、やはり〈大自然の主観〉という言葉であろう。これまでの文脈から素直にとれば、それは〈人生の真趣〉、〈大自然の面影〉、〈人生の帰趣〉というほどの意味であろうが、なにしろ〈主観〉を嫌い〈客観的記述〉しか認めようとしない〈早稲田一流〉の〈積弊〉を撃つべく、花袋はあくまで〈主観〉という言葉に固執したとも考えられる。が本来、近代認識論上の対立概念である〈自然〉＝〈客観〉と〈主観〉を一つにしてしまう不用意が混乱を招いた。されば白鳥は、九月二日の「読売新聞」に「花袋氏に与ふ」を書き、〈大自然の主観とは何ぞや〉と問い、〈主観は客観を予想す、大自然の主観は何所に客観を有するや〉、〈君の所謂大主観は純客観のみ〉と駁したのである。

このことに関し、花袋は九月九日の「太平洋」に「主観客観の弁」を書いて答える。

《私の所謂大自然の主観と云ふのは、この自然《ネチューア》が自然に天地に発展せられて居る形を指すので、これから推して行くと、作者則ち一箇人の主観にも大自然の面影が宿つて居る訳になるので、従つて作者の進んだ主観は無論大自然の主観と一致する事が出来るのだ。》

そして白鳥がゾラを例にとり、〈若し作家が或る標準を立《りつ》して当代を批評せんか、君が厭へる小主観と何の差がある〉という問いに答えて、〈ゾラは仰しやる通り主観詩人であらう。けれど又自然派の作者中尤も自然に近い詩人である事も許さなければならぬ。ゾラは主観詩人であるけれど、その主観が普通の意味の作者の主観ではなく、寧ろ大自然の面影を有した主観ではあるまいか、私の所謂進んだ主観の下に筆を執つた詩人ではあるまいか。進んだ作者の主観は則ち自然の主観であるとすれば、主観のない自然は則ち所謂模倣、写真なる者であると言ふ事は出来ぬであらうか〉と言うのである。

ここまで来ると、花袋の言わんとする〈大自然の主観〉ということの意味が、かなり明瞭になってくると言える。もとよりこの場合の〈主観〉という言葉の用法は、近代認識論から見たらあきらかに不用意な誤用と言うしかない。しかしそのことにこだわらなければ、それは個人の〈主観〉、〈主義、主張〉を超え、あるいは容れてある〈大自然の面影〉、〈人生の真（帰）趣〉のことであり、さらには人間が進んでそこへと〈一致〉すべく、または帰一すべき世界の本源、究極の〈実在〉のことを指していると受け取れないことはない。

そしておそらく花袋は、こうした形而上学的発想を、少年時代、藩儒吉田陋軒の私塾休々草堂における儒教思想の涵養を通し、加えて青年時代、桂園派松浦辰男の歌塾における近世文学論の学習を通して、いや、それらを含む生活全般の儒教的伝統的意識土壌の中で、培って来ていたにちがいない。またそう考えれば、少なくとも〈大自然の主観〉という言葉、〈一箇人の主観の進んで大自然の主観と一致する〉という主張も、（近代認識論的文脈からすればいかにも奇妙だが）しかし人間の存在が〈天地〉ないし〈宇宙〉の〈活動〉や〈意志〉に、深々とその根を下して〈一体〉であるという儒教的伝統的文脈からすれば、たちまちにその本来の生々とした意味を蘇らすことは否定できないのである。(11)

そして花袋は、基準をこの〈大自然の主観〉の有無に置いて、現下のヨーロッパにおける文学動向を、〈前の自然主義〉と〈後の自然主義〉に分かつ。すでに見たごとく、前者は〈客観に偏し〉、後者は〈漸く大自然の主観〉に進んで、〈深秘なる人性の蘊奥を捉へんとせり〉。そしてこのような観点に立って、花袋は自らの進むべき道を定めていたのだ。(12)

これまでも花袋は、〈フローベル、ゾラ等の唱へし自然主義も今は大に趣を易へたるが如し〉（六月十七日）とか、（たとえあの〈モーパッサン体験〉以前の記述とはいえ）〈この派の写実はモーパッサン等が十年前極力つとめたるものとは異り〉（同）とか、〈モーパッサンは人間を明らかに紙上に出して、それを飽まで客観的に描写したるに止まり〉（同）とか言っていた。ばかりか「作者の主観」においては、フローベル、ゾラ、ゴンクール、さらにツルゲーネフ、ドーデ等が、暗に〈時代おくれ〉[13]のものと言わんばかりに〈前の自然主義〉と見なされている。が、にもかかわらず、「『野の花』序文」ではフローベルやモーパッサンが、「作者の主観」ではゾラやモーパッサンが、また「主観客観の弁」ではゾラが、相変わらず称揚されているのである。

だから問題は、個々の人名なのではない。まさにあの〈大自然の主観〉――〈一箇人の主観の進んで大自然の主観と一致〉しているか否か、その達成にかかっていることは、繰り返して言うまでもあるまい。

しかしそれにしても花袋が、この時期からしばらくの間、そのいわゆる〈主観的運動〉＝〈後の自然主義〉が今後の時代をリードしてゆくことへの期待を、繰り返し語って倦まなかったのも事実である。[14]たとえば遡って五月二十七日の「西花余香」で、〈独逸の文壇は久しく振はざりしが、ハウプトマン、ズーダーマン、フルダア、ハルトレーベン等の新派の轡を並べて打つて出でしより、今は殆ど革新派の潮流の巴渦の中心となり、仏蘭西の自然主義、露西亜の神秘主義等走つてその脚下に寄るがごとき観を呈せり。殊に十九世紀末葉に当りて最も目覚しき光彩を放てるはハウプトマン、ズーダーマンの二氏にて〉と述べ、

《近くハウプトマンの「ハンネレの昇天」を読むに、自然主義に加味するに極端なる神秘主義を以てし、ハンネレの死に至るまでの空想を体現を以て描写したるなどまことに斬新を極めたり。就中教師ゴツトフレツドが池に身を投じたるハンネレの濡れたる体を抱きて、冬の夜の月白く霰折々来れる夜に闥を排して入り来れる処など描写真に迫れりと言ふべし。ズーダーマンの著作は極めて多けれど、

われは「カツツエンステイヒ」を最も愛読す。女主人公レギネの自然にして天衣無縫のごとき性を備へたる、主人公が悲運の中にありながら、猶反抗の情を逞うしたる、いづれも十九世紀箇人主義の影を宿さゞるなし。見ずや、その最後の章を、見ずやその大団円を。月明の夜主人公がレギネが屍体の傍に立ちながら、無限の空想に耽る一段のごとき、まことに人性最奥の秘密と人間最価値の蘊奥とを暴露して更に遺憾なきのみならず、進んで人間則ち神といへる境に描写し及べるを認むるなり。》と作品の中に入り(15)、〈兎に角にこの二十世紀の初頭に於ては、空想と神秘思想とを合せたる自然主義の大に文壇に地歩を占むるは事実なるべく〉として、さらにニーチェやダーウィン、ワグネルに言及、最後に〈以太利の文豪ダンヌンチオのごときありて、いづれもこの新潮に於る勇将たり〉と結んでいる。

ハウプトマンやズーダーマン、ダヌンチオ等の名が、同じような観点から、六月十七日の「西花余香」や「作者の主観」で語られていることはすでに見た。さらに七月二十九日の「西花余香」には次のようにある。

《ロオマンチシズムの再興を説く者あり。而して多くはその重なる原因を、写実にあきたらず、科学にあきたらざるものゝ反抗の思潮に帰す。是れ或は然らん、然れどもわれは寧ろ革新派——則ち神秘、空想を題目とするの傾向ある独逸、白耳義、以太利の諸派を指す——の今日の傾向あるを以て十九世紀の写実主義、自然主義の功績に帰せんと欲す。十九世紀の写実主義は、有力なる科学の力を借りて、陳腐靡爛せるロオマンチシズムを破壊し、殆どその余力をとゞめざるがごとき概ありき。写実主義は空想を排し、神秘を退け、只眼これを見、心これに触れたるものゝみを以て、その信ずる所を行ひ、更に後を顧みざりしが、その極点に至るに及びて、猶天地間、科学の力を用ゐて、そを十分に解釈すること能はざるものあるに逢ひ、茲に始めて後自然主義なるものゝ勃興を見るに至れり。而してこの後自然主義なるものは今日独逸、伊太利、仏蘭西等に行はるゝところの革新派と、最も密接なる関係を有せるものにして、ハウプトマン、ズーダーマン、メーテルリンク等皆一度は深く写実の巴渦の中に漂ひ、自然の潮流の中に入りしものなり。これが故に、今の神秘、空想を説くものは、十八世紀に興りたるかのロオマンチシズムの荒誕無稽なるには似ず、筆を遣ること飽まで写実に、文を成すこと飽まで自然に、その間曾て心理の発展と、実際の状体を忘れず。人性の細所を描き破つて、その極に至るにあらずんば、決して筆を幽玄の境に着くる事なし。則ちある意味に於ける客観、主観の一致とも見るべき也。》

ところで、こう見てくると、花袋が共感を寄せ、自らも志す〈主観的運動〉＝〈後の自然主義〉が、〈自然主義〉とはいいながら、通常考えられるがごとき写実主義、客観主義とは趣を異にし、いささか〈主観的傾向のきわだつ〉、〈空想、神秘〉の感、さらにいえば〈「象徴派」的性格〉[16]を帯びたものであることに注意しなければならない。

このことに関し、すでに早く吉田精一氏も〈花袋の考へた自然主義が、フランスの自然主義の正統そのものでなく、それ以後の発展をふくめ、象徴主義をもその内に包摂しうるものと考へたことは、日本の自然主義の性格を考へる上に重要である〉と言い、〈ひとり花袋のみならず、たとへば岩野泡鳴にしても、象徴主義をレアリスムとの合致の上に、自己の自然主義を建設しようとしたのであつた。日本の自然主義の独特な風格はここらに胚胎することも考へねばならない〉と続けている。[17]だが、ではここに言う〈象徴派〉とか〈象徴主義〉とは、一体どのような事を含意していると考えたらよいか。

少くとも今までの引用の中で、花袋はそれらの語を使用していない[18]。それに対し一貫して言われていることは〈革新派〉、〈革新の潮流〉、そして繰り返すまでもなく〈主観的傾向（運動）〉、〈後（の）自然主義〉、〈神（深）秘主義〉、〈空想主義〉――。しかも興味深いことは、それが〈昔のロオマンチシズムと更に何の交渉するところなき〉（六月十七日）は無論、〈反自然主義〉というものでも決してなく、むしろ〈自然主義の延長にあるもの〉（吉田氏）、あるいは〈自然主義の一進歩〉（「漫言」――「太平洋」明治三十四年十二月十六日）とされている所である[19]。

しかし、だとしても、〈自然主義に加味するに極端なる神秘主義〉（五月二十七日）とか、〈空想と神秘思想とを合せたる自然主義〉（同）とかいう説明は、なお模糊として分かりづらい。また〈人性の短所弱点をも描くと共に、その最奥にして最極なる人性の秘密を描く〉（六月十七日）とか、〈一方には成るべく客観的に描く事を勉めしと共に、一方には成たけ大自然の主観の面影の見ゆるやうに〉（「作者の主観」）とか、〈写実を離れず、空想に走らざる、いひかゆれば理想、写実両派の一致〉（「西花余香」明治三十四年九月三十日）とかいう説明も、いかにも折衷的という謗りを免れまい。

しかし、こうした花袋独特の朦朧とした論議の中に、たとえば次のような文脈が配されているのを見る時、なにか一条の光が射してくるとはいえないか――。すなわち、〈後自然主義は自然に渇し、自然に朶眈すること甚だ深きと共に直ちに、進みてその深秘なる人性の蘊奥を捉へんとせり〉（「作者の主観」）、〈作者の進んだ主観は無論大自然の主観と一致する事が出来る〉（「主観客観の弁」）、〈作者の主観が大自然の主観と一致する境までに進歩して居らなければ、到底傑作は覚束ない〉（同）、〈人性最奥の秘密と人間最価値の蘊奥とを暴露して更に遺憾なきのみならず、進んで人間即ち神といへる境に描写し及べるを認むるなり〉（五月二十七日）、〈十九世紀の半の三十年間に於て、自然主義は作者の個人的主観の情を含むべくなりたると共に、人間内性の秘密悉くかれ等の筆に上ることとなりぬ〉（「漫言」十二月十六日）、そして〈写実主義は空想を排し、神秘を退け、只眼これを見、心これに触れたるものゝみを以て、その信ずる所を行ひ、更に後を顧みざりしが、その極点に至るに及びて、猶天地間、科学の力を用ゐて、そを十分に解釈すること能はざるものあるに逢ひ、茲に始めて後自然主義なるものゝ勃興を見るに至れり〉（七月二十九日）、〈今の神秘、空想を説くものは、十八世紀に興りたるかのロオマンチシズムの荒誕無稽なるには似ず、筆を遣ること飽まで写実に、文を成すこと飽まで自然に、その間曾て心理の発展と、実際の状体を忘れず。人性の細所を描き破つて、その極に至るにあらずんば、決して筆を幽玄の境に着くる事なし。則ちある意味に於ける客観、主観の一致とも見るべき也〉（同）等々——。

つまりこうして花袋は、まず〈自然〉への傾倒、親炙ということを示し、さらに〈一箇人の主観〉が、〈進んで〉、〈大自然の主観〉に〈一致〉しなければならないと説く。あるいは言葉を換えれば、宇宙外界の〈神秘〉と〈人性の蘊奥〉を貫いて一体なるもの、とはすでにつねに〈天地〉と〈人〉を貫いて一体なるものへと、〈進んで〉帰服すべきことを力説しているといえよう。(20)

そしてこう纏めてみれば、問題はまたしても〈大自然の主観〉という言葉に収斂する。〈この大自然の主観なるものは八面玲瓏礙るものなきこと恰もかの富嶽の白雪の如くなると共に又よく作者の個人性の深所に潜みて、無限の驚くべき発展を為し、作者をしてよく瞑想し、よく感動し、よく神来の境に入らしむ〉（「作者の主観」）――。まさに一切は、この〈神来の境に入〉るということをめぐって語られているのではないか。

もとよりこうした比喩的な文脈を通し、花袋が近代認識論以前の日本の伝統思想、あるいは〈東洋の伝統的な自然観[21]〉の中で思考しているのは明らかである。近代認識論――自らを認識主体として〈自然〉を対象化する〈科学の力〉。しかしその〈力〉の究極において〈そを十分に解釈すること能はざるものあるに逢ひ〉、振り返って〈幽玄の境〉に思いを致す。〈則ちある意味に於ける客観、主観の一致〉――。たしかに言うまでもなくこのことは、〈主観〉と〈客観〉を截然と分離する近代認識論以前、〈天地万物は人と本来一体〉という日本の伝統思想における確信、少くともその記憶が言わしめていたものではないか。

そしてここでも、一連の花袋の文章を西欧近代文学史の解説と聞けば、いささか奇異という憾みなしとしないが、一度こうした観点に立って見れば、圧倒的に押し寄せてくる西欧近代文学史の知識に食傷しながら、花袋がその〈天地人〉一体たる世界に深々とその身を包まれているという実感、少なくともその記憶を、むしろ一途に語っているといえるのではないか。

さて、これより前の明治三十四年二月、花袋は「太陽」に「新潮」という一文を書き、次のように言っている。

《誰か厭世の思想を愚かなりといふ。知らずや十九世紀の物質的発展が所謂文明社会をして、その最終の堕落を為さしめんとする時、極力これに反抗して、以て纔かにその命脈を維《つな》ぎ留むべきもの実に

この厭世の二字の力なるを。》
《物質の発展、科学の進歩は、ある意味に於て確かに自然の破壊なり、人間は科学の力によりて極力神秘を理解せんとして、却つて次第に価値ある人類の本性を失ひつゝあるを知らず。便多き物質の美に誘《いざな》はれて漸く弱点を逞《ねうち》うするの動物となるを忘る。是に於てか外面のみ美を飾れる紳士の路上に横行するもの漸く多きを加ふ。》
《かくて人間の真性に対する標準は全く没し、正義、道徳に関する観念は全く廃し、弱点は弱点と相争ひ、不義は不義と相戦ひ、淫蕩放逸、殆ど人間の当然行はざるべからざる義務をすら忘却し尽すに至らん時、誰かその頽勢を挽回して、破壊されたる自然の復興を謀るものぞ。到る処に欠陥を認め、到る処に不満足を認め、到る処に不平を叫ぶ厭世家その人にあらずんば、則ち不可なり。》
《見ずや十九世紀末葉に於ける欧州大陸の思潮を、トルストイが純文学に於る、ニツチエが哲学に於る、イブセン、ストリンドベルヒ、ダンヌンチオ、ゾラ、ズーデルマン、ハウプトマン等の戯曲及び小説に於る、皆烈しき反抗的厭世の傾向を有して、飽まで文明社会の弱点を披瀝し、攻撃して殆ど余す所なからんとす。渠等は所謂物質のいかに人類の真性を残害せるか、いかに人類をして利に走り、名に走り、醜悪に陥らしむるか。自然なる人間は元来いかなる思想を有せるものなるか、自然なる人間はいかに進みいかに退くべきものなるかを説明して余蘊なきのみならず、更に一歩を進めて、そを罵り、そを卑み、そを攻めて、悲憤慷慨の情、紙背に活動せる、思はず読者をして慄然襟を正しむるの概なくんばあらず。》
《殊にニツチエのごときに至りては、唯我の念燃ゆるがごとくなると共に、克己の力よく人性の情慾と戦ひて、その哲学は全くその弱点に対する一部の奮闘記のごとき観を呈せりといふ。宣なるかな渠等が文明社会の漸次に物質界に陥り行くに激して、驚くべき思潮のもとに澎湃の勢よく欧州大陸の全土を席巻せんとしたるや。》

《厭世家の事業！　われはこれを呼んで十九世紀末葉より二十世紀初頭に於ける新しき厭世家の大事業と為さんと欲す。而して文芸に於るかの写実的手法なるものも半ばこの厭世的傾向より生じ来りたるものなることを断言せんと欲す。》

もとより、これまでの西洋近代文学の紹介や整理の文章にも、その背景としての〈厭世の思想〉が強調されていた。そして今後ともそれは、（後にも述べるように）ニーチェ、ドストエフスキー等を通して追究されてゆくだろう。一口に言って〈主観〉と〈客観〉を截然と分かつ近代認識論、〈世界〉＝〈自然〉を対象化し、物質の因果関係と見る〈科学の力〉。しかしその時、人間もまたその前で、物質化し死物化し、無惨な骸をさらすという事態。

無論、花袋はこのことを、現下のヨーロッパの思想的動向として、その意味で、対岸のこととしてのみ語っているのではない。現下の日本の思想的危機としても語っていることは言うまでもない。だが、それにしても、その思想的危機を、たしかな実感をもって花袋に語らせていた現下の日本の思想的状況とはなにか。もとより近代科学の猖獗。それによって〈価値ある人類の本性〉、〈人間の真性〉は〈残害〉され、〈頽勢〉に瀕している——。しかもそういう言葉からは、これまで長く、そして確乎として人々を支えて来た真実と秩序の感覚、自己が〈世界〉＝〈自然〉に深々と抱かれて十全であるという信頼——まさにあの儒教を中核とする近世的伝統思想が、いま〈破壊〉に大きく揺らいでいるという危機感が伝わってくるといえる。

明治三十年代、ようやく思想史や文学史に登場してくる若い世代、たとえば獨歩（明治四年生）、樗牛（同）、花袋（同）、抱月（同）、藤村（五年生）、泡鳴（六年生）等々、維新後に生まれた彼等は、学制（明治五年）下に近代合理主義的教育を受けながら、しかし一方、漢学塾等にも学び、いやなによりも、当代の生活全般になお残る伝統思想の影響を受けて生い立った。が、日本の近代化は凄まじいばかり急速に進み、人々は昔に還りたい、あるいは今に留まりたいという心情と、にもかかわらずすでに還りえず、また留まりえないという認識の葛藤の中に投げ出される。おそらく明治三十年代、彼等の世代を普遍的に捉えた〈懐疑〉とか〈煩悶〉、そして〈厭世〉という言葉は、以後に続く日本近代の思想的混乱の本質を語る最初の表徴に他ならない(22)。

明治三十五年三月三十一日の「太平洋」に、花袋は「天と地と」を書く。

《自分は曾てかう思つて居た。人世はいかに不調子であらうとも、人間はいかに醜悪であらうとも自分は天然といふ大きな慰藉を有つて居る。天然といふやさしい美しい友を有つて居る。自分は天上の子であるとかう思つて居た。焉ぞ知らん、その親しい友、その大なる慰藉者は全く自分に背き去つて、自分は全く地上の子となつて了はうとは！　思想の転変、境遇の推移もまた驚くべきではないか。》

《「天は再び自分の友となるやうな事はあるまい、もう有るまい、自分は獣のごとく地上に跂《は》つて、浅ましく世を送らなければならぬのである。けれど、嗟《なげ》いたとて、仕方がない。これが人生だ。これが人間だ。否これが寧ろ人間としての本色だ。神の真似を為る時代はもう過ぎ去つて了つた。地上の子、自分は甘んじて地上の子と為る！」》

科学の万能、物質主義の瀰漫を前に、人間はついに地を這う一匹の〈獣〉に堕した。〈自分は甘んじて地上の子と為る〉。——だが、ここで注目すべきは、その醜悪酸鼻な〈獣〉という認識の極、かえって〈これが人生だ。これが人間だ〉とそこに居直る。つまり、むしろそれを引き受け、それに耐えようとすること、たじろがず、回避せず、そして進んでそれに対峙しようとすることではないか。[23]

明治三十六年四月の「文芸倶楽部」に、花袋は「天なる星地なる少女」を書いて、〈恐るべき運命の神〉を語る。これまで人間が信じてきた一切の〈美〉や〈価値〉を、根こそぎ〈無意味〉と化してしまった〈力〉。それを花袋は〈神秘不可思議なる力〉と言い、〈宇宙に充ち渡れるこの力。吾人は痛切に偉大なる恐怖を感ず〉と続ける。

しかも、その〈力〉に〈名残なく支配せられたる〉ものとしての〈死〉。が、ここに来て花袋は、〈されど悲しむことを休《や》めよ。死によりて始めて吾人はその不可思議の力に相合《あひがつ》し、その運命の神を親しく相携ふる事を得るなり〉と語るのである。

近代科学、近代認識論の前に、自然外界の一切は物質化し、死物化して、無惨な屍をさらすと記した。しかしまさにその危機意識の直中で、宇宙外界は依然確乎として存在する。〈天上〉から放逐され〈地上〉を彷徨すると嘆きながら、〈天上〉への回路が断たれているわけではないのだ。いや〈天地〉はなお同体のものとして、人はそこに生々と根拠づけられ、癒されているのである。[24]

何というオプティミズム。しかしいずれにしても、ここにあの儒教を中核とする近世的伝統思想が、相も変わらず脈々と息づいていることは確かである。そしてここに、破局以前の花袋達がいるといえよう。[25]

さてこう見てくると、花袋の一連の、ヨーロッパ十九世紀文学史、思想史への発言の趣旨が、いささか明らかとなってくる。

先に「新潮」（明治三十四年二月）において、〈厭世の思想〉の澎湃たるを力説していたのを引いた。翌明治三十五年四月十四日の「太平洋」における「文壇漫言」では、〈新ロオマンチシズムの思想的傾向〉をめぐって花袋は次のように言う。

《現今の新ロオマンチシズムを奉ずる人々には人生最奥の悲痛を閲し来たりたる厭世的思想を抱いて居るものが多く、猶その進んだものは、その暗黒なる厭世的思想の上にある積極的主観（一種の楽天とも言ふべき）の見を建設し、それによつて以て、人生、及び人間の内性を解釈せんと勗めて居るやうに自分は思ふ。》

この場合、〈現今の新ロオマンチシズムを奉ずる人々〉とは、先にいうハウプトマン、ズーダーマン、イプセン、メーテルリンク等、いわゆる〈革新派〉、〈主観的傾向〉、〈後の自然主義〉、〈神秘主義〉、さらになによりも、あの〈大自然の主観〉へと進み出た人々であることは言うまでもない。

すでに彼等は、〈陳腐靡爛せるロオマンチシズム〉（「西花余香」明治三十四年七月二十九日）、その〈荒誕無稽〉（同）に帰ることはできない。かといって〈自然科学の応用〉（「文壇漫言」）としての〈自然主義〉（〈前の自然主義〉）、その〈客観主義〉、〈写実主義〉に足ることもできないのだ。もとより抗すべくもない〈科学の力〉、その冷徹な解剖を受けて、我が身を苛まれ、捩るような〈懐疑〉、〈煩悶〉、〈厭世〉。が、その時、進んでその現実のすべてを、敢然と、〈大胆に〉、まさしくあるがままに受け容れること――。

花袋は明治三十六年二月二十一日の「萬年艸」における「ハウプトマンが沈鐘」で、ふたたび〈積極的厭世の傾向〉に触れ、〈その苦辛極まる中に、絶えず戦闘的態度を取つて居る具合は、確かに十九世紀の厭世傾向の上に一進歩を画して居る〉と言っている。[26]〈人間の終古医すべからざる欠点〉、それゆえに〈懐疑の烈しい苦痛を嘗め、厭世厭人の恐るべき煩悶を経験し〉つつ、なおそれに〈反抗して〉、〈真誠なる人性と、露骨なる人生の意味とを完全に発展し〉なければならない——。[27]

さらに明治三十七年三月の「中央公論」における「復活」では、メレジコフスキーの著作を引用、解説しながら、〈最初の自然主義は飽までも科学的なり、飽までもPhisicalなり。血及び肉の境を脱すれば、最早かれ等の知る所にあらざりき。されどニイツエは然らず、ドストイフスキーは然らず〉と例のごとく述べた後、花袋は〈現代に於ける極端なる吾人の煩悶は単に血及び肉の煩悶にとゞまらずして、意志及び思索より来れる熱烈なる煩悶ならざるべからず〉、〈焉んぞ知らん、死の叫喚、死の煩悶これやがて"Birth Pang"にして、吾人は復活の曙光を認めんとしつゝあることを〉とメレジコフスキーの言説を纏め、そこから、〈その意志の振張は遂にその血多き肉体を離れて、一種精神的、天種的存在を感ぜしむるに至れるなり。これ、即ちニイツエが超人に進むの所以にあらずして何ぞや〉という自らの結論を導き出している。

たしかにここには、〈神は死んだ〉後の、十九世紀ヨーロッパを覆うニヒリズムの超克ということが論じられているといえる。しかしそれにしては、〈極端なる煩悶〉、〈熱烈なる煩悶〉、とは〈大胆に〉、〈露骨〉に、偽らず赤裸々に、総じて痛切に〈煩悶〉することとそのことが、すでにもはや、〈一種精神的、天種的存在を感ぜしむる〉、とはおそらく、あの天地外界の秩序と真実、要するに〈大自然の主観〉へと繋がれている。そうしかと予感されているように感じざるをえないのである。

明治三十五年五月、花袋は『重右衛門の最後』を『アカツキ叢書』第五篇として新声社から出版する。――藤田重右衛門という大睾丸の不具な生まれで、祖父母の溺愛、父母の仲違いという環境のために、次第に性質が荒み、さらにそれが愚かな女を妻とし、彼女に姦通され、財産すべてを失うに至って、村に対し悪意を抱くようになる。彼には手下の十七位の猿のように敏捷な嬶代わりの娘がついていて、これが放火をして歩く。堪えかねた村民達は重右衛門を池にはめて殺す。娘はこれを知ると、殆ど全村を焼き払って、自ら焼死する。(28)

この作品が、〈氏がセンチメンタルの恋物語を作った時代から一転化した時の代表的作物で、氏の作中最も深刻な者の一つ(29)〉と評され、また文学史上、明治三十年代中葉いわゆる前期自然主義の代表作として位置づけられているのは周知であろう。

たしかに、肉体的障害、そこから来る差別や反抗等、遺伝や環境にもとづく問題の描出は、ゾライズムの実践を思わせる。しかしここには、ゾラばかりかツルゲーネフ(30)（『猟人日記』「チェルトップ・ハーノフの最後」）、そしてなによりもズーダーマン（「猫橋」）の影響が色濃いのは後にもいう通りである。吉田精一氏は〈ツルゲーベール・ゾラデルマンの作〉と評したが、それだけまたこの時期、花袋が共感する作家、作品が導入されているともいえるだろう。

花袋は明治三十九年十月の「新潮」に掲載された「事実の人生」で、次のように言っている。

《「重右衛門の最後」ですか? あれは全く那《あの》通りの事があつたので、現に私は其れを見ました。そして見た通りを正直に大胆に書いたのです。あの作に表れて居る三人の友人も、私が遊びにいつたのも、火事も、重右衛門も、其最後もソツクリ其儘で、私の作つた所は少しもありません。若し有つたら其は終りの方にある自然児についての議論、あの議論位のものです。あれも却つて無い方が好かつたので、あれがある為に那の作品が却つて小さくなつたかも知れません。》

〈全体其頃の私はツルゲネーフの愛読者で、同氏の作品に出て居る露西亜の百姓気質を見ると、何うも耐らぬ程嬉しかつたのです〉。〈好く探したら日本にも這麼《こんな》人物がない事はあるまい、と然う考へて居る矢先に、あの事件を親しく見たのです〉。〈然し其を見た当時ですな、成程これは書ける、立派な小説になると、直ぐ然う思ひましたが、偖て麼風《どんな》に書いたら好いものか、何うしても工夫が付かない、実際目前見た事だけの印象も深いから、是非ものにしたいと色々考へたが矢張駄目です〉。〈すると、其後私はズウデルマンの「猫橋」と云ふ小説を読みました〉。〈あの小説の終の所に主人公が最後に少女に述懐する所があるでせう、那処《あすこ》を読んで、初めてあゝ恁う云ふ塩梅に書くのだ、恁う書かなければと悟つたのです〉。

《唯あれを書くに、私は其以前の作品と、全で別な考を持つて書きました。詰り技巧を捨てると云ふ事です。文章なぞも木地の見えるやうになるべく素朴に、事柄も遠慮会釈なく大胆に、ありのまゝの事を飾らずに、其儘書いて見ようと云ふ考です。》

興味深いのは、〈実際目前見た事〉だけでは何も描けず、「猫橋」ラスト・シーンの感銘——おそらく例の〈見ずやその大団円を。月明の夜主人公がレギネが屍体の傍に立ちながら、無限の空想に耽る一段のごとき、まことに人性最奥の秘密と人間最価値の蘊奥とを暴露して更に遺憾なきのみならず、進んで人間則ち神といへる境に描写し及べるを認むるなり〉（「西花余香」明治三十四年五月二十七日）という感銘をまって、はじめて描きえたということである。

しかし無論、それは単に「猫橋」ラスト・シーンの感銘にのみ留まるものではない。というより、そうした感銘と同時にその背後で花袋が、あの人間を超えた〈神秘不可思議なる力〉、要するに〈大自然の主観〉に思いを致していたということは、これまで繰り返し見て来た通りであり、忘れるべきでない。いわば花袋に、〈大自然の主観〉ということが次第にはっきりと見えて来た時、はじめて「重右衛門の最後」が描けるようになっていたというべきか。(31)

そしてこの意味で、花袋自身〈なくもがな〉と言った作品最後の〈議論〉は、依然として必須なものであるといえる。そこで花袋はむしろ放恣に（もとよりヨーロッパ近代文学の紹介、解説ということから放免されて）、その〈大自然の主観〉をめぐる〈哲学〉を語るのである。(32)

《「人間は完全に自然を発展すれば、必ずその最後は悲劇に終る。則ち自然その者は到底現世の義理人情に触着せずには終らぬ。さすれば自然その者は、遂にこの世に於て不自然と化したのか」》

《「六千年来の歴史、習慣。これが第二の自然を作るに於て、非常に有力である。社会はこの歴史を有するが為めに、時によく自然を屈服し、よく自然を潤色する。けれど自然は果して六千年の歴史の前に永久《とこしへ》に降伏し終るであらうか」》

《「或は謂ふかも知れぬ。これ自然の屈伏にあらず、これ自然の改良であると。けれど人間は浅薄なる智と、薄弱なる意とを以て、如何なるところにまで自然を改良し得たものとするか」》

すでに人間は自然から分離してしまった。人間は自然に帰れない。いや、もはや人間は〈悲劇〉を通してしか自然と一体になれない。
しかし、では人間は〈社会〉に、〈六千年来の歴史、習慣〉に留まるべきなのか。いや人間は所詮〈社会〉に安住することはできないだろう。自然に比ぶれば、それはなんの根拠もなく、意味もない。《「神あり、理想あり、然れどもこれ皆自然より小なり。主義あり、空想あり、然れども皆自然より大ならず」》
そして重右衛門という〈獣の如き自然児〉――。しかしだからこそ彼は、〈悲劇〉、つまり無惨非業の最後を通してしか自然に帰ることはできない。
だが〈「この自然児は人間界に生れて、果して何の音もなく、何の業《わざ》もなく、徒らに敗績して死んで了ふであらうか」〉。〈「否、否、否！」〉。〈「葬る人も無く、獣のやうに死んで了つても」〉、〈「重右衛門の一生は徒爾《いたづら》ではない！」〉。
いや、むしろその〈重右衛門の最後〉にこそ、〈自然〉はその広大無辺なる姿をあらわしていたではないか。〈自分は自然の力、自然の意の、かほどまで強く凄じいものであらうとは夢にも思ひ懸けなかつた〉――。
《実際自分はさまぐ〵の経験を為たけれど、この夜の光景ほど悲壮に、この夜の光景ほど荘厳に自分の心を動かしたことは一度も無かつた。火の風に伴れて家から家に移つて行く勢、人のそれを防ぎ難《か》ねて折々発する絶望の叫喚《さけび》、自分はあの刹那こそ確かに自然の姿に接したと思つた。》
そして作品は、〈自然は竟に自然に帰つた！〉という一句で結ばれる。この同義反復的に語られ、だから永劫回帰を思わせる〈大自然〉の遍在。人間のいかなる思いや願い――〈神〉や〈理想〉、〈主義〉や〈空想〉を傲然と呑み込み、とはあらゆる人間の〈小主観〉を容赦なく呑み込んで、なに一つ変わることなく、もとのごとく厳然としてそこにある〈大自然の主観〉(33)。

つまり一切はつねに相も変わらず、〈自然に〉、〈自然として〉そこにある。まさに〈自然〉（〈存在〉）のオンパレード（〈現象〉）――。だが、そうだとすれば、一切の根拠、意味とは、いまそこに、そのように本然の〈姿〉を見せているもの、〈自然〉（〈存在〉）そのものでしかないのだ。その〈姿〉を見せているものを離れて、他のどこかに、なにかがあるわけではない。とすれば、それ（〈現象〉）に就き、それを〈ありのまゝ〉〈そのまゝ〉に受け容れることこそ、最終の根拠、意味に通ずる唯一の道でないか(34)。

そして付け加えれば、こうした〈哲学〉（〈議論〉）において、はじめて「重右衛門の最後」は、〈見た通りを正直に大胆に書〉くことができたのであり(35)、さらにいえば、〈経験〉されたことを〈ありのまゝ〉〈そのまゝ〉に描く、いわば花袋における〈現象主義的還元〉(36)の方法が、すでにこの時早く生成されていたわけなのである。

注

（1）博文館、大正六年六月刊。以下はその中の「丸善の二階」の章より引用。

（2）このことについては多くの評家が言及しているが、いまは山川篤『花袋・フローベール・モーパッサン』（駿河台出版社、平成五年五月）を参照。因みに氏はこの『短篇集』（『ジ・アフター・ディナー・シリーズ』）の入手日を、当時の気象状況から明治三十四年五月十日（金）と特定している等興味深い。

（3）『自然主義の研究』上巻（東京堂、昭和三十年十一月）。なお以下吉田氏からの引用はすべてこの書による。

（4）『田山花袋研究―館林時代―』（桜楓社、昭和五十一年二月）

（5）たとえば花袋がゾラを読んだのは明治二十年代前半、野島金八郎の蔵書による（「読書についての経験」―「文章世界」明治四十五年二月）。またゾラの影響のもとに書いたと思われる作品は、「うき秋」（後の「老夫婦」―「文芸倶楽部」明治三十二年十二月）が最初であろう。因みに彼の最初の翻訳は明治二十六年九月、博文館より出版のトルストイ『「コサアク」兵』である（以上『東京の三十年』「私の最初の翻訳」等）。

（6）たとえば近松秋江『文壇三十年』「田山花袋氏の追憶」（千倉書房、昭和六年一月）参照。

（7）『東京の三十年』「KとT」

（8）以下、花袋の文章には人名等の表記に不統一ないし誤り等あるが、大勢に関らぬかぎり原文のママとした。

（9）「『野の花』論争―〈大自然の主観〉をめぐって―」（「玉藻」三十六号、平成十二年五月、本書所収）

（10）これ等のことに森鷗外の『審美新説』（フォルケルト原著）が投影している次第に関し、相馬庸郎「鷗外と自然主義」（『日本自然主義再考』八木書店、昭和五十六年十二月所収）、須田喜代次「鷗外と花袋―『審美新説』を軸として」（『講座森鷗外1鷗外の人と周辺』新曜社、平成九年五月所収）等参照。

（11）これ等のことについて、注（9）の前稿で詳述した。

（12）「はやり唄合評」（「太平洋」明治三十五年一月二十日）で花袋は、この観点に立って、まさに明治文学の現在ともいうべき小杉天外の『はやり唄』（春陽堂、明治三十五年一月）を批判し、〈其弊は描法が余りに客観に傾きすぎて居るからで、今少し主観的描法を用ゐたなら深く人生を解剖する事も出来たであらう〉と言っている。

（13）後掲の相馬氏論文参照。

（14）よく言われるように（たとえば伊狩章『硯友社と自然主義研究』桜楓社、昭和五十年一月）、この時期以降モーパッサンへの言及は姿を消す。わずかに明治三十五年三月三十一日の「西花余香」で、トルストイのモーパッサン批判に対し、〈されどモウパッサンの作品の余りに極端に走れるを見て、その後景の正義と道徳とを認むる能はざるものあらば、こは正しくモウパッサンを読みたるものにあらざるは論無し〉と言っているぐらいで、花袋の外国文学に対する発言の一帰結ともいうべき「露骨なる描写」(「太陽」明治三十七年二月)にはその名は見えない。あっても(たとえば「事実の人生」―「新潮」明治三十九年十月)、むしろ慊らぬ思いを述べているものが目につく。しかしこれはモーパッサンへの関心が薄れていることを意味しているのではない。翻訳もあり、実作においてもしきりにモーパッサンから学んでいる。そしてなによりも前出の「西花余香」(七月十五日)でいう〈自然に忠実に、自然を描くに狭き作者の主観の情を以てせざりしに依るにはあらざるか〉といい、〈自然のまゝなり、赤裸々なり、大胆なり〉といい、〈自然なれ、自然なれ〉という感動は、以後花袋文学の根幹として存続するのである。

(15) 月明といい、廃墟、湖沼といい、すでに早くから見られる花袋的風景ではある。

(16) 相馬庸郎「日本自然主義の『象徴派』的性格」(『日本自然主義論』八木書店、昭和四十五年一月)参照。なお本稿も前稿にひき続き、相馬氏の論から多くの教示を得ている。

(17) 泡鳴の『神秘的半獣主義』(左久良書房、明治三十九年六月)に、〈自然主義が真直に進んで行く間に、いつも神秘なるものが感じられるのであつて、これは何も不可解を一時面白がるのではない。自然と本能との奥には、とこしなへに知力の及ばぬ神秘性が潜んでゐる〉という一節がある。

(18) ただし明治三十五年九月一日の「太平洋」における「西花余香」(のち「所謂新派に就きて」として『美文作法』博文館、明治三十九年十一月に所収)で、〈仏蘭西に起つたシンボリスト、またはデカダン派の諸運動〉を肯定的に紹介、〈この派の運動は、主観も主観、極端の主観説〉とし、〈かれ等は冥捜煩悶の結果、その主観の情を逞うし、その神経をいよ〳〵過敏ならしめ、狂に至らずんば止まざるのである〉といって、ネルヴァル、ラフォルグ、ヴェルレーヌ、マラルメなどにいち早く言及している。

(19) 後の「文壇近事」(「文章世界」明治四十年十月、のち『インキ壺』左久良書房、明治四十二年十一月に所収)で花袋は、〈自分は自然派の作家が幾十年間の苦悶苦闘をつゞけて、かういふ処に象徴のまことの意義を発見したのを意味深いと思ふ。象徴、神秘と謂ふことを、単に自然派の傾向に慊らずして起つたものだとか、自然主義と丸で交渉の無いものだとか言ふものは、今の新興の文芸の外形を見て内部を知らぬと言つて決して差支へない〉と記している。

（20）花袋は後に自らこのことを、〈自然の大且つ広なるに服従したといふ傾向〉（『美文作法』）という。

（21）前掲相馬氏論文参照。なおそこで氏は〈仏教的要素〉ということにも言及し、さらに〈大きな言い方をすれば宇宙を支配する汎神論的な秩序のようなものが想定されている〉と評している（「日本自然主義史論」『日本自然主義再考』八木書店、昭和五十六年十二月）。

（22）「聖代の悲劇」（「太平洋」明治三十四年九月十六日）の冒頭で花袋は〈新思想と旧思想と相衝突し、新道徳と旧道徳と相拮抗して、其処に混乱複雑なる巴渦をつくるの時、その驚濤狂瀾の中に捲かれて、敢へなき犠牲に供せらるゝ者は悲むべき哉〉と言い自らの世代における新旧思想の対立の構図に及んでいる。なお花袋における國木田獨歩の影響は大きいが、このことはいずれ論じたい。また高山樗牛（「文明批評家としての文学者」―「太陽」明治三十四年一月、「美的生活を論ず」―「同」同八月）や、登張竹風（「フリイドリヒ、ニイチエを論ず」―「帝国文学」同六月～十一月）との関わりも考えなければならない。

（23）「天と地と」が『東京の三十年』にいう〈感想録〉であることは断るまでもない。因みに同じ時期のことを、『小説作法』（博文館、明治四十二年六月）の「私の経験（センチメンタリズムの破壊）」の中で、花袋は「妻」（「日本新聞」明治四十一年十月十四日～四十二年二月十四日）に触れながら、次のように回想している。〈私にしては、其の転換期がなか〳〵辛かつた、今まで意味ありと見た人生が無意味で、空虚で、盲目的自然力にドシドシ征服されて行くのを見ると、何だかかう自分の身が深い奈落の底に落ちて行くやうな暗い暗い気がした。居ても立つても居られないやうな心地がした〉。〈ゾラの作品を読んだ時から、さうした破壊力が漲るやうに私の心理を襲つて来たが、モウパツサンを読むに至つて、それが全く爆発した。理想も破れた。美しい夢も覚された。暗い現実と相対した。私はモウパツサンの作品を読んで、驚きもし嘆きもし憎みもした。かういふ状態が社会の状態であり人間の状態であるかと思ふと、慟哭したくなつた。「そんなことはない。そんなことはない。これも要するに作者の想像である。想像で見た作者の人生である」と強いて思つて、自から心の安慰を求めやうとした。けれどそれは矢張美しい夢であつた。真平に虚偽を排して観察して見ると、モウパツサンの描いたところは一々争ふべからざる事実であつた。美しい衣をぬぎ捨てた赤裸々の自然であつた〉。〈私は愈々敗北した。苦い味を嘗めさせられた〉。しかしここでも論脈は次のように繋がってゆく。〈自然は理想などに束縛されるものでなくつて、もつと大きい自由なものである。小さい理想で、この大きな力に抵抗するのは、丁度蟷螂が斧に向ふやうなものである。理想があればこそ、抵抗もしたくなる、鍍《めつき》もつけて見たくなる。なまじいに美などといふことに執着するから、自然を自然として見ることが出来ない。理想を破壊しよう、美といふ観念を破壊しよう。思ひ切つて行く処まで行つて見よう。かう私は思つた〉。

(24) たしかに相馬氏もいうように（前掲論文他）、〈追求がゆきづまりに直面させられると、多くは判断中止のような形をとりながら、いきなり「運命」ということが持ち出されてくる〉。しかし〈人は、人力を以て運命の力に抗すべからざる事を知る時、其所に悟道を求め、安心を得〉ということも〈事実〉ではないか（國木田獨歩『病牀録』中の自作「運命論者」に言及した言葉）。

(25) しかし〈破局以前〉はなにも花袋達ばかりではない。〈「人間生きてゐるとは、希望が捨てられぬといふ意味だから」〉（イプセン）。

(26) 他にダヌンチオについては「伊太利の文壇」（「太平洋」明治三十五年九月十五日）があり、イプセンについては「天なる星地なる少女」（前出）で早々に論じているが、後に「熱烈なる文学」（「早稲田文学」明治三十九年七月、イプセン特集号）がある。なおシェンキウイッチについて「西花余香」欄に、明治三十四年五月二十日、九月三十日、十二月九日等の論及があるのが目につく。

(27) 花袋はすでに早く「戦闘」（「小桜縅」明治三十四年二月）において、人間自身の〈先天的性質〉、〈先天的弱点〉の〈如何ともすべからざるを知りながら猶（それに対し）極力抵抗を試むる〉、〈これ則ち人生的悲劇の極地〉とし、〈戦なるかな。戦なるかな。戦なるかな〉と記している。

(28) 吉田氏前掲書参照。
(29) 正宗白鳥「書物と雑誌」(「読売新聞」明治四十一年三月二十二日)。なお「重右衛門の最後」はのち『村の人』(如山堂書店、明治四十一年二月)に再録、これはそれに対する書評。
(30) 小林一郎『田山花袋研究―博文館時代(一)―』(桜楓社、昭和五十三年三月)参照。
(31) 注(23)の『小説作法』の同じ箇所でも、明治二十六年の夏(小林氏前掲書参照)、〈自分の目撃した事実である〉にもかかわらず、〈何故にそれがさう明かに自分の心に印象されたかといふ理由が其時分の頭脳では解らなかつた。で、幾度《いくたび》か書かうと思つて、筆を取つて見ては捨てゝ了つた〉といい、〈それだけ自分の頭脳は美とか理想とかいふものに支配されて居た〉という。〈処が理想を破壊し、美を破壊し、大きな自然にそのまゝ触れると、一番先に其の「重右衛門の最後」の活事実が活きて浮んで来た。其理由が分明《はつきり》と頭脳に映つて来た〉といい、この間の事情が辿られている。なお〈今で考へて見ると、それでもまだ空想的な処が非常にある。全然空想を使役して書かれた自然児がいかにも拙い。最後の火事の処も拵へてある。会話にも信州のローカルが更に出て居ない〉という反省も付け加えておく。
(32) 「帝国文学」明治三十五年六月の書評に、〈浅薄無意殆んど黄口の童子が哲学を語るごとし〉とある。しかしこの〈哲学〉が後に、「田舎教師」「時は過ぎゆく」を生み出していったことの意味は重い。
(33) 明治三十五年六月二十三日の「太平洋」における「時文評言」で、〈自然は平凡である。無彩色である。ある時などは殆ど無意識ではないかと思はるゝばかりである。けれどもこの平凡の中に無限の意味を見出すのが、まことの詩人の職とすべきところではあるまいか〉とある。また花袋は後年よく、〈自然の無関心〉、〈自然の無慈悲〉ということを口にする。
(34) 花袋は前掲『美文作法』に〈小説は自然の縮図でなければならぬ。第二の自然でなければならぬ。道徳を没し、倫理を没し、社会を没し、風習を没して、そして正しく社会、道徳、倫理、風習を顧みたものでなくてはならぬ。何故かと謂へば、社会も社会道徳も其根本に於ては、自然の縮図である処があるからである〉、〈凡そ小説に自然の結構より外に結構といふものが有らう筈がない〉、〈自然は大結構である。原因があつて結果があり、結果があつて原因がある。自然には如何なるものでも平凡と言つて捨てゝ了ふべきものは無い。平凡に見えるのは、それは作者の頭脳が平凡であるからだ。結構が自然のまゝでは面白くないやうに思はれるのは、作者の思想が自然大にならぬからだ〉という。

(35) 要するに、〈ありのまゝ〉〈そのまゝ〉という格率をまって、はじめてものは〈ありのまゝ〉〈そのまゝ〉なのだ。しかし格率である以上、それは永遠の目標でもあるのだろうが──。

(36) 本稿も前稿にひき続き、大森荘蔵氏の著述に多くの教示を得ているが、これは『哲学の饗宴──大森荘蔵座談集──』(理想社、平成六年十月)の中の「哲学とは何か」で、いわゆる〈立ちあらわれ一元論〉ともいわれるべき大森哲学について、廣松渉氏、山本信氏が評した言葉を借用したものである。

正宗白鳥

「五月幟」の系譜――白鳥の主軸――

「五月幟」は明治四十一年三月、「中央公論」に発表され、のち『何処へ』[1]に収録された。白鳥の故郷の海浜の村を舞台とし、そこに暮らす人々の生活を活写したものである。「中央公論」の編集長瀧田樗蔭が早速駆け付け〈面前で推賞するのみならず、諸方へ行つてその傑作たる所以を宣伝し〉、〈原稿料もすぐに二十銭増し〉（「瀧田君と私」――「中央公論」大正十四年十二月）となったという。この挿話からも白鳥の作家的水準、とはいわゆる客観的描写の力量（とひとまず言っておく）をあらためて周囲に示した作品であったといえよう。

白鳥はこれより先、「我が兄」（「太陽」明治四十年三月、のち『紅塵』[2]に所収）、「株虹」（「新思潮」明治四十年十二月）、また後に「村塾」（「中央公論」明治四十一年四月、以上『何処へ』所収）、さらに「故郷より」（「太陽」明治四十一年九月）、「二家族」（「早稲田文学」明治四十一年九月〜四十二年五月、ともに『二家族』[3]所収）等、いわゆる〈故郷物〉というべき一連の作品を書いている。吉田精一氏は『自然主義の研究』下巻（東京堂出版、昭和三十三年一月）で白鳥の作品を〈四種類〉に大別しているが、そこで、大正期の「入江のほとり」（「太陽」大正四年四月）、「牛部屋の臭ひ」（「中央公論」同五年五月）[4]にかけての作品群を〈第一類〉として次のように言っている。〈第一類は、「五月幟」「二家族」などから「呪」をへてこの期の「牛部屋の臭ひ」「入江のほとり」などに通じる瀬戸内海沿岸の漁村を背景とした、ロオカル・カラアの豊かなものである。ここでは最低の獣に近いやうな人間生活、無智な庶民の迷信などのほか、たまたまは豪家の生活も扱はれる。「正宗氏があの漁村を使へば、自身も大丈夫と思つてゐる通り、読者の方も安心して読める」(久米正雄、大正七年五月)といはれるやうに、白鳥としては手に入つた材料で、熟知した場所、人物を用ゐ、危気ない成功を収めた作品が多い〉(5)。

日露戦争後の文学状況を概観する時、『破戒』(明治三十九年三月)は言うに及ばず、同じ藤村の『緑葉集』(明治四十年一月)、あるいは早く獨歩の『武蔵野』(明治三十四年三月)『獨歩集』(明治三十八年七月)、花袋の『田舎教師』(明治四十二年十月)、青果の『南小泉村』(明治四十二年十月)、そして藤村の『家』(明治四十四年十一月)、節の『土』(明治四十五年五月)等々、いわゆる地方(田舎)を舞台にした力作が陸続として出現したことはあらためて縷述するまでもない。日本の近代化に伴う様々な問題、就中その間の都市の膨張、肥大、地方(田舎)の衰微、解体、そしてそこに生じた種々の悲喜劇が反映していたといえよう。たとえば都市への流入――人々はあるいは立身出世を夢見、あるいはまさに食うために、都会の生活を求めて郷里の自然を後にする。しかしそこでの生活が彼等に幸せを約束していたわけではない。多くは夢に幻滅し挫折して、故郷への思い、過去と自然への帰らぬ思いに沈む。そのことがおのずから文学的主題となっていったことは想像に難くない。そして白鳥の「五月幟」の系譜の展開も、またこのことと無関係ではないのだ(6)。

白鳥は早く、明治三十七年十二月九日の「読売新聞」に「田舎」という文章を書いている。〈田舎といへば、歌人や新体詩人はいろんなひねくつた言葉で褒めそやし、山水明媚にて住民は淳朴、黄塵万丈の都会に錙銖《ししゅ》の利を争ふ市民とは、全く人種の違ふやうにいふ。東京はいやだ、田舎が慕はしいといへば、何となく高尚気に聞えると思ふ人が多い〉、〈成程編輯局の二階なぞから、京橋の下をくゞる泥水を眺め、囂《やか》ましい電車の音を耳にしながら、瞑想すれば、田舎は恋しく懐しく思はれる〉、〈しかし思ひ返して、公平に田舎を観察すれば、決して藐姑射《はこや》の山でも無何有《むかう》の里でもないので、このいやな都会よりも更に一層いやな所である〉。そして、

《田舎の醜悪の方面を挙ぐれば数限りのない程ある。第一田舎には地方々々で狭隘極まる道徳観があつて人間の自由を妨害することが甚しい。東京だと提灯行列に行かなくとも勝手だが、田舎では祭礼の馬鹿騒ぎでも仲間に入らなくてはならぬ。宗教も自分の勝手で信仰せず、今でも耶蘇教なぞを信ずれば、さま〴〵の妨害を受ける。東京だと隣近所と交際しなくともよいが、田舎だと周囲のいやな人間とも煩瑣な関係が出来て五月蠅《うるさ》くてたまらない。それで何時も探偵が傍にゐるやうで、田舎物の暇にまかせて一言一行を注目して、野良話の種にして、生意気な批評さへ加へる。それで田舎物を正直だの名利の念が薄いだのといふのは大間違ひで、吾人田舎通の目から見れば、都会の住民よりも遥かに貪慾で淫乱で無慈悲だ。田舎を神聖視するは机上の空論である。》

　時代に瀰漫する望郷への思い、その感傷に冷水を浴せているわけだが、要するに白鳥はここで、そもそも田舎（前近代）を嫌忌し、都会（近代）に救いを求めて出てきた以上、その都会に幻滅したからとて、いまさら〈一層いやな〉（それゆえに棄てて来た）田舎には帰れない、ということを、一種自虐

的に確認しているのである。

いわばすでにどこにも帰属しえない流浪者、故郷喪失者の呪詛——。たとえば「我が兄」。瀬戸内海の入江に臨む村で代々庄屋や名主を勤める旧家に生まれた穂谷猛男は、秀才の誉れ高く、前途に大きな夢を描いて岡山の学校へ、〈我郷から他郷へ遊学するはこれが初めて〉と出掛けてゆく。しかし父の急死で村に帰され、家を継ぐが周囲の因循姑息に抗えず、次第に焦りを募らせる。偶然知りあった隣村の男と計り遠洋漁業に出るが、事故に遭って死に多くの借財や怨恨が残る。弟の〈自分〉はそんな村を嫌って都会に出るが、病を得て憔悴してゆくばかり。〈「何時まで生命《いのち》があるんだらう。病気は癒《なほ》りさうでもないが、癒つたつて嬉しくもないんだ。東京生活も十四五年、学校を中途で病気のために止《よ》してから、活版の職工、校正掛、玄関番、心にもない仕事に、若い月日を送つて、その揚句が肋膜炎に罹り、親戚とか親友とか、自分の苦痛を柔げて呉れる者の一人もなければ、病気は力限り、心をも身体をも荒らしてしまつたが、まだ死に切れなくて、物置部屋に廃物となつて存在してゐる」〉。

ただ「五月幟」の系譜として見れば、この「我が兄」はまだその前哨的作品にとどまる。兄を破滅させた田舎を呪い、また〈自分〉を朽ち果てさせる都会を呪う、その自分達を受け容れぬ一切のものへの呪詛、それはあの『紅塵』に収められた作品群を覆う、状況への盲目的な反噬を出ない(7)。その意味で次作「株虹」はまさに意識的に、〈田舎〉を検証の中心に据えた「五月幟」の系譜の起点的作品といわなければならない。

瀬戸内海沿岸を写生旅行していた〈予〉は、ある村に滞在した時、旧家の若主人鶴崎と懇意になりその家に寄宿する。静かな海浜の風光に触れて喜びを覚えているうちに、鶴崎が大地主の特権を笠に来て村人を〈野獣〉、〈虫けら〉と見下し、異形の馬鹿市という男を使って村人を迫害する。そればかりか村人は無言で鶴崎に従うが、陰に廻ると下卑た悪口雑言、陰湿な復讐を繰り返す。〈予〉も〈馬鹿旦那の御機嫌取り〉と見なされ、誤ってある村人の畑を踏んだ時、いきなりその村人に殴られる。その無智で低劣な村人にも〈予〉は不快の思いを募らせる。——こうしてあの〈田舎の醜悪の方面〉が次々と挙げられ、それへの嫌悪が語られてゆくのである。

白鳥はこの稿を寄せた「新思潮」の小山内薫に、〈御都合で終へ「旅行記の一章」と六号位で入れて下さい、瀬戸内海の人間をもつと書いて見たいので、あれはその一つにするつもりです〉（明治四十年十一月十日）と手紙を送っている。おそらく白鳥はこうして〈旅行記〉風に、〈挙ぐれば数限りのない程ある〉という〈田舎の醜悪の方面〉を、都会よりも〈遥かに貪欲で淫乱で無慈悲な〉田舎を、剔抉すべき根源のものとして、〈もつと書いて見たい〉というのだ。

白鳥は明治四十一年八月三日の「読売新聞」の「随感録」に次のようなことを書いている。〈僕も故郷へ帰ると現実の中に沈んでしまふから厭になる。矢張り都会にゐて故郷を思ふてゐる時に故郷が一種の詩味を帯びて映ずるのだ。東京にゐると、幾ら現実が耳目に触れても、吾人はそれを離して見ることが出来る。嫉妬怨恨詐欺陥擠《かんせい》、どんなことが寄せて来ても、局外中立で見て面白く感じてもゐられようが、故郷ではさうはならん。友人がどんな事を云はうと左程恐るゝに足らず、日本人は五千万もあるんだから、強いて厭な人と交際しなくてもよい、又して貰はなくてもよい。しかし故郷ではさうはいかん、骨肉の関係は自分から離して見ることが出来ん。一生縁がつながつて、自分に影響を及ぼすのだと思ふと窮屈な束縛を感ずる〉。そして、

《小杉天外氏嘗て小説家には田舎物がいゝ。田舎ではその村民の先祖以来の事がよく分つてゐて遺伝も明らかに辿ることが出来ると話された。田舎ではつまらぬこと迄一村全体に影響を及ぶ様にも分るし、人間と人間との交渉も明瞭に分る。風土とその村民との関係も分る。狭くとも深く人生を研究するには田舎に住むのが便利だ。殊に郷里だと村民の先祖以来の変遷も知られ、人生研究には都合のいゝことがある。》

この後、〈文学者は書斎にすつ込んでゐては駄目だ、広く世界に交らねばならぬとは一面の真理たるに止まる。吾人は幾ら、孤独でゐようとしても、生存上多少の人と接しない訳には行かぬ。それ丈で充分に人生を窺ふことが出来る〉と続くのだが、要するにここで白鳥は〈田舎〉を、単に時代の風潮〈〈田舎を神聖視する〉〉への反撥から取り上げようとしているわけではない。むしろ自らの〈人生研究〉、つまり小説を書くことの中心の課題として捉えている。中でも先祖以来の遺伝と環境、骨肉の関係、風土と村民の関係が重要な対象として検出、実証されようとしているのである。(8)

なによりも出自としての〈田舎〉、それが単なる空漠とした嫌悪の対象をこえて、白鳥の〈人生研究〉、小説作法の基底の問題として、意図的、積極的に考察されようとしているのである。しかも田舎の人間達の〈貪慾で淫乱で無慈悲〉な一々が、先祖以来の遺伝と環境の見取図、いわば血縁、地縁の図柄において、まさに客観的、写実的に構想されようとしているのだ。(9)

そしてこのことは、あの「妖怪画」の系譜に連なる作品群、人間を一匹の人間獣として、とはそれ

ほどにも生物学的、生理学的な対象として、だから一個の〈物〉として捉えること、つまりそのような科学的探求、またはそうした世界観、人間観による描法にも通ずるものと重なってゆくといえよう。(10)

もとよりそのことによって、旧来のきらびやかな価値や観念の仮想が暴かれ、世界は物質の堆積とその空しい因果関係を晒している、いや人間そのものが冷くその骸を晒している、その一切が物、死物と化した酷薄なる光景に耐えるものの戦慄――。いわゆる白鳥の不安とか恐怖というものがそういうものなら、「五月幟」の系譜に連なる作品群にも、それは根本のものとして湛えられているのである。

さて「五月幟」は〈「穂浪村は人家三百戸。」と、小学の教師は二十年も前から児童に教へてゐる。この三百戸の八九分は漁業か農業、或ひは漁農兼帯で生活《くらし》を立てゝゐるが、百八十番地の「瀬戸吉《きち》松《まつ》」の一家は、母は巫女《みこ》、息子は画工。村に不似合ひな最も風変りの仕事をしてゐる〉と始まる。〈彼れは小学校も二年で止めた。絵画の教育など更に受けたことがない〉。〈十三歳の初夏、大酒呑みの父が、麦刈最中に発狂してから、詮方なく自分も日雇稼ぎ〉、が〈チビ松と綽名を付けられる位、身体《からだ》が小さくて弱いため、人並の仕事は出来〉ない。しかし幸いある正月の村芝居の画割を書かされたことから〈画才〉があると認められ、今では〈この界隈の五月幟、漁夫の崇める恵比寿大黒の掛物は皆彼れの筆を煩はすのである〉。〈巫女〉の母の稼ぎと合わせ、妹初野を入れた家族三人、カツカツの暮らしを送っている。

そういう吉松もすでに二十歳、彼の見る所では村で一番美しい娘の竹が彼の囁を聞き、彼の妻になる積りでゐる。〈「吉の野郎は二十歳になつて、まだ嬶一人よう拵へぬ、意気地なし奴」〉と若衆仲間に言われるのを、これで吉松は見返す気なのだ。

しかし吉松の心は落ち着かない。一つには〈「村の者は私《わし》の父ちゃんは狂人で、お母は乞食、妹は阿房ぢやと云ふて笑うとる」〉という現実、そんな所に果して竹は嫁に来てくれるだろうか。吉松は思わず絶望的になって、妹のことを〈「又皆んなに冷かされとるんぢやないか、あの阿房に困るなあ、早う死に腐れやえゝのに」〉などと悪態をつく。そしてなによりも、そうして自分達を迫害する村の人間達の野卑と粗暴──話題といえば〈大抵は喧嘩か女、或ひは賭博《ばくち》。しかも四辺《あたり》かまはず露骨な言葉で持ち切り〉という醜状を憎む。折しも旧暦五月の節句で遠海に出稼ぎに行っていた舟の男達も戻って来る。節句に向けた絵の注文を届け、思いの外沢山貰った礼金に気を良くして家に帰る道すがら、吉松はその中でも取りわけ乱暴な者達、まさに〈野獣〉のごとき男達に取り囲まれる。〈牙歯《きば》の亀もゐる、備前徳利の米《よね》もゐる。ダニの虎、猪首《ゐくび》の鶴、村を騒がす連中〉である。

《「思案投首で何をしとる、嬶の事でも考へとるか、汝やお竹と夫婦《めをと》約束したちふぢやないか。」

「さうぢや〳〵、誰れやらがそんな噂をしとつた。」

「汝《われ》も中々悪さをするのう、私等《わしら》が一寸漁に出て村に居らん間に、こつそり女子《をなご》を拵へるたあ、汝もえらいぞ、祝ひに酒でも奢らんか、その袂の銭で。」

と、皆んなで面白さうに色んな事を云つて、冷かしては笑ひ、笑つては冷かす。吉松は我知らず袂を握り締め、

「虚言《うそ》ぢや〳〵、そがいな事があるもんか。」と、狼狽《あわ》てゝ云つて、顔を少し赤くした。

「隠さんでもえゝわ、ぢやけど汝もお竹だけは諦めい、あの女子はな、ちやんと主が定つとるんぢやぞ」と、虎は毛脛を出して胡床《あぐら》を搔き、澄ました顔で煙草を吸つてゐる。

吉松は一座を見廻して、最後に目を丸くして、虎の顔を見詰めた。

「お竹にやちやんと主がある。」と、虎は繰返して、「汝やまだ知るまいが、彼女《あれ》は源兄《げんあに》の者に定つとるんぢや。源兄が去年土佐へ行く時、お竹は己《おら》が嫁にする、五月の節句に帰るまで、彼女に手でも触《さは》つて見い、承知せんぞと、私等に云ひ付けたんぢや。汝も気を付けい、うつかりしてお竹の惚気《のろけ》でもぬかすと源兄に首つ玉あ捻ぢ切られるぞ。」

その様子が万更戯言《じやうだん》でもなささうなので、吉松は真青になつて震へた。》（傍点白鳥）

〈源と云へば駐在所の巡査も恐れて手出しをせぬ程の暴れ者。腕力が強くて三人前の仕事もする代り、癇に触ると、出刃包丁を振り翳すのが評判の癖だ。十五六で魚売りをしてる時分から、魚源命知らずと、饅頭《まんぢゆう》笠に書いて隣村へも名の通つてる男だ。虎でも亀でも源にや道を避《よ》けて諂言《おべつか》の一つも云ふ。彼《あ》れに見込まれちや、厄病神に取付かれたやうなもの。何だつて私《わ》しやお竹なんか思つたことか〉。吉松はもう恐ろしくて仕様がない。

〈翌日は雨。風も少し加〉わる中、〈婆さんは鈴を持つて、お高姉の家へ生霊退治に出かけた〉。その留守、お竹が傘を借りるを口実で寄り、〈「お節句が済んだら舟が出るから来てお呉れな」〉と言ってゆく。吉松もその言葉に〈一縷の希望が浮ばぬでもない〉。

《しかし小供の時分から胸に刻み込んだ不安感は、今も消え失せず、ちよろ〳〵舌を出す。彼れには村が恐いのだ。盂蘭盆とか氏神祭とか、四季折々の賑ひには、屹度下駄が飛び、血塗れ騒ぎの起るに定つたこの殺伐な村が恐い。何だつて皆んなが仲よく面白く暮さんのだらう。せめて命知《い》らずの源が死んだなら、此村も少しは穏やかになるかも知れぬ。喧嘩の数も少くならう。亀や米も源に唆《そその》かされて付け元気で暴れ廻るんだから、親分の源がゐなければ、あんなに無理非道な人困らせをせんに極つてゐる。

「村の為自身の為、源が死んだら〱。」と、二十分も三十分もそればかり考へた。》

そこへ母親が血相を変えながら、妹を連れて帰って来る。

《「お母、どうしたんなう」

「どうしたも何もあるもんか、汝まあ聞いて呉れい、お高姉のとこから戻りに、米公の前を通ると、初野《これ》が真赤な顔をして裸になつとるぢやないか。何をしとるんかと思うて入つて見ると、汝、源や亀が大胡床《あぐら》かいて酒を食《くら》うとりやがつてなあ、初野《これ》に無理無体に酒を呑ませて踊らせとるんぢやでな、そりを見て、私や腹が立つて〱、飛び込んで叱りつけてやると、汝《われ》、尚の事皆んなが悪戯《ふざけ》気出しやがる。終ひにや私《わし》の持つとる鈴を出して、囃しちや馬鹿踊りを初めやがる。大事な鈴が汚れちや、私の命を取られたも同じではないか、今に見て居れ、祈り殺してやるぞ。」

と口惜涙を濺いだ。》

まさに無知、暴力、無法の未開、野蛮でグロテスクな世界が繰り広げられているのだ――。

ところが結末は次のような〈どんでん返し(11)〉で終わる。

《翌日は五月五日。雨は名残りなく晴れ、冴えた光は一村を包んでゐる。吉松は昼餐《ひる》の御馳走にと魚買ひに出た。道の左右の葺屋瓦屋、家々の門《かど》には五月幟が勇ましく飜つてゐる。小児等は諸方の幟見物に廻つてゐる。吉松は何となく得意になつて空を見上げてゐると、源が籠を提げて近づき、「吉公、汝《われ》も壮健《たつしや》か、久し振りぢやのう。」と笑顔をして、「沙魚《はぜ》をたんと貰うたから、汝にも分けてやらう、さあその鍋を此方へ出せ。」吉松は返事もせず棒立ちになつてゐる。涼しい塩風が顔を掠める。》

繰り返すまでもなく、ここには〈田舎の醜悪の方面〉、〈貪慾で淫乱で無慈悲〉な一々が次々に描写されている。貪欲、淫乱、無慈悲というばかりではない。貧困、暴力、賭博、迷信、呪術、不衛生、疾病、狂気――、それがいささか魯鈍な主人公を中心に、狂死の父、愚昧な母、痴呆の妹の関係において、しかもそうして親代々に繋がる人々の群の遺伝と環境の構図――習俗、差別、排斥、争闘、憎悪、嘲笑、不安、恐怖の中で、簡潔に検出、実証されているのである。

そしてここには、いわゆる人間的な尊厳や叡知などというものは一かけらもない。あるのは弱肉強食、優勝劣敗の冷厳なる原理であり、つまりは力対力、量対量、煎じ詰めていえばその〈純唯物論的〉因果連鎖なのだ。(12)

いわゆる人間的なるものが介在する余地はなく、一切は（そして人間そのものが）物質の力と量において決定づけられている。だから一切はまさに物、死物となってその索漠たる眺望を晒している。(13)その蕭条たる風景への一種自虐的な凝視。そしてそこに人間としての、白鳥の戦慄が湛えられているといえよう。(14)

だが、にもかかわらず「五月幟」には、そうとばかりでは概括しきれぬものが残るといわなければならない。あの結末の〈どんでん返し〉に見られる〈けろりと明るい、健康な潮の香のする漁村がそこにある〉(15)というごとき、いわば濃やかで、豊かな人間的情調の揺曳を無視することは出来ない。

たとえば源のことを聞き、恐怖に怯える吉松の周辺を白鳥は次のように書く。あえて長い引用をするが、「五月幟」におけるもう一半のトーンとでもいうべきものを聴くために、書き写してみる。

《婆さんの声は欠伸《あくび》まぜりで、次第に糸車も間断《とだえ》勝ちになる。吉松は時折話しかけられても碌に答へぬ。で、暫らく母子背合《せなかあは》せで黙つてゐると、何時の間にか初野が勝手口からノロ〳〵入つて来た。白痴《ばか》の中でも陽気に騒ぐ方ではなく、口数は少く、戸外《そと》へ出るにも帰るにも、大抵は忍び足で、家の者にも気づかぬ位だ。両方の袖口を持つて、しよんぼり庭に突立つたまゝ左右を見廻し、

「お母、家は暗いなあ、兄よ、お宮は賑やかぢやぞ。」と、低い声で云つて、草履を引摺つて又戸外へ出かけた。

「初は朝から御飯も食べいで、何をしとるんなう、もう何処へも行かいで、早うお夕飯を食べなよ」と、婆さんは猫撫声で云つたが、初野は「そいでも家は淋しいもの。」と、何処へか行つてしまつた。

「また皆んなに嬲られたいんか。」と、婆さんは独り言のやうに云つたが、最早娘を気にも掛けず、糸車を離れもせぬ。

吉松も今宵は住み馴れた家を、際立つて暗く感じた。室《うへ》に這ひ上つて行灯をつけ、灯心をかき立てたが、隅々は尚暗い。天気が変つたのか東風《こち》が吹き出し、ソヨ〳〵と裏口から入つて来る。枇杷の木も騒ぎ出した。宮の太鼓の音は止んだが、ワイ〳〵叫ぶ声は一層盛んに聞える。彼れは耳を傾けてゐ

たが、やがて不意に起き上つて、声する方へ向つた。三日月は既に沈んで、天遠く星が力弱く光つてゐる。

彼れは小暗き道を通つて、玉垣の側に佇《たたず》んだ。鳥居の根元は出入の提灯に照らされ、松葉に蔽はれた敷石が明るくなり暗くなつてゐる。酔漢《よひどれ》の声が遠くなり近くなる。神社《やしろ》の扉は広く開いて、神前には大きな蠟燭の光が燿き、左右には数十の漁夫が居並び、中には片肌を脱いでる者、胸毛を露はしてる者。怒鳴つては呑み、呑んでは怒鳴り、言葉の綾も分らず、只騒がしい蛮音が一つになつて、酒の香ひと共に神の境内に漲つてゐる。神社の周囲《まはり》には小児《こども》が群がり戯れてゐる。常の夜は漣の音と松風ばかり、丑三つには呪咀《のろひ》の女が白装束で蠟燭を頭《かしら》に戴き、呪文を誦して松の幹に、胸の恨みを籠めた五寸釘を打つと、母から聞いてゐるが、その淋しい浄地は、一村の歓楽の巷となつてゐる。

吉松はその声を聞きその香を嗅ぎ、熊の如き腕《かひな》をまくつた人々の勇ましい姿を垣間《かいま》見てゐた。しかし団欒《まどゐ》に飛び込みもしない。

「兄《ああ》よ。」と後から突如《だしぬけ》に声がした。顧みると初野は依然両方の袖口を持つて、無心に身体を揺ぶつてゐる。

「兄《ああ》はお宮の中へ行かんのか。」と、兄の顔を不思議さうに見た。

「汝はまだ此処に居るんか、皆んなに嬲られん間に、早う家へ戻れ、お母が待つとる。」と、吉松は常になく柔しく云つて、妹の袖を捕へようとすると、初野は身を飜して松の蔭へ逃げた。

濃い雲が東の山から吐き出されて、空へ広がつてゐる。

「明日《あした》は雨か。」と、チヨン髷の老漁夫がいゝ、ぢかり股で石段を下りた。

飲み尽くした空徳利を提げた千鳥足が鳥居の左右へ散つてゐる。先立つたのと遅れたのと互ひに呼んでは答へ、「畜生め。」「馬鹿野郎。」の声が姦《かしま》しく闇から闇に伝はる。

吉松は彼等が今宵至る所に賭博に耽り、女に弄れる様を想像して、羨ましく嫉しく感じた。

大勢の後から、手拭を首に結んだ一群が、社内を出て、お百度石を取り囲み、何か小声で話し合つてゐる。虎もゐる。亀もゐる。頻りに首肯《うなづ》いてゐるのは源らしい。と思ふと、吉松は空想の消えて急に怖気《おぢけ》がつき、玉垣の蔭に小さくなつた。そして彼等が鳥居を潜るのを待ち、静かに帰りかけた。

星は残りなく隠れた。沖には常に見る漁火の一つもなく、舟唄も聞えず、暗い波は黒い雲と接して、只風にもまれた満汐の音が高い。

「兄よ、沖にや海坊主が居るんぢやなあ。」と初野は闇の中から声を掛けた。吉松は黙つて妹の手を執つて家へ帰つた。母の影は障子に薄く映つてゐる。糸車の音も聞える。》（傍点白鳥）

たしかにここには、単に汚穢、殺伐とした〈田舎〉、そこに本能と土俗のなすがままに、だからいわゆる人間的なるもの、精神とか感情、優しさとか愛とか哀しさなどというものとは無縁に、とはつまり蠢く肉塊として、物塊として存在する人々が、それとして冷然と、リアリスティックに検証されている、というには留まらないなにかが加味されている。祭の夜の光と闇、そこに浮かび出る老若男女、その禽獣のごとき相貌。だがまさに同時に、彼等人間はもとより、それを取り巻く自然——空や海、雲や風、山や森すべてが、生々《せいせい》と深く豊かに息づき、両者——自然と人間は渾然一体となって呼応、溶融し、だからその間にどこからか生霊や死霊、物の怪など魑魅魍魎までが生を得て顔を覗かせる。その一切が賦活され、生命に充ちて交感しあうごとき、まさにアニミズム的、汎神論的世界、その中を吉松と初野の兄妹が手を取りあって〈家へ帰〉るのである。[16]

近松秋江は「五月幟」を論評して、〈氏が従来の作品中にても最もすぐれたるものの一にして、また最も氏に特有の作品である。最も自然的色彩に富む作品である〉とし、〈作者の大主観が底気味悪きまで奥深く大自然とつながりたる、自然と人生の巧みに融け合ひたる、所謂粗描のエフエクチイブリイに使用せられたる、悪く脚色を施さざる長所の見えたる、地方的特色の明瞭に発揮せらるる〉云々と賞賛している。[17]〈大主観〉とか〈大自然〉とか、いわゆる自然主義的文学理論を担うこれらのタームの厳密な規定はしばらく問わず、[18]ここには世界が〈純客観〉的に検証されながら、同時に〈排主観〉の非情に偏せず、水は光り風は匂い、そのように人間＝〈主観〉と〈自然〉との交響、共感において、生々と描出されていることへの卒直な驚嘆が語られているといえよう。

そしてさらにそれは、小林秀雄のいう〈詩人〉でなくては決して捕らえることの出来ないないにか──〈歌〉ではないか。そこにあるのは世界をもっぱら物質の因果連鎖として見通す冷徹な眼であり、が同時に、その眼に映る〈自然の単純な姿〉なのだ。[19]

さて次に「故郷より」だが、この作品は「二家族」が連載され始めた同じ月に発表され、のち単行本『二家族』に合わせて収録された。現在東京の新聞社に勤める〈僕〉が〈十八歳迄を送つた故郷〉に、祖母の死んだ時帰郷して以来、二年振りに帰り、その日々の所感を友人〈H君〉に送る、その五通の書簡によって構成された作品である。[20]

まず〈僕〉は〈第一信（出発前）〉で〈故郷は海辺で暑苦しく、漁村なれば一種の臭気を放ち、蚊と蠅は極めて多い。女は醜く、男は殺伐、僕等神経過敏の徒をしてショックせしめることが多い。山は禿げ海は濁り、自然の風光に何等の美もない。家庭は子沢山にて、泣く声、争ふ声の絶える暇《いとま》がない。そして最も僕を愛し、僕も亦父にも母にも勝つて懐しく思つた祖母は、既に他界の人となつてゐる。何故の望郷の心ぞ〉という。しかしその〈何等の興味を起さしめる土地〉ではない故郷に、〈四五日〉来、〈急に帰心が湧き上〉り、そうなると〈矢も楯も堪らず〉、〈帰つて見たい〉というのだ。

そして帰郷（以下〈第二信〉）。家族と再会し、幼少年時を過ごした二階の書斎から、眼の前に広がる海岸一帯を見渡し、さらに戸棚を開けて奥の方から日記帳や文集――小学校時代の『八犬伝』模倣の美文から民友社張りの感想録、〈病苦〉を訴え〈身の羸弱を歎じ〉る文章を出して見ていると、〈僕の頭は少年時代に舞ひ戻つた気〉がする。

だが〈肉身の者に囲まれ〉（以下〈第三信〉）、寛ぎを感じながら〈愉快に晩餐《ばんめし》の膳に向つた〉が、〈何だか勝手が違ふ〉。いつも祖母がいた席に〈七歳《ななつ》の妹〉がいる。それで〈何か足らん気がする〉のか、〈しかしそれは僕一人の感じ〉で、父母、弟妹達はもう祖母のことなど遠くに忘れ、その代わり日々の新たな生活への対応に忙しい。幼い弟妹達は成長し、一番上の弟には子が生まれ、彼等が一家の中心となっている姿を見ては、もう祖母とともにあった少年の日々の追憶など所詮空しい。〈「何困つたら田舎だ。」とは、東京で意気銷沈した折の逃げ口上であつたが、それはもう役に立たぬ〉。

〈父は此頃村税の又増加した話をした。村民の生活《くらし》に困つて続々他郷へ去り、旧家の破滅する様を話した〉。ばかりかそういう父に母も加わり、〈僕に結婚を要求したり、又は大勢の子供を如何に処分すべきかを相談するのである〉。つまり相も変わらぬ今日の生活、血と肉の存続。〈長子たる僕は負担と責任とが何処からともなく、身に迫つて来るやうで、これを脱するには、目を瞑《つぶ》つて逃げ出すより外仕方がない〉。そして、

《一体僕が東京で「現実々々」と叫んで、人生の苦悶を喋々してゐたのは、あれは矢張り空想なのだ。この涼み台に幾多の家族に取り囲まれ一団の蚊の唸る音を聞いて、座つてゐる僕が、本当に現実に面と面を摺り付けてゐるのだ。皮肉もない、詩味もない、当て込みもない、只現実その物を感ずるのだ。》

一日、祖母の墓に詣った序に（以下〈第四信〉、〈幼な馴染〉の〈新住職〉に会う。〈彼れは古老の反対を物ともせず、一村開闢以来のこの寺院に初めて堂々と妻女を連れ込んだ〉。〈旧習慣旧制裁の次第に破れんとするこの寒村に、最も明かに偶像破壊者《アイコンクラスト》の旗幟を掲げた者は、偶像によつて生活してゐる僧侶だから面白い〉。

《寺から我家までの道筋にも、何百年と由来のある床しい旧家の破壊され、その跡へ粗末な家の建ちかゝつてゐるのが二つ三つ目に付く。まだ朝風の涼しいのに、赤裸が盛んに往来してゐる。女は両《りやう》祖《はだ》抜ぎ、男は犢鼻褌《ふんどし》一つの丸裸が村の風俗で、誰れも咎める者がない。天日と塩風で赤児《あかんぼ》の時分から鍛へ上げられた肌《はだへ》は、備前焼のやうに赤々として、如何にも獣力が遺憾なく発揮されてゐると見える。痩せて青い顔の僕の如き者は、到底この周囲に当て嵌つて行けるものぢやない。田園に退いて労作するといふのは、要するに空想として趣味があるのだ。青い顔は矢張り青い顔仲間の都会で、不自然な暮しをせねばならぬ。赤裸等の粗暴な言語は、錐のやうに僕の耳を貫く。僕は急いで家に帰つた。》

家では〈小説を読みに東京へ行きたい〉と言う〈二番目の妹〉がいまも読書に夢中である。〈僕〉も昔、〈暇さへあれば寝ころんで読書をしてゐた〉。その時は〈仏壇から祖母の看経の声、珠数の音が、僕の読む物語の中へ融け込んで、何とも云へぬよい心地がした〉。頭を剃った祖母の珠数を爪繰《つまぐ》る姿が一家に〈詩趣〉を添えていた。が、もう〈看経する者はない〉。〈大きな仏壇は昔のまゝに存在して、線香の煙も漂うてゐれど、その線香も下女の手で灰の中へ突込まれるので、念仏の声と礼拝の手で捧げられるものではない〉。

《滑稽新聞の愛読者たる新僧侶によつて、寺がドライで奥床しくなくなつたと同じく、我家も祖母の死によつて、殺風景になつてしまつた。仏壇には黒光りのする観音や先祖代々の位牌が並んで、その側に不似合ひな白い石造の地蔵尊がある。祖母からよく聞いてゐたが、僕の家は二三代も子が無かつたので、母の嫁いだ時、播州の或る有名な寺院に願を掛けて、この石仏を貰つて来たのださうだ。霊験はあまりに著しかつた。この地蔵尊も皮肉な仏様だと思ふ。》

〈僕〉はそのまま昼寝をする。〈昼飯時に起されると、学校帰りの連中が揃って膳に向つてゐる〉。〈飯籠には蠅が集《たか》つて、それを見たばかりで、食はぬ前から嘔吐を催しさうだ。大きな丼《どんぶり》に盛り上げられた漬物は直ぐに平げられてしまふ。食つてしまふと、幼少がそれぐ〵に活動を初めて、叫喚怒号も絶えぬ〉。――〈これが故郷だ。僕は一日も早く東京へでも何処へでも逃げて行きたい〉。

〈僕は明早朝出発東京へ向ふことゝ決した〉(以下〈第五信〉)。〈プーシキンの「ヲネーギン」は三日で田園生活が厭になつたさうだが、僕は一日で厭になつた〉。〈父は出発と聞いて、僕を呼んで真面目な話をした〉。母も〈僕の側に座つて話に耳を傾けた〉。

《真面目な話と云へば大抵分つてゐる。父は祖先から授けられた田地家屋敷を、一寸も減ずることなく、その子孫に伝へるを以て、一生の方針として義務としてゐる。僕に説くにもそれを以てする。父はこの騒がしい家庭を行末長く伝へるに倦《う》みもせず飽きもせぬのであらうが、僕は三日間の現実の刺戟で、既に心に疲労を感じてゐる。

僕は有耶無耶の間に父の前を逃げて、海の見える二階へ上つた。》

おそらく「故郷より」は、「五月幟」の系譜を綴る白鳥の心奥をもっとも明瞭に伝えている。〈急に帰心が湧き上〉り、〈矢も楯も堪らず〉帰って来たものの、その心は束の間に萎えてしまう。要するに懐しき〈故郷〉とは、過去の追憶の中でのみ、きらめくごとく夢見られていたにすぎない。しかも現に眼前にある〈故郷〉は大きく変貌したものの、真実はやはり旧態依然で、醜悪、殺伐、喧騒、不潔、ただ〈目を瞑《つぶ》つて逃げ出すより外仕方がない〉所なのだ。

しかし思えば、今こそ〈本当に現実に面と面を摺り付けてゐるのだ〉。〈皮肉もない、詩味もない、当て込みもない、只現実その物〉。が、翻って〈東京で「現実々々」と叫んで、人生の苦悶を喋々してゐたのは、あれは矢張り空想〉のそれではないのか。

そしてそれは、白鳥自身が自然派の一人として、〈現実暴露の悲哀〉を語りつつ(21)、対々追究すべしと〈喋々して〉いた〈「現実」〉ではないのか。しかし現に〈故郷〉に帰り、〈本当に現実に面と面を摺り付けて〉みれば、〈一日で厭にな〉り、〈一日も早く東京へでも何処へでも逃げて行きた〉くなるのである(22)。

が、驚くべきことに、父や母をはじめ、この〈叫喚怒号も絶え〉ぬ〈故郷〉に留まり、この〈騒がしい家庭を行末長く伝へるに倦みもせず飽きもせ〉ず、耐え続けているのだ。〈僕〉は、この〈いやな都会よりも更に一層いやな〉田舎から、一日も早く〈逃げ〉るしかない（ふたたび〈青い顔〉の放浪者、故郷喪失者となって）。もとより〈何処〉にも耐えられないのだが、しかし〈何処へ〉かに救いを求めて。[23] すべてが物質の因果連鎖に収斂する、まさに無意味でしかない〈「現実」〉を超え、より遥かな生の根拠を求めて（?）――。

だが、それにしてはこの眼前の〈現実〉の、圧倒的な迫力はなんだろう。小説は最後、〈この次に帰省する時分には、食堂に更に膳の数が殖えるのであらう。何だか地蔵尊が気になる〉という一行で終わる。おそらくその文意は、そうした中にも子が生まれ、また生まれて〈行末長く〉、〈倦みもせず飽きもせ〉ず、人間は生き続けて行くということではないか（まさに〈生殖〉や〈遺伝〉の法則に則りながら）――。

しかし、その眼前の〈現実〉を措いて、どこに、どんな根拠があるというのか。今ここに、こうして見えているものこそが、そっくりそのまま、その根拠というべきではないのか。

郷里に帰り、〈田舎の醜悪の方面〉を検証、確認すべく、しかし案の上その〈貪慾、淫乱、無慈悲〉に圧倒され、人間の欲望――〈肉慾〉とか〈生存慾〉の強烈さに辟易して、その前から再び逃げ出そうというのだが、しかしその〈肉慾〉なり〈生存慾〉においてこそ、とはつまり、生んで、殖えて、地に満ちてゆく人間の姿以外、生の深い根拠など、他のどこにあるのか。その重い手応えのある感慨――。その意味で最後の〈何だか地蔵尊が気になる〉という一句は、例の（「五月幟」の最後に似た）〈どんでん返し〉に通うものといえるかもしれない。

注

（1）易風社、明治四十一年十月。

（2）彩雲閣、明治四十年九月。

（3）新潮社、明治四十二年七月。

（4）ともに『入江のほとり』（春陽堂、大正五年六月）に所収。

（5）さらに吉田氏は大正中期以後の作品にも言及、〈「金庫の行方」（六年四月）「彼岸前後」（七年五月）「老僧の教訓」（同六月）など、いづれもこの種の短篇である。最後の「老僧の教訓」は「老醜もの」として白鳥、秋声に共通する自然主義の題材、ことに白鳥の好んで扱つたものだが、半身不随でしもの始末も出来ず、糞だらけで生きてゐる老僧と、止むを得ず世話をするかつての情婦だつた船頭の女房と、その悲惨な状態を眺めて心中快哉を叫びつつ、老僧の生の一日も長からんことを祈る、間男されの夫とを描いて、長篇的な材料を圧搾した、辛辣で無慈悲な作品の典型でもある。しかしこの種の短篇の極致の一つは「わしが死んでも」（一三年四月）で、「牛部屋の臭ひ」「彼岸前後」でおなじみの盲目で孤独な老婆の、浅ましく貪婪な人間性をつつき出して、「老婆は必ずしも生に執着してゐない、又絶望してもゐない。……これ程人間の生活を深く描いたものはないと思ふ。……日本人の芸術として行くところまで行つてゐる」（秋声「新潮」一三年五月）とまで激賞された。なるほど客観的な描写で秋声ごのみであるが、秋声にない冴えた冷さがある〉と論じている。

（6）このことに関し、勝呂奏「初期故郷物論のためのノート」『正宗白鳥—明治世紀末の青春—』（右文書院、平成八年十月）は、日露戦後の農村主義の動向を追い、横井時敬『都会と田舎』（大正二年七月）におけるいわゆる農本主義、柳田國男『都市と農村』（昭和四年三月）におけるいわゆる〈帰去来情緒〉等の出現とその意味を論じている。また片山孤村「郷土芸術論」（「帝国文学」明治三十九年四月〜五月）におけるいわゆる清新純朴な郷土の再認識、郷土芸術待望論にも触れている。

（7）『紅塵』については拙稿「小説家白鳥の誕生―第一創作集『紅塵』を中心に―」（「日本近代文学」第三集、昭和四十年十一月）参照。

（8）もとよりこの背後には、抬頭しつつある自然主義への白鳥の共感がある。この前後の白鳥の「読売新聞」紙上での発言をいくつか拾ってみれば、まず「随感録」（明治四十年十月六日）において、〈十九世紀後半に欧州文壇に最も勢力のあつた自然主義の作物が、盛んに読まれるやうになり、又その刺激を受けるやうになつたのは我文壇の進歩である〉として、〈今の写実的小説〉の趨向に注目しているが、しかし〈まだ真に迫るといふ程にはなつてない〉、あるいは〈決して極端まで行つてゐない〉といい、〈肉慾を描いても読者をして面を背けしむるやうな峻酷の者も一つもない〉と現状に慊らぬ思いを述べている。続く〈肉の力の大なることを染々《しみじみ》と感じて、コンベンシヨンを破つて書いたのが生命がある〉という言葉からは、この期の白鳥の〈旧物打破〉、反抗者、革新者の一面を窺えるが、それは〈吾人は今の日本でも、誠心誠意鋭い観察をしたら、もつとどす黒い潮流が漂うてはゐはしないか〉（「随感録」明治四十年十一月十日、傍点白鳥）とか、〈自然主義を奉ずる人々の作にも人間の真相を描き尽してゐない〉（「随感録」明治四十年十二月八日）とか、さらに〈今年になつても自然主義に関して諸雑誌新聞に紛々たる非難の論が絶えぬが、要するに自然主義は肉慾を書き人間の弱点を描くから風致に害があると言ふに過ぎぬ〉（「新年の文壇」明治四十一年一月五日～十九日）、〈日本の同主義の作のまだ物足らぬのは吾人も同感だが、歩を進めれば進める程、旧習に拘束された人々を驚かすやうになるであらう。自然主義の人々も丁酉倫理会員の生柔しい反対位で事が済むと思つたら間違ひだ〉（同）とかいう言葉にも響いている。時を同じくして「随感録」（明治四十一年一月五日）では、〈十九世紀の半頃の仏国文学過渡期は日本の現状に引き比べて、少なからぬ興味がある〉として、〈初期の自然派の作としてフローベルの『マダム、ボーヴアリー』が出たのは千八百五十六年であるが、描写が極端で日常生活の醜を暴露したとして非難が甚しかつた〉が、〈後代の自然派の作ほど露骨的でな〉かったといい、ゾラに言及して次のように論じている。〈ゾラはフローベルよりも遥かに進んでゐたから、非難攻撃は更に甚しかつたのは当然だ。この男フローベルやドーデーよりも芸術臭くないのが、予に取つては甚だ興味が多い。彼れは古文学は只歴史的に価値があるのみだと放言した程あつて、自分自身に直接に人生の事実に打付かつて見聞した所を大胆に描き、以前の大家の小説はこんな風だから、小説はかう書かねばならぬなどゝ顧慮する所はなかつた。自分は両眼を開いて茲に立ち、巴里の大都のその前に動揺してゐる、書かんとすることはそれで沢山だ。何も古作家の束縛を受け、狐疑逡巡して、所謂芸術を捏ね上げる必要はなかつた。従つてゾラは「大道へ泥水を撒き散らす奴だ。」と、今の日本の二三の作家が非難されると同様の言葉で非難されたが、何処の世界も同じ事と見える。しかしゾラの旧型に拘泥しない大胆な取材描写の結果として、小説の範囲は非常に拡張された。夢のやうな空想を喜んでゐた芸術界に、ルーゴン二十巻の大冊を以て現実の巴里を有のまゝに描き出した勇気は、吾人は偉大と思はざるを得ぬ〉と。要するにゾラの〈大胆な取材描写〉の方法論、いわゆるゾライズムが意識されているのである。そしてこのことは「近刊雑誌」（明治四十一年四月二十六日）において小杉天外の「作家たる予の態度」を取り上げ、〈写実について多年思ひを凝らした人ほどあつて、適切の語が多い〉としながら、〈吾人は智を欲す冷静を欲す〉といい、さらに「机上雑観」（明治四十一年五月二十四日）では、同じく天外の「校長の二子」と小栗風葉の「ぐうたら女」を取り上げ、〈二氏は現在の先輩中最も製作に忠実であつて、時代の潮流に目をつけて遅れまいとする人である〉としながら、風葉に関し、〈作家の主観を露骨に現すのを忌《い》んで、客観的描写で自然に浮き上らうとしたのであらうが、風葉氏のは常にゾラ風に人生の事実を科学的に取り扱つたのではない〉と難じているなど、その言葉裡にゾラへの意識が窺われるというものである（ただ先の「随感録」でゾラを論じた後、〈吾人はゾラの不撓の努力、微細なる観察、芸術臭くないこと、夢や寝言を書かずして現実を描いたこと等に感服するが、まだ飽き足らぬ気がある。読んで身に染み〴〵と感ずる程でない〉といい、〈只自分の嗜好から云へば、露西亜物が一番好きだ〉として、〈チエホフを読むと、人間は決して他人と同化し得ない者だ、人間は互ひに知らず知らずに一生を終る者だとの感じがする〉と論じている。おそらくこのゾラ的なものからチエホフ的なものへの展開に、白鳥をその一人とする日本自然主義の、独自な軌跡があったのだろうが、このことはいずれ詳述しなければならない)。そしてこのゾラ的なものへの傾斜は、「随感録」(明治四十一年二月十六日)等できわめて切実に語られている。白鳥はそこで生田葵山の「都会」の発禁問題に触れ、〈生田葵山氏は肉慾文学の代表者たるが如く唱へられてゐる。自然派謳歌者の中でも氏に対しては同情の少ない評言を放つ者が多い。吾人も氏の作物に対して左程感心はせぬが、氏の製作の態度の真面目であることは疑はぬ。氏自から云へる如く、単に流行を追うて肉慾を描けるのではない。人間の生理的方面を遺却すべからざるを思ひ、自然にそれを描かざるを得ないのであらう〉といい、〈人間の根底をなせる深い刺激は生存慾である。生活慾である。従つて全く肉慾を離れて生きた人間を見ることは出来ぬ〉として(序に〈昔は天女を描き幽霊的人間を描いて満足してゐたが、吾人は最早そんな者は空虚な無意味な者だと思ふ。虚子氏の「斑鳩物語」といふのを読んだ時、作中の恋が生理上の刺激を受けてる者と認められぬ。そんな恋があるものか。これ等が幽霊文学の一例だ。漱石氏のも多くはそれだ〉と気焔を吐き)、〈吾人は警視廳や内務省の官員や丁酉倫理会の人々が何と云はうと、生理作用を外にした人間を認められぬから仕方がない。美しくても醜くても天地間に厳存せる大事実を如何ともする能はず〉と述べている。言うまでもなくここには、人間はついに生物学的、生理学的存在でしかないという、いわゆる科学的決定論が裏打ちされている。そしてこのことは前出の「近刊雑誌」(明治四十一年四月二十六日)における〈吾人は「新潮」誌上獨歩氏の談話中、「人間の生きようとする力ぐらゐ恐しいものはない、どれぐらゐ強いものか知れぬ。」とあるあたりを読んで深く感動した。今月の雑誌中真に身に染みたのはこれ一つなり〉(傍点白鳥)とか、〈人間は如何にするも生きてゐたいのだ。釈迦やキリストが何と云はうと、理屈もない、是非もない、只生きてゐたいのだ〉という、ほとんど白鳥の肉声ともいえる発言に連なってゆくのだが、しかしここまで来ると、それは例の人間はついに生理学的、生物学的存在にすぎず、つまりは〈肉慾〉とか〈生存慾〉に衝き動かされてこの地上を蠢く一匹の獣でしかないという科学的決定論への、一種自虐的、自己冒瀆的な口舌をこえて、むしろ同時にそこには、人間の生きようとすることの強さそのものに対する一種感動的な意味合いが湛えはじめられているといえようか。

(9) 前出「新年の文壇」に〈花袋氏の「県道」は肉慾を描いたもので、背景の淋しい漁村の描写が巧みだ。氏の新年の作中ではこれと早稲田文学所載の「一兵卒」とが傑れた者だ。後者は兵士の死際の心的状態を描いたもので、作者の態度が幼稚な空想的でなく観察が深刻だ。去年の「隣室」よりも一層価値あり、新春文壇の佳作である〉とあり、また「書物と雑誌」(「読売新聞」明治四十一年三月二十二日)に〈田山花袋氏の『村の人』は旧作三篇を集めたるもの。その中《うち》、「重右衛門の最後」は氏がセンチメンタルの恋物語を作つた時代から一転化した時の代表的作物で、氏の作中最も深刻な者の一つだ。人間の力の小にして自然力の大なることを、不具者によつて現さんとしたもの。叙景もよく、主人公の絶望的反抗も読者の胸に響く〉とある。当時実作者として(とはその〈写実〉力、〈描写〉力という点において)白鳥が関心を寄せていたのは小杉天外、そしてやがて田山花袋であった。

(10) このことに関し、拙稿「白鳥の拘執—『妖怪画』の系譜—」(「文学」昭和四十四年十一月)で触れた。

(11) 寺田透「正宗白鳥の初期小説」(「国語科通信」昭和四十五年十一月)

(12) 〈純唯物論的人生観〉(片上天弦「人生観上の自然主義」—「早稲田文学」明治四十年十二月)。なお、こうした人生観からの脱却が天弦の主張である。

(13) 因みに、こうした〈純唯物論的人生観〉への一種典型的な批判、反撥として、國木田獨歩「欺かざるの記」明治二十六年五月二十四日の〈元良(勇次郎)氏の「心理学」を読む、其の唯物論、進化論に驚く、不平に堪へず〉という一節をあげておく。なお獨歩は友人中桐確太郎に宛てて次のようにも書き送っている。〈小生は此頃元良氏の心理学を少々読みて大に不愉快を感じ候元来唯物論は小生の至極不賛成なるを以て氏が徹頭徹尾唯物論的に心理を論断するを見て真に不平に堪へず氏の如く説く時は人間とは遺伝と五感とにて丸められたる肉の塊に過ぎず「我」とは感覚の結晶に外ならず小生は此の如き理窟が実に不快に堪へず候〉、〈唯物論が果して真理ならば小生とても喜びて之を奉ぜん只だ由て以て人生の価値、吾と宇宙、宇宙の目的等に関する吾が安心立命を得せしめば足るなり、小生は唯物論にて安心を得る能はず、此の如くんば「我」とは物質進化の奴隷に外ならず要するに倫理の根本全くやぶれ去る事と信じ候〉(同二十三日)。

(14) このいわば合理主義的、さらにいえば唯物論的世界観、人間観こそが、近代日本の精神構造、思想構制、今はやりの言葉で言えばパラダイムをもっとも本質的に変えたものといえようが、白鳥がこのことをそのキリスト教体験において、もろに体験していた次第は、拙稿「正宗白鳥とキリスト教─入信について─」（『国文学研究』第三十四集、昭和四十年十月）「正宗白鳥とキリスト教─棄教について─」（『国文学研究』第三十八集、昭和四十三年九月）で記した。

(15) 注（11）に同じ。なお寺田氏はそこで、「五月幟」に描かれた情調を〈牧歌的幻想〉と言っているが、たしかに、松や竹、米、鶴、亀、虎、猪など、いわば植物的存在と動物的存在が一体となって、生きとし生けるものの〈歌〉を奏でる（そういえば、「妖怪画」の〈百鬼夜行図〉、新郷森一とお鹿の存在も同じことを語っているのかもしれない）。そしてそれは、いわゆる自然主義的リアリズム、その合理主義的、唯物論的絵図をこえて、というより、同時に、人に直接見えてくる、そして現に見えている、世界と人間のありのままの姿ではないか。なお序に言えば、この〈同時に〉という所にこそ、鏡花的世界との違いがあるといえよう。

(16) また右の論で寺田氏は、絵師の吉松を〈吟遊詩人〉にたとえている。巫女の母といい、白痴の妹といい、共同体からの排除、差別という問題もあるが、むしろここからは、自然＝神の祝祭を司る存在（巫子、そして〈この界隈の五月幟、漁夫の崇める恵比寿大黒の掛物は皆彼れの筆を煩はす〉という絵師）、さらには自然＝神の子にも似た存在（白痴）という意味で、共同体以前、あるいは共同体をこえて、直接人間が自然＝神と一体としてある世界をおもわせる。柳井まどか「正宗白鳥『五月幟』論」（『国文』第八十七号、平成九年八月）参照。

(17) 「文壇無駄話」（6）（『読売新聞』明治四十一年三月十五日）。なお、秋江はこの後〈五月雨の用意に柴、木葉を積み重ねた軒の低い茅屋から煤けた烟が画布の上を這ふて流れ出る光景。白痴の妹初野の両方の袖口を捉へて、フラ〳〵と背戸口から入り「お母家内は暗いなあ」と言ひながら、時さんを探ねて、またフラ〳〵と表口に出る風景。神社の拝殿にてゴルキイ作中の人物が酒の香の中に濁声を揚げて泥酔せる。海坊主の出さうな沖の色、初野の夜歩き。凡て好し〉とその印象を記している。

(18) 拙稿「『野の花』論争─〈大自然の主観〉をめぐって─」（『玉藻』第三十六号、平成十二年五月、本書所収）参照。

(19)「感想（解説にかえて）」（『正宗白鳥全集』第二巻付録月報、新潮社、昭和四十三年九月）

(20) 勝呂奏氏は前掲論文の中で〈「読売新聞」の八月三日掲載の随筆「随感録」は、故郷滞在を背景にしており〉、〈「故郷より」を書いた時期に帰郷があったと考えられる〉と記している。たしかに前後の「読売新聞」の白鳥文を読めば、七月の下旬、関西を回って帰郷したらしいことが判かる。なお「故郷より」の〈第一信〉〜〈第五信〉には、それぐ〈七月十六日〉〜〈二十一日〉の日付が付してある。

(21) 前出「新年の文壇」に〈長谷川天渓氏の「現実暴露の悲哀」は新年の評論中最も読むべき者である。現実に踏み込む程幻像の消滅するとの説は吾人も同感だ〉とある。

(22)〈明石から汽車に乗ると、十数年来住み馴れた東京の記憶の薄らいで、瀬戸内海根生の少年Tとなつてしまつた。英語も忘れ、反抗心も失せ、功名心も消え、文筆で生活するといふ年中絶えぬ意識が珍しく無くなつた〉（第二信）とあるが、それは逆からいえば、東京での生活は、〈英語〉や〈反抗心〉や〈功名心〉に小突き回され、〈文筆で生活するといふ年中絶えぬ意識〉に追い回される生活であるということではないか。

(23) 言うまでもなく白鳥の全作品に〈何処へ〉という嘆きが揺曳している。拙稿「『何処へ』―白鳥の彷徨―」（「早稲田大学大学院文学研究科紀要」第四十六輯、平成十三年二月）参照。

夏目漱石

「草枕」――〈雲の様な自由と、水の如き自然〉――

一章冒頭、漱石は主人公の画工〈余〉を通して、その芸術観を提示する。(1) 周知の名文句である。《山路《やまみち》を登りながら、かう考へた。

智に働けば角が立つ。情に棹させば流される。意地を通せば窮屈だ。兎角に人の世は住みにくい。

住みにくさが高じると、安い所へ引き越したくなる。どこへ越しても住みにくいと悟つた時、詩が生れて、画が出来る。》

つまり〈越す事のならぬ世が住みにくければ、住みにくい所をどれほどか、寛容《くつろげ》て、束の間の命を、束の間でも住みよくせねばならぬ〉、〈こゝに詩人といふ天職が出来て、こゝに画家といふ使命が降る。あらゆる芸術の士は人の世を長閑にし、人の心を豊かにするが故に尊とい〉。

さらに、画工は続ける。

《住みにくき世から、住みにくき煩ひを引き抜いて、難有い世界をまのあたりに写すのが詩である、画である。あるは音楽と彫刻である。こまかに云へば写さないでもよい。只まのあたりに見れば、そこに詩も生き、歌も湧く。着想を紙に落さぬとも璆鏘の音は胸裏に起る。丹青は画架に向つて塗抹せんでも五彩の絢爛は自から心眼に映る。只おのが住む世を、かく観じ得て、霊台方寸のカメラに澆季溷濁の俗界を清くうらゝかに収め得れば足る。この故に無声の詩人には一句なく、無色の画家には尺縑なきも、かく人世を観じ得るの点に於て、かく煩悩を解脱するの点に於て、かく清浄界に出入し得るの点に於て、又この不同不二の乾坤を建立し得るの点に於て、我利私慾の羈絆を掃蕩するの点に於て、――千金の子よりも、万乗の君よりも、あらゆる俗界の寵児よりも幸福である。》

しかし、では〈難有い世界をまのあたりに写す〉とはどういうことか。いまただいま山中の〈自然〉に相対するごとく、純然たる〈第三者の地位〉に立たねばならぬ、と画工はいう。また〈第三者の地位〉に立てばこそ、〈芝居は観て面白い。小説も見て面白い〉。〈自己の利害は棚へ上げ〉、そうして〈見たり読んだりする間丈〉、人は〈詩人〉たりうるのだ。

しかし〈それすら、普通の芝居や小説では人情を免かれぬ。苦しんだり、怒つたり、騒いだり、泣いたりする。見るものもいつか其中に同化して苦しんだり、怒つたり、騒いだり、泣いたりする。取柄は利慾が交らぬと云ふ点に存するかも知れぬが、交らぬ丈に其他の情緒は常よりは余計に活動するだらう。それが嫌だ〉。

《苦しんだり、怒つたり、騒いだり、泣いたりは人の世につきものだ。余も三十年の間それを仕通して、飽々した。飽き々々した上に芝居や小説で同じ刺激を繰り返しては大変だ。余が欲する詩はそんな世間的の人情を鼓舞する様なものではない。俗念を放棄して、しばらくでも塵界を離れた心持ちになれる詩である。いくら傑作でも人情を離れた芝居はない、理非を絶した小説は少からう。どこ迄も世間を出る事が出来ぬのが彼等の特色である。ことに西洋の詩になると、人事が根本になるから所謂詩歌の純粋なるものも此境を解脱する事を知らぬ。どこ迄も同情だとか、愛だとか、正義だとか、自由だとか、浮世の勧工場にあるものだけで用を弁じて居る。いくら詩的になつても地面の上を馳けあるいて、銭の勘定を忘れるひまがない。》
《うれしい事に東洋の詩歌はそこを解脱したのがある。採菊東籬下、悠然見南山。只それぎりの裏に暑苦しい世の中を丸で忘れた光景が出てくる。垣の向ふに隣の娘が覗いてる訳でもなければ、南山に親友が奉職して居る次第でもない。超然と出世間的に利害損得の汗を流し去つた心持ちになれる。独坐幽篁裏、弾琴復長嘯、深林人不知、明月来相照。只二十字のうちに優に別乾坤を建立して居る。此乾坤の功徳は「不如帰」や「金色夜叉」の功徳ではない。汽船、汽車、権利、義務、道徳、礼義で疲れ果てた後、凡てを忘却してぐつすりと寐込む様な功徳である。
二十世紀に睡眠が必要ならば、二十世紀に此出世間的の詩味は大切である。》
こうして画工は、〈束の間の命を、束の間でも住みよく〉するために、〈俗念を放棄し、塵界を離れ〉て、とは〈人情〉〈理非〉を絶し、すべての〈煩悩を解脱〉し去つて、〈自然〉と向かいあい無心となる、まさにそういう境地を追い続ける。この画工の旅も〈淵明、王維の詩境を直接に自然から吸収して、すこしの間でも非人情の天地に逍遥したいからの願。一つの酔興〉なのだ。
しかし、〈勿論人間の一分子だから、いくら好きでも、非人情はさう長く続く訳には行かぬ。淵明だつて年が年中南山を見詰めて居たものでもあるまいし、王維も好んで竹藪の中に蚊帳を釣らずに寐た男でもなからう〉。ではどうすればよいか。画工は言う、〈唯、物は見様でどうでもなる〉、〈よし全く人情を離れる事が出来んでも、責めて御能拝見の時位は淡い心持ちにはなれさうなものだ〉。

《余も是から逢ふ人物を――百姓も、町人も、村役場の書記も、爺さんも婆さんも――悉く大自然の点景として描き出されたものと仮定して取こなして見様。尤も画中の人物と違つて、彼等はおのがじゝ勝手な真似をするだらう。然し普通の小説家の様に其勝手な真似の根本を探ぐつて、心理作用に立ち入つたり、人事葛藤の詮議立てをしては俗になる。動いても構はない。画中の人間が動くと見れば差し支ない。画中の人物はどう動いても平面以外に出られるものでない。平面以外に飛び出して、立方的に働くと思へばこそ、此方と衝突したり、利害の交渉が起つたりして面倒になる。面倒になればなる程美的に見て居る訳に行かなくなる。是から逢ふ人間には超然と遠き上から見物する気で、人情の電気が無暗に双方で起らない様にする。さうすれば相手がいくら働いても、こちらの懐には容易に飛び込めない訳だから、つまりは画の前へ立つて、画中の人物が画面の中をあちらこちらと騒ぎ廻るのを見るのと同じ訳になる。間三尺も隔てゝ居れば落ち付いて見られる。あぶな気なしに見られる。》

画工の言うことに曖昧な点はない。要するに〈非人情〉の境位とは、刻々に湧き起る〈人情の電気〉を、そのたびに否定し無化する境地、いわゆる〈超然〉〈解脱〉の境地、念々に発生する〈人情の電気〉を、いわばさらりと捨てた無心、無垢の至境ということであろうか。

《茫々たる薄墨色の世界を、幾条の銀箭が斜めに走るなかを、ひたぶるに濡れて行くわれを、われならぬ人の姿と思へば、詩にもなる、句にも咏まれる。有体なる己れを忘れ尽して純客観に眼をつくる時、始めてわれは画中の人物として、自然の景物と美しき調和を保つ。只降る雨の心苦しくて、踏む足の疲れたるを気に掛ける瞬間に、われは既に詩中の人にもあらず、画裡の人にもあらず。依然とし

て市井の一竪子に過ぎぬ。》
〈有体なる己れを忘れ尽し〉て〈純客観〉に対象を見る〈眼〉を作ること――以下に画工はそれを求め続ける。が同時に、それは本来可能なのかということも、暗に問われ続けるといわなければならない。

＊

さて二章に入り、画工は雨に降りこめられて峠の茶屋で休む。目ざす那古井の湯までは〈二十八丁〉――。やがて茶屋の老婆と、峠を上がって来た馬子の源兵衛の交わす会話が耳に入る。

《「仕合せとも、御前。あの那古井の嬢さまと比べて御覧」

「本当に御気の毒な。あんな器量を持つて。近頃はちつとは具合がいゝかい」

「なあに、相変らずさ」》

《御婆さんが云ふ。「源さん、わたしや、お嫁入りのときの姿が、まだ眼前に散らついて居る。裾模様の振袖に、高島田で、馬に乗つて……」

「さうさ、船ではなかつた。馬であつた。矢張り此所で休んで行つたな、御叔母さん」

「あい、其桜の下で嬢様の馬がとまつたとき、桜の花がほろ〱と落ちて、折角の島田に斑が出来ました」》

画工は写生帖をあける。

《此景色は画にもなる、詩にもなる。心のうちに花嫁の姿を浮べて、当時の様を想像して見てしたり

顔に、

　花の頃を越えてかしこし馬に嫁

と書き付ける。不思議な事には衣装も髪も馬も桜もはつきりと目に映じたが、花嫁の顔だけは、どうしても思ひつけなかつた。しばらくあの顔か、この顔か、と思案して居るうちに、ミレーのかいた、オフエリヤの面影が忽然と出て来て、高島田の下へすぽりとはまつた。是は駄目だと、折角の図面を早速取り崩す。衣装も髪も馬も桜も一瞬間に心の道具立から奇麗に立ち退いたが、オフエリヤの合掌して水の上を流れて行く姿丈は、朦朧と胸の底に残つて、棕梠箒で烟を払ふ様に、さつぱりしなかつた。空に尾を曳く彗星の何となく妙な気になる。》

元来、連想に根拠はない。しかしそれにしてもこの場合、〈ミレーのかいた、オフエリヤの面影〉は〈かなり突飛[2]〉である。ただこれが、これから〈小説〉を書いてゆく作者漱石の、〈少し不自然[3]〉な戦略から来ていることは後にも言う通りである。

源兵衛が去った後、〈「嬢様と長良の乙女とはよく似て居ります」〉という老婆の言葉から、しばし画工は老婆の話に耳傾ける。〈「昔し此村に長良の乙女と云ふ、美しい長者の娘」〉がいた。〈「所が其娘に二人の男が一度に懸想して」〉、

《「さゝだ男に靡かうか、さゝべ男に靡かうかと、娘はあけくれ思ひ煩つたが、どちらへも靡きかねて、とう〳〵

　あきづけばをばなが上に置く露の、けぬべくもわは、おもほゆるかも

と云ふ歌を咏んで、淵川へ身を投げて果てました」》

〈「那古井の嬢様にも二人の男が祟りました」〉と老婆は続ける。〈「一人は嬢様が京都へ修行に出て御出での頃御逢ひなさつたので、一人はこゝの城下で随一の物持ち」〉、〈「御自身は是非京都の方へと御望みなさつたのを」〉、色々なわけもあり、〈「親ご様が無理にこちらへ取り極めて……」〉。しかし〈「先方でも器量望みで御貰ひなさつたのだから、随分大事にはなさつたかも知れ」〉ぬが、〈「どうも折合がわるく」〉、〈「所へ今度の戦争で、旦那様の勤めて御出の銀行がつぶれ」〉、〈「それから嬢様は又那古井の方へ御帰りにな」〉ったという。〈「世間では嬢様の事を不人情だとか、薄情だとか色々申します。もとは極々内気の優しいかたが、此頃では大分気が荒くなつて、何だか心配だと源兵衛が来るたびに申します。……」〉。

先走っていえば、〈小説〉はこの先、画工と〈「那古井の嬢様」〉志保田那美の出会いとやりとり（画工のいわゆる〈因果〉）をめぐって展開されるのだが、しかし画工は言う。

《是からさきを聞くと、折角の趣向が壊れる。漸く仙人になりかけた所を、誰が来て羽衣を帰せ〳〵と催促する様な気がする。七曲りの険を冒して、やつとの思で、こゝ迄来たものを、さう無暗に俗界に引きずり下されては、飄然と家を出た甲斐がない。世間話しもある程度以上に立ち入ると、浮世の臭ひが毛孔から染込んで、垢で身体が重くなる。》

*

三章に入り、〈夜の八時頃〉宿へ着いた画工は〈東西の区別さへわから〉ぬまま、〈何だか廻廊の様な所をしきりに引き廻されて、仕舞に六畳程の小さな座敷へ入れられ〉る。〈晩餐《ばんめし》を済まして、湯に入つて〉——。〈不思議に思つたのは、宿へ着いた時の取次も、晩食の給仕も、湯壺への案内も床を敷く面倒も、悉く此小女一人で弁じて居る〉。その〈赤い帯を色気なく結んで、古風な紙燭をつけた無口な小女に、〈廊下とも階段ともつかぬ所を、何度も降りて、湯壺へ連れて行かれた時は、既に自分ながら、カンヴスの中を往来して居る様な気がした〉という。すでに画工のいわゆる〈非人情の旅〉は、佳境に入ったかのごとくである。

〈すや〳〵と寐入る〉。しかし画工は夢を見る。

《長良の乙女が振袖を着て、青馬《あお》に乗つて、峠を越すと、いきなり、さゝだ男と、さゝべ男が飛び出して両方から引つ張る。女が急にオフエリヤになつて、柳の枝へ上つて、河の中を流れながら、うつくしい声で歌をうたふ。救つてやらうと思つて、長い竿を持つて、向島を追懸けて行く。女は苦しい様子もなく、笑ひながら、うたひながら、行末《ゆくへ》も知らず流れを下る。余は竿をかついで、おゝい〳〵と呼ぶ。》

画工はここで眼が醒める。〈腋の下から汗が出てゐる。妙に雅俗混淆な夢を見たものだと思つた〉。そして画工は、宋の大慧禅師が〈夢の中では俗念が出て困ると、長い間これを苦にされた〉という故事を引いて、〈文芸を性命にするものは今少しうつくしい夢を見なければ〉と反省する。

が、夢ばかりではない。〈気の所為か、誰か小声で歌をうたつてる様な気がする〉。しかもあの〈長良の乙女の歌を、繰り返し〳〵す様に思はれ〉、それも〈次第々々に細く遠退いて行く〉。画工は声の〈あとを慕つて飛んで行きたい気〉がして、〈われ知らず布団をすり抜けると共にさらりと障子を開けた〉。月の光の下、海棠の花を背に〈朦朧たる影法師〉、すぐ棟の角に隠れたが、〈すらりと動く、背の高い女姿〉であった。

さて画工はあれこれ考えて、〈中々寝られない〉。しかし画工はやがて〈怖いものも只怖いもの其儘の姿と見れば詩になる。凄い事も己を離れて、只単独に凄いのだと思へば画になる〉（はずではなかったかと）思い返す。

〈余が今見た影法師も、只それ限りの現象とすれば、誰れが見ても、誰に聞かしても饒《ゆたか》に詩趣を帯びて居る。——孤村の温泉、——春宵の花影、——月前の低誦、——朧夜の姿——どれも是も芸術家の好題目である。此好題目が眼前にありながら、余は入らざる詮義立てをして、余計な探ぐりを投げ込んで居る。折角の雅境に理窟の筋が立つて、願つてもない風流を、気味の悪るさが踏み付けにして仕舞つた。こんな事なら、非人情を標榜する価値がない〉。そして画工は次のように言うのである。

《こんな時にどうすれば詩的な立脚地《たちば》に帰れるかと云へば、おのれの感じ、其物を、おのが前に据ゑつけて、其感じから一歩退いて有体に落ち付いて、他人らしく之を検査する余地さへ作ればいゝのである。詩人とは自分の屍骸を、自分で解剖して、其病状を天下に発表する義務を有して居る。其方便は色々あるが一番手近なのは何でも蚊でも手当り次第十七字にまとめて見るのが一番いゝ。十七字は詩形として尤も軽便であるから、顔を洗ふ時にも、厠に上つた時にも、電車に乗つた時にも、容易に出来る。十七字が容易に出来ると云ふ意味は安直に詩人になれると云ふ意味であつて、詩人になると云ふのは一種の悟りであるから軽便だと云つて侮蔑する必要はない。軽便であればある程功徳になるから反つて尊重すべきものと思ふ。まあ一寸腹が立つと仮定する。腹が立つた所をすぐ十七字にする。十七字にするときは自分の腹立ちが既に他人に変じて居る。腹を立つたり、俳句を作ったり、さう一人が同時に働けるものではない。一寸涙をこぼす。此涙を十七字にする。するや否やうれしくなる。涙を十七字に纏めた時には、苦しみの涙は自分から遊離して、おれは泣く事の出来る男だと云ふ嬉しさ丈の自分になる。

是が平生から余の主張である。今夜も一つ此主張を実行して見やうと、夜具の中で例の事件を色々と句に仕立てる。出来たら書きつけないと散漫になつて行かぬと、念入りの修業だから、例の写生帖をあけて枕元へ置く。》

画工はこうして数句を〈試みて居るうち、いつしか、うと〳〵眠くなる〉のである。

この場面、〈是が平生から余の主張である〉というごとく、冒頭より言われ続けて来た〈非人情〉の境地が、まさに端的に実現されている、といえようか。心の動揺や葛藤、焦燥や不安を払拭し、いわば世界を無心に捉える――。しかもそれが〈十七字〉の言葉、つまり〈俳句〉という詩（〈東洋の詩歌〉）において実現されているのである。

さて、〈うと〳〵眠くな〉った画工に次なる心の状況がめぐってくる。

《恍惚と云ふのが、こんな場合に用ゐるべき形容詞かと思ふ。熟睡のうちには何人も我を認め得ぬ。明覚の際には誰あつて外界を忘るゝものはなからう。只両域の間に縷の如き幻境が横はる。醒めたりと云ふには余り朧にて、眠ると評せんには少しく生気を剰す。起臥の二界を同瓶裏に盛りて、詩歌の彩管を以て、ひたすらに攪き雑ぜたるが如き状態を云ふのである。》

さらに、こうして〈余が寤寐の境にかく逍遥して居ると、入口の唐紙がすうと開〉く。

《あいた所へまぼろしの如く女の影がふうと現はれた。余は驚きもせぬ。恐れもせぬ。只心地よく眺めて居る。眺めると云ふては些と言葉が強過ぎる。余が閉ぢて居る瞼の裏に幻影《まぼろし》の女が断りもなく滑り込んで来たのである。まぼろしはそろり〳〵と部屋のなかに這入る。仙女が波をわたるが如く、畳の上には人らしい音も立たぬ。閉づる眼《まなこ》のなかから見る世の中だから確とは解らぬが、色の白い、髪の濃い、襟足の長い女である。近頃はやる、ぼかした写真を灯影にすかす様な気がする。》

画工が〈驚きもせぬ。恐れもせぬ。只心地よく眺めて居る〉というのも、いましがた〈非人情〉の詩境に悟入しえた〈功徳〉であろうか。

ところで「草枕」には、この那古井の第一夜を始め、〈眠り〉についての記述が繰り返し見られる。すでに冒頭一章、〈非人情〉の境地の功徳は、〈汽船、汽車、権利、義務、道徳、礼義で疲れ果てた後、凡てを忘却してぐつすりと寐込む様な功徳〉とあった。春の山里の湯。画工はそこで、もう眠りに誘われるだけで、労せずして〈非人情の天地に逍遥〉することができる。

ただ〈凡てを忘却してぐつすりと寐込む様な功徳〉というのは比喩にすぎない。〈熟睡のうちには何人も我を認め得ぬ〉のである。だから〈恍惚〉といっても意識（この場合〈知覚〉）はあるわけで、ただぼんやりとしてそれが何だか言えない状態、つまり依然というかいまだというか、〈言葉〉にならず〈思考〉に届かぬ状態、要するに〈驚きもせぬ。恐れもせぬ。只心地よく眺めて居る〉状態なのだ。

が、ならば画工は実際、瞼を閉じていながら（とは、ただぼんやりと何かを〈知覚〉していただけなのに）、〈色の白い、髪の濃い、襟足の長い女〉と言いうるのか、つまりそう〈思考〉しえたのか。

もとより、こうしたことの背後に、これらすべてを叙述する（〈言葉〉にする）作者漱石のいま現在が介在しているといえるし、いわなければならない。しかしいまは、もう少し先を急ごう。

《耳元にきゝつと女の笑ひ声がしたと思つたら眼がさめた。見れば夜の幕はとくに切り落されて、天下は隅から隅迄明るい。》

《浴衣の儘、風呂場へ下りて、五分ばかり偶然と湯壺のなかで顔を浮かして居た。洗ふ気にも、出る気にもならない。第一昨夕《ゆふべ》はどうしてあんな心持ちになつたのだらう。昼と夜を界にかう天地が、でんぐり返るのは妙だ。》

あるいは画工の、昨夜の半覚醒の経験は、この朝の〈明覚〉の中の〈想起〉（〈思考〉）において、はじめて〈言葉〉となって了解されたのかもしれない。

さてこの直後、いよいよ那美が画工の眼前に現れる。

《身体を拭くさへ退儀だから、いゝ加減にして、濡れた儘上つて、風呂場の戸を内から開けると、又驚かされた。

「御早う。昨夕はよく寐られましたか」

戸を開けるのと、此言葉とは殆んど同時にきた。人の居るさへ予期して居らぬ出合頭の挨拶だから、さそくの返事も出る遑さへないうちに、

「さあ、御召しなさい」

と後ろへ廻つて、ふわりと余の背中へ柔かい着物をかけた。漸くの事「是は難有う……」丈出して、向き直る、途端に女は二三歩退いた。》

この時、画工はまず画工らしく、那美の〈容姿〉をとらえる。
《口は一文字を結んで静である。眼は五分のすきさへ見出すべく動いて居る。顔は下膨の瓜実形で、豊かに落ち付きを見せて居るに引き易へて、額は狭苦しくも、こせ付いて、所謂富士額の俗臭を帯びて居る。のみならず眉は両方から逼つて、中間に数滴の薄荷を点じたる如く、ぴく〳〵焦慮《じれ》て居る。鼻ばかりは軽薄に鋭どくもない、遅鈍に丸くもない。画にしたら美しからう。》
そして、〈かやうに別れ〳〵の道具が皆一癖あつて、乱調にどや〳〵と余の双眼に飛び込んだ〉という。
《元来は静であるべき大地の一角に陥欠が起つて、全体が思はず動いたが、動くは本来の静に背くと悟つて、力めて往昔《むかし》の姿にもどらうとしたのを、平衡を失つた機勢に制せられて、心ならずも動きつゞけた今日は、やけだから無理でも動いて見せると云はぬ許りの有様が――そんな有様がもしあるとすれば丁度此女を形容する事が出来る。
それだから軽侮の裏に、何となく人に縋りたい景色が見える。人を馬鹿にした様子の底に慎み深い分別がほのめいてゐる。才に任せ、気を負へば百人の男子を物の数とも思はぬ勢の下から温和しい情けが吾知らず湧いて出る。どうしても表情に一致がない。悟りと迷が一軒の家に喧嘩をしながらも同居して居る体だ。此女の顔に統一の感じのないのは、心に統一のない証拠で、心に統一がないのは、此女の世界に統一がなかつたのだらう。不幸に圧しつけられながら、其不幸に打ち勝たうとして居る顔だ。不仕合な女に違ない。》
すでに画工が〈非人情〉の佳境を踏みはずし、人情の〈因果〉に捕らわれていると言わざるをえない。

＊

四章、画工は部屋に帰り、窓外の景色を眺め入る。山あり岡あり谷あり、そして海がある。あらためて〈非人情の旅にはもつて来いと云ふ屈強な場所〉であることを知る。しかし、

《時計は十二時近くなつたが飯を食はせる景色は更にない。漸く空腹を覚えて来たが、空山不見人と云ふ詩中にあると思ふと、一とかたげ位倹約しても遺憾はない。画をかくのも面倒だ、俳句は作らんでも既に俳三昧に入つて居るから、作る丈野暮だ。読まうと思つて三脚几に括りつけて来た二三冊の書籍もほどく気にならん。かうやつて、煦々《くゝ》たる春日に背中をあぶつて、椽側に花の影と共に寐ころんで居るのが、天下の至楽である。考へれば外道《げだう》に堕ちる。動くと危ない。出来るならば鼻から呼吸もしたくない。畳から根の生えた植物の様にじつとして二週間許り暮らして見たい。》

このすぐ後、画工は那美によって再び〈非人情〉の佳境を掻き乱されるのだが、その前にこの部分にこだわってみたい。

画工はいま〈春日に背中をあぶ〉り、〈椽側に花の影と共に寐ころんで〉、〈天下の至楽〉にある。つまりまたしても〈非人情〉の境地に参入しているわけだ。

そしてこの時、画工はもとより何も考えていない。〈考へれば外道に堕ちる〉のである。さらには何も見ず何も聞いていないといえるかもしれない。ただ一種のこころよい〈身体感覚〉にあるといえる。しかもそのことが〈非人情〉の至福であるとすれば、たしかに〈画をかくのも面倒〉、〈俳句は作

らんでも既に俳三昧に入つて居るから、作る丈野暮〉、〈書籍もほどく気にならん〉、つまりただ何かをぼんやりと感じていればよいので、その上に考え（〈思考〉）たり、だから〈言葉〉に関わってはならない。〈動くと危ない〉のである。

すでに冒頭、〈只まのあたりに見れば、そこに詩も生き、歌も湧く。着想を紙に落さぬとも璆鏘の音は胸裏に起る。丹青は画架に向つて塗沫せんでも五彩の絢爛は自から心眼に映る〉（一）とあった。〈この故に無声の詩人には一句なく、無色の画家には尺縑なきも、かく人世を観じ得るの点に於て、かく煩悩を解脱するの点に於て、かく清浄界に出入し得るの点に於て、又この不同不二の乾坤を建立し得るの点に於て、我利私慾の羈絆を掃蕩するの点に於て〉（同）云々――。つまりもっぱら、理知や分別以前、とは〈思考〉や〈言葉〉以前の〈植物の様にじつとし〉た心的境位が求められているのであり、だから〈俳句は作らんでも既に俳三昧に入って居る〉とすれば、〈作るだけ野暮〉というものなのである。

やがて朝食の膳が運ばれるが、顔を出したのが〈矢張り昨夜《ゆうべ》の小女郎〉で、画工が〈何だか物足らぬ〉というのは、やはり那美に関心があるからに他ならない。ただこの小女との会話から、この部屋が普段那美の使っている部屋で、昨夜の画工の入眠時の出来事も、那美が〈衣類でも取り出して急いで、出て行つたものと解釈が出来る〉等々、それこそ画工がいくつか抱いていた疑問の〈解釈が出来る〉仕掛けとなっているのである。

さて食事が了わり、〈膳を引くとき、小女郎が入り口の襖を開たら、中庭の栽込《うゑこ》みを隔てゝ、向ふ二階の欄干に銀杏返しが頬杖を突いて、開化した楊柳観音の様に下を見詰めて居〉る。そしてその

〈銀杏返し〉すなわち那美の視線は卒然〈余の方《かた》に転じ〉、〈毒矢の如く空を貫いて、会釈もなく余が眉間に落ち〉たという。

これに続いて画工は、メレディス作中にある男女の痛切な愛をうたった詩を引きながら、〈もし余があの銀杏返しに懸想して、身を砕いても逢はんと思ふ矢先に、今の様な一瞥の別れを、魂消る迄に、嬉しとも、口惜しとも感じたら、余は必ずこんな意味をこんな詩に作るだらう〉といい、さらに〈二人の今の関係を、此詩の中に適用《あてはめ》て見るのは面白い〉という。つまり明らかに画工は、那美との間にいわゆる〈人情の電気〉（二）が走ったのを感じたのだ。

しかし画工は、〈二人の間には、ある因果の細い糸で、此詩にあらはれた境遇の一部分が、事実となつて、括りつけられて居る〉としながらも、〈因果も此位糸が細いと苦にはならぬ〉といい、〈其上、只の糸ではない〉、〈切らうとすれば、すぐ切れて〉、〈危険はない〉、〈余は画工である。先は只の女とは違ふ〉と言を重ねる。いわば画工は、〈人情の電気〉のスパークにもかかわらず、それをいわゆる〈非人情〉の余裕で乗り切れると自負しているごとくである。

直後、〈突如襖があい〉て、その〈因果の相手〉が〈敷居の上に立つて青磁の鉢を盆に乗せたまゝ佇んで居る〉。〈「御退屈だらうと思つて、御茶を入れに来ました」〉。〈菓子皿のなかを見ると、立派な羊羹が並んでゐる〉――。

ここで画工は那美と、はじめて落着いて会話を交す。なるほど、おのずから才気迸る那美の物言いである。中で、〈「どうするつて、訳ないぢやありませんか。さゝだ男もさゝべ男も、男妾にする許りですわ」〉という言葉だけを引いておこう。

＊

五章は小休止的な章である。画工は村の床屋に行く。この東京は神田から流れて来た床屋の亭主との浮世床的やりとりは「猫」や「坊っちゃん」の滑稽に通じていて面白い。が、だからまた〈俗界〉の消息をも伝えていて、〈「旦那あの娘は面《めん》はいゝ様だが、本当はき印しですぜ」〉とか、〈「なぜつて、旦那。村のものは、みんな気狂《きちげえ》だつて云つてるんでさあ」〉という亭主の言葉からは、那美のおかれた現実が見えてくる。他に那美に文をつけた泰安という若僧の話、那美が〈「そんなに可愛いなら、仏様の前で、一所に寝ようつて、出し抜けに、泰安さんの頸つ玉へかぢりついた」〉といういきさつ。了念という小坊主の話——。

ただ一つ、床屋の鏡に映る次の光景は、後の叙述とも関わって、見過ごして通れない。

《向ふの家では六十許りの爺さんが、軒下に蹲踞まり乍ら、だまつて貝をむいて居る。かちやりと、小刀があたる度に、赤い味《み》が笊のなかに隠れる。殻はきらりと光りを放つて、二尺あまりの陽炎を向へ横切る。丘の如くに堆かく、積み上げられた、貝殻は牡蠣か、馬鹿か、馬刀貝か。崩れた、幾分は砂川の底に落ちて、浮世の表から、暗らい国へ葬られる。葬られるあとから、すぐ新しい貝が、柳の下へたまる。爺さんは貝の行末を考ふる暇さへなく、唯空しき殻を陽炎の上へ放り出す。彼れの笊には支ふべき底なくして、彼れの春の日は無尽蔵に長閑かと見える。》

思えば酸鼻な、貝のほとんど無際限な殺戮と流血。しかし春日の下、すべては〈長閑〉に見える。（ただこれは後段八章、〈朔北の曠野を染むる血潮〉、その無惨な殺戮と流血に連なるものではないか——。）

*

六章は重要な章である。これまでの総括であり、あらたな展開を用意する。

画工はまず〈夕暮の机に向ふ〉。春の山里の湯の静けさ。画工はほとんど一切を放下し、その静けさの中へ溶け入るごとくである。以下しばらく画工の言を聞こう。（ただし後にも言う通り、ここでも画工は〈何事をも考へて居らぬ〉。とすれば以下はすべて画工の事後の記述、あるいは一挙に、作者漱石の「草枕」執筆時の叙述であるということを忘れてはならない。）

《所謂楽は物に着するより起るが故に、あらゆる苦しみを含む。但詩人と画客なるものあつて、飽くまで此待対世界の精華を嚼んで、徹骨徹髄の清きを知る。》

《彼等の楽は物に着するのではない。同化して其物になるのである。其物になり済ました時に、我を樹立すべき余地は茫々たる大地を極めても見出し得ぬ。自在に泥団を放下して、破笠裏に無限の青嵐を盛る。いたづらに此境遇を拈出するのは、敢て市井の銅臭児を鬼嚇して、好んで高く標置するが為めではない。只這裏の福音を述べて、縁ある衆生を麾《さしまね》くのみである。有体に云へば詩境と云ひ、画界と云ふも皆人々具足の道である。春秋に指を折り尽して、白頭に呻吟するの徒と雖も、一生を回顧して、閲歴の波動を順次に点検し来るとき、嘗ては微光の臭骸に洩れて、吾を忘れし、拍手の興を喚び起す事が出来やう。出来ぬと云はゞ生甲斐のない男である。》

　まさしく、画工の〈詩人〉なり〈画客〉に対する信頼は揺るがない。いや、実際に詩を作らず画を描かなくとも、〈人々具足〉の〈詩境〉といい〈画界〉というものが現出されればそれでよい。しかも画工はいまその境地（〈非人情〉の境地！）を貪っているのだ。

《去れど一事に即し、一物に化するのみが詩人の感興とは云はぬ。ある時は一弁の花に化し、あるときは一双の蝶に化し、あるはウオーヅウオースの如く、一団の水仙に化して、心を沢風の裏に撩乱せしむる事もあらうが、何とも知れぬ四辺の風光にわが心を奪はれて、わが心を奪へるは那物ぞとも明瞭に意識せぬ場合がある。ある人は天地の耿気に触るゝと云ふだらう。ある人は無絃の琴を霊台に聴くと云ふだらう。又ある人は知りがたく、解しがたきが故に無限の域に儃佪《せんくわい》して、縹緲のちまたに彷徨すると形容するかも知れぬ。何と云ふも皆其人の自由である。わが、唐木の机に憑りてぽかんとした心裡の状態は正にこれである。

余は明かに何事をも考へて居らぬ。又は慥かに何物をも見て居らぬ。わが意識の舞台に著るしき色彩を以て動くものがないから、われは如何なる事物に同化したとも云へぬ。只何となく動いて居る。花に動くにもあらず、鳥に動くにもあらず、人間に対して動くにもあらず、只恍惚と動いて居る。

強ひて説明せよと云はるゝならば、余が心は只春と共に動いて居ると云ひたい。》

〈普通の同化には刺激がある。刺激があればこそ、愉快であらう。余の同化には、何と同化したか不分明であるから、毫も刺激がない。刺激がないから、窈然として名状しがたい楽がある〉と画工は続け、さらに〈沖融とか澹蕩とか云ふ詩人の語は尤も此境を切実に言ひ了せたものだらう〉と付け加える。そしてこの時、〈此境界を画にして見たらどうだらう〉と考えるのである（このことが作品後半の主題となってゆくのは、以下に見る通りである）。

が、〈然し〉と画工はいう。

《然し普通の画にはならないに極つてゐる。われ等が俗に画と称するものは、只眼前の人事風光を有の儘なる姿として、若くは之をわが審美眼に漉過して、絵絹の上に移したものに過ぎぬ。花が花と見え、水が水と映り、人物が人物として活動すれば、画の能事は終つたものと考へられて居る。もし此上に一頭地を抜けば、わが感じたる物象を、わが感じたる儘の趣を添へて、画布の上に淋漓として生動させる。ある特別の感興を、己が捕へたる森羅の裡に寓するのが此種の技術家の主意であるから、彼等の見たる物象観が明瞭に筆端に迸しつて居らねば、画を制作したとは云はぬ。》

《此二種の製作家に主客深浅の区別はあるかも知れぬが、明瞭なる外界の刺激を待つて、始めて手を下すのは双方共同一である。去れど今、わが描かんとする題目は、左程に分明なものではない。あらん限りの感覚を鼓舞して、之を心外に物色した所で、方円の形、紅緑の色は無論、濃淡の陰、洪繊の線《すぢ》を見出しかねる。わが感じは外から来たのではない。たとひ来たとしても、わが視界に横はる、一定の景物ではないから、是が源因だと指を挙げて明らかに人に示す訳に行かぬ。あるものは只心持ちである。此心持ちを、どうあらはしたら画になるだらう――否此心持ちを如何なる具体を藉りて、人の合点する様に髣髴せしめ得るかゞ問題である。

普通の画は感じはなくても物さへあれば出来る。第二の画は物と感じと両立すれば出来る。第三に至つては存するものは只心持丈であるから、画にするには是非共此心持ちに恰好なる対象を択ばなければならん。然るに此対象は容易に出て来ない。出て来ても容易に纏らない。纏つても自然界に存するものとは丸で趣を異にする場合がある。従つて普通の人から見れば画とは受け取れない。描いた当人も自然界の局部が再現したものとは認めて居らん、只感興の上《さ》した刻下の心持ちを幾分でも伝へ

て、多少の生命を惝怳しがたきムードに与ふれば大成功と心得て居る。》

そして画工は結論的に、〈色、形、調子が出来て、自分の心が、あゝ此所に居たなと、忽ち自己を認識する様にかゝなければならない〉と言うのだ。

画工は冒頭から、繰り返し〈非人情〉の〈雅境〉に出入する。それはただ〈恍惚〉として、何かをぼんやりと感じている心的状態。ここでも画工は、〈わが、唐木の机に憑りてぽかんとした心裡の状態〉という。しかしここから、あらたな展開が始まる。画工は〈此境界《きやうがい》を画《ゑ》にして見たらどうだらうと考へた〉というのだ。

これまで画工は、もっぱら〈此境界〉に耽溺すれば足りた。しかし画工はいま、〈一頭地を抜〉いて、実際にそれを〈画にして見たら〉と考える。が、それはもともと〈那物《なにもの》ぞとも明瞭に意識〉しえないもの、〈知りがたく、解しがたく〉、〈不分明〉で、〈窈然として名状しがたい〉ものではなかったか。

ただ画工は〈あるものは只心持ち〉、〈存するものは只心持ち丈〉と繰り返す。つまり、いま現在の経験的事実として、終始〈心持ち〉(〈感興の上《さ》した刻下の心持ち〉)が存在するのはたしかなのだ。しかし、それが〈あらん限りの感覚を鼓舞して、之を心外に物色した所で、方円の形、紅緑の色は無論、濃淡の陰、洪纖の線《すぢ》を見出しかねる〉もの、とは、いわば感覚的形質を一切欠いたものだとすれば、それを〈画にして見たら〉などということは、土台無理なことといわなければならない。

画工は〈具体を藉《か》り〉、〈対象を択〉ぶというが、案の定〈容易〉ではない。〈形にあらはれたものは、牛であれ馬であれ、乃至は牛でも馬でも、何でもないものであれ、厭はない〉。しかし〈厭はないがどうも出来ない〉のである。〈写生帖を机の上へ置いて、両眼が帖《でふ》のなかへ落ち込む迄、工夫したが、とても物にならん〉というのである。

そして、叙述は次の展開に入る。

《鉛筆を置いて考へた。こんな抽象的な興趣を画にしやうとするのが、抑もの間違である。人間にさう変りはないから、多くの人のうちには屹度自分と同じ感興に触れたものがあつて、此感興を何等の手段かで、永久化せんと試みたに相違ない。試みたとすれば其手段は何だらう。》

〈忽ち音楽の二字がぴかりと眼に映った〉と画工は続ける。しかし〈不幸にして〉、音楽は〈丸で不案内〉ということで、〈次に詩にはなるまいか〉と、画工は〈第三の領分に踏み込んで見る〉。しばらく画工の言を聴こう。

《レッシングと云ふ男は、時間の経過を条件として起る出来事を、詩の本領である如く論じて、詩画は不一にして両様なりとの根本義を立てた様に記憶するが、さう詩を見ると、今余の発表しやうとあせつて居る境界も到底物になりさうにない。余が嬉しいと感ずる心裏の状況には、時間はあるかも知れないが、時間の流れに沿ふて、逓次に展開すべき出来事の内容がない。一が去り、二が来り、二が消えて三が生まるゝが為めに嬉しいのではない。初から窈然として同所に把住する趣きで嬉しいのである。既に同所に把住する以上は、よし之を普通の言語に翻訳した所で、必ずしも時間間に材料を按排する必要はあるまい。矢張り絵画と同じく空間的に景物を配置したのみで出来るだらう。只如何なる景情を詩中に持ち来つて、此曠然として倚托なき有様を写すかゞ問題で、既に之を捕へ得た以上はレッシングの説に従はんでも詩として成功する訳だ。ホーマーがどうでも、ヷージルがどうでも構はない。もし詩が一種のムードをあらはすに適して居るとすれば、此ムードは時間の制限を受けて、順次に進捗する出来事の助けを藉らずとも、単純に空間的なる絵画上の要件を充たしさへすれば、言語を以て描き得るものと思ふ。》

レッシングは周知のように『ラオコーン』で、〈詩〉（〈文学〉）の〈時間性〉と〈絵画〉（〈造形美術〉）の〈空間性〉を厳密に対比する。[4] が、画工はここでそれに保留を付し、〈詩〉（〈文学〉）がかならずしも〈時間〉に規定されないと主張する。現に画工が繰り返し出入する〈非人情〉の佳境、つまり〈余が嬉しいと感ずる心裏の状況〉に、〈時間の経過〉はない。少くとも〈時間の流れに沿ふて、逓次に展開すべき〉、とは〈一が去り、二が来り、二が消えて三が生まる〉といった、いわば線型的な〈時間〉はない。かわりに〈初から窈然として同所に把住する趣き〉。だからこれを〈言語に翻訳〉するとすれば、〈絵画と同じく空間的に景物を配置した〉ことになるというのだ。[5]

そしてここには、冒頭から、画工が繰り返し推奨してきた俳句や漢詩、いわば即興的、瞬間的抒情としての東洋的短詩への信頼が関わっていることは明らかである。

《議論はどうでもよい。ラオコーン抔は大概忘れて居るのだから、よく調べたら、此方が怪しくなるかも知れない。兎に角、画にしそくなつたから、一つ詩にして見様、と写生帖の上へ、鉛筆を押しつけて、前後に身をゆすぶつて見た。しばらくは、筆の先の尖がつた所を、どうにか運動させたい許りで、毫も運動させる訳に行かなかつた。》

しかし、やがて、〈鉛筆が少しづゝ動〉き、

《彼是二三十分したら、
青春二三月。愁随芳草長。閑花落空庭。素琴横虚堂。蠨蛸掛不動。篆煙繞竹梁。
と云ふ六句丈出来た。読み返して見ると、みな画になりさうな句許りである。是なら始めから、画にすればよかつたと思ふ。なぜ画よりも詩の方が作り易かつたかと思ふ。こゝ迄出たら、あとは大した苦もなく出さうだ。然し画に出来ない情を、次には咏つて見たい。あれか、これかと思ひ煩つた末とう〳〵、
独坐無隻語。方寸認微光。人間徒多事。此境孰可忘。会得一日静。正知百年忙。遐懐寄何処。緬邈白雲郷。
と出来た。もう一辺最初から読み直して見ると、一寸面白く読まれるが、どうも、自分が今しがた入つた神境を写したものとすると、索然として物足りない。》
画工はこうして、一応〈詩〉をものしえた。しかし問題が残っているといわなければならない。一つは、〈なぜ画よりも詩の方が作り易かつたか〉ということ、もう一つは、〈自分が今しがた入つた神境を写したものとすると、索然として物足りない〉ということ――。
画工の思索はこの直後、〈振袖姿のすらりとした女が、音もせず、向ふ二階の椽側を寂然として歩行《あるい》て行く〉様に目を奪われて、途切れてしまう。しかしこの問題は、後々の立論のためにも、ここで少しく考察を加えておくことにしたい。
画工は〈余が心は只春と共に動いて居る〉という。〈只恍惚と動いて居る〉。おそらくこの状態は、〈動いて居る〉というように無時間ではない。むしろ静かだが生々と息づくいま現在、あるいはいま

最中の経験的事実、そのいわば原生的な瞬刻といえる。

画工はこれを〈画にして見たら〉という。しかしその〈画〉は画工もいうように、対象を視覚によって写生、再現したものではないだろう。〈わが感じは外から来たのではない、たとひ来たとしても、わが視界に横はる、一定の景物でない〉云々。だから〈自然界の局部が再現したもの〉ではありえないのだ。

が、〈只心持ち〉、〈刻下の心持ち〉という経験的事実は〈存在〉する。それをどう表現しうるか。無論〈具体を藉り〉、〈対象を択〉び、〈色、形、調子が出来て〉と、画工は依然として、いわゆる〈映像〉を追う。だが結局それは、すでにつねに、〈自分の心が、あゝ此処に居たなと、忽ち自己を認識する〉、つまり〈認識〉することに帰るのである。

要するに、画工の現下の〈心持ち〉なるものは、つねにすでに、〈言語〉へと密接に結びつく。いや、〈思考〉や〈言葉〉によって、いわば文脈的に確認され確定されて、はじめて〈存在〉するのではないか。

さて、こうして画工の現下の〈心持ち〉――模糊としてアモルファスな経験的事実は、言語的制作としての〈詩〉へと結晶した。しかし、この時〈詩〉が、つねにすでに、〈詩〉作の現在よりも以前のものを言語化していたことは明らかである。

〈葛湯を練るとき、最初のうちは、さら〳〵して、箸に手応がないものだ。そこを辛抱すると、漸く粘着《ねばり》が出て、攪き淆ぜる手が少し重くなる。それでも構はず、箸を休ませずに廻すと、今度は廻し切れなくなる。仕舞には鍋の中の葛が、求めぬに、先方から、争つて箸に附着してくる。詩を作るのは正に是だ〉という比喩を引くまでもなく、言語以前のいわゆる原生的経験を〈思考〉にまとめ、あるいは〈言語〉にする時間が必要なのである（〈時間間に材料を按排する必要〉）。つまり言語化とは出来事を、つねにすでに、より以前の出来事として、さらにいえば、〈過去〉として〈想起〉することではないか。

　このことは即興的、瞬間的抒情としての俳句や漢詩も免れることではない（そしてここにレッシングが〈詩〉における〈時間〉の制約を主張する根拠があるといえよう）。画工が実際に〈詩〉をものにしながら、〈自分が今しがた入つた神境を写したものとすると、索然として物足りない〉というのも、それがいま現在、いま最中の生々とした五感的、原生的経験ではなく、一瞬以後の、だから一瞬以前の過去記述、言語的想起であるからではないか。

　さて、その時〈向ふ二階の椽側〉を花嫁衣装を着た那美が往復するのを見て、画工が驚く所はすでに記した。なぜそんなことをするのか、〈其主意に至つては固より解らぬ〉と画工はいう。しかし放心したごとく、〈幻覚《うつゝ》の儘〉、しかもやがて〈あの世へ足を踏み込ん〉でしまうのではないかと疑られるように、那美は歩み続ける。画工は思わず、〈おうい〳〵〉と、〈呼びかけ〉て、那美を〈うつゝの裡から救つてやらうか〉と心を乱す――（この部分は後にまた触れる）。

　言うまでもなく、こうして画工はまたしても〈非人情〉の〈神境〉から転落する。あるいはまたしても那美との〈因果〉の糸に絆されて、あれこれ思い、考える――。

　そしておそらくこれからも、こうした継起は繰り返されて続くだろう。しかも画工はその都度、その継起を（事後的に）語るだろう。いや、画工を通してそう語る作者漱石の、いまただいまの叙述において、「草枕」という小説が成立してゆくといえるだろう。

＊

七章は有名な入浴シーンである。雨が降り寒くなって、画工は〈手拭を下げて、湯壺へ下る〉。画工は〈温泉と云ふ名を聞けば必ず〉、白楽天の〈温泉水滑洗凝脂〉という句を思い出し、〈愉快な気持になる〉という。そして画工はたちまちのうちに、また〈恍惚〉たる〈神境〉に入るのである。

《余は湯槽《ゆぶね》のふちに仰向の頭を支へて、透き徹る湯のなかの軽き身体《からだ》を、出来る丈抵抗力なきあたりへ漂はして見た。ふわり、〳〵と魂がくらげの様に浮いて居る。世の中もこんな気になれば楽なものだ。分別の錠前を開けて、執着の栓張《しんばり》をはずす。どうともせよと、湯泉《ゆ》のなかで、湯泉と同化して仕舞ふ。流れるもの程生きるに苦は入らぬ。流れるものゝなかに、魂迄流して居れば、基督の御弟子となつたより難有い。》

画工はさらに、〈成程此調子で考へると、土左衛門は風流である〉と続ける。そして、

《スヰンバーンの何とか云ふ詩に、女が水の底で往生して嬉しがつて居る感じを書いてあつたと思ふ。余が平生から苦にして居た、ミレーのオフエリヤも、かう観察すると大分美しくなる。何であんな不愉快な所を択んだものかと今迄不審に思つて居たが、あれは矢張り画になるのだ。水に浮んだ儘、或は水に沈んだ儘、或は沈んだり浮んだりした儘、只其儘の姿で苦なしに流れる有様は美的に相違ない。夫で両岸に色々な草花をあしらつて、水の色と流れて行く人の顔の色と、衣服の色に、落ちついた調和をとつたなら、屹度画になるに相違ない。然し流れて行く人の表情が、丸で平和では殆んど神話か

比喩になつてしまふ。痙攣的な苦悶は固より、全幅の精神をうち壊はすが、全然色気のない平気な顔では人情が写らない。どんな顔をかいたら成功するだらう。ミレーのオフエリヤは成功かも知れないが、彼の精神は余と同じ所に存するか疑はしい。ミレーはミレー、余は余であるから、余は余の興味を以て、一つ風流な土左衛門をかいて見たい。然し思ふ様な顔はさう容易く心に浮んで来さうもない。》

画工の〈此境界を画にして見たらどうだらう〉（六）という意志は、依然として揺るがない。揺るがないどころか、ここで〈湯泉〉をかりて、〈春と共に動いて居る〉（同）とか、〈恍惚として動いて居〉（同）るとかいった〈心持ち〉、〈刻下の心持ち〉（同）が、〈風流な土左衛門〉、その〈水に浮んだ儘、或は水に沈んだ儘、或は沈んだり浮んだりした儘、只其儘の姿で苦なしに流れる有様〉へと、より具体化したといえるだろう。

ばかりか、さらに画工の（そして作者漱石の）固定観念ともいうべき〈ミレーのオフエリヤ〉をめぐり、〈両岸に色々な草花をあしらつて、水の色と流れて行く人の顔の色と、衣服の色に、落ちついた調和をとつたなら〉と、画想はますます具体化される。

だが繰り返すまでもなく、具体化されたといっても、実際に視覚的形質が現出したわけではない。〈沈んだり浮んだり〉とか〈流れる〉とかいっても、いまだ〈心持ち〉、〈刻下の心持ち〉（という〈観念〉）の域を出るものではないし、〈あしらつて〉とか〈調和をとつたなら〉というのも、つまりは仮定、想像にすぎない。だから直接視覚に訴えるものはなにも現れていない。画像の中心ともいうべき〈流れて行く人の表情〉が一向に焦点を結ばないのも当然で、要するにすべては、頭の中で〈言葉〉

で）考えられていることだからである。

従ってその代わりに、すべては〈言語〉と密接に関係する。いや〈思考〉し〈言葉〉になるしかないのだ。〈思ふ様な顔はさう容易《たやす》く心に浮んで来さうもない〉画工が、〈湯のなかに浮いた儘、今度は土左衛門の賛を作つて見る〉所以である。

浮かば波の上、
沈まば波の底、
春の水なら苦はなかろ。

さて章の後半、浴室の湯煙の中に、那美の裸体があらわれる。〈漲ぎり渡る湯烟りの、やはらかな光線を一分子毎に含んで、薄紅の暖かに見える奥に、漾はす黒髪を雲とながして、あらん限りの背丈を、すらりと伸《の》した女の姿〉。画工は〈只ひたすらに、うつくしい画題を見出し得たとのみ思つた〉。

以下、漱石自慢の一節を引こう。

《室を埋むる湯烟は、埋めつくしたる後から、絶えず湧き上がる。春の夜の灯を半透明に崩し拡げて、部屋一面の虹霓《にじ》の世界が濃かに揺れるなかに、朦朧と、黒きかとも思はるゝ程の髪を暈して、真白な姿が雲の底から次第に浮き上がつて来る。其輪廓を見よ。

頸筋を軽《かろ》く内輪に、双方から責めて、苦もなく肩の方へなだれ落ちた線が、豊かに、丸く折れて、流るゝ末は五本の指と分れるのであらう。ふつくらと浮く二つの乳の下には、しばし引く波が、又滑らかに盛り返して下腹の張りを安らかに見せる。張る勢を後ろへ抜いて、勢の尽くるあたりから、分れた肉が平衡を保つ為めに少しく前に傾く。逆に受くる膝頭のこのたびは、立て直して、長きうねり

の踵につく頃、平たき足が、凡ての葛藤を、二枚の蹠《あしのうら》に安々と始末する。》
この一節に先立って、画工は現今の〈裸体画〉に言及し、その〈あまりに露骨《あからさま》な肉の美を極端迄描がき尽さうとする痕迹〉を批判する。いわば現今の写実主義、その対象を執拗に、そして露骨に描き出そうとする意図が嫌忌されているのである。〈放心と無邪気とは余裕を示す。余裕は画に於て、詩に於て、もしくは文章に於て、必須の条件である。今代芸術の一大弊竇《へいとう》は、所謂文明の潮流が、徒らに芸術の士を駆つて、拘々として随処に齷齪たらしむるにある。裸体画は其好例であらう〉――。
それにひきかえてと画工は、目の前の那美の裸体について、〈凡てのものを幽玄に化する一種の霊氛のなかに髣髴として、十分の美を奥床しくもほのめかして居る〉と称える。湯煙の中にぼんやりと白く浮き出るもの、画工にはそれは、人間の女、那美の裸身ではなく、伝説の月界の女、嫦娥のものに見えるという。つまり画工は外なる対象に〈拘々として〉捉われることなく、むしろ陶然と内なる〈観念〉(の美)と戯れる。その〈余裕〉――。言うまでもなく画工は、ここでも依然、あの〈非人情〉の佳境を保っているといえるだろう。
しかし那美が近づいてくる。〈今一歩を踏み出せば、折角の嫦娥が、あはれ、俗界に堕落するよと思ふ刹那に、緑の髪は、波を切る霊亀の尾の如くに風を起して、莽《ばう》と靡いた。渦捲く烟りを劈いて、白い姿は階段を飛び上がる。ホヽヽヽと鋭どく笑ふ女の声が、廊下に響いて、静かなる風呂場を次第に向へ遠退く。余はがぶりと湯を呑んだ儘槽《ふね》の中に突立つ〉。つまりまたしてもここで、画工は那美に、〈非人情の境地〉を破られるのである。

＊

八章は茶席の場面である。主は宿の老主人、客は観海寺の和尚の大徹、老主人の甥（那美の従弟）の久一という青年、それに画工である。

章の大半は老主人と大徹による、主人秘蔵の杢兵衛の茶碗やら青玉の菓子皿やら端渓の硯やら徂徠の大幅やらをめぐる、いわゆる骨董談義である。ただし画工はその場を楽しんでいないことはない。茶は〈暇人適意の韻事〉であり、茶室に置かれた種々の〈支那の器具〉は〈皆抜けて居〉て、〈どうしても馬鹿で気の長い人種の発明したもの〉としか受けとれないが、〈見て居るうちに、ぼおつとする所が尊とい〉と画工は言う。

しかし章の末尾で、大徹が端渓の硯を愛でながら、〈「此様《こない》なのは支那でも珍らしからうな」〉と言い、〈「わしも一つ欲しいものぢや。何なら久一さんに頼まうか。どうかな、買ふて来て御呉れかな」〉と言う所から、場の趣きは急変する。

《「へゝゝゝ。硯を見付けないうちに、死んで仕舞さうです」

「本当に硯どころではないな。時にいつ御立ちか」

「二三日うちに立ちます」

「隠居さん。吉田迄送つて御やり」》

画工は三人の言葉の途切れた所で、久一に、〈「支那の方へ御出でゝすか」〉と〈一寸聞いて見〉る。

《「なあに、あなた。矢張り今度の戦争で——これがもと志願兵をやつたものだから、それで召集されたので」

老人は当人に代つて、満州の野に日ならず出征すべき此青年の運命を余に語げた。此夢の様な詩の様な春の里に、啼くは鳥、落つるは花、湧くは温泉《いでゆ》のみと思ひ詰めて居たのは間違である。現実世界は山を越え、海を越えて、平家の後裔のみ住み古るしたる孤村に迄逼る。朔北の曠野を染むる血潮の何万分の一かは、此青年の動脈から迸る時が来るかも知れない。此青年の腰に吊る長き剣の先から烟りとなつて吹くかも知れない。而して其青年は、夢見る事より外に、何等の価値を、人生に認め得ざる一画工の隣りに坐つて居る。耳をそばだつれば彼が胸に打つ心臓の鼓動さへ聞き得る程近くに坐つて居る。其鼓動のうちには、百里の平野を捲く高き潮が今既に響いて居るかも知れぬ。運命は卒然として此二人を一堂のうちに会したるのみにて、其他には何事をも語らぬ。》

ここに来て、作品の現在時点が明治三十七、八年の日露戦争下に設定されていたことが知られる。つまり〈此夢の様な詩の様な春の里〉にも、召集、出征（そして後段にもあるように、破産、出稼ぎ）等の〈現実世界〉は緊々として迫っていたのである。

だから諸家もいうごとく、画工のこの旅と夢が、そうした厳しい〈現実世界〉に、つねにすでに打ち破られるしかない脆弱なものという論点は否定できないだろう。

しかしもともと画工の旅と夢が、そうした〈現実世界〉、つまり〈二十世紀〉の日本での現実をこえた〈別乾坤〉を、〈すこしの間〉でも〈建立〉すること、言葉を換えれば、そのいわゆる〈非人情〉の境地をば、〈現実の状況を向うにまわしてあえて成り立たしめようとしてい〉(6)たのも事実なのだ。

従って、〈夢みる事より外に、何等の価値を、人生に認め得ざる一画工〉という一文も、決して謙辞ではないだろう。むしろ〈出世間的〉な〈芸術家〉としての自負の言葉であるといえるだろう。

だがにもかかわらず、〈現実〉に生死（〈血潮〉）をかけようとする久一に対し、〈夢見る事より外に、何等の価値を、人生に認め得ざる〉画工の境位は危うい、といわざるをえない。〈運命は卒然として此二人を一堂のうちに会したるのみにて、其他には何事をも語らぬ〉という。しかし画工は隣に座る久一の〈心臓の鼓動〉に、影響されているというか、牽制されているといえないか。とすれば、画工はその情況に常に既に対峙しなければならない。（つまり〈向うにまわ〉さなければならない。）(7)

＊

九章には、画工と那美の間に交される文学問答が記されている。那美が〈「御勉強ですか」〉と画工の部屋を訪う。そして、

《「西洋の本ですか、六づかしい事が書いてあるでせうね」

「なあに」

「ぢや何が書いてあるんです」

「さうですね。実はわたしにも、よく分らないんです」

「ホ、、、。それで御勉強なの」

「勉強ぢやありません。只机の上へ、かう開けて、開いた所をいゝ加減に読んでるんです」

「夫で面白いんですか」

「夫が面白いんです」

「何故？」

「何故つて、小説なんか、さうして読む方が面白いです」

「余つ程変つて入らつしやるのね」

「えゝ、些と変つてます」

「初から読んぢや、どうして悪るいでせう」

「初から読まなけりやならないとすると、仕舞迄読まなけりやならない訳になりませう」

「妙な理窟だ事。仕舞迄読んだつていゝぢやありませんか」

「無論わるくは、ありませんよ。筋を読む気なら、わたしだつて、左様します」

「筋を読まなけりや何を読むんです。筋の外に何か読むものがありますか」

余は、矢張り女だなと思つた。》

この〈「筋を読む」〉か否かということをめぐって、たとえば前田愛氏は、画工が那美に、〈筋だけを読む読み方のほかにも、さまざまな小説読書の可能性があることを、それとなく伝えようとしていた〉ものと述べている。ばかりか、作者漱石が画工の言葉を通し、「草枕」が〈筋を読む〉類の小説でないことを、暗に読者に語ろうとしているものとも述べている。(8)

たしかに、「草枕」は当時漱石の抱懐していた文学理論と直結しているといえる。たとえば漱石は「余が『草枕』(9)」において、〈私の「草枕」は、この世間普通にいふ小説とは全く反対の意味で書いたのである。唯一種の感じ――美しい感じが読者の頭に残りさへすればよい。それ以外に何も特別な目的があるのではない。さればこそ、プロットも無ければ、事件の発展もない〉と言っているが、ここ

から も「草枕」が、〈世間普通にいふ小説〉に対する〈プロットも無ければ、事件の発展もない〉小説、とはいわゆる〈筋〉のない小説、つまり〈事件の発展〉を欠いた、だから〈時間〉的な継起や前後関係を撥撫し、その都度〈唯一種の感じ〉(〈美しい感じ〉)、〈人世の苦を忘れて、慰藉〉だけを与える小説の可能性を主張する漱石の、創作上の実験であったということが判かるのである。[10]

漱石は続けて、〈この種の小説は未だ西洋にもないやうだ。日本には無論ない。それが日本に出来るとすれば、先づ、小説界に於ける新しい運動が、日本から起つたといへるのだ〉と言い、挙句、〈俳句的小説〉を標榜する。六章において、例の〈心持ち〉、〈刻下の心持ち〉、要するに〈唯一種の感じ〉を、画工が漢詩や俳句に表現したように、〈必ずしも時間間に材料を按配する必要〉のない、〈絵画と同じく空間的に景物を配置したのみで出来る〉、いわば無時間的な小説が想定されているのだ。[11]

しかしすでにそこで述べたように、たとえ俳句や漢詩であるとしても、それが言語的制作物である以上、時間的制約は免れないのではないか。

早い話この場面、画工は〈「かうして、御籤を引くやうに、ぱつと開けて、開いた所を、漫然と読んでるのが面白い」〉という。たしかにこうして画工は、〈筋〉、すなわち時間的な継起や前後関係を両断し、時間的制約から自由であるというのだろう。が、ただ〈「面白い」〉という〈感じ〉だけでは、いまだ茫漠として、まさに雲を掴むようなものである。まして那美にとっては無に等しい。那美が〈「ぢや、今あなたが読んで入らつしやる所を、少し話して頂戴」〉という所以である。

《「話しちや駄目です。画だつて話にしちや一文の価値《ねうち》もなくなるぢやありませんか」

「ホ、、夫ぢや読んで下さい」

「英語でゞすか」
「いゝえ日本語で」
「英語を日本語で読むのはつらいな」》

しかし結局画工は話してきかせる。画工は〈「読む」〉というが、つまりは翻訳する以上、原文の〈言語的意味〉を辿るのであり、話してきかせることになるのだ。

しかも那美に通じるように（那美はその都度質問をする）、画工は色々と思考を巡らし言葉を選ぶ。〈「いゝ加減ですよ。所々脱けるかも知れません」〉と言ってみたかと思うと、逆に〈「えゝと、少しく六づかしくなつて来たな。どうも訳し――いや読みにくい」〉と言ってみたり、〈「あとが一寸読みにくいですよ。どうも句にならない」〉と言ってみたり、要するに推敲、呻吟するのである。

画工はこうして、その〈「面白い」〉という〈感じ〉を言語化する（ただ原文がすでに英語による言語制作物である以上、それを日本語に〈翻訳〉するということ、とは母国語において、自分と那美との間で、確定し確認するということなのだ）。が、すでに述べたように、その言語化される経験は、必然的に言語化する経験よりは〈以前〉のものである。しかも言語となることにおいて、〈過去〉の経験が〈過去〉の経験として、はじめて現在に形成され、実在することになるのだ。

こうして、画工のいわゆる〈「ぱつと開けて、開いた所を、漫然と読」〉むことが、一見、時間を撥撫し、いわば無時間の現在に逍遥するもののように見えるが、しかしそれが言語に関わる以上、そこではすでにつねに〈過去〉という時間が介入しているといわざるをえない。

のみならず、いま〈母国語〉といったが、画工が〈「漫然と読んでるのが面白い」〉という〈感じ〉

を、自分と那美との間（対話）で言語化する時、そこには〈母国語〉という、まさに歴史の総体の作り出したものが関与していることは断るまでもない。〈母国語〉、とは無数の試行錯誤を重ねながら、日本人全員によって共同制作され、連綿と現在に伝承されて来た経験――その意味や価値の総体。だからそこには〈過去〉（時間）と〈社会〉（空間）が、その都度介在しているといえよう。

ただ画工はここでも、〈もし世界に非人情な読み方があるとすれば正にこれである〉と、例の、いわば一切の関係性、因果性を超絶した〈非人情〉の境地に固執する。〈「大変非人情が御好きだこと」〉と那美に冷やかされながら――。と、その時、

《轟と音がして山の樹が悉く鳴る。思はず顔を見合はす途端に、机の上の一輪挿に活けた、椿がふら〳〵と揺れる。「地震！」と小声で叫んだ女は、膝を崩して余の机に靠りかゝる。御互の身体がすれ〳〵に動く。キ、ーと鋭どい羽搏をして一羽の雉子が藪の中から飛び出す。

「雉子が」と余は窓の外を見て云ふ。

「どこに」と女は崩した、からだを擦寄せる。余の顔と女の顔が触れぬ許りに近付く。細い鼻の穴から出る女の呼吸《いき》が余の髭にさはつた。

「非人情ですよ」と女は忽ち坐住居《ゐずまひ》を正しながら屹と云ふ。

「無論」と言下に余は答へた。》

画工の〈神境〉（六）は、身近な〈女の呼吸〉によって揺れ動く。画工は平静を装うごとくだが、先刻那美によって、見透かされていたというべきだろう。

さらに会話は、久一のことから、〈鏡の池〉のことに及ぶ。

《「その鏡の池へ、わたしも行きたいんだが……」

「行つて御覧なさい」

「画にかくに好い所ですか」

「身を投げるに好い所です」

「身はまだ中々投げない積りです」

「私は近々投げるかも知れません」

余りに女としては思ひ切つた冗談だから、余は不図顔を上げた。女は存外慥かである。

「私が身を投げて浮いて居る所を――苦しんで浮いてる所ぢやないんです――やすくと往生して浮いて居る所を――奇麗な画にかいて下さい」

「え?」

「驚ろいた、驚ろいた、驚ろいたでせう」

女はすらりと立ち上る。三歩にして尽くる部屋の入口を出るとき、顧みてにこりと笑つた。茫然たる事多時。》

*

十章は、その〈鏡が池〉の場面である。

画工は水際の草を〈茵《しとね》〉に、〈太平の尻をそろりと卸〉し、さて〈水を覗いて見る〉。

《眼の届く所は左迄深さうにもない。底には細長い水草が、往生して沈んで居る。余は往生と云ふより外に形容すべき言葉を知らぬ。岡の薄なら靡く事を知つて居る。藻の草ならば誘ふ波の情けを待つ。百年待つても動きさうもない、水の底に沈められた此水草は、動くべき凡ての姿勢を調へて、朝な夕なに、弄らるゝ期を、待ち暮らし、待ち明かし、幾代の思を茎の先に籠めながら、今に至る迄遂に動き得ずに、又死に切れずに、生きて居るらしい。

画工はさらに池を廻る。以下相変わらず長くなるが、引用したい。

《二間余りを爪先上がりに登る。頭の上には大きな樹がかぶさつて、身体が急に寒くなる。向ふ岸の暗い所に椿が咲いて居る。椿の葉は緑が深すぎて、昼見ても、日向で見ても、軽快な感じはない。ことに此椿は岩角を、奥へ二三間遠退いて、花がなければ、何があるか気のつかない所に森閑として、かたまつてゐる。其花が！　一日勘定しても無論勘定し切れぬ程多い。然し眼が付けば是非勘定したくなる程鮮かである。唯鮮かと云ふ許りで、一向陽気な感じがない。ぱつと燃え立つ様で、思はず、気を奪られた、後は何だか凄くなる。あれ程人を欺す花はない。余は深山椿を見る度にいつでも妖女の姿を連想する。黒い眼で人を釣り寄せて、しらぬ間に、嫣然たる毒を血管に吹く。欺かれたと悟つた頃は既に遅い。向ふ側の椿が眼に入つた時、余は、えゝ、見なければよかつたと思つた。あの花の色は唯の赤ではない。眼を醒す程の派出やかさの奥に、言ふに言はれぬ沈んだ調子を持つてゐる。悄然として萎れる雨中の梨花には、只憐れな感じがする。冷やかに艶なる月下の海棠には、只愛らしい気持ちがする。椿の沈んで居るのは全く違ふ。黒ずんだ、毒気のある、恐ろし味を帯びた調子である。此調子を底に持つて、上部はどこ迄も派手に装つてゐる。然も人に媚ぶる態もなければ、ことさらに人を招く様子も見えぬ。ぱつと咲き、ぽたりと落ち、ぽたりと落ち、ぱつと咲いて、幾百年の星霜を、人目にかゝらぬ山陰に落ち付き払つて暮らしてゐる。只一眼見たが最後！　見た人は彼女の魔力から金輪際、免るゝ事は出来ない。あの色は只の赤ではない。屠られたる囚人の血が、自づから人の眼を惹いて、自から人の心を不快にする如く一種異様な赤である。

　見てゐると、ぽたり赤い奴が水の上に落ちた。静かな春に動いたものは只此一輪である。しばらくすると又ぽたり落ちた。あの花は決して散らない。崩れるよりも、かたまつた儘枝を離れる。枝を離れるときは一度に離れるから、未練のない様に見えるが、落ちてもかたまつて居る所は、何となく毒々しい。又ぽたり落ちる。あゝやつて落ちてゐるうちに、池の水が赤くなるだらうと考へた。花が静かに浮いて居る辺《あたり》は今でも少々赤い様な気がする。また落ちた。地の上へ落ちたのか、水の上へ落ちたのか、区別がつかぬ位静かに浮く。また落ちる。あれが沈む事があるだらうかと思ふ。年々落ち尽す幾万輪の椿は、水につかつて、色が溶け出して、腐つて泥になつて、漸く底に沈むのかしらん。幾千年の後には此古池が、人の知らぬ間に、落ちた椿の為めに、埋もれて、元の平地に戻るかも知れぬ。又一つ大きいのが血を塗つた、人魂の様に落ちる。又落ちる。ぽたり〱と落ちる。際限なく落ちる。》

　この時、画工は、〈こんな所へ美しい女の浮いてゐる所をかいたら、どうだらう〉と思ふ。那美が〈昨日《きのふ》冗談に云つた言葉が、うねりを打つて、記憶のうちに寄せてくる。心は大浪にのる一枚の板子の様に揺れる〉。そして、〈あの顔を種にして、あの椿の下に浮かせて、上から椿を幾輪も落とす。椿が長へに落ちて、女が長へに水に浮いてゐる感じをあらはしたいが、夫が画でかけるだらうか〉と画工は思案を続ける。〈かのラオコーンには——ラオコーン抔はどうでも構はない。原理に背いても、背かなくつても、さう云ふ心持さへ出ればいゝ》。しかし、《人間を離れないで人間以上の永久と云ふ感じを出すのは容易な事ではない。第一顔に困る。あの顔を借りるにしても、あの表情では駄目だ。苦痛が勝つては凡てを打ち壊はして仕舞ふ。と云つて無暗に気楽では猶困る。一層ほかの顔にしては、どうだらう。あれか、これかと指を折つて見るが、どうも思しくない。矢張御那美さんの顔が一番似合ふ様だ。然し何だか物足らない。物足らないと迄は気が付くが、どこが物足らないかゞ、吾ながら不明である。従つて自己の想像でいゝ加減に作り易へる訳に行かない。あれに嫉妒を加へたら、どうだらう。嫉妒では不安の感が多過ぎる。憎悪はどうだらう。憎悪は烈げし過ぎる。怒？　怒では全然調和を破る。恨？　恨でも春恨とか云ふ、詩的なものならば格別、只の恨では余り俗である。色々に考へた末、仕舞に漸くこれだと気が付いた。多くある情緒のうちで、憐れと云ふ字のあるのを忘れて居た。憐れは神の知らぬ情で、しかも神に尤も近き人間の情である。御那美さんの表情のうちには此憐れの念が少しもあらはれて居らぬ。そこが物足らぬのである。ある咄嗟の衝動で、此情があの女の眉宇にひらめいた瞬時に、わが画は成就するであらう。然し――何時それが見られるか解らない。あの女の顔に普段充満して居るものは、人を馬鹿にする微《うす》笑《わらひ》と、勝たう、勝たうと焦る八の字のみである。あれ丈では、とても物にならない。》

六章で画工は自らの旅、〈非人情の境界〉を〈画にして見たらどうだらう〉と考える。ただその〈境界〉、つまり〈わが感じは外から来た〉ものではない。よし〈来たとしても、わが視界に横はる、一定の景物でない〉。〈あるものは只心持ち〉、〈刻下の心持ち〉、とはいわば〈身体感覚〉、その経験的事実であり、また〈色、形、調子が出来て、自分の心が、あゝ此所に居たなと、忽ち自己を認識する様にかゝなければならない〉、とはことが〈認識〉に帰する次第はすでに述べた。

そして七章、画工は〈春の湯〉に浸りつつ、ふと〈風流な土左衛門〉に思いを至す。さらにそれに、冒頭から話題にされていた〈長良の乙女〉、〈ミレーのオフエリヤ〉、加えて〈那美さん〉の顔貌が重なり、〈美しい女〉が〈水に浮んだ儘、或は水に沈んだ儘、或は沈んだり浮んだりした儘、只其儘の姿で苦なしに流れる〉、〈夫で両岸に色々な草花をあしらつて、水の色と流れて行く人の顔の色と、衣服の色に、落ちついた調和をとつたなら、屹度画になるに相違ない〉という所まで、思量されていたわけなのである。

そして八章、〈「やすく〵と往生して浮いて居る所を――奇麗な画にかいて下さい」〉という那美の言葉。

さらにこの十章、〈鏡が池へ来て見〉て、画想はいよいよ固まったかのようだ。〈百年待つても動きさうもない、水の底に沈められた〉水草、〈幾百年の星霜を、人目にかゝらぬ山陰に〉咲いては〈際限なく〉水面に落ちる深山椿。〈こんな所へ美しい女の浮いてゐる所をかいたら、どうだらう〉――。

しかし断るべきは、いわばそれらがひとつひとつくり広げる〈一定の景物〉を〈再現〉することではない。あくまで〈こんな所へ美しい女の浮いてゐる所〉、しかも〈椿が長へに落ちて、女が長へに水に浮いてゐる感じ〉、しかり〈感じ〉であって、〈夫が画でかけるだらうか〉ということなのである。

また、だからこそその〈感じ〉、その〈心持ち〉を表わす焦点ともいう〈女〉の〈表情〉は、いまだ感覚的形質を伴っていないのだ。つまりとことん〈抽象的な興趣〉(六)なのであって、具体的、個別的要素を欠いていているのである。

なるほど画工は、その表情を〈苦痛〉、〈気楽〉、〈嫉妒〉、〈憎悪〉、〈怒〉、〈恨〉というように、次々と想像してみる。しかしこれでも判かるように、すべては言語的命題、概念的判断であって、かえって言語そのものの一般性、普遍性に留まるといえよう。

挙句、画工は〈憐れ〉の表情に思い至る。しかしこれこそ知覚的、視覚的要素に乏しいといわれなければならない。〈人間を離れないで人間以上の永久と云ふ感じ〉、〈神の知らぬ情で、しかも神に尤も近き人間の情〉。が、そのようにどんなに言葉を重ねてみても、まさにそのように言葉を重ねることが出来こそすれ、その表情の生きた実際、その細部を目撃することはついに不可能なのである。

画工は〈ある咄嗟の衝動で、此情があの女の眉宇にひらめいた瞬時に、わが画は成就するであらう〉と断言する。だが、この画工の言葉を（正当に）、〈あの女の眉宇にひらめいた〉表情を、〈憐れ〉と思った瞬間、〈わが画は成就する〉と言い換えてみれば、欺瞞は明らかであろう。〈憐れ〉と思ったとしても、それは相変わらず言語的認知であり、〈認識〉以外ではなく、そこからふたたび具体的、個別的画面を構成する、とはつまり〈画〉が〈成就する〉には、無限の径庭のあることを、卒然忘却しているといわざるをえない。

要するに画工は依然、六章の〈画にして見たら〉という場所から一歩も進んでいないことを、ここで指摘しておく必要があるのだ。[12]

それにしても、鏡が池の光景はいかにも陰鬱である。池底に〈長い髪〉のごとく〈慵《ものうげ》に揺れかゝ〉る藻草。水際を〈妖女〉のごとく〈一種異様な赤〉に染める深山椿。あきらかに水に溺れる瀕死の女を連想させる。

ことに椿の赤い色が、〈屠られたる囚人の血〉のごとくであるという比喩は、あの八章の〈朔北の曠野を染むる血潮〉に通うものではないか。つまり目下の戦争、その現実の無残な殺戮と流血が、暗に反照しているともいえよう。（さらに五章の、あの貝のほとんど無際限の殺戮と流血に通じている。）

ばかりか、その赤い椿が、〈幾百年〉にわたり〈ぱつと咲き〉、〈幾千年〉にわたり、〈人魂〉のように、〈ぽたりと落ち〉つづけるという不気味な光景が、まるで人間の永劫に回帰する生誕と死、その度ごとの徒爾のような血の満ち干、その実存の〈永遠の相〉[13]を意味しているのは紛れもない。

しかも、だからと言うべきか、画工が表現しようとするのは、その眼前の実景ではないのだ。いわば目には見えない、その〈永遠の相〉——。そしてあの〈椿が長へに落ちて、女が長へに水に浮いてゐる感じ〉、とは、まさにそこに醸し出される時間的無限を表現しようとしているのではないか[14]。

さて、するとその時、山陰から馬子の源兵衛が薪を背にして現われる。源兵衛の話——。〈「昔」〉、〈「ずつと昔」〉、〈「志保田の嬢様」〉、〈「今の嬢様の様に美しい嬢様」〉が、〈「梵論字を見染め」〉た挙句、〈「あの向ふに見える松の所から、身を投げ」〉たという話。さらに〈「志保田の家には、代々気狂が出来」〉て、〈「今の嬢様」〉も、〈「去年亡くな」〉った〈「あの御袋様」〉も〈「少し変で」〉という話。つまり〈「因果」〉や〈「祟り」〉がめぐるように、遠い時間が今にめぐる。その時、ふと心に過《よぎ》る時間的無限の感慨——。

源兵衛が去った後、画工はようやく、〈画をかきに来て、こんな事を考へたり、こんな話しを聴く許りでは、何日かゝつても一枚も出来つこない〉と独りごつ。〈折角絵の具箱迄持ち出した以上、今日は義理にも下絵をとつて行かう。幸、向側の景色は、あれなりで略纏まつてゐる。あすこでも申し訳に一寸描かう〉。

そして画工の視線は池の面から真直ぐに突き出た〈一丈の巌〉、さらに先程源兵衛のいったその上の〈大きな松〉へと登る。しかし〈やうやく登り詰めて、余の双眼が今危巌の頂きに達したるとき、余は蛇に睨まれた蟇の如く、はたりと画筆を取り落した〉。

《緑りの枝を通す夕日を背に、暮れんとする晩春の蒼黒く巌頭を彩どる中に、楚然として織り出されたる女の顔は、——花下に余を驚かし、まぼろしに余を驚ろかし、振袖に余を驚かし、風呂場に余を驚かしたる女の顔である。

余が視線は、蒼白き女の顔の真中にぐさと釘付けにされたぎり動かない。女もしなやかなる体躯を伸《の》せる丈伸して、高い巌の上に一指も動かさずに立つて居る。此一刹那！

余は覚えず飛び上つた。女はひらりと身をひねる。帯の間に椿の花の如く赤いものが、ちらついたと思つたら、既に向ふへ飛び下りた。夕日は樹梢を掠めて、幽かに松の幹を染むる。熊笹は愈青い。

又驚かされた。》

画工は冒頭から、ひたすら〈非人情〉の境地に憧れてきた。また実際画工は、この自然——春の山里の湯において、巧まずしてその境地に参入する。が、それはまたなんとしばしばそして束の間に那美に破られることか。

すでに二章、峠の茶屋の老婆の話に出た〈那古井の嬢さま〉の〈お嫁入り〉の姿、そしてその〈嬢さま〉と〈よく似〉た〈長良の乙女〉の悲話に、画工は早くも心を揺らす。一章、〈非人情〉の境地を守るべく、〈余裕のある第三者の地位に立〉つ、とは〈世間的の人情〉、〈俗念〉、〈利害〉、〈分別〉、あるいは〈同情だとか、愛だとか、正義だとか、自由だとか、浮世の勧工場にあるもの〉をことごとく放棄し、一切を〈大自然の点景として描き出されたものと仮定して取こなして見様〉と決めたという矢先であるというのに――。

以下三章、一夜目の〈河の中を流れながら、うつくしい声で歌をうたふ〉女の夢。画工は〈救つてやらうと思〉い、〈おゝい〳〵と呼ぶ〉。眼を醒ますと、〈腋の下から汗〉。そして画工も言うように、その直後に見た、月光の下、海棠の花を背にする女の影。または再び眠りに入らんとして、〈瞼の裏〉に見えたという女の幻。さらに翌朝、風呂場で〈出合頭の挨拶〉を受けて初めて見た女の顔。画工はそのいかにも勝気そうな顔を眺めながら、しかし〈不仕合な女に違ない〉と思う。

続いて六章、〈夕暮の欄干〉をゆく〈振袖姿〉。画工にはなにか女が、〈幽冥の府に吸ひ込〉まれるように、しかも〈眠りながら冥府に連れて行かれる〉ように思われ、この時も〈おうい〳〵〉と〈呼びかけ〉、〈救つてやらうかと思〉うのである。そして七章、浴室の湯煙に浮かぶ白い裸体。画工は〈がぶりと湯を呑んだ儘槽の中に突立つ〉のだ。

こうして画工は那美に、むしろ常住に〈驚かさ〉れ、〈非人情〉の夢路を破られる。しかし画工はまたその都度気を取り直して、状況を乗り越えようとする。つまり〈一幅の画として観、一巻の詩として読〉（二）まんとし、とは〈詩人〉たらんとし、〈画客〉たらんとすることにおいて、画工はふたたび〈非人情〉の佳境を目ざすのである。

再度三章、月光の下、海棠の花を背にした女の影に怯みながら、画工が〈こんな時にどうすれば詩的な立脚地《たちば》に帰れるか〉と考え、〈おのれの感じ、其物を、おのが前に据ゑつけ〉、それを〈有体〉に〈十七字〉、〈俳句〉に託さんとしたのも、このことを物語っている。そしてその結果というべきか、画工は〈瞼の裏〉に見えたという女の幻に対し、〈驚きもせぬ。恐れもせぬ。只心地よく眺めてゐる〉ことが出来たという。また浴室の湯煙に浮かぶ白い裸体に対し、〈がぶりと湯を呑〉(七)んだとしても、画工は〈只ひたすらに、うつくしい画題を見出し得たとのみ思〉(同)ったというのだ。

もっともすでに述べたように、そうしてその都度おとずれる〈非人情〉の至福は、つねに事後的に語られなければならない。つまり事後的に想起される(あるいは前もって予期され、想像される)。またそのことにおいてのみ補捉される。しかし逆に、まさにそのことにおいて、刻々のいま現在、いま最中の、人間存在のもっとも原生的な時間経験は、取り逃がされつづけていることは明らかである[15]。

ところで、画工が那美にほとんど常住に〈驚かさ〉れるにしても、その〈驚き〉の中に、いわゆる惻隠の情の揺曳するのを見逃すことは出来ない。峠の茶屋の老婆から聞いた〈長良の乙女〉の悲歌に心を揺らしながら、画工はそれを〈「憐れな歌」〉(四)という。以下繰り返すまでもなく、画工は夢の中で、流れてゆく女を〈救つてやらうと思〉(三)い、〈おゝい〳〵と呼ぶ〉(同)。女の顔を見て、〈不仕合な女〉(同)と思うのも、そこに憐憫を感じたからに違いない。さらに六章、女が〈夕暮の欄干〉をゆく場面。しかしここは、あらためて入念な分析が必要だろう。

春の山里の夕暮れ、〈とにかく静か〉である。画工は自分の〈心〉が、〈只春と共に動いて居ると云ひたい〉という。そしてその時、画工は〈此境界を画にして見たらどうだらう〉と考える。しかし画は到底〈物にならン〉ず、詩を詠じていると、〈襖を引いて、開け放つた幅三尺の空間をちらりと、奇麗な影が通つた。はてな〉（以下、六章より引用）。

《余が眼を転じて、入口を見たときは、奇麗なものが、既に引き開けた襖の影に半分かくれかけて居た。しかも其姿は余が見ぬ前から、動いて居たものらしく、はつと思ふ間に通り越した。余は詩をすてゝ入口を見守る。

一分と立たぬ間に、影は反対の方から、逆にあらはれて来た。振袖姿のすらりとした女が、音もせず、向ふ二階の椽側を寂然として歩行《あるい》て行く。余は覚えず鉛筆を落して、鼻から吸ひかけた息をぴたりと留めた。

花曇りの空が、刻一刻に天から、ずり落ちて、今や降ると待たれたる夕暮の欄干に、しとやかに行き、しとやかに帰る振袖の影は、余が座敷から六間の中庭を隔てゝ、重き空気のなかに蕭寥と見えつ、隠れつする。

女は固より口も聞かぬ。傍目も触らぬ。椽に引く裾の音さへおのが耳に入らぬ位静かに歩行いて居る。腰から下にぱつと色づく、裾模様は何を染め抜いたものか、遠くて解らぬ。只無地と模様のつながる中が、おのづから暈されて、夜と昼との境の如き心地である。女は固より夜と昼との境をあるいて居る。

此長い振袖を着て、長い廊下を何度往き何度戻る気か、余には解からぬ。いつ頃から此不思議な装をして、此不思議な歩行をつゞけつゝあるかも、余には解らぬ。其主意に至つては固より解らぬ。固より解るべき筈ならぬ事を、かく迄も端正に、かく迄も静粛に、かく迄も度を重ねて繰り返す人の姿の、入口にあらはれては消え、消えてはあらはるゝ時の余の感じは一種異様である。《太玄の閽《もん》おのづから開けて、此華やかなる姿を、幽冥の府に吸ひ込まんとするとき、余はかう感じた。金屏を背に、銀燭を前に、春の宵の一刻を千金と、さゞめき暮らしてこそ然るべき此装の、厭ふ景色もなく、争ふ様子も見えず、色相世界から薄れて行くのは、ある点に於て超自然の情景である。刻々と逼る黒き影を、すかして見ると女は粛然として、焦《せ》きもせず、狼狽《うろたへ》もせず、同じ程の歩調を以て、同じ所を徘徊して居るらしい。身に落ちかゝる災を知らぬとすれば無邪気の極である。知つて、災と思はぬならば物凄い。黒い所が本来の住居《すまひ》で、しばらくの幻影《まぼろし》を、元の儘なる冥漠の裏に収めればこそ、かやうに閑靚の態度で、有と無の間に逍遥してゐるのだらう。女のつけた振袖に、紛たる模様の尽きて、是非もなき磨墨に流れ込むあたりに、おのが身の素性をほのめかして居る。

　またかう感じた。うつくしき人が、うつくしき眠りに就いて、その眠りから、さめる暇もなく、幻《うつ》覚《ゝ》の儘で、此世の呼吸《いき》を引き取るときに、枕元に病を護るわれ等の心は嘸つらいだらう。四苦八苦を百苦に重ねて死ぬならば、生甲斐のない本人は固より、傍に見て居る親しい人も殺すが慈悲と諦らめられるかも知れない。然しすや〳〵と寐入る児に死ぬべき何の科があらう。眠りながら冥府《よみ》に連れて行かれるのは、死ぬ覚悟をせぬうちに、だまし打ちに惜しき一命を果すと同様である。どうせ殺すものなら、とても逃れぬ定業と得心もさせ、断念もして、念仏を唱へたい。死ぬべき条件が具はらぬ先に、死ぬる事実のみが、有り〳〵と、確かめらるゝときに、南無阿弥陀仏と回向をする声が出る位なら、其声でおうい〳〵と、半ばあの世へ足を踏み込んだものを、無理にも呼び返したくなる。假りの眠りから、いつの間とも心付かぬうちに、永い眠りに移る本人には、呼び返される方が、切れかゝつた煩悩の綱を無暗に引かるゝ様で苦しいかも知れぬ。慈悲だから、呼んで呉れるな、穏かに寐かして呉れと思ふかも知れぬ。それでも、われ〳〵は呼び返したくなる。余は今度女の姿が入口にあらはれたなら、呼びかけて、うつゝの裡から救つてやらうかと思つた。》

〈長い振袖を着て、長い廊下を何度往き何度戻る気か〉。〈いつ頃から此不思議な装をして、此不思議な歩行《あゆみ》をつづけつゝあるか〉――。明らかに、これはすでに、あの人間存在の〈永遠の相〉〈時間的無限〉を示唆している。しかも〈此華やかなる姿〉に〈刻々と逼る黒き影〉。が〈粛然として、焦《せ》きもせず、狼狽《うろたへ》もせず、同じ程の歩調を以て、同じ所を徘徊〉する。その自らの身の運命を、〈無邪気〉にも知らぬのか、〈物凄〉くも知っててか、いずれにしてもその〈有と無の間〉、とは生と死の間を〈逍遥〉する姿は、〈おのが身の素性をほのめかして〉いる――。

が、画工は〈またかう感じた〉という。さながら〈うつくしき人が、うつくしき眠りに就いて、その眠りから、さめる暇もなく、幻覚の儘で、此世の呼吸を引き取る〉ように、あるいは〈すや〳〵と寐入る児〉の、〈死ぬべき何の科〉もないままに、〈眠りながら冥府に連れて行かれる〉ように。要するに画工はそこに、死の深淵にのぞんで、繰り返し生きつづける人間の、しかもそのこと自体に気づかぬ果敢無い定めの姿――あの実存の〈永遠の相〉を見てとっているのだ。

画工は不憫のあまり、それに向かって〈おうい〳〵〉と呼びかけてやろうかと思う。おそらく思わず、〈あはれ〉と声に出して嘆かなければならぬように――。

こうして画工は再三にわたり那美に〈驚かされ〉ながら、しかし終始あの、人間存在の悠久の運命、その徒爾のごとき時間に思いを至しているのだ。死の深淵を背にしつつ、それを知ってか知らずか、まるで〈物狂い〉にも比すべく、専らに、絶え間なく、なにか〈不思議〉な歩みを歩みつづける人間の哀しき運命、そしてそれへの惻々たる思い。たしかにすでにその思いは、〈苦しんだり、怒つたり、騒いだり、泣いたり〉（二）という区々たる〈人情〉を超えている。人間が人間に寄せる、まさにこの上ない、純一無雑な感動であるというべきだろう。[16]

*

十一章、観海寺に大徹和尚を訪ねる。相変わらず画はかけない。その代わり寺の石段を登りながら、〈仰数春星一二三〉と云う句を得る。本堂の雨垂れ落ちに並ぶ覇王樹を見て、〈如何なる是仏〉と問われたら〈月下の覇王樹〉と応えたいと考える。また庫裏の大きな木蓮に出会い、〈木蓮の花許りなる空を瞻《み》る〉という句も得る。要するに画工の目に映ずるものはすべてまず〈詩句〉、つまり言葉となり、それでお仕舞いなのだ。

もとより画工の表現しようとしているものが、そのあまりの抽象性ゆえに絵画では不可能であり、言語においてのみ可能（?）であることは、すでに繰り返すまでもあるまい。

しかし、このことに、もうこれ以上こだわらぬ方がよいかもしれない。そもそも冒頭一章から画工は、〈難有い世界をまのあたりに写すのが詩である、画である。あるは音楽と彫刻である。こまかに云へば、写さないでもよい。只まのあたりに見れば、そこに詩も生き、歌も湧く〉と言っていた。この章も画工は大徹に向かって、〈「画はかゝないでも構わないんです」〉と答えている。さらに次の十二章でも画工は那美に、〈「画なんぞ描いたつて、描かなくつたつて、詰る所は同じ事でさあ」〉と言うだろう。

要するに問題は、描く描かないの問題ではない。いうならば描くまでの心的境位。瑣末な煩いを放下し、あの人間の生死を貫く〈永遠の相〉に、素直に感動する心的境位が肝要なのではないか。

さて、画工は大徹の部屋に入り、床に掛かる先代のかいた〈達磨の画〉を見る。そして、〈画としては頗るまづいものだ。只俗気がない。拙を蔽はうと力めて居る所が一つもない。無邪気な画だ。此先代もやはり此画の様な構はない人であつたんだらう〉と考える。

大徹や先代、その境地への画工の憧憬の思いは疑えない。もっとも画工は、〈「画工《ゑかき》になり澄ませば、いつでもさうなれます」〉と言ってはいる。しかし〈世の中はしつこい、毒々しい、こせ〳〵した、其上づう〳〵しい、いやな奴で埋《うづま》つてゐる〉。しかも〈五年も十年も人の臀に探偵をつけて、人のひる屁の勘定をして、それが人世だと思つてる〉。画工は〈「それぢや画工《ゑかき》になり澄ましたらよかろ」〉という大徹の反撃に、〈「屁の勘定をされちや、なり切れませんよ」〉と答える。画工の悩みは深いと言わなければならない。

〈無声の詩人には一句なく、無色の画家には尺縑なきも〉（一）、ただ〈霊台方寸のカメラに澆季溷濁の俗界を清くうらゝかに収め得れば足〉（同）りたはずではなかったか。いや〈詩境と云ひ、画界と云ふも皆人々具足の道〉（六）ではなかったか。が、画がかけないばかりでない。実は画工には、そういう境地（〈非人情〉の境地）そのものが、そもそも危ういのであり、だがだからこそ、それは永遠の憧憬ともなるのだ。(17)

*

十二章の冒頭、そのことをうけて画工は次のように述懐する。

《基督は最高度に芸術家の態度を具足したるものなりとは、オスカー、ワイルドの説と記憶してゐる。基督は知らず。観海寺の和尚の如きは、正しく此資格を有して居ると思ふ。趣味があると云ふ意味ではない。時勢に通じてゐると云ふ訳でもない。彼は画と云ふ名の殆んど下すべからざる達磨の幅を掛けて、よう出来た抔と得意である。彼は画工に博士があるものと心得て居る。彼は鳩の眼を夜でも利くものと思つてゐる。それにも関はらず、芸術家の資格があると云ふ。彼の心は底のない嚢の様に行き抜けである。何にも停滞して居らん。随処に動き去り、任意に作《な》し去つて、些《さ》の塵滓の腹部に沈澱する景色がない。もし彼の脳裏に一点の趣味を貼し得たならば、彼は之く所に同化して、行屎走尿の際にも、完全たる芸術家として存在し得るだらう。余の如きは、探偵に屁の数を勘定される間は、到底画家にはなれない。画架に向ふ事は出来る。小手板を握る事は出来る。然し画工にはなれない。かうやつて、名も知らぬ山里へ来て、暮れんとする春色のなかに五尺の痩躯を埋《うづ》めつくして、始めて、真の芸術家たるべき態度に吾身を置き得るのである。一たび此境界に入れば美の天下はわが有に帰する。尺素を染めず、寸縑を塗らざるも、われは第一流の大画工である。技に於て、ミケルアンゼロに及ばず、巧みなる事ラフハエルに譲る事ありとも、芸術家たるの人格に於て、古今の大家と歩武を斉《ひとし》ふして、毫も遜《ゆづ》る所を見出し得ない。余は此温泉場へ来てから、未だ一枚の画もかゝない。絵の具箱は酔興に、担《かつ》いできたかの感さへある。人はあれでも画家かと嗤ふかもしれぬ。いくら嗤はれても、今の余は真の画家である。立派な画家である。かう云ふ境を得たものが、名画をかくとは限らん。然し名画をかき得る人は必ず此境を知らねばならん。》

画のかけない画工の漏らす弱音とはとるまい。〈余の如き〉、〈到底画家にはなれない〉。――が、だとしても画工は、〈かうやつて、名も知らぬ山里へ来て、暮れんとする春色のなかに五尺の痩躯を埋めつくして、始めて、真の芸術家たるべき態度に吾身を置き得る〉というのだ。

言うまでもなく、画工はこうした言葉を、すでに小説の冒頭から繰り返している。春の里、山の湯。そうした桃源境で、〈俗念を放棄して、しばらくでも塵界を離れた心持ちになれる〉（一）、いわばそうした芸術境を、画工は求めつづけて彽徊する。

そしてこのことに、いささかの変わりもない。〈余の此度の旅行は俗情を離れて、あく迄画工になり切るのが主意〉。従って〈眼に入るものは悉く画として見なければなら〉ない。〈能、芝居、若くは詩中の人物としてのみ観察しなければなら〉ない。

そして那美である。〈あの女を役者にしたら、立派な女形《をんながた》が出来る。普通の役者は、舞台へ出ると、よそ行きの芸をする。あの女は家のなかで、常住芝居をして居る。しかも芝居をして居るとは気がつかん。自然天然に芝居をして居る〉。〈あの女の所作を芝居と見なければ、薄気味がわるくて一日も居たゝまれん。義理とか人情とか云ふ、尋常の道具立を背景にして、普通の小説家の様な観察点からあの女を研究したら、刺激が強過ぎて、すぐいやになる。現実世界に在つて、余とあの女の間に纏綿した一種の関係が成り立つたとするならば、余の苦痛は恐らく言語に絶するだらう〉。

だが、それも〈能、芝居、若くは詩中の人物としてのみ観察〉するという〈眼鏡〉から〈覗いて見る〉と、〈あの女は、今迄見た女のうちで尤もうつくしい所作をする。自分でうつくしい芸をして見せると云ふ気がない丈に役者の所作よりも猶うつくし〉く見えるだろう。

ところで、画工はここから以下、やや晦渋な論議を展開する。

《こんな考をもつ余を、誤解してはならん。社会の公民として不適当だ抔と評しては尤も不届きである。善は行ひ難い、徳は施こしにくい、節操は守り安からぬ、義の為めに命を捨てるのは惜しい。是等を敢てするのは何人に取つても苦痛である。その苦痛を冒す為めには、苦痛に打ち勝つ丈の愉快がどこかに潜んで居らねばならん。画と云ふも、詩と云ふも、あるは芝居と云ふも、此悲酸のうちに籠る快感の別号に過ぎん。此趣きを解し得て、始めて吾人の所作は壮烈にもなる、閑雅にもなる、凡ての困苦に打ち勝つて、胸中一点の無上趣味を満足せしめたくなる。肉体の苦しみを度外に置いて、物質上の不便を物とも思はず、勇猛精進の心を駆つて、人道のために鼎鑊《ていくわく》に烹らるゝを面白く思ふ。若し人情なる狭き立脚地に立つて、芸術の定義を下し得るとすれば、芸術は、われ等教育ある士人の胸裏に潜んで、邪を避け正に就き、曲を斥け直にくみし、弱を扶け強を挫かねば、どうしても堪へられぬと云ふ一念の結晶して、燦として白日を射返すものである。

芝居気があると人の行為を笑ふ事がある。うつくしき趣味を貫かんが為めに、不必要なる犠牲を敢てするの人情に遠きを嗤ふのである。自然にうつくしき性格を発揮するの機会を待たずして、無理矢理に自己の趣味観を衒ふの愚を笑ふのである。真に個中の消息を解し得たるものゝ嗤ふは其意を得て居る。趣味の何物たるをも心得ぬ下司下郎の、わが卑しき心根に比較して他を賤しむに至つては許し難い。昔し巌頭の吟を遺して、五十丈の飛瀑を直下して急湍に赴いた青年がある。余の視る所にては、彼の青年は美の一字の為めに、捨つべからざる命を捨てたるものと思ふ。死其物は洵に壮烈である、只其死を促がすの動機に至つては解し難い。去れども死其物の壮烈をだに体し得ざるものが、如何にして藤村子の所作を嗤ひ得べき。彼等は壮烈の最後を遂ぐるの情趣を味ひ得ざるが故に、たとひ正当の事情のもとにも、到底壮烈の最後を遂げ得べからざる制限ある点に於て、藤村子よりは人格として劣等であるから、嗤ふ権利がないものと余は主張する。》

要するに、画工はまず、〈只きれいにうつくしく暮らす即ち詩人的にくらすといふ事〉(18)が、〈社会の公民として不適当〉などと評するのは〈不届き〉だという。人がそのように、〈芸術〉に携わって生きることが、どれほどの〈苦痛〉、〈悲酸〉、〈犠牲〉をあがなわなければならないか。たしかにそれは〈酔興〉、いや、ほとんど〈狂気〉ともいわれよう。しかし、その生死を賭した、止むに止まれぬ壮烈、真率な激情を〈嗤ふ権利〉が誰にあるのか。

そして画工は続ける。

《余は画工である。画工であればこそ趣味専門の男として、たとひ人情世界に堕在するも、東西両隣りの没風流漢よりも高尚である。社会の一員として優に他を教育すべき地位に立つて居る。詩なきもの、画なきもの、芸術のたしなみなきものよりは、美くしき所作が出来る。人情世界にあつて、美しき所作は正である、義である、直である。正と義と直を行為の上に於て示すものは天下の公民の模範である。》

〈たとひ人情世界に堕在するも〉――。だが画工はさらに続けて、次のように言うのだ。

《しばらく人情界を離れたる余は、少なくとも此旅中に人情界に帰る必要はない。あつては折角の旅が無駄になる。人情世界から、ぢやり〳〵する砂をふるつて、底にあまる、うつくしい金のみを眺めて暮さなければならぬ。余自らも社会の一員を以て任じては居らぬ。純粋なる専門画家として、己れさへ、纏綿たる利害の累策を絶つて、優に画布裏に往来して居る。況や山をや水をや他人をや。那美さんの行為動作と雖ども只其儘の姿と見るより外に致し方がない。》

画工は〈芸術〉に携わって生きる以上、とは、あの生死を貫く人間存在の〈永劫の時間[19]〉に、ひたすら向きあおうという至高の感動を知る以上、すでにそれだけで自分が〈人情世界〉、つまり〈社会の一員として〉、〈優に他を教育すべき地位に立つ〉、あるいは〈天下の公民の模範〉と自負しているのだ。

しかし一方、画工は〈少なくとも此旅中〉、〈人情世界から、ぢやり〳〵する砂をふるつて、底にあまる、うつくしい金のみを眺めて暮さなければならぬ〉という。〈余自らも社会の一員を以て任じては居らぬ〉――。

が、これは要するに、〈ノンキに、超然と、ウツクシがつて世間と相遠かる様な小天地〉に〈寐ころんで居る[20]〉にしくはないということか。〈寐ころんで居〉て、〈夢みる事より外に、何等の価値を、人生に認め得ざる画工〉（八）――。とすれば、そうして〈自分のウツクシイと思ふ事ばかり〉を求めて、〈澄まして居る様になりはせぬか〉。〈キタナイ者〉、〈不愉快なもの〉、〈イヤなもの〉を、〈一切避け〉て、なにも〈動か〉さない、あるいは〈動か〉せないということになりはせぬか。〈現実世界は無論さうはゆかぬ[21]〉。〈然も大に動かさゞるべからざる敵が前後左右〉に満ちているというのに――。

たしかに、こうした懸念なしとはしない。が、にもかかわらず〈胸中一点の無上趣味を満足せしむべく、また〈うつくしき趣味を貫かんが為めに〉、さらに〈美の一字の為めに〉、〈捨つべからざる命を捨〉てんとして〈鼎鑊に烹らるゝを面白く思ふ〉という、ほとんど絶体絶命の覚悟が仮初のものであったわけではない。いや、そうした覚悟においてこそ、〈住みにくき世〉に〈束の間の命を、束の間でも住みよく〉（二）する、ほとんど唯一の手立があることは、冒頭より「草枕」全編にわたり、一貫して主張されて来たことではないか。

が、さて、この後画工は写生に出て、木瓜の茂みに出会う。〈世間には拙を守ると云ふ人がある。此人が来世に生れ変ると屹度木瓜になる。余も木瓜になりたい〉。そしてその〈出世間的〉な風情に感じ入るうちに詩が出来る。ただしその詩を引くのはもう止そう。

その時、〈エヘンと云ふ人間の咳払が聞え〉、〈山の出鼻を回つて、雑木の間から一人の男があらはれ〉る。〈茶の中折れを被〉り、〈藍の縞物の尻を端折つて〉、〈素足に下駄がけの出で立ち〉。〈何だか鑑定がつかない〉が、〈野生の髯丈で判断すると正に野武士の価値はある〉。

すると〈又ひとりの人物〉が現れる。那美である。二人の男女はしばらく向き合つたまま、が、やがて女は帯の間から〈財布の様な包み物〉をするりと抜いて男に差し出す。

〈二人は左右に分かれ〉た後、〈男は一度振り返つた〉が、〈女は後をも見〉ず、〈すら〳〵と、こちらへ歩行てくる〉。やがて〈余の真正面迄来て〉、〈「先生、先生」〉と〈二声掛け〉る。〈是はしたり、何時目付かつたらう〉。

以下、那美は半ば問はず語りに画工に語る。〈「今のを御覧でせう」〉、〈「私なんぞは、今の様な所を人に見られても耻かしくも何とも思ひません」〉、〈「今の男を一体何だと御思ひです」〉、〈「あの男は、貧乏して、日本に居られないからつて、私に御金を貰ひに来たのです」〉、〈「何でも満州へ行くさうです」〉、〈「何しに行くんですか。御金を拾ひに行くんだか、死にゝ行くんだか、分りません」〉。そして、

《「あれは、わたくしの亭主です」

迅雷耳を掩ふに遑あらず、女は突然として一太刀浴びせかけた。余は全く不意撃を喰つた。無論そんな事を聞く気はなし、女も、よもや、此所迄曝け出さうとは考へて居なかつた。

「どうです、驚ろいたでせう」と女が云ふ。

「えゝ、少々驚ろいた」》

そして最終十三章。〈川舟で久一さんを吉田の停車場《ステーション》迄見送る。舟のなかに坐つたものは、送られる久一さんと、送る老人と、那美さんと、那美さんの兄さんと、荷物の世話をする源兵衛と、それから余である。余は無論御招伴に過ぎん〉。

ひとしきり、人々の会話が続く。〈「久一さん、軍さは好きか嫌ひかい」と那美さんが聞く〉、〈「いくら苦しくつても、国家の為めだから」と老人が云ふ〉、久一は黙しがちである。〈「そんな平気な事で、軍さが出来るかい」と女は、委細構はず、白い顔を久一さんの前へ突き出す〉、〈「那美さんが軍人になつたら嘸強からう」兄さんが妹に話しかけた第一の言葉は是である〉、〈「わたしが？　わたしが軍人？　わたしが軍人になれりやとうになつてゐます。今頃は死んでゐます。久一さん。御前も死ぬがいゝ。生きて帰つちや外聞がわるい」〉、〈「そんな乱暴な事を——」〉と老人がたしなめる。

なるほど先夜、大徹がいうごとく那美は〈「中々機鋒の鋭どい女」〉（十二）ではある。〈「嫁に入つて帰つてきてから、どうも色々な事が気になつてならん、ならんと云ふて仕舞いにとう〳〵、わしの所へ法を問ひに来たぢやて。所が近頃は大分出来てきて、そら、御覧。あの様な訳のわかつた女になつたぢやて」〉（同）。しかし〈「人間は日本橋の真中に臓腑をさらけ出して、恥づかしくない様にしなければ修業を積んだとは云はれんて」〉といかに大徹の〈「先代がよう云はれた」〉（同）としても、〈「お前も死ぬがいゝ。生きて帰つちや外聞がわるい」〉とは、ちと〈「乱暴」〉にすぎるといえよう。

《岸には大きな柳がある。下に小さな舟を繋いで、一人の男がしきりに垂綸《いと》を見詰めて居る。一行の舟が、ゆるく波足を引いて、其前を通つた時、此男は不図顔をあげて、久一さんと眼を見合せた。眼を見合せた両人の間には何等の電気も通はぬ。男は魚の事ばかり考へてゐる。久一さんの頭の中には一尾の鮒も宿る余地がない。一行の舟は静かに太公望の前を通り越す。

　日本橋を通る人の数は、一分に何百か知らぬ。もし橋畔に立つて、行く人の心に蟠まる葛藤を一々に聞き得たならば、浮世は目眩《めまぐる》しくて生きづらからう。只知らぬ人で逢ひ、知らぬ人でわかれるから結句日本橋に立つて、電車の旗を振る志願者も出て来る。太公望が、久一さんの泣きさうな顔に、何等の説明をも求めなかつたのは幸である。顧り見ると、安心して浮標を見詰めて居る。大方日露戦争が済む迄見詰める気だらう。》

　しかし、平然たる事は幸いなのである。〈人の心に蟠まる葛藤〉を、一々気にしていたならば、〈浮世は目眩しくて生きづら〉い。

《川幅はあまり広くない。底は浅い。流れはゆるやかである。舷《ふなばた》に倚つて、水の上を滑つて、どこ迄行くか、春が尽きて、人が騒いで、鉢ち合せをしたがる所迄行かねば已まぬ。腥き一点の血を眉間に印したる此青年は、余等一行を容赦なく引いて行く。運命の縄は此青年を遠き、暗き、物凄き北の国迄引くが故に、ある日、ある月、ある年の因果に、此青年と絡み付けられたる吾等は、其因果の尽くる所迄此青年に引かれて行かねばならぬ。因果の尽くるとき、彼と吾等の間にふつと音がして、彼一人は否応なしに運命の手元迄手繰り寄せらるゝ。残る吾等も否応なしに残らねばならぬ。頼んでも、もがいても、引いて貰ふ訳には行かぬ。》

八章の茶席の場面と同じ同舟の異夢——。画工も平然たらざるをえない。久一との間に〈絡み付けられた〉る〈因果〉も〈尽くるとき〉は〈尽くる〉。なるようにしかならないし、なるようになればよい。それが人間の厳然たる運命であり、絶体絶命の事実なのだ。とすれば人は、いずれにしても平然、いや〈超然〉(二)として無心であるしかない——。

ところで、この時ふたたび、〈「先生、わたくしの画をかいて下さいな」と那美さんが注文する〉。

《「書いてあげませう」と写生帖を取り出して、

春風にそら解け繻子の銘は何

と書いて見せる。女は笑ひながら、

「こんな一筆がきでは、いけません。もつと私の気象の出る様に、丁寧にかいて下さい」

「わたしもかきたいのだが。どうも、あなたの顔は夫れ丈ぢや画にならない」

「御挨拶です事。それぢや、どうすれば画になるんです」

「なに今でも画に出来ますがね。只少し足りない所がある。それが出ない所をかくと、惜しいです

よ」》

確かに、昂然として睥睨し、いや超然として自得するだけの顔では〈画にならない〉。おそらくその上に、〈憐れ〉、とはあの人間存在がひきずる〈永遠の相〉、〈永劫の時間〉への、一掬の哀悼の涙がなければならないと画工は言っているのではないか。

やがて〈一行は舟を捨てゝ停車場《ステーション》に向ふ〉。以下〈愈現実世界へ引きずり出された。汽車の見える所を現実世界と云ふ〉にはじまる画工の〈現代の文明〉批判には、もう触れなくていいだろう。画工の〈現実世界〉全般への嫌悪は、いよいよ熾烈である。

汽車が入って来る。〈「愈御別かれか」と老人が云ふ〉。〈「それでは御機嫌よう」と久一さんが頭を下げる〉。〈「死んで御出で」と那美さんが再び云ふ〉。

久一が乗る。

《車輪が一つ廻れば久一さんは既に吾等が世の人ではない。遠い、遠い世界へ行つて仕舞ふ。其世界では烟硝の臭ひの中で、人が働いて居る。さうして赤いものに滑つて、無暗に転ぶ。空では大きな音がどゞんどゝんと云ふ。是からさう云ふ所へ行く久一さんは車のなかに立つて無言の儘、吾々を眺めて居る。吾々を山の中から引き出した久一さんと、引き出された吾々の因果はこゝで切れる。もう既に切れかゝて居る。車の戸と窓があいて居る丈で、御互の顔が見える丈で、行く人と留まる人の間が六尺許り隔つて居る丈で、因果はもう切れかゝつてゐる。》

車掌が〈戸を閉てながら、此方へ走つて来る〉。

《「あぶない。出ますよ」と云ふ声の下から、未練のない鉄車の音がごつとりごつとりと調子を取つて動き出す。窓は一つ一つ、余等の前を通る。久一さんの顔が小さくなつて、最後の三等列車が、余の前を通るとき、窓の中から、又一つ顔が出た。

茶色のはげた中折帽の下から、髯だらけな野武士が名残り惜気に首を出した。そのとき、那美さんと野武士は思はず顔を見合せた。鉄車はごとり〳〵と運転する。野武士の顔はすぐ消えた。那美さんは茫然として、行く汽車を見送る。其茫然のうちには不思議にも今迄かつて見た事のない「憐れ」が一面に浮いてゐる。

「それだ！　それだ！　それが出れば画になりますよ」

と余は那美さんの肩を叩きながら小声に云つた。余が胸中の画面は此咄嗟の際に成就したのである。》

無論もともと、〈憐れ〉の表情それ自体などというものはない。すでに十章を論じた所で述べたように、那美の顔に浮かんだ、〈今迄かつて見た事のない〉表情を、画工は瞬間、〈憐れ〉と思ったのであり、だからそれはまたしても言語的認知であり、〈認識〉以外ではない。そのことを画工は（正当にも）、〈余が胸中の画面は此咄嗟の際に成就した〉と断っている。つまり〈胸中の画面〉であって、実際に〈画〉がかけたわけではないのだ。

そしてもう一つ、久一に向かい、つれなくも〈「死んで御出で」〉と繰り返す那美が、〈野武士の顔〉を見て、〈不思議にも今迄かつて見た事のない「憐れ」〉の表情を浮かべる、と云う事を信じてもよいかという疑問が残る。言うまでもなく、そう思ったのは画工であり、那美の心的経験を画工がそう読んだ、類推したということであって、必ずしも那美の心が、実際に〈憐れ〉に揺れたとは限らないではないか。

しかし、これはそう疑う方が悪いのかもしれない。〈那美さんは茫然として、行く汽車を見送る〉――。その朔北の地に〈死にゝ行く〉男の姿、いわばついに〈死にゝ行く〉人間の〈永遠の相〉に向かって立ちつくす那美の眸が、いわば無心に、人生の哀しさに濡れたのであり、その涙に画工は、まさに純粋に、感動したまでではないか（人が普通そうするように[22]）。

が、そうだとすれば、それは画工が忌避する向こう三軒両隣の老若男女、善男善女、つまり世間一般の自然な〈人情〉に還ったと言う事であり、画工の庶幾する、あの出世間的な〈非人情〉の僥倖は、何の事はない、もともとその足下にあったというべきではないか。

注

（1）初出は明治三十九年九月の「新小説」。のち『鶉籠』（春陽堂、明治四十年一月）に所収。
（2）大岡昇平「水・椿・オフィーリア――『草枕』をめぐって――」（『小説家夏目漱石』筑摩書房、昭和六十三年五月）
（3）同右。
（4）本論はさしあたり、『世界大思想全集』第十四巻（春秋社、昭和二年四月）収録の『ラオコオン』（柳田泉訳）を参照している。
（5）注（11）参照。
（6）寺田透「『草枕』の文章」（『文学その内面と外界』清水弘文堂、昭和三十四年一月）
（7）注（21）参照。
（8）「読書のユートピア」（『文学テクスト入門』筑摩書房、昭和六十三年三月）
（9）「文章世界」明治三十九年十一月に掲載。

(10) なお漱石は、〈茲に、事件の発展がないといふのは、かういふ意味である〉として、〈作物の中心となるべき人物は、いつも同じ所に立つてゐて、少しも動かぬ〉、〈或は前から、或は後から、或は左から、或は右からと、種々な方面から観察する。唯それだけである。中心となるべき人物が少しも動かぬのだから、其処に事件の発展しやうがない〉といっている。

(11) 周知のように、漱石に〈低徊趣味〉なる用語がある。高浜虚子の『鶏頭』(春陽堂、明治四十一年一月)の序に語ったのがその最初といってよいだろう(理念そのものはすでに『文学論』にも見える)。漱石はそこで、〈文章に低徊趣味と云ふ一種の趣味がある。是は便宜の為め余の製造した言語であるから他人には解り様がなからうが先づ一と口に云ふと一事に即し一物に倒して、独特もしくは連想の興味を起して、左から眺めたり右から眺めたりして容易に去り難いと云ふ風な趣味を指すのである。だから低徊趣味といはないでも依々趣味、恋々趣味と云つてもよい〉という。さらに「獨歩氏の作に低徊趣味あり」(「新潮」明治四十一年七月)では、獨歩の「巡査」(「小柴舟」明治三十五年二月、のち『運命』に収録)を〈低徊趣味の小説〉と呼び、〈低徊趣味の小説には、筋、結構はない。或一人の人の所作行動を見て居れば好いのである。「巡査」は、巡査の運命とか何とか云ふものを書いたのではない。或一人の巡査を捉へて其巡査の動作行動を描き、巡査なる人は斯う云ふ人であつたと云ふ、其所が面白い〉と言い、〈巡査がどうして、それから斯うしたと云ふやうに、原因結果を書いたものではない〉と言う。また「坑夫の作意と自然派伝奇派の交渉」(「文章世界」明治四十一年四月)では自作の「坑夫」を解説しながら、〈あの書方で行くと、ある仕事をやる動《モー》機《チブ》とか、所作などの解剖がよく出来る〉といい、〈かゝる方面の事は余り多くの人がやつて居らん。のを、私は却て夫が書いて見たい——細かくやつて見度い。といふ念があるから、事件の進行に興味を持つよりも、事件其物の真相を露出する。甲なる事と、乙なる事と、丙なる事とが寄つて、斯うなつたと云ふ風な所に主として興味をもつて書く。——詳しく云へば、原因もあり結果もあつて脈絡貫通した一箇の事件があるとする。然るに私はその原因や結果は余り考へない。事件中の一個の真相、例へばBならBに低徊した趣味を感ずる〉という。〈従つて書方も、Bといふ真相の原因結果は顧慮せずに、甲、乙、丙の三真相が寄つてBを成してゐる、夫が面白いと書く〉という。これは要するに「草枕」六章でいう〈時間の流れに沿ふて、逓次に展開すべき〉、とは〈一が去り、二が来り、二が消えて三が生まるゝ〉といった、いわば線型的な〈時間〉を撥無し、〈絵画と同じく空間的に景物を配置したのみで出来る〉という〈俳句や漢詩〉、あるいは「余が『草枕』」にいう〈プロットも無ければ、事件の発展もない〉、〈唯一種の感じ、美しい感じ〉だけがある〈俳句的小説〉に通うといえよう。つまり一所に〈低徊〉する〈刻下の心持〉、さらにその今ここの、いわば特権的な瞬刻の表現――。そしておそらく漱石は生涯にわたり、このことにこだわり続けたのではないか。なお拙稿「『草枕』」（「国文学」昭和四十五年五月）「夏目漱石・低徊趣味」（「解釈と鑑賞」昭和五十年二月）参照。

(12) なお〈此境界を画にして見たらどうだらう〉（六）という画工の望みは、これ以上最後まで進展することはないだろう。つまり経験的事実だとしても、それを表現することはついに不可能なのだ。が、にもかかわらず、あるいは、だからこそ、そこに至りつかんと願うことだけは残されているのだ。そしておそらくこのことは、世界の具象性を捨象し、いわば世界の無限性を抽象せんとする二十世紀抽象絵画（カンディンスキーやモンドリアン、ミロ等）の悲願に通ずるものといえるのではないか。注（15）参照。

(13) 越智治雄「『草枕』」（『漱石私論』角川書店、昭和四十六年六月）

(14) 小泉浩一郎「『草枕』論―画題成立の過程を中心に―」（「言語と文芸」昭和四十八年二月）も「倫敦塔」の〈ボーシヤン塔〉における〈血〉の幻覚の記述に触れながら、〈時空を越えて存在する「継続中」の何ものかの表現〉に言及している。なお、〈ボーシヤン塔〉の〈血〉の記述については、拙稿「『文学論』素描―漱石の原点―」（「比較文学年誌」第八号、昭和四十七年三月）で触れた。

(15) 人はつねに今ここの、いわば原生的な経験を取り逃がしている。つまり、つねに〈索然として物足り〉ぬまま――。しかもそれが〈時間的無限〉に対する哀惜となり、またいやます憧憬となる。なおこのことは〈余〉はもとより、漱石にあっても同様である。

(16) 〈椿が長へに落ちて、女が長へに水に浮いてゐる感じ〉に画想が落ち着くのも、それが生誕と死、そのまるで血の満ち干に赤く染まるような人間存在の、〈永遠の相〉に重なるからに他ならない。しかも女の表情に〈憐れ〉の情がひらめかなければならないというのも、それが人間が人間の運命に抱く、もっとも哀切、無垢なる感動に通ずるからであり、そしてそれこそがまた、いわゆる〈非人情〉の至境を内からみたし、支える感動であるからといえよう。

(17) 再度大徹和尚が登場した所で、前出『鶏頭』の序における〈俳味禅味の論〉に触れておこう。漱石はそこで〈天下の小説〉を〈余裕のある小説と余裕のない小説〉に二分し、前者を〈逼らない小説〉〈触れない小説〉、後者を〈セツパ詰つた小説〉〈たとへばイブセンの脚本を小説に直した様なもの〉〈大いに触れたもの〉と呼ぶ。そして〈人生の死活問題を拉し来つて、切実なる運命の極致を写すのを特色とする〉後者、すなわち〈自然派〉を〈生死を脱離し得ぬ煩悩底〉のものと暗に批判し、一方〈生死の関門を打破して二者を眼中に措かぬ人生観〉、とは生死一切に〈余裕〉をもって当たらんとする前者、つまり虚子等〈余裕派〉を擁護する。そして〈禅坊主の書いた法語や語録〉に〈一貫して斯う云ふ事がある〉として〈着衣喫飯の主人公たる我は何物ぞと考へ〳〵て煎じ詰めてくると、仕舞には、自分と世界との障壁がなくなつて天地が一枚で出来た様な虚霊皎潔な心持になる。それでも構はず元来吾輩は何だと考へて行くと、もう絶体絶命につちもさつちも行かなくなる、其所を無理にぐい〳〵考へると突然と爆発して自分が判然と分る。分るとかうなる。自分は元来生れたのでもなかつた。又死ぬものでもなかつた。増しもせぬ、減りもせぬ何んだか訳の分らないものだ〉。さらに〈しばらく彼等の云ふ事を事実として見ると、所謂生死の現象は夢の様なものである。生きて居たとて夢である。死んだとて夢である。生死とも夢である以上は生死界中に起る問題は如何に重要な問題でも如何に痛切な問題でも夢の様な問題で、夢の様な問題以上には登らぬ訳である。従つて生死界中にあつて最も意味の深い、最も第一義なる問題は悉く其光輝を失つてくる。殺されても怖くなくなる。金を貰つても難有くなくなる。辱しめられても恥とは思はなくなる。と云ふものは凡て是等の現象界の奥に自己の本体はあつて、此流俗と浮沈するのは徹底に浮沈するのではない。しばらく冗談半分に浮沈して居るのである。いくら猛烈に怒つても、いくらひい〳〵泣いても、怒りが行き留りではない、涙が突き当りではない。

奥にちゃんと立ち退き場がある。いざとなれば此立退場へいつでも帰られる。しかも此立退場は不増である、不減である。いくら天下様の御威光でも手のつけ様のない安全な立退場である。此立退場を有つて居る人の喜怒哀楽と、有たない人の喜怒哀楽とは人から見たら一様かも知れないが之を起す人之を受ける人から云ふと莫大な相違がある。従つて流俗で云ふ第一義の問題も此見地に住する人から云ふと第二義以下に堕ちて仕舞ふ。従つて我等から云つてセツパ詰つた問題も此人等から云ふと余裕のある問題になる〉といっている。明らかに、「草枕」における〈非人情の境地〉に繋がるものであるといえよう。

(18) 漱石は明治三十九年十月二十六日、鈴木三重吉に次のような書簡を送っている。『草枕』を論ずる際、欠かすことの出来ない文面である。〈只きれいにうつくしく暮らす即ち詩人的にくらすといふ事は生活の意義の何分一か知らぬが矢張り極めて僅少な部分かと思ふ。で草枕の様な主人公ではいけない。あれもいゝが矢張り今の世界に生存して自分のよい所を通さうとするにはどうしてもイブセン流に出なくてはいけない〉。〈此点からいふと単に美的な文字は昔の学者が冷評した如く閑文字に帰着する。俳句趣味は此閑文字の中に逍遥して喜んで居る。然し大なる世の中はかゝる小天地に寐ころんで居る様では到底動かせない。然も大に動かさゞるべからざる敵が前後左右にある。苟も文学を以て生命とするものならば単に美といふ丈では満足が出来ない。丁度維新の当士《原》勤王家が困苦をなめた様な了見にならなくては駄目だらうと思ふ。間違つたら神経衰弱でも気違でも入牢でも何でもする了見でなくては文学者になれまいと思ふ。文学者はノンキに、超然と、ウツクシがつて世間と相遠かる様な小天地ばかりに居ればそれぎりだが大きな世界に出れば只愉快を得る為めだ抔とは云ふて居られぬ進んで苦痛を求める為めでなくてはなるまいと思ふ〉。〈君の趣味から云ふとオイラン憂ひ式でつまり、自分のウツクシイと思ふ事ばかりかいて、それで文学者だと澄まして居る様になりはせぬかと思ふ。現実世界は無論さうはゆかぬ。文学世界も亦さう許りではゆくまい。かの俳句連虚子でも四方太でも此点に於ては丸で別世界の人間である。あんなの許りが文学者ではつまらない。といふて普通の小説家はあの通りである。僕は一面に於て俳諧的文学に出入すると同時に一面に於て死ぬか生きるか、命のやりとりをする様な維新の志士の如き烈しい精神で文学をやつて見たい。それでないと何だか難をすて丶易につき劇を厭ふて閑に走る所謂腰抜文学者の様な気がしてならん〉。

(19) 清水孝純「『草枕』の問題―特に『ラオコーン』との関連において―」(「文学論輯」昭和四十九年三月)

(20) この前後、注(18)の書簡より引用。

(21) 漱石は「写生文」(「読売新聞」明治四十年一月二十日)において〈写生文家〉の〈心的態度〉を述べ、〈写生文家の人間に対する同情は叙述されたる人間と共に頑是なく煩悶し、無体に号泣し、直角に跳躍し、一散に狂奔する底の同情ではない。傍から見て気の毒の念に堪えぬ裏に微笑を包む同情である〉といい、〈かくの如き態度は全く俳句から脱化して来たものである〉とつけ加えている。明らかに「草枕」における〈超然と遠き上から見物する気で、人情の電気が無暗に双方で起らない様にする〉(一)、いわゆる〈非人情の境地〉に通うものであるといえよう。しかしここでも漱石は、〈二十世紀の今日こんな立場のみに籠城して得意になつて他を軽蔑するのは誤つてゐる〉と警告する。〈俳句は俳句、写生文は写生文で面白い。其態度も亦東洋的で頗る面白い。面白いには違ないが〉、〈か丶る立場から出来上つた作物にはそれ相当の長所があると同時に短所も亦多く含まれてゐる。作家は身辺の状況と天下の形勢に応じて時々其立場を変へねばならん〉――。つまり限定はついて廻っている。そして実際漱石は以後〈か丶る立場〉から脱却し、〈イブセン流に〉、〈死ぬか生きるか、命のやりとりをする様な維新の志士の如き烈しい精神で文学をやって見たい〉という世界(つまり「野分」や「虞美人草」の世界)、その闘いの場に出立するかに見える。しかし留意すべきは、漱石がその闘いの場でひたすら守らんとし、また目指していたものこそ、まさに依然として、あの心内の自由、〈超然〉〈解脱〉の境地であったことを忘れてはならない。それはたとえば、〈雲の様な自由と、水の如き自然〉(「それから」)であり、〈絶対の境地〉(「行人」)であり、そうして漱石の内部に、つねに底流としてあった憧憬の至境であったのである。――〈「考へてそこへ到れるのですか」「たゞ行きたいと思ふのです」〉(「断片」大正四年)。なお拙稿「『それから』私論―漱石の夢―」「『こゝろ』―父親の死―」(ともに前出『鷗外と漱石―終りない言葉―』所収)参照。

(22) 漱石は明治三十九年九月三十日、森田草平に次の様な、周知の書簡を送っている。すなわち〈(a)全く人情を捨てゝ見る。松や梅を見ると同様の態度〉、〈(b)全く人情を棄てられぬ。同情を起したり、反感を起したりする〉と記し、〈画工は可成(a)で見やうとする〉、〈(a)を離れても(b)迄は飛ばない〉とした後、〈(い)「憐れ」が表情になつて女の顔にあらはれるのが(a)で見て居られぬ事はない〉、〈単に美か美でないかと云ふ点からして観察が出来る〉と説明しているが、ここまで来れば漱石の論の強引さがはっきりしてくるだろう。〈松や梅〉でさえ、それを〈美〉としてみればすでに〈人情〉が介在しているだろうし、まして人の〈表情〉に〈憐れ〉を読んで、どうして〈人情〉が介在していないことなどあるだろう。ただし〈憐れ〉の情が、世界に寄せる人間の限りなく純一無雑な感動である場合、それは要するに、〈非人情〉の至境に通ずるものといえるだろう。

「夢十夜」――〈想起〉ということ――

第一夜

《こんな夢を見た。

腕組をして枕元に坐つて居ると、仰向に寝た女が、静かな声でもう死にますと云ふ。女は長い髪を枕に敷いて、輪廓の柔らかな瓜実顔を其の中に横たへてゐる。真白な頰の底に温かい血の色が程よく差して、唇の色は無論赤い。到底死にさうには見えない。然し女は静かな声で、もう死にますと判然《はつきり》云つた。自分も確に是れは死ぬなと思つた。そこで、さうかね、もう死ぬのかね、と上から覗き込む様にして聞いて見た。死にますとも、と云ひながら、女はぱつちりと眼を開けた。大きな潤のある眼で、長い睫に包まれた中は、只一面に真黒であつた。其の真黒な眸の奥に、自分の姿が鮮に浮かんでゐる。》

しかし、自分は半信半疑。が、〈しばらくして、女が又かう云つた〉。

《「死んだら、埋めて下さい。大きな真珠貝で穴を掘つて。さうして天から落ちて来る星の破片《かけ》を墓《はか》標《じるし》に置いて下さい。さうして墓の傍に待つてゐて下さい。又逢ひに来ますから」

自分は、何時逢ひに来るかねと聞いた。

「日が出るでせう。それから日が沈むでせう。それから又出るでせう、さうして又沈むでせう。——赤い日が東から西へ、東から西へと落ちて行くうちに、——あなた、待つてゐられますか」

自分は黙つて首肯《うなづ》いた。女は静かな調子を一段張り上げて、

「百年待つてゐて下さい」と思い切た声で云つた。

「百年、私の墓の傍に坐つて待つてゐて下さい。屹度《きつと》逢ひに来ますから」

自分は只待つてゐると答へた。》

そして、女の〈長い睫の間から涙が頬へ垂れた〉と思うと、女は〈もう死んで居た〉。——

〈自分は夫れから庭へ下りて、真珠貝で穴を掘つた〉。穴の中に女を入れ、〈柔らかい土を、上からそつと掛けた。掛ける毎に真珠貝の裏に月の光が差した〉。〈それから星の破片《かけ》の落ちたのを拾つて来て、かろく土の上へ乗せた。星の破片は丸かつた〉。

《自分は苔の上に坐つた。是から百年の間かうして待つてゐるんだなと考へながら、腕組をして、丸い墓石《はかいし》を眺めてゐた。そのうちに、女の云つた通り日が東から出た。大きな赤い日であつた。それが又女の云つた通り、やがて西へ落ちた。赤いまんまでのつと落ちて行つた。一つと自分は勘定した。しばらくすると又唐紅の天道がのそりと上つて来た。さうして黙つて沈んで仕舞つた。二つと又勘定した。

自分はかう云ふ風に一つ二つと勘定して行くうちに、赤い日をいくつ見たか分らない。勘定しても、勘定しても、しつくせない程赤い日が頭の上を通り越して行つた。それでも百年がまだ来ない。仕舞

には、苔の生えた丸い石を眺めて、自分は女に欺されたのではなからうかと思ひ出した。

　すると石の下から斜に自分の方へ向いて青い茎が伸びて来た。見る間に長くなつて丁度自分の胸のあたり迄来て留まつた。と思ふと、すらりと揺ぐ茎の頂に、心持首を傾《かたぶ》けてゐた細長い一輪の蕾が、ふつくらと弁《はなびら》を開いた。真白な百合が鼻の先で骨に徹へる程匂つた。そこへ遥の上から、ぽたりと露が落ちたので、花は自分の重みでふら〱と動いた。自分は首を前へ出して冷たい露の滴る、白い花《はな》弁《びら》に接吻した。自分が百合から顔を離す拍子に思はず、遠い空を見たら、暁の星がたつた一つ瞬いてゐた。

「百年はもう来てゐたんだな」と此の時始めて気が付いた。》

まず[1]、〈こんな夢を見た〉というからには、以下は昨夜の夢を今朝憶い出している、さらに一般化して言えば、以前の夢を今憶い出しているということであろう。しかもどちらにしろ、今は目覚めていて、始めああしてそれからこうなった、とその夢を言語的に〈想起〉している、とは言語的に確認し、確定しているのだ。

　また、〈こんな夢を見た〉というとしても、昨夜、あるいは以前、睡眠中にそんな夢を見たと断言できるわけではない。そんな夢を見たという証拠はなにもない。そして繰り返すまでもなく、覚醒時の今、始めああしてそれからこうなったと、〈言葉〉として構成し、はじめて夢見られたものとなるのである。

　いや、ぼんやりと、あるいはまざまざと記憶している、それが今再現され、再体験されているのだと常識はいうだろう。しかしそれは常識の嘘でしかない。それを証拠に、それはいかに目を凝らしても見えてこないし、いかに耳を澄ましても聞こえてこない。見えるように、聞こえるように、とはいま再び〈知覚〉しているように思う（思考）のであり、要するにそう言語的に〈想起〉しているのである。

さらに夢のみならず、と言うより夢を含めて、過去とは〈想起〉においてはじめて経験される。先行する〈知覚〉経験が再生するのではなく、〈想起〉される〈知覚〉経験が、過去の〈知覚経験〉であるとして経験される、といい直してもよい。つまり再度〈知覚〉（見たり聞いたり）されるのではなく、〈……であった〉〈……した〉という過去形の言葉によって、はじめて経験されるのである。そしてこの意味で、過去とは過去物語であり、夢とは夢物語なのである。[2]

さて、〈第一夜〉も夢であるかぎり、終始言語的命題によって構成されている（こうして文章になっている以上、当たり前のことだが）。女が〈もう死にます〉と言うのに始まって、〈到底死にさうには見えない〉のだが、結局その言葉通り、女は死ぬのである。

もとより〈長い髪〉以下、〈輪廓の柔らかな瓜実顔〉、〈底に温かい血の色が程よく差し〉た〈真白な頬〉、そして赤い唇、長い睫、潤いのある〈真黒な眸〉等々、なにやら女の美しさの〈知覚〉的（視覚的、絵画的）叙述も目を引く。[3] しかし有体にいえば紋切り型、いわゆる概念的な叙述の域を出ない。そしてそれもその筈で、これらはすべて、女が〈到底死にさうには見えない〉ということ、まさにそのこと（〈意味〉）を伝えているのであり、さてこそここには、そうした言語的〈意味〉、とは言語的命題こそが往還しているといわなければならない(4)。

次も女の言葉通り(5)、自分は〈真珠貝で穴を掘〉り、〈女をその中に入れ〉、〈星の破片《かけ》〉を墓標とする。そしてその傍に坐って、ひたすら女の〈「逢ひに来」〉るのを待つのだ。

〈そのうちに、女の云つた通り日が東から出た〉。〈それが又女の云つた通り、やがて西へ落ちた〉。〈一つと自分は勘定した〉。しばらくするとまた日が上り、そして沈んだ。〈二つと又勘定した〉。〈自分はかう云ふ風に一つ二つと勘定して行くうちに、赤い日をいくつ見たか分らない。勘定しても、勘定しても、しつくせない程赤い日が頭の上を通り越して行つた。それでも百年がまだ来ない〉。〈自分は女に欺されたのではなからうかと思ひ出した〉——。

依然一連のことが、〈女の云つた通り〉に続くのだ(6)。が、その後、勘定しつくせない程日日がたったにもかかわらず、〈百年がまだ来ない〉という。まるで時間が停滞したように、いや止まってしまったように——。だが、それにしてもこのことは、一体どのようなことを語っているのか。

おそらくこのことは、時間というものの本来的なあり様を語っているのではないか。つまり単に日数を数える、日めくりをめくるだけでは時間をとらえることにはならない。たしかに人は一日一日を、さらに今、今、今と常住に今現在を生きている。その意味で生きることとは一つの経過、継続なのだが、しかし同時に反復、永劫回帰でもあって、それだけでは時間が成立したとはいえないのだ。

ともあれ〈百年〉はまだ来ない。〈すると石の下から斜に自分の方へ向いて青い茎が伸びて来〉る。〈真白な百合〉とその〈匂〉い。自分は〈冷たい露の滴る、白い花弁に接吻〉する。そして〈自分が百合から顔を離す拍子に思はず、遠い空を見たら、暁の星がたつた一つ瞬いてゐ〉る。自分は〈「百年はもう来てゐたんだな」と此の時始めて気が付いた〉。

よく言われるようには、この百合の花が女の化身、転生とされる根拠はなにもない（同じように、〈暁の星〉にもなんの仔細もないだろう）(7)。ただここで重要なことは、いかにも恣意的ながら、自分がそれらから、〈「百年はもう来てゐたんだ」〉と思ったということである。すなわち偶然の契機とはいえ、振り返った今現在において、それまでの時間全体が過去として〈想起〉された、とは〈「百年はもう来てゐた」〉と了解され納得されて、この時はじめて、過去は過去として一挙に経験された、つまりそう夢見られた（と思われた）のである(8)。

＊

第二夜
《こんな夢を見た。
和尚の室を退《さ》がつて、廊下伝ひに自分の部屋へ帰ると行燈《あんどう》がぼんやり点つてゐる。片膝を座蒲団の上に突いて、燈心を掻き立てたとき、花の様な丁子がぱたりと朱塗の台に落ちた。同時に部屋がぱつと明かるくなつた。
襖の画は蕪村の筆である。黒い柳を濃く薄く、遠近《をちこち》とかいて、寒むさうな漁夫が笠を傾《かたぶ》けて土手の上を通る。床には海中文殊の軸が懸つてゐる。焚き残した線香が暗い方でいまだに臭つてゐる。広い寺だから森閑として、人気がない。黒い天井に差す丸行燈の丸い影が、仰向く途端に生きてる様に見えた。

立膝をした儘、左の手で座蒲団を捲つて、右を差し込んで見ると、思つた所に、ちやんとあつた。あれば安心だから、蒲団をもとの如く直して、其上にどつかり坐つた。

お前は侍である。侍なら悟れぬ筈はなからうと和尚が云つた。さう何日《いつ》迄も悟れぬ所を以て見ると、御前は侍ではあるまいと言つた。人間の屑ぢやと言つた。はゝあ怒つたなと云つて笑つた。口惜しければ悟つた証拠を持つて来いと云つてぷいと向をむいた。怪しからん。

隣の広間の床に据ゑてある置時計が次の刻《とき》を打つ迄には、屹度悟つて見せる。悟つた上で、今夜又入室する。さうして和尚の首と悟りと引替にしてやる。悟らなければ、和尚の命が取れない。どうしても悟らなければならない。自分は侍である。

もし悟れなければ自刃する。侍が辱しめられて、生きて居る訳には行かない。奇麗に死んで仕舞ふ。》

〈第一夜〉が女の言葉によって主導されていたのと同じように、〈第二夜〉も和尚の言葉によって主導される。〈お前は侍である。侍なら悟れぬ筈はなからう〉、〈口惜しければ悟つた証拠を持つて来い〉。そして自分はその言葉に激しく反発し、あるいは強く呪縛されながら、隣座敷の〈置時計が次の刻《とき》を打つ迄には、屹度悟つて見せる〉と決意する。夢は自分が〈どうしても悟らなければならない〉（とは悟りの言葉を求めて、ということだ）と焦燥し苦悶しつつ、（後に続くように）〈時計が次の刻を打つ迄〉の時間の推移を物語るのである。

ただ〈第一夜〉に比べ、いわゆる〈知覚〉的記述が一段と克明になっていることは否めない。蕪村の襖絵は細部にわたって語られ、〈海中文珠の軸〉、〈焚き残した線香〉の臭い、広い寺の森閑として人気のない様子、行燈の火影等々、視覚に加え嗅覚、聴覚的記述が続く。ばかりかやがて触覚（身体知覚）的記述が重なってゆく。

〈かう考へた時、自分の手は又思はず布団の下へ這入つた。さうして朱鞘の短刀を引き摺り出した。ぐつと束を握つて、赤い鞘を向へ払つたら、冷たい刃が一度に暗い部屋で光つた〉。その〈殺気〉。自分は〈忽ちぐさりと遣り度なつた〉。〈身体の血が右の手首の方へ流れて来て、握つてゐる束がにちや〳〵する。唇が顫へた〉。

そして、〈短刀を鞘へ収めて右脇へ引きつけて置いて、それから全伽を組んだ。——趙州《でうしう》日く無と。無とは何だ。糞坊主めと歯噛をした〉。〈奥歯を強く咬み締めたので、鼻から熱い息が荒く出る。米噛が釣つて痛い。眼は普通の倍も大きく開けてやつた〉。

《懸物が見える。行燈が見える。畳が見える。和尚の薬缶頭があり〳〵と見える。鰐口を開いて嘲笑《あざわら》つた声まで聞える。怪しからん坊主だ。どうしてもあの薬缶を首にしなくてはならん。悟つてやる。無だ、無だと舌の根で念じた。無だと云ふのに矢つ張り線香の香がした。何だ線香の癖に。

自分はいきなり拳骨を固めて自分の頭をいやと云ふ程擲つた。さうして奥歯をぎり〳〵と噛んだ。両腋から汗が出る。背中が棒の様になつた。膝の接目が急に痛くなつた。膝が折れたつてどうあるものかと思つた。けれども痛い。苦しい。無は中々出て来ない。出て来ると思ふとすぐ痛くなる。腹が立つ。無念になる。非常に口惜しくなる。涙がほろ〳〵出る。一と思に身を巨巌《おほいは》の上に打けて、骨も肉も滅茶々々に砕いて仕舞ひたくなる。》

おそらく〈知覚〉の中でもっとも根源的な触覚（身体知覚）の比重がますことで、〈第二夜〉の夢は一種濃密なものとなっている、といえよう。

ただここでも、重要なことはこうした〈知覚〉的印象ではない。重要なことは和尚の言葉、とは〈趙州日く無と。無とは何だ〉という公案に答えること、いや答えられぬことのまさに痛切な〈意味〉(実に生死の意味が問われているのだ)なのであり、一貫してそのことが〈想起〉されているのである。(だからそうした知覚的記述は、まさに答えられぬことの痛切な〈意味〉を、いわば挿絵的、図解的に語っている、にすぎない。)

ところで、すでに述べたように、今現在の経験とは〈知覚〉と〈行動〉の経験である。しかし〈想起〉経験も現在経験の一つであるに違いない。とすれば、〈懸物が見える。行燈が見える〉以下、ほとんどランダムな〈知覚〉経験に混じって、〈和尚の薬缶頭がありありと見える〉とか〈鰐口を開いて嘲笑《あざわら》つた声まで聞える〉という〈想起〉経験が続き、さらに〈悟つてやる。無だ、無だと舌の根で念じた〉という、もっとも関心すべき〈想起〉経験が続く。しかも繰り返し〈無〉に想いを致さなければならないにもかかわらず、またしてもランダムに〈知覚〉経験が混ざるのである。そしてだからこそ、〈無だと云ふのに矢つ張り線香の香がした。何だ線香の癖に〉という仕儀となるのだ。

《それでも我慢して凝と坐つてゐた。堪へがたい程切ないものを胸に盛《い》れて忍んでゐた。其切ないものが身体《からだ》中の筋肉を下から持上げて、毛穴から外へ吹き出やうやうと焦るけれども、何処も一面に塞がつて、丸で出口がない様な残刻極まる状態であつた。

其の内に頭が変になつた。行燈も蕪村の画も、畳も、違棚も有つて無い様な、無くつて有る様に見えた。と云つて無はちつとも現前しない。たゞ好加減に坐つてゐた様である。所へ忽然隣座敷の時計がチーンと鳴り始めた。

はつと思つた。右の手をすぐ短刀に掛けた。時計が二つ目をチーンと打つた。》

それでも〈無だ、無だ〉と念じていると、次第に〈知覚〉が遠のいていく。しかし〈無はちつとも現前しない〉。〈所へ忽然隣座敷の時計がチーンと鳴り始めた〉。つまり再び〈知覚〉（聴覚）が蘇ってくる。

だが、おそらくその一瞬、自分はその音を音として聞いたのであり、聞いたまでであったのではないか。が、次の一瞬、自分はその音を〈一刻《とき》〉が過ぎた音として、とはその〈意味〉において了解した、つまり〈想起〉したのだ。

自分は〈はつと思〉い、〈右の手をすぐ短刀に掛けた〉。〈悟れなければ自刃〉しなければならない──。と、その時はやく、〈時計が二つ目をチーンと打つ〉ていたのである。(9)

＊

第三夜
《こんな夢を見た。
六つになる子供を負《おぶ》つてる。慥に自分の子である。只不思議な事には何時の間にか眼が潰れて、青坊主になつてゐる。自分が御前の眼は何時潰れたのかいと聞くと、なに昔からさと答へた。声は子供の声に相違ないが、言葉つきは丸で大人である。しかも対等だ。》
〈第三夜〉は「夢十夜」の中で、一番有名な夢といえよう。「夢十夜」とくれば〈第三夜〉といっても過言ではない。そしてたしかにこの冒頭からも判かるように、悪夢そのものであり、怪談じみていて不気味な謎が多い。

しかし〈第三夜〉の夢が、他と違う構造によって成り立っているわけではない。この夢も他と同じように、子供の言葉によって主導される。しかも子供は〈眼が潰れて〉いて、いわゆる視覚像を持っていない。だからその言葉は一層純粋に、その〈意味〉だけを伴って発せられている、といえよう。

《左右は青田である。路は細い。鷺の影が時々闇に差す。

「田圃へ掛つたね」と背中で云つた。

「どうして解る」と顔を後ろへ振り向ける様にして聞いたら、

「だつて鷺が鳴くぢやないか」と答へた。

すると鷺が果して二声程鳴いた。》

まさしくこうして言葉が先導する、とは予告するのだ。〈「だつて鷺が鳴くぢやないか」〉と子供がいう。〈すると鷺が果して二声程鳴いた〉。

《自分は我子ながら少し怖くなつた。こんなものを背負つてゐては、此の先どうなるか分らない。どこか打遣《うつち》やる所はなからうかと向ふを見ると闇の中に大きな森が見えた。あすこならばと考へ出す途端に、背中で、

「ふゝん」と云ふ声がした。

「何を笑ふんだ」

子供は返事をしなかつた。只

「御父《おとつ》さん、重いかい」と聞いた。

「重かあない」と答へると
「今に重くなるよ」と云つた。

子供はまた、すべてを見透かしている。それは〈どこか打遣やる所はなからうか〉という自分の底意を、子供が〈「ふゝん」〉と笑う所でも明らかである。さらに子供は〈「今に重くなるよ」〉という。これが夢の最後、〈背中の子が急に石地蔵の様に重くなつた〉を予告していることも明らかであろう。

《自分は黙つて森を目標にあるいて行つた。田の中の路が不規則にうねつて中々思ふ様に出られない。しばらくすると二股になつた。自分は股の根に立つて、一寸休んだ。

「石が立つてる筈だがな」と小僧が云つた。

成程八寸角の石が腰程の高さに立つてゐる。表には左り日ケ窪、右堀田原とある。闇だのに赤い字が明かに見えた。赤い字は井守の腹の様な色であつた。

「左が好いだらう」と小僧が命令した。左を見ると最先《さつき》の森が闇の影を、高い空から自分等の頭の上へ抛げかけてゐた。自分は一寸躊躇した。

「遠慮しないでもいゝ」と小僧が又云つた。自分は仕方なしに森の方へ歩き出した。腹の中では、よく盲目《めくら》の癖に何でも知つてるなと考へながら一筋道を森へ近づいてくると、背中で、「どうも盲目は不自由で不可いね」と云つた。

「だから負《おぶ》つてやるから可いぢやないか」

「負ぶつて貰つて済まないが、どうも人に馬鹿にされて不可い。親に迄馬鹿にされるから不可い」

何だか厭になつた。早く森へ行つて捨てゝ仕舞はふと思つて急いだ。

「もう少し行くと解る。――丁度こんな晩だつたな」と背中で独言の様に云つてゐる。

「何が」と際どい声を出して聞いた。

「何がつて、知つてるぢやないか」と子供は嘲ける様に答へた。すると何だか知つてる様な気がし出した。けれども判然《はつきり》とは分らない。只こんな晩であつた様に思へる。さうしてもう少し行けば分る様に思へる。分つては大変だから、分らないうちに早く捨てゝ仕舞つて、安心しなくつてはならない様に思へる。自分は益《ます〳〵》足を早めた。》

すべてを子供は見抜いており、すべては子供の言いなりである。自分ははかない抵抗を試みるが、所詮無駄なのだ。しかもその間、自分は子供の言葉を、段々了解し、納得させられてゆくのだ。〈「何がつて、知つてるぢやないか」〉。〈すると何だか知つてる様な気がし出した〉。

《雨は最先《さつき》から降つてゐる。路はだん〳〵暗くなる。殆んど夢中である。只背中に小さい小僧が食付いてゐて、其の小僧が自分の過去、現在、未来を悉く照して、寸分の事実も洩らさない鏡の様に光つてゐる。しかもそれが自分の子である。さうして盲目《めくら》である。自分は堪らなくなつた。

「此処だ、此処だ。丁度其の杉の根の処だ」

雨の中で小僧の声は判然《はつきり》聞えた。自分は覚えず留つた。何時しか森の中へ這入つてゐた。一間ばかり先にある黒いものは慥に小僧の云ふ通り杉の木と見えた。

「御父《おとつ》さん、其の杉の根の処だつたね」

「うん、さうだ」と思はず答へて仕舞つた。

「文化五年辰年だらう」

成程文化五年辰年らしく思はれた。

「御前がおれを殺したのは今から丁度百年前だね」

自分は此の言葉を聞くや否や、今から百年前文化五年の辰年のこんな闇の晩に、此の杉の根で、一人の盲目を殺したと云ふ自覚が、忽然として頭の中に起つた。おれは人殺であつたんだなと始めて気が付いた途端に、背中の子が急に石地蔵の様に重くなつた。》

こうしてすべてが〈小僧の云ふ通り〉になる。すべてが子供の言葉通り、前後照応しながら展開し、実現する。まさに〈其の小僧が自分の過去、現在、未来を悉く照して、寸分の事実も洩らさない鏡の様に光つてゐる〉のだ。

そしてその結果、最後に自分は〈小僧の云ふ通り〉、〈一人の盲目を殺した〉と了解し、〈おれは人殺であつたんだ〉と納得する。つまりこれまでの一切が、〈……した〉〈……であつた〉という過去形の言葉（過去の〈意味〉）として、全体的に〈想起〉されたのであり、だからここに夢として完結したのである。


ところで、すでに述べたごとく、過去（そして夢）とは〈想起〉においてはじめて経験される。従って（カントの〈物自体〉に倣っていえば）、〈想起〉以前に〈過去自体〉（そして〈夢自体〉）はないのだ。しかも過去（そして夢）が実在しないとすれば、〈想起〉にはなんの根拠もなく、ただ偶然にまかせて次から次へと〈想起〉される。その意味で、まさしく過去は夢であり、夢はそのまま夢なのである。

さらに〈想起〉は、それがどんなに不条理なものであっても無謬である。正誤を比べる根拠がないのだから。無論、過去が不条理で、偶然の戯れ同然でしかないとすれば、人はなにを信じて生きて行けばよいか。だから人は、裁判所で行うように、証言の一致や物証、さらに疑いようのない自然法則によって一つの真実を立証しようとするだろう。しかしそれでもそれは一つの真実であって、絶対の真実であるとはかぎらない。すべては〈驚嘆すべき精妙さで動く宇宙が全くの偶然の産物なのかあるいは多くの人が主張するように至高の存在による配慮であるかが判別不可能〉なのと同様に、本来的に立証不可能なのである。(10)

この空恐ろしいまでの事実。しかし人は、その事実を、信じ難い思いで受け容れざるをえないのである——。

そして夢はこの〈想起〉の不条理性を、まさにあからさままでに語っている。いわば夢では、〈なんでもあり〉なのだ。因みに夢の恐さ、不気味さとはこのことを措いて他《ほか》にない。(11)

＊

第四夜

《広い土間の真中に涼み台の様なものを据ゑて、其周囲《まはり》に小さい床几が並べてある。台は黒光りに光つてゐる。片隅には四角な膳を前に置いて爺さんが一人で酒を飲んでゐる。肴は煮しめらしい。

爺さんは酒の加減で中々赤くなつてゐる。其の上顔中沢々《つやつや》して皺と云ふ程のものはどこにも見当らない。只白い髯をありたけ生やしてゐるから年寄と云ふ事丈は別る。自分は子供ながら、此の爺さん

の年は幾何《いくつ》なんだらうと思つた。》

〈第四夜〉には〈こんな夢を見た〉という前書きはない。しかしこれが夢であることは以下明らかである。

〈所へ裏の筧から手桶に水を汲んで来た神さん〉が、〈「御爺さんは幾年《いくつ》かね」〉と聞く。〈「幾年か忘れたよ」〉。〈「御爺さんの家は何処かね」〉、〈「臍の奥だよ」〉。〈「どこへ行くかね」〉、〈「あつちへ行くよ」〉。そして〈「真直かい」と神さんが聞いた時、ふうと吹いた息が、障子を通り越して柳の下を抜けて、河原の方へ真直に行つた〉。

《爺さんが表へ出た。自分も後から出た。爺さんの腰に小さい瓢簞がぶら下がつてゐる。肩から四角な箱を腋の下へ釣るしてゐる。浅黄の股引を穿いて、浅黄の袖無しを着てゐる。足袋丈が黄色い。何だか皮で作つた足袋の様に見えた。

爺さんが真直に柳の下迄来た。柳の下に子供が三四人居た。爺さんは笑ひながら腰から浅黄の手拭を出した。それを肝心綯《かんじんより》の様に細長く綯つた。さうして地面《ぢびた》の真中に置いた。それから手拭の周囲に、大きな丸い輪を描いた。しまひに肩にかけた箱の中から真鍮で製らへた飴屋の笛を出した。

「今に其の手拭が蛇になるから、見て居らう。見て居らう」と繰返して云つた。

子供は一生懸命に手拭を見て居た。自分も見て居た。

「見て居らう、見て居らう、好いか」と云ひながら爺さんが笛を吹いて、輪の上をぐる〱廻り出した。自分は手拭許り見て居た。けれども手拭は一向動かなかつた。

爺さんは笛をぴい〱吹いた。さうして輪の上を何遍も廻つた。草鞋を爪立《つまだ》てる様に、抜足をする

様に、手拭に遠慮をする様に、廻つた。怖さうにも見えた。面白さうにもあつた。》

　こうしてこの夢も、〈「見て居らう、見て居らう」〉という爺さんの言葉が先導する。なるほど爺さんの言葉を促しているのは、神さんの〈「御爺さんは幾年かね」〉とか、〈「真直かい」〉という言葉である。しかしそれに先立って、〈自分は子供ながら、此の爺さんの年は幾何なんだらうと思つた〉という自分の言葉（内言）がある。要するに夢は、こうして〈言葉〉の照応によって進むのである。

　爺さんの出立ち、〈飴屋の笛〉、〈「蛇になる」〉という言葉と前後の仕草、すべてがその〈意味〉において子供の好奇心をそそる。〈怖さうにも見えた。面白さうにもあつた〉というのだ。

《やがて爺さんは笛をぴたりと已めた。さうして、肩に掛けた箱の口を開けて、手拭の首を、ちよいと撮んで、ぽつと放り込んだ。

「かうして置くと、箱の中で蛇になる。今に見せてやる。今に見せてやる」と云ひながら、爺さんが真直に歩き出した。柳の下を抜けて、細い路を真直に下て行つた。自分は蛇が見たいから、細い道を何処迄も追《つ》いて行つた。爺さんは時々「今になる」と云つたり、「蛇になる」と云つたりして歩いて行く。仕舞には、

　「今になる、蛇になる、
　　屹度なる、笛が鳴る、」

と唄ひながら、とう〳〵河の岸へ出た。橋も舟もないから、此処で休んで箱の中の蛇を見せるだらうと思つてゐると、爺さんはざぶ〳〵河の中へ這入り出した。始めは膝位の深さであつたが、段々腰から、胸の方迄水に浸つて見えなくなる。それでも爺さんは

「深くなる、夜になる、
　真直になる」

と唄ひながら、どこ迄も真直に歩いて行つた。さうして髯も顔も頭も頭巾も丸で見えなくなつて仕舞つた。

自分は爺さんが向岸へ上がつた時に、蛇を見せるだらうと思つて、蘆の鳴る処に立つて、たつた一人何時迄も待つてゐた。けれども爺さんは、とう〳〵上がつて来なかつた。》

蛇はとうとう出てこない。しかし自分は爺さんの口上（言葉）に導かれ、爺さんの後を追う。蛇の出現を思って——。とは要するに自分の前にすでに蛇が存在しているかのように——。

さらに爺さんの姿も消えてしまう。いや爺さんの存在自体はどうでもよい。ここではその言葉だけが鳴り響いていたのだ。

そしてこれはまた、夢の構造をきわめて適確に叙述しているといえる。すべては〈言葉〉、そしてその〈意味〉によって先導され構成されている。[12] しかもすでに蛇の存在を、疑う余地もないまで信じているにもかかわらず、蛇はついに視覚（知覚）に現れず、爺さんも視角から消えてゆく。いわば非在としての〈言葉〉の横断、跳梁。[13] そしてそれが今、目醒めた後〈想起〉され、こうして夢見られたものとなったのである。

＊

第五夜

《こんな夢を見た。
何でも余程古い事で、神代《かみよ》に近い昔と思はれるが、自分が軍《いくさ》をして運悪く敗北《まけ》た為に、生擒《いけどり》になつて、敵の大将の前に引き据ゑられた。》

すでに述べたように、夢では〈なんでもあり〉である。自分は千年以上も前に生存している。実際にはありえないことだが、要するに考えられたこと（思考＝〈想起〉）であり、だからありうることなのである。

次いで〈其の頃の人はみんな背が高かつた〉とか、〈其頃髪剃《かみそり》と云ふものは無論なかつた〉とか、〈此の時代の藁沓《わらぐつ》は深いものであつた〉という、いわゆる時代考証的な説明が続く。が――、

《大将は篝火で自分の顔を見て、死ぬか生きるかと聞いた。是れは其の頃の習慣で、捕虜《とりこ》にはだれでも一応はかう聞いたものである。生きると答へると降参した意味で、死ぬと云ふと屈服しないと云ふ事になる。自分は一言死ぬと答へた。大将は草の上に突いてゐた弓を向ふへ抛げて、腰に釣るした棒の様な剣をするりと抜き掛けた。それへ風に靡いた篝火が横から吹きつけた。自分は右の手を楓の様に開いて、掌を大将の方へ向けて、眼の上へ差し上げた。待てと云ふ相図である。大将は太い剣をかちやりと鞘に収めた。

其の頃でも恋はあつた。自分は死ぬ前に一目思ふ女に逢ひたいと云つた。大将は夜が明けて鶏が鳴く迄なら待つと云つた。鶏が鳴く迄に女を此処へ呼ばなければならない。鶏が鳴いても女が来なければ、自分は逢はずに殺されて仕舞ふ。

大将は腰を掛けた儘、篝火を眺めてゐる。自分は大きな藁沓を組み合はした儘、草の上で女を待つ

てゐる。夜は段々更ける。》

と、夢は一挙に緊迫した場面を迎える。そしてこの後、場面は女が裸馬に乗って、自分の所へ駈けつけるそれへと急転するのである。

《此時女は、裏の楢の木に繋いである、白い馬を引き出した。鬣《たてがみ》を三度撫でゝ高い背にひらりと飛び乗つた。鞍もない鐙もない裸馬であつた。長く白い足で、太腹を蹴ると、馬は一散に駈け出した。誰かゞ篝りを継ぎ足したので、遠くの空が薄明るく見える。馬は此の明るいものを目懸て闇の中を飛んで来る。鼻から火の柱の様な息を二本出して飛んで来る。それでも女は細い足でしきりなしに馬の腹を蹴《けつ》てゐる。馬は蹄の音が宙で鳴る程早く飛んで来る。女の髪は吹流しの様に闇の中に尾を曳いた。それでもまだ篝のある所迄来られない。》

無論この場面も、夢の一齣であるに違いない。夢は千年以上の時間を飛び越すとともに、千里以上の空間も飛び越す。しかも夢見るものはつねにその場に居合わせる。その意味で夢見るものは、いわばつねに〈出ずっぱり〉なのである。

さて夢は次のように終わる。

《すると真闇《まつくら》な道の傍で、忽ちこけこつこうと云ふ鶏の声がした。女は身を空様に、両手に握つた手綱をうんと控えた。馬は前足の蹄を堅い岩の上に発矢と刻み込んだ。

こけこつこうと鶏がまた一声鳴いた。

女はあつと云つて、緊めた手綱を一度に緩めた。馬は諸膝を折る。乗つた人と共に真向《まとも》へ前へのめつた。岩の下は深い淵であつた。

蹄の跡はいまだに岩の上に残つて居る。鶏の鳴く真似をしたものは天探女《あまのじやく》である。此の蹄の痕の岩に刻みつけられてゐる間、天探女は自分の敵である。》

この場面、〈第二夜〉における〈隣座敷の時計〉が二度鳴るそれに酷似する。つまりそこでと同じように、ここでも鶏の声が二度する。いや鶏の声が前後二度したからこそ、その間に確実に時間の過ぎ去ったことが〈想起〉される。

女は一度目の鶏の声を聞いた。そして次の瞬間、女はそれを夜明けの刻を告げるそれとして聞いただろう。女は反射的に手綱を引く。〈馬は前足の蹄を堅い岩の上に発矢と刻み込んだ〉。と、その時女はすでに二度目の鶏の声を聞く。これが決定的で、絶望した女から思わず力が抜け、女は手綱を緩める。反動で〈馬は諸膝を折〉り、人馬もろとも前へのめって、岩の下の深い淵に落ちていった——。

おそらくほとんど一瞬の偶発事、いわば目にも止まらぬ刹那の出来事が、こうして一連の経緯において解説され、とは言語的に〈想起〉されたのだといえよう。

のみならず、自分は〈蹄の跡はいまだに岩の上に残つて居る〉と確認する。さらに〈鶏の鳴く真似をしたものは天探女《あまのじやく》である〉と確定する。そして自分はこのことを、〈此の蹄の痕の岩に刻みつけられてゐる間、天探女は自分の敵である〉と、深い遺恨をこめて〈想起〉する。(14)

そしてこの〈想起〉こそが、この夢を見たという経験に他ならない。

＊

第六夜

《運慶が護国寺の山門で仁王を刻んでゐると云ふ評判だから、散歩ながら行つて見ると、自分より先にもう大勢集まつて、しきりに下馬評をやつてゐた。》

夢では千年の時間を溯ることがあるように、千年も前の人間が出現することもある。まさに荒唐無稽なのだが、それは繰り返すまでもなく、〈想起〉には根拠も理由もないということである。なにかのメロディが〈想起〉されるのは全くの突然であり、いつかの日のことが〈想起〉に浮かぶのも全くの偶然である。まるで天から降ったか、地から湧いたか。そしてそのあまりのとりとめのなさを、人は寝ている間に見た夢として処理する。〈まるで夢のようだ〉と。そして記憶から棄ててゆくのだ。(15)

さて、夢は続く。

《山門の前五六間の所には、大きな赤松があつて、其幹が斜めに山門の甍を隠して、遠い青空迄伸びて居る。松の緑と朱塗の門が互ひに照り合つて美事に見える。其の上松の位地が好い。門の左の端を眼障にならない様に、斜《はす》に切つて行つて、上になる程幅を広く屋根迄突出《つきだ》してゐるのが何となく古風である。鎌倉時代とも思はれる。》

注意すべきは、これは眼前の風景がカメラに写し出されているように、そのままそっくり描き出されているわけではないということである。言うまでもなく、風景そのもの、風景自体などというものはない。それは〈何となく古風〉であり〈鎌倉時代とも思はれる〉。まさしく、すでに運慶のいる風景として語り出されているのである。

〈所が見て居るものは、みんな自分と同じく、明治の人間である。其の中でも車夫が一番多い。辻待をして退屈だから立つてゐるに相違ない〉。そして〈わい／＼云つて〉いる。(16)

《運慶は見物人の評判には委細頓着《とんぢやく》なく鑿と槌を動かしてゐる。一向振り向きもしない。高い所に乗つて、仁王の顔の辺をしきりに彫り抜いて行く。

運慶は頭に小さい烏帽子の様なものを乗せて、素袍だか何だか別らない大きな袖を背中で括つてゐる。其の様子が如何にも古くさい。わいく云つてる見物人とは丸で釣り合が取れない様である。自分はどうして今時分迄運慶が生きてゐるのかなと思つた。どうも不思議な事があるものだと考へながら、矢張り立つて見てゐた。

然し運慶の方では不思議とも奇体とも頓と感じ得ない様子で一生懸命に彫てゐる。仰向いて此の態度を眺めて居た一人の若い男が、自分の方を振り向いて、

「流石は運慶だな。眼中に我々なしだ。天下の英雄はたゞ仁王と我れとあるのみと云ふ態度だ。天晴れだ」と云つて賞め出した。

自分は此の言葉を面白いと思つた。それで一寸若い男の方を見ると、若い男は、すかさず、

「あの鑿と槌の使ひ方を見給へ。大自在の妙境に達してゐる」と云つた。

運慶は今太い眉を一寸の高さに横へ彫り抜いて、鑿の歯を竪に返すや否や斜すに、上から槌を打下した。堅い木を一と刻みに削つて、厚い木屑が槌の声に応じて飛んだと思つたら、小鼻のおつ開いた怒り鼻の側面が忽ち浮き上がつて来た。其の刀の入れ方が如何にも無遠慮であつた。さうして少しも疑念を挟んで居らん様に見えた。》

〈「流石は運慶」〉。周囲の情況から超然として、一心に仁王を彫る。しかも、若い男の言うごとくその〈鑿と槌の使ひ方〉は、まさに〈「大自在の妙境に達してゐる」〉。〈堅い木を一と刻みに削つて、厚

い木屑が槌の声に応じて飛んだと思つたら〉、たちまちのうちに眉や鼻が出来上っている——。

しかし、夢はここから、意外な方向へと展開するのだ。

《「能くあゝ無造作に鑿を使つて、思ふ様な眉や鼻が出来るものだな」と自分はあんまり感心したから独言の様に言つた。するとさつきの若い男が、

「なに、あれは眉や鼻を鑿で作るんぢやない。あの通りの眉や鼻が木の中に埋つてゐるのを、鑿と槌の力で掘り出す迄だ。丸で土の中から石を掘り出す様なものだから決して間違ふ筈はない」と云つた。

自分は此の時始めて彫刻とはそんなものかと思ひ出した。果してさうなら誰にでも出来る事だと思ひ出した。それで急に自分も仁王が彫つて見たくなつたから見物をやめて早速家へ帰つた。

道具箱から鑿と金槌を持ち出して、裏へ出て見ると、先達ての暴風《あらし》で倒れた樫を、薪にする積りで、木挽に挽かせた手頃な奴が、沢山積んであつた。

自分は一番大きいのを選んで、勢ひよく彫り始めて見たが、不幸にして、仁王は見当らなかつた。其の次のにも運悪く掘り当る事が出来なかつた。三番目のにも仁王は居なかつた。自分は積んである薪を片つ端から彫つて見たが、どれもこれも仁王を蔵してゐるのはなかつた。遂に明治の木には到底仁王は埋つてゐないものだと悟つた。それで運慶が今日迄生きてゐる理由も略解つた。》

ところで、若い男の〈「あの通りの眉や鼻が木の中に埋つてゐるのを、鑿と槌の力で掘り出す迄だ」〉という言葉は、はたして本質を言い当てているのだろうか。いや、言い当てていない。むしろ掘り出した途端、それが眉であり鼻であると言いえた時、とは、それが眉であり鼻であると名指しえ

た時、それが眉であり鼻となるのではないか。

とすれば、木の中に埋まつている眉や鼻を直接掘り出すのではない。なにかが掘り出され、その後、瞬時とはいえ一拍をおいて、いわば言葉の網の目の中から、眉や鼻という名辞が掘り出されるのではないか。

〈「丸で土の中から石を掘り出す様なものだから決して間違ふ筈はない」〉。しかしここには、すでにあるものを取り出せば、とはすでにあるものを写し出せば、という近代リアリズムの軽薄な思い込みが諷刺されているのだ。[17]

とすれば、〈明治の木には到底仁王は埋つてゐない〉といわざるをえない。物はまず〈言葉〉つまり〈意味〉があって存在する（〈想起〉において存在する、と言い足してもよい）。この機微を知らずして、〈薪を片つ端から彫つて見〉ても、仁王はついに出て来ないのだ。

運慶が仁王を彫って行く。その手練の技。だがそれは今日まで、つまり歴史を通して生きて来た、いわゆる運慶の仁王という〈意味〉（〈言葉〉）において、画然と彫られ、鮮やかに現出するのである。そして、だからこそ自分には、〈運慶が今日迄生きてゐる理由も略解つた〉のではないか。さらに、そう思い当たった時、とは、そう〈想起〉した時、すでに早く夢は醒めていたのだといえよう。

*

第七夜
《何でも大きな船に乗つてゐる。

此の船が毎日毎夜すこしの絶間なく黒い煙を吐いて浪を切つて進んで行く。凄じい音である。けれども何処へ行くんだか分らない。只波の底から焼火箸の様な太陽が出る。それが高い帆柱の真上迄来てしばらく挂《かゝ》つてゐるかと思ふと、何時の間にか大きな船を追ひ越して、先へ行つて仕舞ふ。さうして、仕舞には焼火箸の様にぢゆつといつて又波の底に沈んで行く。其の度に蒼い波が遠くの向ふで、蘇枋の色に沸き返る。すると船は凄じい音を立てゝ其の跡を追掛けて行く。けれども決して追付かない。》

〈第七夜〉は「夢十夜」の中で、漱石の伝記的一齣を一番よく伝えているように思われる。あのイギリス留学に向かうプロイセン号上の光景。おそらく海はインド洋なのか、等々。

しかしそれにしては、自分にはこの船が〈何処へ行くんだか分らない〉。そして夢は以下、その疑問と不安に主導されて展開してゆくのである。

《ある時自分は、船の男を捕まへて聞いて見た。

「此の船は西へ行くんですか」

船の男は怪訝《けゞん》な顔をして、しばらく自分を見て居たが、やがて、

「何故」と問ひ返した。

「落ちて行く日を追懸《おつかけ》る様だから」

船の男は呵々《からく》と笑つた。さうして向ふの方へ行つて仕舞つた。

「西へ行く日の、果は東か。それは本真《ほんま》か。東出る日の、御里は西か。それも本真か。身は波の上。楫枕《かぢまくら》。流せ〱」と囃してゐる。舳へ行つて見たら、水夫が大勢寄つて、太い帆綱を手繰つてゐた。

自分は大変心細くなつた。何時陸へ上がれる事か分らない。さうして何処へ行くのだか知れない。只黒い煙を吐いて波を切つて行く事丈は慥かである。其の波は頗る広いものであつた。際限もなく蒼く見える。時には紫にもなつた。只船の動く周囲丈は何時でも真白に泡を吹いてゐた。自分は大変心細かつた。こんな船にゐるより一層身を投て死んで仕舞はうかと思つた。》

船はかならずしも〈「西へ行く」〉とはかぎらないらしい。疑惑と不安は一層募る。[18]
〈乗合は沢山居〉て、〈大抵は異人の様〉である。欄に寄って〈しきりに泣いて居〉る女。[19] 自分に近付き、〈星も海もみんな神の作つたものだ〉と言い〈神を信仰するかと尋ね〉る異人。まわりの人間達には〈丸で頓着〉なく、〈唱歌を唄〉い〈洋琴を弾〉く男女。いずれも余念なく、自分達のことに浸り切っている。あるいは今、現在を信じ、今、現在に熱中し、没頭している。が、しかし――、
《自分は益《ます〳〵》詰らなくなつた。とう〳〵死ぬ事に決心した。それである晩、あたりに人の居ない時分、思い切つて海の中へ飛び込んだ。所が――自分の足が甲板を離れて、船と縁が切れた其の刹那に、急に命が惜くなつた。心の底からよせばよかつたと思つた。けれども、もう遅い。自分は厭でも応でも海の中へ這入らなければならない。》

つまり自分は自殺しようとするのである。だが、ここで転調が起きる。足が甲板から離れた途端、〈急に命が惜くなつた〉のである。

《只大変高く出来てゐた船と見えて、身体《からだ》は船を離れたけれども、足は容易に水に着かない。然し捕まへるものがないから、次第々々に水に近付いて来る。いくら足を縮めても近付いて来る。水の色は黒かつた。

そのうち船は例の通り黒い煙を吐いて、通り過ぎて仕舞つた。自分は何処へ行くんだか判らない船でも、矢つ張り乗つて居る方がよかつたと始めて悟りながら、しかも其の悟りを利用する事が出来ずに、無限の後悔と恐怖とを抱いて黒い波の方へ静かに落ちて行つた。》

すでに度々述べたように、人は今、今、今と、いくら今現在を重ねても、そのままでは生きる〈意味〉を与えられない。ある今現在において振り返った時、それまでの時間全体が過去として〈想起〉される。その時はじめて、かく生きたという〈意味〉が与えられるのだ。

自分は死のうとする。つまり終わりへと先を急ぐ。しかし甲板から足が離れた途端、いわば時間が逆転し遡行する。過去が、とはそれまでの一切が、〈意味〉あるものとして〈想起〉される。

ところで、よく人は死の危機に際し、数十年の一生を一気に〈想起〉するという。[20] その真偽はともかく、論理的には考えられないことではない。なぜなら人は決して死を〈想起〉できない。死は決して過去のものとはならないからだ。そして死んだら、すべてはおしまい。とすれば人は己れの死を知ることも手にすることもできない。人にとって、いわば死は到達不可能なのだ。[21]

が、そのように死から無窮に隔てられているとすれば、絶え間なく死に近づきながら、その手前で、これまでの生全体を無限に〈想起〉しつづける——。

〈詰らな〉い人生、〈何処へ行くんだか判らない船〉。しかし自分は、〈矢つ張り乗つて居る方がよかつたと始めて悟〉る。つまり自分はその時、はじめて来し方一切に、そう〈意味〉を見出したのである。〈無限の後悔と恐怖〉を抱きながら——。

と、ここまで来れば、以上が論理的に、いや論理的にのみ考えられた経験であることが明らかとなる。つまりかく言葉として〈想起〉された夢であったのである。

＊

第八夜

《床屋の敷居を跨いだら、白い着物を着てかたまつて居た三四人が、一度に入らつしやいと云つた。真中に立つて見廻すと、四角な部屋である。窓が二方に開いて、残る二方に鏡が懸つてゐる。鏡の数を勘定したら六つあつた。

自分は其一つの前へ来て腰を卸した。すると御尻がぶくりと云つた。余程坐り心地が好く出来た椅子である。鏡には自分の顔が立派に映つた。顔の後には窓が見えた。それから帳場格子が斜に見えた。格子の中には人がゐなかつた。窓の外を通る往来の人の腰から上がよく見えた。

庄太郎が女を連れて通る。庄太郎は何時の間にかパナマの帽子を買て被つてゐる。女も何時の間に拵らへたものやら。一寸解らない。双方共得意の様であつた。よく女の顔を見やうと思ふうちに通り過ぎて仕舞つた。

豆腐屋が喇叭を吹いて通つた。喇叭を口へ宛がつてゐるんで、頬ぺたが蜂に螫された様に膨れてゐた。膨れたまんまで通り越したものだから、気掛りで堪らない。生涯蜂に螫されてゐる様に思ふ。

芸者が出た。まだ御化粧《おつくり》をしてゐない。島田の根が緩んで、何だか頭に締りがない。顔も寝ぼけてゐる。色沢《いろつや》が気の毒な程悪い。それで御辞儀をして、どうも何とかですと云つたが、相手はどうしても鏡の中へ出て来ない。

すると白い着物を着た大きな男が、自分の後ろへ来て、鋏と櫛を持つて自分の頭を眺め出した。自分は薄い髭を捩つて、どうだらう物になるだらうかと尋ねた。白い男は、何にも云はずに、手に持つた琥珀色の櫛で軽く自分の頭を叩いた。

「さあ、頭もだが、どうだらう、物になるだらうか」と自分は白い男に聞いた。白い男は矢張り何も答へずに、ちやき〳〵と鋏を鳴らし始めた。

鏡に映る影を一つ残らず見る積りで眼を睜つてゐたが、鋏の鳴るたんびに黒い毛が飛んで来るので、恐ろしくなつて、やがて眼を閉ぢた。すると白い男が、かう云つた。

「旦那は表の金魚売を御覧なすつたか」

自分は見ないと云つた。白い男はそれぎりで、頻と鋏を鳴らしてゐた。すると突然大きな声で危険《あぶねえ》と云つたものがある。はつと眼を開けると、白い男の袖の下に自転車の輪が見えた。人力の梶棒が見えた。と思ふと、白い男が両手で自分の頭を押へてうんと横へ向けた。自転車と人力車は丸で見えなくなつた。鋏の音がちやき〳〵する。

やがて、白い男は自分の横へ廻つて、耳の所を刈り始めた。毛が前の方へ飛ばなくなつたから、安心して眼を開けた。粟餅や、餅やあ、餅や、と云ふ声がすぐ、そこでする。小さい杵をわざと臼へ中てゝ、拍子を取つて餅を搗いてゐる。粟餅屋は子供の時に見たばかりだから、一寸様子が見たい。けれども粟餅屋は決して鏡の中に出て来ない。只餅を搗く音丈する。

自分はあるたけの視力で鏡の角を覗き込む様にして見た。すると帳場格子のうちに、いつの間にか一人の女が坐つてゐる。色の浅黒い眉毛の濃い大柄な女で、髪を銀杏返しに結つて、黒繻子の半襟の掛った素袷で、立膝の儘、札の勘定をしてゐる。札は十円札らしい。女は長い睫を伏せて薄い唇を結んで一生懸命に、札の数を読んでゐるが、其の読み方がいかにも早い。しかも札の数はどこ迄行つても尽きる様子がない。膝の上に乗つてゐるのは高々百枚位だが、其百枚がいつ迄勘定しても百枚である。

自分は茫然として此女の顔と十円札を見詰めて居た。すると耳の元で白い男が大きな声で「洗ひませう」と云つた。丁度うまい折だから、椅子から立ち上がるや否や、帳場格子の方を振り返つて見た。けれども格子のうちには女も札も何にも見えなかつた。

代を払つて表へ出ると、門口の左側に、小判なりの桶が五つ許り並べてあつて、其の中に赤い金魚や、斑入の金魚や、痩せた金魚や、肥つた金魚が沢山入れてあつた。さうして金魚売が其の後にゐた。金魚売は自分の前に並べた金魚を見詰めた儘、頬杖を突いて、じつとして居る。騒がしい往来の活動には殆ど心を留めてゐない。自分はしばらく立つて此の金魚売を眺めて居た。けれども自分が眺めてゐる間、金魚売はちつとも動かなかつた。》

〈第八夜〉はいきなり全文を引用した。というのも、夢にしてはどこを見ても、なんの変哲もない普通の話であることを点検したかったからである。唯一奇妙な所といえば、〈帳場格子のうちに、いつの間にか一人の女が坐ってゐ〉て、〈札の勘定をしてゐる〉。しかも〈其の読み方がいかにも早い〉にもかかわらず、〈高々百枚位〉の〈札の数はどこ迄行つても尽きる様子がない〉という所だろう。が、これはこれまで何度も述べて来たように、一つ一つを数えることと、その間に時間が構成されることとはまったく違うということを考えればよい。そして〈白い男〉の〈「洗ひませう」〉という大きな声で、〈椅子から立ち上がるや否や、帳場格子の方を振り返つて見〉ると、今度も〈いつの間にか〉、とは一拍が過ぎていて、すでに〈女も札も何にも見えな〉くなっていたまでなのである。

だが、そうだとすると、〈第八夜〉は一体どこが夢なのか、少なくとも夢らしいのか。

そこで思い着くのが、自分が鏡を見ているということである。では鏡を見るとはどういうことか。言うまでもなく、自分は今、鏡面を通して（鏡面で反転する視線に沿って、と言いかえてもよい）、自分とその背景を見ている。しかもどんなに視線を転じても、どこかに自分が見えているのに変わりはない。ところで、これも何度も述べて来たように、夢で夢見るものは（もとより一人称の自分である）、つねに〈出ずっぱり〉である。〈第五夜〉のように、千年の時間を隔て、千里の空間を隔てた時空にも居合わせる。ばかりか自分自身登場する場合も多い。少なくとも自身の肩ごしに、あるいは鳥瞰的に自身の姿を見る——。

無論このように自身の姿を見るということは、〈知覚〉経験としては不可能であり、（これも繰り返し述べて来たように）それが言語的に考えられたもの、つまり〈想起〉だからである。

自身の姿を見るなどということは、目覚めた世界では鏡でもなければ不可能である。そしておそらく〈第八夜〉の自分は、この一種奇妙な経験を、夢の中で反芻していたのだといえよう。(22)

最後、自分は表へ出て、しばらく桶の中の〈金魚を見詰め〉る〈金魚売を眺め〉る。要するに通常の、とは直接にものを見る世界。おそらくその時そのことを通して、自分は鏡と窓に囲まれた〈四角な部屋〉でものを見た先程までの経験を、振り返っていたのかも知れない。

＊

第九夜

《世の中が何となくざわつき始めた。今にも戦争《いくさ》が起りさうに見える。焼け出された裸馬が、夜昼となく、屋敷の周囲を暴れ廻ると、それを夜昼となく足軽共が犇きながら追掛けてゐる様な心持がする。それでゐて家のうちは森として静かである。

家には若い母と三つになる子供がゐる。父は何処かへ行つた。父が何処かへ行つたのは、月の出てゐない夜中であつた。床の上で草鞋《わらぢ》を穿いて、黒い頭巾を被つて、勝手口から出て行つた。其の時母の持つてゐた雪洞《ぼんぼり》の灯が暗い闇に細長く射して、生垣の手前にある古い檜を照した。

父はそれ限帰つて来なかつた。母は毎日三つになる子供に「御父様は」と聞いてゐる。子供は何とも云はなかつた。しばらくしてから「あつち」と答へる様になつた。母が「何日《いつ》御帰り」と聞いても矢張り「あつち」と答へて笑つてゐた。其時は母も笑つた。さうして「今に御帰り」と云ふ言葉を何遍となく繰返して教へた。けれども子供は「今に」丈を覚えたのみである。時々は「御父様は何処」と聞かれて「今に」と答へる事もあつた。

夜になつて、四隣《あたり》が静まると、母は帯を締め直して、鮫鞘の短刀を帯の間へ差して、子供を細帯で背中へ背負つて、そつと潜りから出て行く。母はいつでも草履を穿いてゐた。子供は此の草履の音を聞きながら母の背中で寝て仕舞ふ事もあつた。》

母は毎夜近くの八幡宮に参るのである。鳥居を潜り、拝殿の前へ来ると鈴を鳴らし、柏手を打つ。

そして〈一心不乱に夫の無事を祈る〉。〈子供は能く此の鈴の音で眼を覚まし〉てはあたりの闇に脅えて泣き出す。――

《一通り夫の身の上を祈つて仕舞ふと、今度は細帯を解いて、背中の子を摺り卸ろすやうに、背中から前へ廻して、両手を抱きながら拝殿を上つて行つて、「好い子だから、少しの間、待つて御出よ」と屹度自分の頰を子供の頰へ擦り付ける。さうして細帯を長くして、子供を縛つて置いて、其の片端を拝殿の欄干に括り付ける。それから段々を下りて来て二十間の敷石を往つたり来たり御百度を踏む。拝殿に括りつけられた子は、暗闇の中で、細帯の丈のゆるす限り、広縁の上を這ひ廻つてゐる。さう云ふ時は母に取つて、甚だ楽な夜である。けれども縛つた子にひい〳〵泣かれると、母は気が気でない。御百度の足が非常に早くなる。大変息が切れる。仕方のない時は、中途で拝殿へ上つて来て、色々すかして置いて、又御百度を踏み直す事もある。

かう云ふ風に、幾晩となく母が気を揉んで、夜の目も寝ずに心配してゐた父は、とくの昔に浪士の為に殺されてゐたのである。

こんな悲い話を、夢の中で母から聞た。》

さて〈第九夜〉の特徴の一つは、最後の〈こんな悲い話を、夢の中で母から聞た〉という一句であろう。ただこれは〈第一〉〈二〉〈三〉〈五夜〉の冒頭の〈こんな夢を見た〉という一句が、最後に来たと思えばよい。[23]が、そうだとしても以上四夜が、〈こんな夢を見た〉を受けて、自分が直接見た夢を語っているのに対し、ここでは〈こんな悲い話を、夢の中で母から聞た〉に至るまで、すべてが

〈夢の中で母から聞た〉話であることは注意されてよい。[24] つまり〈第九夜〉の夢は〈母から聞た〉話であり、とは、まさに言語的制作、夢物語であるのだ。

さらに特徴の一つは、その〈夢の中で母から聞た〉話が、二層となっていることである。すなわち、夫の生還を必死に祈る妻とその子の話と、実はその夫が〈とくの昔に浪士の為に殺されてゐた〉という話。

無論自分は二つの話に立ち合っている。正確にいえば二つの話を聞いている。（断っておけば、〈第九夜〉には一人称の〈自分〉は出てこない。[25] しかし〈こんな悲い話を、夢の中で母から聞〉ているのは自分であり、その夢を見ているのが自分であることに疑問の余地はない。[26]）そしてあらかじめ言っておけば、二つの話があいまって、はじめて〈こんな悲い話〉となるのである。

まず〈父は何処かへ行つ〉て、〈それ限帰つて来な〉い。〈若い母〉は夫の無事を切なく祈り、夜毎の御百度参り。もとよりこうして進む夢は言語的記述であって、非映像的、非知覚的である。それを証拠に周囲は深い暗闇に閉ざされ、静寂さに閉ざされている。無論〈雪洞の灯〉が闇を射し、八幡宮の額の〈八の字が、鳩が二羽向ひあつた様な書体に出来てゐる〉のも見える。杉の梢で梟が鳴き、〈冷飯草履の音がぴちや〳〵する〉、鈴が鳴る。しかしそれらは暗闇と静寂さを一層深め、さらに肝心なことは、その深い暗闇と静寂さを突いて、〈御百度を踏む〉若い妻の必死の祈りが、一層切なく物語られて行くことなのである。[27]

だが、にもかかわらず若い妻には、ただ当て所《ど》なく祈るだけで、まだなんの結果も与えられていない。その意味で、結果の手前で、だから今現在の場所に佇み続けているのと同じなのだ（百度詣で

――一つ所を往復する）。

そして、ここで夢の転位がある。自分は〈夢の中で母から聞〉くのだ。〈かう云ふ風に、幾晩となく母が気を揉んで、夜の目も寝ずに心配してゐた父は、とくの昔に浪士の為に殺されてゐた〉のだ、と。

つまり若い妻の知らぬ所で、知らぬ内に、すでに夫は殺されていた。とは妻の必死の祈りにもかかわらず、その祈りの結果は、すでに過去のこととして、過去形の言葉において与えられたのである。(28)そして、だから一切はもう取り返しようもなく過ぎ去ってしまったという、まさにその〈意味〉において、夢はここにはじめて〈悲い話〉として〈想起〉されたのである。

＊

第十夜

《庄太郎が女に攫はれてから七日目の晩にふらりと帰つて来て、急に熱が出てどつと、床に就いてゐると云つて健さんが知らせに来た。

庄太郎は町内一の好男子で、至極善良な正直者である。たゞ一つの道楽がある。パナマの帽子を被つて、夕方になると水菓子屋の店先へ腰をかけて、往来の女の顔を眺めてゐる。さうして頻に感心してゐる。其の外には是と云ふ程の特色もない。

あまり女が通らない時は、往来を見ないで水菓子を見てゐる。水菓子には色々ある。水蜜桃や、林檎や、枇杷や、バナヽを奇麗に籠に盛つて、すぐ見舞物に持つて行ける様に二列に並べてある。庄太郎は此の籠を見ては奇麗だと云つてゐる。商売をするなら水菓子屋に限ると云つてゐる。其の癖自分はパナマの帽子を被つてぶら〳〵遊んでゐる。》

〈ある夕方一人の女が、不意に店先に立つた。身分のある人と見えて立派な服装をしてゐる。其の着物の色がひどく庄太郎の気に入つた。其の上庄太郎は大変女の顔に感心して仕舞つた〉。女は〈籠詰の一番大きいの〉を買い、それを手に〈一寸提《さ》げて見て、大変重い事と云つた〉。〈庄太郎は元来閑人の上に、頗る気作な男だから、ではお宅迄持つて参りませうと云つて、女と一所に水菓子屋を出た。それぎり帰つて来なかつた〉。〈如何な庄太郎でも、余まり呑気過ぎる。只事ぢや無からうと云つて、親類や友達が騒ぎ出して居ると、七日目の晩になつて、ふらりと帰つて来た〉。そこで〈庄さん何処へ行つてゐたんだいと聞くと、庄太郎は電車へ乗つて山へ行つたんだと答へた〉。

《何でも余程長い電車に違ひない。庄太郎の云ふ所によると、電車を下りるとすぐと原へ出たさうである。非常に広い原で、何処を見廻しても青い草ばかり生えてゐた。女と一所に草の上を歩いて行くと、急に絶壁《きりぎし》の天辺《てつぺん》へ出た、其の時女が庄太郎に、此処から飛び込んで御覧なさいと云つた。底を覗いて見ると、切岸は見えるが底は見えない。庄太郎は又パナマの帽子を脱いで再三辞退した。すると女が、もし思ひ切つて飛び込まなければ、豚に舐められますが好う御座んすかと聞いた。庄太郎は豚と雲右衛門が大嫌だつた。けれども命には易へられないと思つて、矢つ張り飛び込むのを見合せてゐた。所へ豚が一匹鼻を鳴らして来た。庄太郎は仕方なしに、持つて居た細い檳榔樹の洋杖《ステツキ》で、豚の鼻《はな》頭《づら》を打つた。豚はぐうと云ひながら、ころりと引つ繰り返つて、絶壁の下へ落ちて行つた。庄太郎はほつと一と息接いでゐると又一匹の豚が大きな鼻を庄太郎に擦り付けに来た。庄太郎は已を得ず又洋杖を振り上げた。豚はぐうと鳴いて又真逆様《まつさかさま》に穴の底へ転げ込んだ。すると又一匹あらはれた。此の時庄太郎は不図気が付いて、向ふを見ると、遥の青草原の尽きる辺から幾万匹か数へ切れぬ豚が、群をなして一直線に、此絶壁の上に立つてゐる庄太郎を見懸けて鼻を鳴らしてくる。庄太郎は心《しん》から恐縮した。けれども仕方がないから、近寄つてくる豚の鼻頭を、一つ一つ丁寧に檳榔樹の洋杖で打つてゐた。不思議な事に洋杖が鼻へ触りさへすれば豚はころりと谷の底へ落ちて行く。覗いて見ると底の見えない絶壁を、逆さになつた豚が行列して落ちて行く。自分が此の位多くの豚を谷へ落したかと思ふと、庄太郎は我ながら怖くなつた。けれども豚は続々くる。黒雲に足が生えて、青草を踏み分ける様な勢ひで無尽蔵に鼻を鳴らしてくる。

庄太郎は必死の勇を振つて、豚の鼻頭を七日六晩《なのかむばん》叩いた。けれども、とう〳〵精根が尽きて、手が蒟蒻の様に弱つて、仕舞に豚に舐められてしまつた。さうして絶壁の上へ倒れた。

健さんは、庄太郎の話を此処迄して、だから余り女を見るのは善くないよと云つた。自分も尤もだと思つた。けれども健さんは庄太郎のパナマの帽子が貰ひたいと云つてゐた。

庄太郎は助かるまい。パナマは健さんのものだらう。》

この夢も〈第九夜〉の自分が母から聞いた話であるのと同じように、自分が健さんから聞いた話である。(29) だから終始〈言葉〉が誘導していることを確認したい。また念のためにいえば、健さんの語る話の中には庄太郎の語る話も含まれている。そして自分は両方の話に立ち合っている。正確にいえば両方の話を聞いている。いや〈想起〉しているといった方が一層正確であろう。(30)

まず冒頭、〈呑気坊主の無事泰平な暮らしぶり〉[31]が紹介される。〈パナマの帽子を被つて、夕方になると水菓子屋の店先へ腰をかけて、往来の女の顔を眺めてゐる〉。つまりそうして〈ぶら〳〵遊んでゐる〉――。一体いつごろからこうなのか。よほど前からなのか。いずれにしても庄太郎の無為の日常、その繰り返し。いわば庄太郎は今現在に留まり、徘徊を重ねるのだ。

するとそこへ、〈まるで女仕掛人〉[32]のように女が現われ、ただちに庄太郎を〈絶壁《きりぎし》の天辺《てつぺん》〉に連れ出す。そして〈此処から飛び込んで御覧なさい〉と言い、〈もし思び切つて飛び込まなければ、豚に舐められます〉と言う。庄太郎が躊躇していると、はたして女の言葉通り、庄太郎を目がけて無数の豚が殺到して来る。[33]庄太郎は止むをえず、ステッキで次々と豚の鼻頭をたたくと、豚はたあいなく〈ころりと谷の底へ落ちて行く〉。しかし七日六晩、庄太郎は〈とう〳〵精根が尽き〉て、ついに豚に舐められてしまう――。

ところでこの夢に、どんな寓意が隠されているかということなら、すでに解釈は出し尽くされている、といえる。たとえば、女の登場には〈女性の与える畏怖のモティーフ〉があるといい、さらにその女に生死の選択を迫られ、死を拒んだその挙句、またしても〈たあいなく醜悪な些事〉の反復に繋がれる、その恐怖にも似た閉塞感や徒労感には、〈漱石の日常的現実の中での実感〉が暗喩されているという[34]――。

たしかに、こうした解釈は魅力的でないことはない。だが、どこか、なにか、半解なところがある。まず〈こんな夢を見た〉として、[35]十夜におよび夢を見たというなら、その個々の夢に隠されているという個々の〈意味〉（寓意とか暗喩）を論《あげつら》うに留まらず、総じて夢を見ることとそのことの〈意味〉を、徹底して問うべきではないか。

いや、というより（述べて来たように）、夢の〈想起〉（過去の〈想起〉）は、前もって経験されたことの再現や再生ではない。つまりあらかじめ埋め込まれていた〈意味〉（寓意や暗喩）を掘り出すことではない。夢を見ること（想い出すこと）によって、〈そうした〉〈そうであった〉という夢（過去）の経験の〈意味〉を、（だから言葉として）まさに直に、原的に経験することであって、それ以上でもそれ以下でもないのだ。

庄太郎は毎日毎日〈ぶら〳〵遊んでゐる〉。〈往来の女の顔を眺め〉、〈水菓子〉を見ている。つまりそうして、今、今、今の今現在に自足する。そこへ女が登場する。

繰り返すまでもなく、今、今、今と今現在をいくら重ねても、それだけでは時間は構成されない。その意味で女の登場は、それまでの夢を過去へと分節した。だから夢は新しい展開を見たのではないか。

しかしその後、ほとんど当然の成り行きのごとく、〈豚が一匹鼻を鳴らして来た〉。さらに〈又一匹〉、〈すると又一匹〉。しかも気づいてみると、豚は〈群をなして一直線に〉、〈続々くる〉、〈無尽蔵に鼻を鳴らしてくる〉。そして庄太郎は〈豚の鼻頭を七日六晩叩〉き続ける。まさにまたもや、今、今、今の今現在に専心せざるをえないのである。

が、庄太郎は〈とう〳〵精根〉尽き果て、ついに豚に舐められる。そしておそらくその時、夢は再び過去へと分節された。切れ目なく続いていた今現在が、今度こそ一挙に、過去へと切り離されたのである。

従っておそらく、これは〈七日六晩〉が終わったことだけを意味しない。たしかに、なにかが決定的に過ぎ去ったのだ。もう〈庄太郎は助かるまい〉——。とすれば〈想起〉とは、こうして、時間が決定的に過ぎ去ることの確認——ただそれだけのことであるのかも知れない(36)。

注

（1）「東京朝日新聞」明治四十一年七月二十五日～八月五日、「大阪朝日新聞」七月二十六日～八月五日に連載。

（2）本論は「言語的制作《ポイエーシス》としての過去と夢」『時間と自我』（青土社、平成四年三月）以下、大森荘蔵氏の論考に多くの示唆を得ている。

（3）こうしたことから〈第一夜〉は、漱石の伝記的考証に始まり比較文学的分析、絵画史的研究等々、まさに百家争鳴だが、いまは〈お気に召すまま〉ということにして、敬して遠ざけることにする。

（4）以下にも〈真珠貝の裏〉に差す〈月の光〉、〈湿つた土の匂〉、〈星の破片《かけ》〉を抱き上げたとき、〈自分の胸と手が少し暖くなつた〉等々、知覚的記述が続くが、要するに補足的説明の域を出ない（ことに最後、〈長い間大空を落ちてゐる間〉の摩擦熱のせいだとすれば、少しく理屈に堕しているのではないか）。また以下〈大きな赤い日〉、〈唐紅の天道〉等々の場合も同じである。

（5）その前に、〈ぢや、私の顔が見えるかいと一心に聞くと、見えるかいつて、そら、そこに、写つてるぢやありませんかと、にこりと笑つて見せた〉という所。〈写つてる〉という女の言葉が、とかく論議を呼んでいるようだが、〈そら、そこに、見えてるぢやありませんか〉と同義であって、日本語（〈うつる〉）の言い方として別に仔細はないといえよう。なおこのことに関し、次章「『ある心の風景』その他——〈知覚〉と〈想起〉——」参照。

（6）無論一つ一つのことに本来関連はない。それを事後の〈想起〉において、一連の過程としてまとめているといえよう。因みに〈第一夜〉において、〈すると〉以下、〈しばらくして〉〈さうして〉〈それから〉〈そのうち〉〈仕舞には〉等々、時間順序を意味する接続詞が頻出するのも、このことと関わっていると思われる。

（7）その時その時の今現在の経験は、〈知覚〉と〈行動〉の経験であり、刹那的、断片的であって、それ自体なんの〈意味〉にも繋がっていない。

（8）〈時間認識にとっての不可欠の条件は、刻々と変化する現象をそのつどとらえる能力ではない。むしろ、一つの《いま》を切り出し、それと等根源的に一つ前の《いま》をその外に押し出すことである。想起する時としての《いま》において、想起の対象の時としてのその前の《いま》を分節すること、しかも想起という単純で明証的な作用において分節することである。こうして、現在とはじつは知覚する時というよりむしろ想起する時として意味づけられる〉（中島義道『時間論』ちくま学芸文庫、平成十四年二月）。

（9）〈第一夜〉で自分が女に逢えたわけではないように、〈第二夜〉で自分が悟れたわけではない。ただその間に〈百年〉がたち、〈一刻《とき》〉がたったということが、いま目醒めて〈想起〉され、物語られたわけなのである。

（10）大森荘蔵「過去概念の改訂」『時間と自我』（前出）参照。

（11）〈第三夜〉をめぐっては、伊藤整のいわゆる〈人間存在の原罪的不安〉（「解説」『現代日本小説大系』第十六巻、河出書房、昭和二十四年五月）、荒正人のいわゆる〈漱石における狂気、暗黒の部分〉（「漱石の暗い部分」―「近代文学」昭和二十八年十二月）以来、幾多の論が「夢十夜」論の中心として、ばかりか漱石論の焦点として論及されている。しかしここでは以下、重松泰雄氏の論――「漱石とウイリアム・ジェイムズ」（「国文学」昭和四十六年九月）「『文学論』から『文芸の哲学的基礎』『創作家の態度』へ―「ウイリアム・ジェイムズ」との関連において―」（『作品論夏目漱石』双文社出版、昭和五十一年九月）「漱石の小品」（『作家・作品シリーズ（3）夏目漱石』東京書籍、昭和五十二年四月。以上『漱石　その歴程』おうふう、平成六年三月に所収）等一連の論に注目しておきたい。重松氏はまず〈第三夜〉の意味はあの「坑夫」における〈潜伏者〉との関連を除いては考えられないとして、その一節を引用している。すなわち〈病気に潜伏期がある如く、吾々の思想や、感情にも潜伏期がある。此の潜伏期の間には自分で其の思想を有ちながら、其の感情に制せられながら、ちつとも自覚しない。又此の思想や感情が外界の因縁で意識の表面へ出て来る機会がないと、生涯其の思想や感情の支配を受けながら、自分は決してそんな影響を蒙つた覚がないと主張する。其の証拠は此の通りと、どし〳〵反対の行為言動をして見せる。が其の行為言動が、傍《はた》から見ると矛盾になつてゐる〉。そしてこの〈潜伏者〉こそ〈第三夜〉における盲目の子の〈正体〉に他ならないという。さらにその根底には、ジェイムズの『宗教的経験の諸相―人間性の研究―』における〈潜在意識的潜伏〉の示唆があるとして、その一節を引用している。すなわち〈それは、私たちが合理的意識と呼んでいる意識、つまり私たちの正常な、目ざめているときの意識というものは、意識の一特殊型にすぎないのであって、この意識のまわりをぐるっととりまき、きわめて薄い膜でそれと隔てられて、それとはまったく違った潜在的ないろいろな形態の意識がある、という結論である。私たちはこのような形態の意識が存在することに気づかずに生涯を送ることもあらう。しかし必要な刺激を与えると、一瞬にしてそういう形態の意識がまったく完全な姿で現われてくる。それは恐らくどこかにその適用と適応の場をもつ明確な型の心的状態なのである。この普通とは別の形の意識をまったく無視するような宇宙全体の説明は、終局的なものでありえない〉（岩波文庫、桝田啓三郎氏訳）。この自らの中に拒みようもなく潜在する〈盲いた部分〉、そのようなものが実在することへの劇しい恐怖――。因みに重松氏は、漱石が『諸相』を〈精読〉したのは「文芸の哲学的基礎」と「創作家の態度」の間であるとする。すなわち「哲学的基礎」における〈自由意思〉からの〈決定論への逆行を思わせるような〉転換。そしてたしかにこの〈潜在意識〉とは、漱石があの「人生」の〈思いがけぬ心〉、〈剣呑なる〉もの以来、その存在にこだわり続けたものであったといえよう。ただし大事なことは、そうした〈潜在意識〉＝〈無意識〉の存在を挙げつらうことではない。それが言葉によって、とは〈想起〉によって、はじめて存在するということが大事なのだ。漱石における言葉＝文学の意味がここにある。

(12) いわずもがなのことだが、この場合爺さんの言葉は予言なのだ。つまり未来のことなのだが、未来とは過去や現在より一層非在であることは明らかである。要するに未来とは概念にすぎない。

(13) このことに関し、拙稿「『吾輩は猫である』―言葉の戯れ―」『鷗外と漱石―終りない言葉―』（三弥井書店、昭和六十一年十一月）で論じた。

(14) 竹盛天雄氏の「イロニーと天探女―『夢十夜』論―」『明治文学の脈動―鷗外・漱石を中心に―』（国書刊行会、平成十一年二月所収）に次のようにある。すなわち〈理屈ッぽく言えば、この叙述における「自分」は生きつづけている。「死に神」の到来にわが身をゆだねるその決定的瞬間において、「自分」の内部に迷いが生じ、それが「天探女」につけこまれることになったと読むべきではないか。「天探女」はおのれ自身の迷いの中に巣くっているのである。「自分」という男は、「死」んだのではなく、「降参した意味」を背負いながら、「生」きつづけねばならないのだ。「天探女」が「敵」であることを見つめながら、である。これは、「第七夜」の主人公が、海へ落下して行きながら、「無限の後悔」を感じつづけるという設定を想起させるが、それは裏返しの関係にあると言うべきであろう〉（傍点竹盛氏）。

(15) 大森氏前掲論文参照。

(16) つまり自分はこうして夢の中で、一瞬一瞬時空をワープしている。

(17) まず生《なま》の経験があり、その経験を言語で表現するのが言語化だというのは常識の誤解に過ぎない。それと同じく、まず詩想や画想や楽想があって、それを言葉や絵具や音符で表現するのが文学であり絵画であり音楽だというのも常識の誤解である。言うまでもなく、あれこれと試行錯誤を重ねてゆくうちに、それらははじめて〈表現〉されたものとなるのである。

(18) 〈第七夜〉も〈第三夜〉とともに多く言及されてきた。まず前出の伊藤整氏や荒正人氏の論から始まり、一方で明治近代への疑惑と不安ととる文明批評的論及、また江藤淳氏の〈人間的意志の無力感〉（『夏目漱石』勁草書房、昭和四十年六月）を見る論、柄谷行人氏の〈この無気味な幽霊船のイメージが象徴しているのはむろん漱石の生そのものであり、同時にまた明治日本の漂流感である〉（「内側から見た生」『畏怖する人間』冬樹社、昭和四十七年二月）という論等々、これまた百家争鳴だが、ここでも肝心なことは、夢ひとつひとつの謎解きに留まることではない。総じて夢を見ること、そのことの〈意味〉を問うことなのである。

(19) 〈悲しいのは自分ばかりではないのだと気が付いた〉と続くのだが――。

(20) 「坑夫」に次のような一節がある。〈ある人が、溺れかゝつた其の刹那に、自分の過去の一生を、細大漏らさずありありと、眼の前に見た事があると云ふ話を其の後聞いたが、自分の此の時の経験に因つて考へると、これは決して嘘ぢやなからうと思ふ〉。因みにベルグソンの『物質と記憶』には次のように書かれている。〈溺死者や縊死者が突然窒息する場合、（略）眼前で、ほんのわずかな間に、生涯の忘れられていたすべての記憶が、もっとも微細な事情にいたるまで、起こったとおりそのままの順序で、つぎつぎに見たということである〉（『ベルグソン全集』2、白水社、昭和四十年八月、田島節夫氏訳）。

(21) 拙稿「『坑夫』論―彷徨の意味―」『鷗外と漱石―終りない言葉―』（前掲）で触れた。

(22) なお〈第八夜〉には、漱石の幼時期の記憶に言及する論が多い。因みに言えば、そうした過去の情景は、もとより端的に漱石の脳裡に浮かんでいたろう。しかしそれが過去のものとして、とは、〈かくあった〉という〈意味〉をもって蘇るためには、それなりの装置、つまり言語的な〈想起〉、物語が必要であり、それがこの場合、こうした夢を見たと語ることなのである。

(23) 藤森清「夢の言説―『夢十夜』の語り―」『語りの近代』（有精堂、平成八年四月）にも同じ指摘がある。

(24) 序にいえば、この四夜の〈こんな夢を見た〉と〈第九夜〉の〈こんな悲い話を、夢の中で母から聞た〉の部分は、いわば夢の外側であり、それ以外の部分、そして他の五夜のすべては夢の内側といえよう。

(25) 母親が〈自分の頰を子供の頰へ擦り付ける〉とあるが――。

(26) 要するに、夢では一人称自分は〈出ずっぱり〉なのである。

(27) この場合、子供はまだ言葉をその真の〈意味〉において発話できていない。だからその頑是なさに、若い母の心は一層痛むのである。序にこの子が〈御父様〉の真の〈意味〉を知るとき、それは〈帰らなかった〉、そして〈いない〉という非在の〈意味〉（つまり言葉）でのみ知るのであろう。

(28) この箇所、〈第五夜〉で突如〈鶏の鳴く真似をしたものは天探女である〉と告知されたのと一般である。

(29) ただしこの夢にも、夢を見る〈自分〉は一人称として直接は出て来ない。

(30) ただし庄太郎に関する従来からの自分の知見も含まれていることを付け加えておく。

(31)　竹盛氏前掲論文。
(32)　同右。
(33)　新約聖書に取材したブリトン・リヴィエアー『ガダラの豚の奇跡』の画像が背景にあるという（尹相仁「『夢十夜』第十夜の豚のモティーフについて―絵画体験と創作の間―」―「比較文学研究」平成元年六月）指摘は頷ける。
(34)　以上、越智治雄「父母未生以前の漱石―『夢十夜』―」『漱石私論』（角川書店、昭和四十六年六月）参照。
(35)　無論〈第十夜〉の冒頭に、こういう一句が冠してあってもおかしくはない。
(36)　いわば〈無限の後悔と恐怖とを抱〉きながら――。そして人間に出来ることは、それだけのことではないか。いや、と言うより、人間にはそれだけのことが出来るのである。

梶井基次郎

「ある心の風景」その他――〈知覚〉と〈想起〉――

「ある心の風景」(1)

《彼の視野のなかで消散したり凝聚したりしてゐた風景は、或る瞬間それが実に親しい風景だつたかのやうに、また或る瞬間は全く未知の風景のやうに見えはじめる。そして或る瞬間が過ぎた。――喬にはもう、どこまでが彼の想念であり、どこからが深夜の町であるのか、わからなかつた。暗のなかの夾竹桃はそのまま彼の憂鬱であつた。物陰の電燈に写し出されてゐる土塀、暗と一つになつてゐるその陰影。観念も亦其処で立体的な形をとつてゐた。

喬は彼の心の風景を其処に指呼することが出来る、と思つた。》(一)

これに先立って、冒頭次のような数節が続く。すなわち、〈喬は彼の部屋の窓から寝静まつた通りに凝視《みい》つてゐた。起きてゐる窓はなく、深夜の静けさは暈となつて街燈のぐるりに集まつてゐた。固い音が時どきするのは突き当つて行く黄金虫《ぶんぶん》の音でもあるらしかつた〉。〈時どき柱時計の振子の音が戸の隙間から洩れてきこえて来た。遠くの樹に風が黒く渡る。と、やがて眼近い夾竹桃は深い夜のなかで揺れはじめるのであつた。喬はただ凝視つてゐる。――暗のなかに仄白く浮んだ家の額《ひたひ》は、さうした彼の視野のなかで、消えてゆき現はれて来、喬の心の裡に定かならぬ想念の亦過ぎてゆくのを感じた〉。

さて、〈深夜の町〉は向こうにあり、喬はここからそれを見ている。すると彼の〈心の裡〉には、〈定かならぬ想念〉の過ぎてゆくのが感じられる。しかし〈或る瞬間が過ぎ〉て、〈喬にはもう、どこまでが彼の想念であり、どこからが深夜の町であるのか、わからな〉くなる。要するに彼がここから見、そして彼の〈心の裡〉に過ぎてゆく（という）〈想念〉と、向こうの〈深夜の町〉との疎隔や対向は融けて一つになる（〈暗のなかの夾竹桃はそのまま彼の憂鬱であ〉り、〈観念〉も〈土塀〉や〈その陰影〉という〈立体的な形をとつてゐ〉る、つまり向うに三次元物体として存在している）。いやさらに〈喬は彼の心の風景〉、とは〈想念〉（内部）を、〈其処に〉、とは向こうの〈深夜の町〉（外部）そのものの中に、〈指呼することが出来る、と思つた〉――。

おそらくここには、〈見る〉（視覚＝知覚）ということの真実が語られている。〈見る〉とはここにいる〈私〉（主観）が向こうにある〈世界〉（客観）を対象として眺めること、しかもその時、〈世界〉が〈私〉の内に入り込み、〈私〉の〈意識〉に映し出されるということ、ではない。むしろ〈世界〉（外界）を、まさに〈其処に〉おいて、とは〈世界〉（外界）において直接〈指呼する〉こと以外の何ものでもないのだ。

《「あんたは温柔《おとな》しいな」と女は云つた。

女の肌は熱かつた。新らしいところへ触れて行く度に「これは熱い」と思はれた。——

「またこれから行かんならん」と云つて女は帰る仕度をはじめた。

「あんたも帰るのやろ」

「うむ」

喬は寝ながら、女が此方を向いて、着物を着てをるのを見てゐた。見ながら彼は「さ、どうだ。これだ」と自分で確めてゐた。それはこんな気持であつた。——平常自分が女、女、と想つてゐる、そしてこのやうな場所へ来て女を買ふが、女が部屋へ入つて来る、それまではまだいい、女が着物を脱ぐ、それまでもまだいい、それからそれ以上は、何が平常から想つてゐた女だらう。「さ、これが女の腕だ」と自分自身で確める。然しそれはまさしく女の腕であつて、それだけだ。そして女が帰り仕度をはじめた今頃、それはまた女の姿をあらはして来るのだ。

「電車はまだあるか知らん」》（三、傍点梶井）

これに先立つ数行を抜粋する。〈彼は酔つ払つた嫖客や、嫖客を呼びとめる女の声の聞こえて来る、往来に面した部屋に一人坐つてゐた。勢ひづいた三味線や太鼓の音が近所から、彼の一人の心に響いて来た〉。〈「この空気!」と喬は思ひ、耳を欹てるのであつた。ゾロゾロと履物の音。間を縫つて利休が鳴つてゐる。——物音はみな、或るもののために鳴つてゐるやうに思へた。アイスクリーム屋の声も、歌をうたふ声も、なにからなにまで〉。

〈或るもののため〉とは、〈女を買ふ〉ため、ということに他ならない。つまり喬にとって一切は、女を抱くために現前しているように想えるのである。

なんという期待！　なんという充溢！

そして〈女が部屋へ入つて来る、それまではまだいい、女が着物を脱ぐ、それまでもまだいい〉。しかし〈それからそれ以上は、何が平常から想つてゐた女だらう〉。〈「さ、これが女の腕だ」と自分自身で確める。然しそれはまさしく女の腕であつて、それだけ〉なのだ。

たしかに喬は今、女を抱いている。〈女の腕〉を、肩を、胸を。〈女の肌は熱〉く、〈新しいところへ触れて行く度に「これは熱い」と思はれ〉る。

まさしく喬は今、〈行為〉と〈知覚〉の只中にいるのだ。いわば今現在の一刻一刻を生きている。しかしそれはなんと貧しく呆気ない経験であろうか。要するにそれは、ただ〈それだけ〉なのだ。

しかも〈女が帰り仕度をはじめた今頃〉、〈此方を向いて、着物を着てをるのを見てゐ〉ると、女は〈また女の姿をあらはして来る〉。いわば豊饒この上ない〈女の姿〉を――。

つまり喬にとって、〈平常から想つてゐた女〉は〈期待〉（未来）の中にしかいない。あるいは喬が、これら一切のことを後から確認し反芻しているとすれば、〈想起〉（過去）の中にしかいない。いずれにしても現在只今にはいない。[2]

そしてここには、人間と時間の関係が、きわめて巧みに抽出されているといえよう。

四章は全文を引用する。

《喬は丸太町の橋の袂から加茂磧へ下りて行つた。磧に面した家々が、其処に午後の日蔭を作つてゐた。

護岸工事に使ふ小石が積んであつた。それは秋日の下で一種の強い匂ひをたててゐた。荒神橋の方に遠心乾燥器が草原に転つてゐた。そのあたりで測量の巻尺が光つてゐた。

川水は荒神橋の下手で簾のやうになつて落ちてゐる。夏草の茂つた中洲の彼方で、浅瀬は輝きながらサラサラ鳴つてゐた。鶺鴒が飛んでゐた。

背を刺すやうな日表は、蔭となると流石秋の冷たさが跼つてゐた。喬は其処に腰を下した。

「人が通る、車が通る」と思つた。また

「街では自分は苦しい」と思つた。

川向ふの道を徒歩や車が通つてゐた。川添の公設市場。タールの樽が積んである小屋。空地では家を建てるのか人びとが働いてゐた。

川上からは時どき風が吹いて来た。カサコソと彼の坐つてゐる前を、皺になつた新聞紙が押されて行つた。小石に阻まれ、一しきり風に堪へてゐたが、ガツクリ一つ転ると、また運ばれて行つた。

二人の子供に一匹の犬が川上の方へ歩いて行く。犬は戻つて、ちよつとその新聞紙を嗅いで見、また子供のあとへついて行つた。

川の此方岸には高い欅の樹が葉を茂らせてゐる。喬は風に戦いでゐるその高い梢に心は惹かれた。稍ゝ暫らく凝視つてゐるうちに、彼の心の裡のなにかがその梢に棲《とま》り、高い気流のなかで小さい葉と共に揺れ青い枝と共に撓んでゐるのが感じられた。

「ああこの気持」と喬は思つた。「視ること、それはもうなにかなのだ。自分の魂の一部分或は全部がそれに乗り移ることなのだ」

喬はそんなことを思つた。毎夜のやうに彼の坐る窓辺、その誘惑——病鬱や生活の苦渋が鎮められ、ある距りをおいて眺められるものとなる心の不思議が、此処の高い欅の梢にも感じられるのだつた。

「街では自分は苦しい」

北には加茂の森が赤い鳥居を点じてゐた。その上に遠い山々は累つて見える。比叡山——それを背景にして、紡績工場の煙突が煙を立登らせてゐた。赤煉瓦の建物。ポスト。荒神橋には自転車が通り、パラソルや馬力が動いてゐた。日蔭は磧に伸び、物売りのラッパが鳴つてゐた。》(傍点梶井)

〈「視ること、それはもうなにかなのだ。自分の魂の一部分或は全部がそれに乗り移ることなのだ」〉という一文について、佐々木基一氏は次のように言っている[3]。〈梶井基次郎の創造の秘儀をこの言葉くらいよく説きあかしたものはない。彼がひたすらもとめてやまなかったのは、こうした自我と対象との一分の隙もない合一の瞬間であった。その瞬間においてはじめて梶井の生命は閃光をはなって生き生きと輝くのである。しかし、そのような瞬間はうつろいやすく、永続しない。その瞬間の束の間の悦びがすぎ去ると、生は再び「永遠の退屈」に変り、作者の心は再び絶望にひたされる〉。

ただこれは、先程(一章)触れた〈喬にはもう、どこまでが彼の想念であり、どこからが深夜の町であるのか、わからなかつた〉という一文と違ったことを言っているのではないだろう。彼の〈心の裡〉の〈想念〉と、向こうの〈深夜の町〉とは一つに融けあう。それと同じように、喬は向こうの〈欅の樹〉の〈高い梢〉に心を惹かれ、そして〈稍々暫らく凝視つてゐるうちに、彼の心の裡のなにかがその梢に棲《とま》り、高い気流のなかで小さい葉と共に揺れ青い枝と共に撓んでゐる〉。まさしく〈毎夜のやうに彼の坐る窓辺、その誘惑——病鬱や生活の苦渋が鎮められ、ある距りをおいて眺められるものとなる心の不思議が、此処の高い欅の梢にも感じられる〉のである。

そして、たしかにこのことを、〈自我と対象との一分の隙もない合一〉と呼ぶべきかもしれない。

しかしこのことに関しては、もう少し注意して考えた方がよい。

普通、〈見る〉とは、向こうに見える事物の光波が眼球、網膜から視神経を通して脳細胞に到達することだと思われている。それは科学的常識であり、客観的事物と主観的意識の対置を前提とする近代認識論の当然の帰結である。だが、ではこの脳内に反映するという〈事物〉が、なぜ依然として（脳内ではなく）、遥か向こうに見えているのか。

たしかに現代の脳生理学は事物の光波が脳内に届く因果関係（順路）を、ほぼ完璧に解明している。しかしその逆にそれが（事物の〈写像〉とか〈表象〉とかといっておこう）、どう脳内から出て向こうの事物となるのか、その因果関係（逆路）はまったく解明できていない。というより、それは原理的に解明不可能なのだ。

いや〈見る〉ということは、向こうに見える事物の光波が脳内に届くということだとしても、しかしそもそも始めから、事物は向こうに見えているのだから、事物から脳内への光波の経路の説明は、本来、不要な冗語としかいえないのではないか。(4)

つまり繰り返すまでもなく、〈見る〉とはここにいる〈自我〉（主観）が向こうにある〈対象〉（客観）を内に取り入れ、内に映し出すこと、ではない。いわば〈自分の魂の一部分〉、いや〈全部がそれに〉、とは〈世界〉（外界）に〈棲《とま》り〉、それに〈乗り移ること〉、というより〈世界〉（外界）そのものとなることではないか。(5)

そしてこの時、喬の〈心の風景〉とは〈世界〉（外界）の風景そのものであり、〈自我〉（の〈想念〉）――この場合、〈病鬱や生活の苦渋〉は鎮まり、というより消えて、喬は今、直接に、そして純粋に〈世界〉（外界）を経験しているのだ。

さて、この〈高い欅の樹〉の場面を含め、四章は全体、加茂河畔から眺望された京都の街や人々、そして自然の佇まいが写し出されている。それも澄んだ秋の日の下、その一つ一つがパノラマ風に辿られ、しかもくっきりとした輪郭と色彩を放っている。

その晴朗な風景――。しかし言うまでもなくそれが晴朗なのは、それが喬の、まさに混じり気のない、直接的な〈世界〉（外界）の心的経験であるからに他ならない。

ところでいま、〈四章は全体、加茂河畔から眺望された京都の街や人々、そして自然の佇まいが写し出されている〉といったが、ではそれを〈写し出〉したもの、とは〈言葉〉として叙述したものは誰なのか？

たしかに喬は〈見る〉。あるいは〈見〉ながら歩き、歩きながら〈見る〉。しかし彼が次々に展開する風景を実況放送よろしく言語化していたとするのは、いかにも不自然である。あるいは彼は、次々に展開する風景をメモとして言語化していた？　――が、メモとはあくまで未整理のものであり、後刻整理され、選ばれたり棄てられたり、新しく書き加えられたりされるものである。つまり〈見る〉（知覚）経験の時点から遅れ、事後的に、だから過去の〈想起〉として言語化されたものといえよう。(6)

無論、時に実況放送よろしく呟いた〈言葉〉やメモの〈言葉〉が、そのまま成稿に残ることもあるだろう。しかしその場合もその〈言葉〉は、〈見る〉（知覚）の経験時点からまさに一瞬遅れて浮上していた（〈言葉〉を探す？　〈言葉〉が浮かぶ？）ものといわなければならない。

ただし、喬が次々に展開する風景を見て頭の中にそのまま〈記憶〉していた、と取るのは注意を要する。なぜなら、もしそれを〈言葉〉になる前の、いわば生《なま》の経験の〈記憶〉というのだとすれば、それはまだ一切のかくかくしかじかを言うことが出来ないものであり、体をなさず用をなさないもの、つまり〈無〉でしかないからである。そしてそれを言うなら、〈記憶〉とは後刻（たとえ一瞬の後だとしても）〈言葉〉において〈想起〉されて、はじめて〈記憶〉となるのであり、〈記憶〉として創られるのである。[7]

いずれにしても喬はこれを、事後時を置いて、机上で、紙の上に記述していたに違いない。いや、喬をあくまで登場人物と考えるとすれば、〈語り手〉が、と言うより、より端的に〈作者〉が記述していたといえよう。[8]が、また〈語り手〉とか〈作者〉とかいう、いわば実体的概念を嫌うとすれば、それはその背後に張りめぐらされた〈言葉〉（国語）の網の目であったといえようか。

《新京極を抜けると町は本当の夜更けになつてゐる。昼間は気のつかない自分の下駄の音が変に耳につく。そしてあたりの静寂は、なにか自分が変なたくらみを持つて町を歩いてゐるやうな感じを起させる。

喬は腰に朝鮮の小さい鈴を提げて、そんな夜更け歩いた。それは岡崎公園にあつた博覧会の朝鮮館で友人が買つて来たものだつた。銀の地に青や赤の七宝がおいてあり、美しい枯れた音がした。人びとのなかでは聞こえなくなり、夜更けの道で鳴り出すそれは、彼の心の象徴のやうに思へた。

此処でも町は、窓辺から見る風景のやうに、歩いてゐる彼に展けてゆくのであつた。

生れてから未だ一度も踏まなかつた道。そして同時に、実に親しい思ひを起させる道。——それはもう彼が限られた回数通り過ぎたことのある何時もの道ではなかつた。何時の頃から歩いてゐるのか、喬は自分がとことはの過ぎてゆく者であるのを今は感じた。

そんな時朝鮮の鈴は、喬の心を顫はせて鳴つた。或る時は、喬の現身は道の上に失はれ鈴の音だけが町を過るかと思はれた。また或る時それは腰のあたりに湧き出して、彼の身体の内部へ流れ入る澄み透つた渓流のやうに思へた。それは身体を流れめぐつて、病気に汚れた彼の血を、洗ひ清めて呉れるのだ。

「俺はだんだん癒つてゆくぞ」

コロコロ、コロコロ、彼の小さな希望は深夜の空気を清らかに顫はせた。》（五）

〈此処でも町は、窓辺から見る風景のやうに、歩いてゐる彼に展けてゆく〉とあるが、ここでの主役は〈聞く〉（聴覚＝知覚）ことである。

ところで、この〈朝鮮の小さい鈴〉、その〈美しい枯れた音〉は、一体どこで鳴っているのか——。もとよりそれを提げた〈腰のあたり〉で、である（鼓膜や脳内でないことは、もはや言わずもがなのことであろう）。

だがそれは〈腰のあたり〉であるにもかかわらず、〈人びとのなかでは聞こえなくなり、夜更けの道で鳴り出す〉という。とは近くではなく、時に微かに、だからどこか遠くで鳴っているかのようだ。

（このことに関し、〈彼の心の象徴のやうに思へた〉とあるが、これは先程（四章）の〈ある距りをおいて眺められるものとなる心の不思議〉に似て、〈ある距りをおいて聞こえるものとなる心の不思議〉ということを言っているのではないか。つまりこの時〈朝鮮の鈴〉は、どこかここと名指しえぬ、隔てられた彼方の空間で鳴っているのであり、そこで聞こえているのである。）

のみならず、喬はいつかその〈鈴の音〉に誘われるように、〈生れてから未だ一度も踏まなかつた道。そして同時に、実に親しい思ひを起させる道〉を歩き始めている。〈それはもう彼が限られた回数通り過ぎたことのある何時もの道ではな〉い。つまり喬は、まさにどこかここと名指しえぬ、隔てられた未知の空間を歩いている。しかも〈何時の頃から歩いてゐるのか、喬は自分がとことはの過ぎてゆく者であるのを今は感じた〉――。

こうして喬はいま〈鈴の音〉に魅せられて、はてしなく、〈とことは〉に歩み続けている。いわば〈世界〉の無限、〈生〉の永遠を追っているかのように――。

さらに、〈喬の現身は道の上に失はれ鈴の音だけが町を過る〉。つまり外部と内部は一体となる？いや、まさしく喬の〈現身〉（内部）は消えて、外部の〈鈴の音〉だけが町を充たすのである。あるいは〈鈴の音〉は〈腰のあたりに湧き出して〉、〈澄み透つた渓流〉のように、喬の〈身体の内部へ流れ入る〉。が、それは内部を貫き、〈病気に汚れた彼の血を、洗ひ清めて〉、再び外部へと流れ出る。喬は、〈「俺はだんだん癒つてゆくぞ」〉と思った。然り、思ったのである――。

*

「路上(9)」

《それは或る雨あがりの日のことであつた。午後で、自分は学校の帰途であつた。

何時もの道から崖の近道へ這入つた自分は、雨あがりで下の赤土が軟くなつてゐることに気がついた。人の足跡もついてゐないやうなその路は歩く度少しづつ滑つた。

高い方の見晴らしへ出た。それからが傾斜である。自分は少し危いぞと思つた。

傾斜についてゐる路はもう一層軟かであつた。然し自分は引返さうとも、立留つて考へようともしなかつた。危ぶみながら下りてゆく。一と足下りかけた瞬間から、既に、自分はきつと滑つて転ぶにちがひないと思つた。——途端自分は足を滑らした。片手を泥についてしまつた。然しまだ本気にはなつてゐなかつた。起きあがらうとすると、力を入れた足がまたずるずる滑つて行つた。今度は片肱をつき、尻餅をつき、背中まで地面につけて、やつとその姿勢で身体は止つた。止つた所はもう一つの傾斜へ続く、ちよつと階段の踊り場のやうになつた所であつた。自分は鞄を持つた片手を、鞄のまま泥について恐る恐る立ち上つた。——何時の間にか本気になつてゐた。

誰かが何処かで見てゐやしなかつたかと、自分は眼の下の人家の方を見た。それらの人家から見れば、自分は高みの舞台で一人滑稽な芸当を一生懸命やつてゐるやうに見えるにちがひなかつた。——誰も見てゐなかつた。変な気持であつた。》

普通、人は、〈私〉が〈意志〉し（そして〈命令〉し）て〈身体〉を動かすと思っているが、それは常識の嘘でしかない。〈身体〉を動かす、とは〈動作〉し（そして〈行動〉し）ているのは、とりもなおさず〈私〉なのだ。

この場面、自分の〈身体〉が自分の〈意志〉に逆らって転んだのではない。転んだのはとりもなおさず自分なのだ。

なるほど自分は〈危ぶみながら下りてゆく〉。なにか〈危ぶ〉む自分がいて、にもかかわらず〈身体〉が〈下りてゆく〉ようだが、そうではない。〈危ぶ〉むのも自分であり、〈下りてゆく〉のも自分である。つまり同じ自分が、〈危ぶみながら下りてゆく〉のである。

〈一と足下りかけた瞬間から、既に、自分はきつと滑つて転ぶにちがひないと思つた〉というのも、同じことを言っている。つまり〈きつと滑つて転ぶにちがひないと思〉いながら、すでに自分は〈一と足下りかけ〉ていたのだ。

〈途端自分は足を滑らした。片手を泥についてしまつた〉。しかし自分は〈まだ本気にはなつてゐなかつた〉という。おそらくまだ、〈滑つて転ぶにちがひないと思つた〉自分と、〈足を滑らした〉自分が、別々の自分であると感じているからではないか。いわば自分、あるいは自分の〈意志〉とかかわりなく、自分、あるいは〈身体〉が勝手に転んだと思っているからではないか。

だが、〈起きあがらうとすると、力を入れた足がまたずるずる滑つて行つ〉て、〈今度は片肱をつき、尻餅をつき、背中まで地面につけて、やつとその姿勢で身体は止つた〉。

が、ここまで来ると、自分の〈意志〉にかかわりなく、自分の〈身体〉が勝手に〈滑つて行つた〉

などと言ってはいられない。まさに自分そのものが〈ずるずる滑つて行つた〉のであり、だから自分は〈何時の間にか本気になつてゐた〉のである。

明らかに、心身分断という常識の先入観から醒め、心身一体としての自分に気づいたという次第なのだ。

（〈誰かが何処かで見てゐやしなかったか〉以下は、しばらく措くとしよう。）

《自分の立ち上つたところは稍〻安全であつた。然し自分はまだ引返さうともしなかつたし、立留つて考へて見ようともしなかつた。泥に塗れたまままた危い一歩を踏出さうとした。とつさの思ひつきで、今度はスキーのやうにして滑り下りて見ようと思つた。身体の重心さへ失はなかつたら滑り切れるだらうと思つた。鋲の打つてない靴の底はずるずる赤土の上を滑りはじめた。二間余りの間である。然しその二間余りが尽きてしまつた所は高い石崖の鼻であつた。その下がテニスコートの平地になつてゐる。崖は二間、それ位であつた。若し止まる余裕がなかつたら惰力で自分は石垣から飛び下りなければならなかつた。然し飛び下りるあたりに石があるか、材木があるか、それはその石垣の出つ鼻まで行かねば知ることが出来なかつた。非常な速さでその危険が頭に映じた。

石垣の鼻のザラザラした肌で靴は自然に止つた。それはなにかが止めてくれたといふ感じであつた。全く自力を施す術はどこにもなかつた。いくら危険を感じてゐても、滑るに任せ止まるに任せる外はなかつたのだつた。

飛び下りる心構へをしてゐた脛はその緊張を弛めた。石垣の下にはコートのローラーが転がされてあつた。自分はきよとんとした。

何処かで見てゐた人はなかつたかと、また自分は見廻して見た。垂れ下つた曇空の下に大きな邸の屋根が並んでゐた。然し廓寥として人影はなかつた。あつけない気がした。嘲笑つてゐてもいい、誰かが自分の今為たことを見てゐて呉れたらと思つた。一瞬間前の鋭い心構へが悲しいものに思ひ返せるのであつた。》（傍点梶井）

さて、〈然し自分はまだ引返さうともしなかつたし、立留つて考へて見ようともしなかつた〉。つまり依然、〈近道〉をしようという一連の〈意志〉＝〈行動〉を続けるのだ。

しかも、〈とつさの思ひつきで、今度はスキーのやうにして滑り下りて見ようと思つた〉という。〈身体の重心さへ失はなかつたら滑り切れるだらうと思〉いながら——。

しかし自分はまたもや〈ずるずる赤土の上を滑り〉、〈高い石崖の鼻〉でようやく止まることが出来た。というより自分はそこで〈自然に止つた〉のだ。〈それはなにかが止めてくれたといふ感じであつた。全く自力を施す術はどこにもなかつた。いくら危険を感じてゐても、滑るに任せ止まるに任せる外はなかつた〉のである。〈自分はきよとんとした〉——。

（〈何処かで見てゐた人はなかつたかと、また自分は見廻して見た〉以下も、しばらく措くとしよう。）

《どうして引返さうとはしなかつたのか。魅せられたやうに滑つて来た自分が恐ろしかつた。——破滅といふものの一つの姿を見たやうな気がした。成る程こんなにして滑つて来るのだと思つた。

下に降り立つて、草の葉で手や洋服の泥を落しながら、自分は自分がひとりでに亢奮してゐるのを感じた。

滑つたといふ今の出来事がなにか夢の中の出来事だつたやうな気がした。変に覚えてゐなかつた。傾斜へ出かかるまでの自分、不意に自分を引摺り込んだ危険、そして今の自分。それはなにか均衡のとれない不自然な連鎖であつた。そんなことは起りはしなかつたと否定するものがあれば自分も信じてしまひさうな気がした。

自分、自分の意識といふもの、そして世界といふものが、焦点を外れて泳ぎ出して行くやうな気持に自分は捕へられた。笑つてゐてもかまはない。誰か見てはゐなかつたかしらと二度目にあたりを見廻したときの廓寥とした淋しさを自分は思ひ出した。》

〈どうして引返さうとはしなかつたのか〉と自分は反省するが、もう遅い。その時すでに自分は、〈魅せられたやうに滑つて来た〉のだ。たしかに、〈後悔〉はつねに〈先に立たず〉というしかない。

まさしく自分、あるいは自分の〈身体〉を統御し、主宰してしているはずの自分、あるいは自分の〈意識〉は、どこかに消えてしまったかのようになんの力にもならない。いや、そんな確固としたものはもともとなかったかのように、ただ〈きよとんとした〉脱け殻のような自分が残され、立ち尽くしているのである。

ばかりか、自分は〈滑つたといふ今の出来事がなにか夢の中の出来事だつたやうな気がした。変に覚えてゐなかつた〉。あるいは断片的であり、〈不自然な連鎖〉として、しっかり今に蘇らず、繫がらない。さらに、〈そんなことは起りはしなかつたと否定するものがあれば自分も信じてしまひさうな気がした〉というのだ。

つまりそれは、確たる経験として存在せず、だから過去として存在しないのだ。自分は〈自分、自分の意識といふもの、そして世界といふものが、焦点を外れて泳ぎ出して行くやうな気持〉に捕われる――。

そしてこの時である。自分はその経験＝過去が、確かに存在した証拠を欲するのである。

それこそ、〈誰かが何処かで見てゐやしなかつたか〉、そして再度、〈嘲笑つてゐてもいい、誰かが自分の今為たことを見てゐて呉れたらと思〉うのである。言うまでもなく、他者の眼が、自分の経験を目撃し共有してくれることで、その経験が確かな過去の存在として保証されるのを願うのである。

しかし、一度目も〈誰も見てゐな〉い。二度目も〈廓寥として人影はなかつた〉。とすれば、それを保証するのは自分以外にはいないのである。自分は〈書かないではゐられない〉と思う――。

《帰途、書かないではゐられないと、自分は何故か深く思つた。それが、滑つたことを書かねばゐられないといふ気持か、小説を書くことによつてこの自己を語らないではゐられないといふ気持か、自分には判然しなかつた。恐らくはその両方を思つてゐたのだつた。》

〈書くこと〉、つまり〈言葉〉によって、〈夢〉のような、あるいは〈無〉にも等しい経験＝過去を守らなければならない。

そしておそらく、「路上」は、こうした一連の経験＝過去の、〈言葉〉による事後的な確認なのだ。いや、それが〈夢〉のような、あるいは〈無〉にも等しいものであるなら、それを〈言葉〉によって、あらたに制作＝創造しなければならない。

＊

「過古」(10)

《以前住んだ町を歩いて見る日がたうとうやつて来た。彼は道々、町の名前が変つてはゐないかと心配しながら、ひとに道を尋ねた。町はあつた。近づくにつれて心が重くなつた。一軒二軒、昔と変らない家が、新らしい家に挾まれて残つてゐた。はつと胸を衝かれる瞬間があつた。然しその家は違つてゐた。確かに町はその町に違ひなかつた。幼な友達の家が一軒あつた。代が変つて友達の名前になつてゐた。台所から首を出してゐる母らしいひとの眼を彼は避けた。その家が見つかれば道は憶えてゐた。彼はその方へ歩き出した。

彼は往来に立ち竦んだ。十三年前の自分が往来を走つてゐる！　――その子供は何も知らないで、町角を曲つて見えなくなつてしまつた。彼は泪ぐむだ。何といふ旅情だ！　それはもう嗚咽に近かつた。》

どうやらこの部分、國木田獨歩「河霧」（「国民之友」明治三十一年八月、のち『武蔵野』に所収）の次の一節の〈本歌取り〉？　ではないか。

《たゞ豊吉の目には以前より路幅《みちはゞ》が狭くなつたやうに思はれ、樹が多くなつたやうに見え、昔より余程淋びしくなつたやうに思はれた。蟬が其単調な眠むさうな声で鳴てゐる、寂《しん》とした日の光がぢり

〳〵と照りつけて、今しも此古い士族屋敷は眠つたやうに静である。

杉の生垣をめぐると突当の煉塀《ねりべい》の上に百日紅《ひやくじつこう》が碧《みどり》の空に映じてゐて、壁は殆ど蔦で埋れてゐる。其横に門がある。樫、梅、橙などの庭木の門の上に黒い影を落して居て、門の内には棕櫚の二三本、其扇めいた太い葉が風に煽られ乍らぴか〳〵と輝《ひか》つて居る。

豊吉は首肯いて門札を見ると、板の色も文字の墨も同じやうに古びて「片山四郎」と書てある。これは豊吉の竹馬の友である。

「達者でゐるらしい」、渠は思つた、「多分子供もできてゐることだらう。」

渠はそつと内をのぞいた。桑園の方から家鶏が六七羽、一羽の雄に導かれてのそ〳〵と門の方へやつて来る処であつた。

忽ち車井の音が高く響たと思ふと、「お安、金盥を持て来て呉ろ」といふ声は此家の主人《あるじ》らしい。豊吉は物に襲はれたやうに四辺《あたり》をきよろ〳〵と見廻はして、急で煉塀《ねりべい》の角を曲つた。四辺には人らしき者の影も見えない。

「四郎だ四郎だ、」豊吉は茫然《ぼんやり》立て眼を細くして何を見るともなく其狭い樹の影の多い路の遠くを眺めた。路の遠くには陽炎《かげろふ》がうら〳〵とたつて居る。

一匹の犬が豊吉の立て居る直ぐ傍の、寒竹の生垣の間から突然現はれて豊吉を見て胡散《うさん》さうに耳を立てたが、忽ち垣の内で口笛が一声二声高く響くや犬は又た駈込むで仕了《しまつ》た。豊吉は夢の醒めたやうに一寸と眼を瞬つて、淋しい微笑を眼元に浮べた。

すると、一人《ひとり》の十二三の少年《こども》が釣竿を持て、小蔭から出て来て豊吉には気が付かぬらしく、此方を見向もしないで軍歌らしいものを小声で唱ひ乍ら彼方《むかふ》へ行く、其後を前の犬が地を嗅ぎ〳〵御伴をしてゆく。

豊吉はわれ知らず其後について、ぢつと少年《こども》の後影を見ながらゆく、其距離は数十歩である、実は三十年の歳月であつた。豊吉は昔の我を眼の前にあり〳〵と見た。

少年《こども》と犬との影が突然消えたと思ふと、其曲角の直ぐ上の古木、昔のまゝの其枝ぶり、蝉のとゝ、まり処までが昔其儘《まゝ》なる——豊吉は「成程、今の児は彼処《あそこ》へ行くのだな」とうれしさうに笑ツて梅の樹を見上げて、そして角を曲つた。

川柳の蔭になつた一間幅位の小川の辺《ほとり》に三四人の少年《こども》が集つて居る、豊吉はニヤ〳〵笑て急いで其処に往つた。

大川の支流の此小川の此処は昔からの少年《こども》の釣場である。豊吉は柳の蔭に腰掛けて久しぶりに其影を昔の流に映した。小川の流は此処に来て急に幅広くなつて、深くなつて静かになつて暗くなつて居る。

柳の間を洩れる日の光が金色《こんじき》の線を水の中《うち》に射て、澄み渡つた水底《みなぞこ》の小砂利《じやり》が銀のやうに碧玉《たま》のやうに沈んでゐる。》

いずれにしても、ここにはあの〈déjà vu 体験〉(〈既知体験〉)が伏在しているように思われる。現に眼前のことを〈知覚〉しつつ、同時に、それを過去のこととして〈想起〉する——。

ただ、初めて見た風景を、一瞬、以前見たものと思うという典型的な〈déjà vu 体験〉とは、やや趣きが違うかもしれない。

しかし、現に眼前のことを〈知覚〉しつつ、それを〈意味〉において捉えるには、とは〈想起〉するには、瞬時とはいえ一拍が置かれなければならない。[11]〈déjà vu体験〉とは、その人知の及ばぬ、つまり目にも止まらぬ瞬間の悪戯（?）と考えれば、この二文、その範疇内で読み取ることが出来るといえよう。[12]

注

（1）「青空」大正十五年八月、のち『檸檬』（武蔵野書院、昭和六年五月）に収録。
（2）このことは後述するように、いわゆる〈語り手〉とか〈作者〉という問題を含んでいる。
（3）「梶井基次郎」『現代作家論』（未来社、昭和三十一年一月）
（4）大森荘蔵「脳と意識の無関係」『時間と存在』（青土社、平成六年三月）「主客対置と意識の廃棄」「『意識』からの解放」『時は流れず』（青土社、平成八年九月）その他参照。
（5）井上良雄氏はこのことに関し、〈梶井氏にあつては、見るとは常に完全な自己喪失である。意識は対象の中へ吸ひ取られてしまふ。自分が死んで対象が生きて来る〉（「新刊『檸檬』」──「詩と散文」三号、昭和六年六月）と言い、続けて〈梶井氏の「見る」状態、自己喪失の状態、自我と世界とが一如になつた状態〉と評している。
（6）〈一般的に言えば、一つの経験にかかわる様式には二つあって、その一つが知覚と行動の様式、今一つが想起なのである。あるいは、二つの経験の様式があるといってもよいであろう。いうまでもなく、知覚と行動の様式は「今最中」の経験として今現在の経験である。それに対して想起の様式での経験は「過去」の経験なのである。そしてこの過去の経験として想起される経験は「かつて」の知覚・行動の現在経験に他ならない〉。〈過去形の経験は想起されることがなければ全くの「無」なのである。その無は忘却の空白として誰にも親しいものである。その空白から想い出そうと様々な言葉を探し、選び、試みる。ああではなかった、こうでもなかった、と何度かしくじった後で遂に一つの文章や物語が想い出される。こうして過去形の言葉が作り上げられること、それが過去形の経験が制作されることなのであり、それが「過去を想い出す」といわれることなのである〉。〈ある知覚・行動の経験、例えば海水浴の経験は今最中の経験であり、そこには太陽や海や五体の動きはあるが、多くは言葉はない。海水浴は作歌ではないからである。この海水浴を想起するとは、この知覚・行動経験が今一度繰り返されたりその薄められた模造経験をすることではない。海水浴をしたという過去形の経験をすることである。太陽や海や日焼けはそこにはない。それらは過ぎ去り消え去っている〉（大森荘蔵「過去の制作」『時間と自我』青土社、平成四年三月。傍点大森氏）。なお〈知覚と想起〉ということに関し、拙稿「『お律と子等と』私論―『点鬼簿』へ―」「『少年』劄記―知覚と想起―」等（『芥川龍之介　文学空間』翰林書房、平成十五年九月所収）で多く触れた。

（7）　ここで〈「街では自分は苦しい」〉という言葉が二度繰り返される。おそらくそれは〈知覚〉経験に現出する〈世界〉を、刻々〈言葉〉に置き換える喬の、その応接の暇なさから来るのではないか。あるいはその折、〈自分の魂の一部分或は全部〉がつねに外部に〈乗り移る〉ことによって、自分の内部が希薄となる（それゆえ息苦しくなる）ことと関わっているのではないか。

（8）　ここではすべての叙述は〈……た〉と過去の助動詞で終わる。つまりすべての叙述において過去の経験が〈想起〉されているわけである。が、このことは、あの今現在の〈知覚〉の豊饒な一刻一刻から、つねにすでに叙述がずれていることを意味している。〈その瞬間の束の間の悦びがすぎ去ると、生は再び「永遠の退屈」に変り、作者の心は再び絶望にひたされる〉という先の佐々木基一氏の評言も、このことと関わっているだろう。ただしこのことに関しては、その〈「永遠の退屈」〉をめぐる「筧の話」（「近代風景」昭和三年四月、『檸檬』に所収）を論ずるノートに譲り、これ以上いまは触れない。

（9）　「青空」大正十四年十月、のち『檸檬』に収録。

（10）「青空」大正十五年一月、のち『檸檬』に収録。
（11）因みに、おそらくこのことに関し、獨歩は「神の子」（「太平洋」明治三十五年十二月）において、〈あの時の私の眼には目に見る世の様を直に過去に移し、此身をも過去の人として見たのであらうと思ひます〉と言っている。
（12）最後に、紙幅を借りて拙文二篇を書き写してみる。

《十二月三十一日。今年、一九八〇年最後の日。最後の散策。――

メトロをルーブルで降り、セーヌ河畔に出る。見慣れた両岸の風景だが、あらためて種々の感慨が募る。靄に煙った河面、端麗な建物の遠近、冬枯れの並樹。それが黄昏の淡い色彩の中に、ひっそりと佇んでいる。

ふと、また来ることもあるまいという思いが湧く。しかし、また来ることもあるまいと決め込むほどのこともあるまいと思い返す。十年後、またこの道を歩いていることもそんなにありえないことでもあるまい。しかし、それにしてはなぜこれほどにも名残り惜しいのか。――そして、それはパリが名残り惜しいのではなく、今の時が名残り惜しいのだと気付く。

今の時。それはもう二度とは来ない。その二度とは来ない今の時が名残り惜しいのだ。そして、それはどうしようもないことだ。

人はせいぜい、その今の時を記憶するしかない。あるいは記録するしかない。

と思うと、先程寄った土産屋の店先で、今のこの黄昏のセーヌ河畔を写し出していた絵葉書（それは本当に珍らしく、この今の光景を写し出していた絵葉書だった）を買わずに歩いて来たことが悔やまれて来た。それで、取って返して探してみたが、どうしたわけかもうその絵葉書は見つからなかった。

ポン・ヌフを渡り、サン・ミシェル広場まで古本屋を覗きながら歩く。そこにも絵葉書が売られていたが、気に入った絵葉書はなかった。妻が先日一人で行ったというサン・ジュリアン・ル・ポーヴル寺院に行こうかと思ったが、二人が同じものを見る必要もあるまいと思い、そのまま歩きながら、ふと前方を眺めた。

すると、何という幻覚！　私の前を、十年後の私が歩いているではないか。いやそうではない。私は彼の後を追いながら、実はその彼が十年前の私であることを知った。たしかに十年前の私が、あの時十年後、この道を歩いていると想像した私が、まさに私の数歩先を歩いている――。

と、時間がサラサラと流れて、私はすでに十年前を想い出していた。そうだ、私はこうしてこの道を歩いていた。そして、その時からなにも変わっていない。多くの事があったとも思うが、それと同時になにもなかったとも思う。そして確実なことは、その私が今ここを歩いているということだ。あとはすべて、時間の中に溶けて消えてしまった。》(「黄昏のセーヌ河畔」『パリ紀行』より)

《その日は「折角ここまで来たのだから」と、私たちはエイロー通りのもと居た家を見に行くことにした。見覚えのある町角をいくつか曲がり、見覚えのある通りを歩いた。雨で人通りはほとんどなく、それがかえって記憶の中にある通りと重なって、ふと昨日にも歩いていたような錯覚があった。

ビアンクール大通り。古着屋、食料品店、カフェ、そしていつも子供たちの手を引いて渡った信号、エイロー通り。――建物の入口に立った。そこはポーチになっていて、向こうにひっそりとした雨の中庭が見えた。本当に先程出ていって、今戻ったような感じであった。いまにも子供たちが物陰から飛び出して来て、私たちの先を飛び跳ねてゆく……。ふと彼等の喚声を聞いたような気がした。

ふつふつと滾《たぎ》り立つものがあった。もうそれは、ほとんど嗚咽に近かった。》(「クラマール共同墓地」『熟年夫婦パリに住む』より)

これはもう〈本歌取り〉どころか、ほとんど〈剽窃〉に近いか？

あとがき

本書には比較的最近書いたものを収めた。

書名をはじめ『獨歩その他—汎神論の地平—』と考えていたが、原稿を整理してゆくうちに、〈汎神論の地平〉という副題から漱石の比重が増してきたように思えて、最終段階で変えることにした。

世界、自然、そして人間の死生をすら物質の因果関係としてとらえる近代認識論への過度の依存に警鐘が鳴らされてから久しいが、しかしおおよその所、依然として人はそれに依拠して生きている。文学の場において、とはもっとも熱く、そして端的に人生に思いを致す場においても、社会学とか心理学とかのいわゆる科学的知の言説が、相も変わらず、というよりむしろますます賢しらに、大手を振って歩いている。

しかしそのことによって、人はいよいよ生きてあることそのことの単純にして瑞々しい感動を失いつつあるのではないか。

獨歩のいうように〈天地生存の不思議〉、その謎を解くことが大事なのではない。謎に〈驚く〉ことが大事なのではないか。

本書はそんな観点から、明治以降、近代認識論の猖獗に抗し、天と地と人はもと一つという、いわば日本の信の伝統に生きた人々の系譜の一端を辿ったものである。

本書は注等にも記したように、大森荘蔵氏の著述より多くの教示を仰いでいる。
初出、原題等は以下のごとくである。

「武蔵野」を読む―まず二、三章をめぐって―

「纐」第十三号（平成十三年三月）に発表。

「武蔵野」を読む―六章をめぐって―

「国文学研究」第百三十七集（平成十四年六月）に発表。

「忘れえぬ人々」―〈天地悠々の感、人間存在の不思議の念〉―

「纐」第十五号（平成十五年三月）に発表。

「牛肉と馬鈴薯」その他―〈要するに悉《みな》、逝けるなり！〉―

未発表。

「窮死」前後―最後の獨歩―

「国文学研究」第百二十八集（平成十一年六月）に発表。

『野の花』論争―〈大自然の主観〉をめぐって―

「玉藻」第三十六号（平成十二年五月）に発表。

「重右衛門の最後」へ―花袋とモーパッサン、その他―

「花袋とモーパッサン、その他―明治三十四年、五年―」として、「比較文学年誌」第三十六号（平成十二年三月）に発表。

「五月幟」の系譜―白鳥の主軸―

「早稲田大学大学院文学研究科紀要」第四十四輯（平成十一年三月）に発表。

「草枕」―〈雲の様な自由と、水の如き自然〉―

「『草枕』評釈」として、「繍」第十二号（平成十二年三月）に発表。今回いくつか注を補充した。

「夢十夜」―〈想起〉ということ―

「早稲田大学感性文化研究所紀要」第二号（平成十五年三月）に発表。

「ある心の風景」その他―〈知覚〉と〈想起〉―

「梶井基次郎ノート（その1）―『ある心の風景』―」を「繍」第十六号（平成十六年三月）に、「梶井基次郎ノート（その2）―『路上』『過古』―」を「繍」第十七号（平成十七年三月）に発表。

引用本文は、獨歩は学習研究社版、白鳥は福武書店版、漱石は岩波書店版、梶井は筑摩書房版の全集によった。花袋は初出雑誌等によった。原則として漢字は新字体を用い、ルビは一部を残して省略した。

本書は早稲田大学学術出版補助費の交付を受けて成った。

装釘を今回も林佳恵氏にお願いした。校正は窪川真紀子氏の助力を得た。あわせて謝意を表したい。

前著にひきつづき、本書の出版も翰林書房にお願いした。様々の御配慮をいただいた社主今井肇、静江御夫妻に厚く御礼申し上げる。

平成十七年八月十五日

佐々木雅發

【著者略歴】
佐々木雅發（ささき　まさのぶ）
昭和15年東京生まれ、早稲田大学文学部卒。同大学大学院博士課程修了。現在同大学文学部教授。
著書　『鷗外と漱石―終りない言葉―』（三弥井書店）、『パリ紀行―藤村の「新生」の地を訪ねて―』（審美社）、『熟年夫婦パリに住む―マルシェの見える部屋から―』（TOTO出版）、『島崎藤村―「春」前後―』（審美社）、『画文集　パリ土産』（里山房）、『芥川龍之介　文学空間』（翰林書房）。

獨歩と漱石
―汎神論の地平―

発行日	2005年 11月 1日　初版第一刷
著　者	佐々木雅發
発行人	今井　肇
発行所	翰林書房
	〒101-0051 東京都千代田区神田神保町1-14
	電 話　(03)3294-0588
	FAX　(03)3294-0278
	http://www.kanrin.co.jp/
	Eメール● Kanrin@mb.infoweb.ne.jp
印刷・製本	シ ナ ノ

落丁・乱丁本はお取替えいたします

ISBN4-87737-216-4